Friedrich
Glauser

Matto regiert

Zu diesem Buch

Eine Irrenanstalt im Kanton Bern in den zwanziger Jahren: Der Direktor ist verschwunden, der Patient Pieterlen, ein Kindsmörder, ausgebrochen. Wachtmeister Studer blickt hinter die Kulissen psychiatrischer Theorien und Therapien. Er versucht nicht nur, einem Verbrecher auf die Spur zu kommen, sondern tritt auch eine Reise in die Grenzregionen von Vernunft und Irrationalität an, die keineswegs immer so klar voneinander zu trennen sind – Matto, der Geist des Wahnsinns, regiert überall und spinnt seine silbernen Fäden …

Endlich der echte Glauser! Diese Ausgabe beruht auf der Werkausgabe des Limmat Verlags, welche Glausers Texte in authentischer Gestalt, ungekürzt und unbearbeitet, zugänglich macht. Damit liegt nun zum ersten Mal eine vollständige Ausgabe der Werke dieses Autors vor.

Der Autor

Friedrich Glauser wurde am 4. Februar 1896 in Wien geboren. Die Mutter war Österreicherin, der Vater Schweizer. Sein Leben war von Rastlosigkeit geprägt, unzählige Orte und Stationen säumten seinen Weg: Schulen in der Schweiz und in Österreich, Erziehungsheime, Gefängnisse und Psychiatrische Kliniken. Friedrich Glauser lebte in Frankreich, Belgien und Italien, war lange Zeit morphiumsüchtig, verbrachte einige Jahre in der Fremdenlegion und nahm teil an der Dadaismus-Bewegung in Zürich. Er starb am 8. Dezember 1938 in Nervi bei Genua.

Im Unionsverlag ist außerdem lieferbar: »Schlumpf Erwin Mord (Wachtmeister Studer)«. Weitere Werke von Friedrich Glauser sind in Vorbereitung.

Friedrich Glauser

Matto regiert

Herausgegeben und mit einem Nachwort von
Bernhard Echte

Unionsverlag
Zürich

Die Originalausgabe erschien 1995
im Limmat Verlag, Zürich.

Auf Internet
Aktuelle Informationen
Dokumente über Autorinnen und Autoren
Materialien zu Büchern
Besuchen Sie uns:
http://www.unionsverlag.ch

Unionsverlag Taschenbuch UT 117
Diese Ausgabe erscheint mit freundlicher Genehmigung
des Limmat Verlags, Zürich.

Rieterstrasse 18, CH-8059 Zürich
Telefon 0041-1 281 14 00, Fax 0041-1 281 14 40

Umschlaggestaltung: Heinz Unternährer, Zürich
Umschlagfoto: Hans Baumgartner,
»Bahnhof Zürich, 1936«

Druck und Bindung: Clausen & Bosse, Leck
ISBN 3-293-20117-2

Die äußersten Zahlen geben die aktuelle Auflage
und deren Erscheinungsjahr an:

2 3 4 5 - 01 00

… und daher können Dichter wohl Romane über die Gespräche schreiben, die die Insassen geschlossener Anstalten miteinander führen, während die Reden der Beschäftigten eher dazu da sind, Gedanken zu verbergen und Lebenszwecke zu fördern …

Arnold Zweig, *Erziehung vor Verdun*

Notwendige Vorrede

Eine Geschichte zu erzählen, die in Berlin, London, Paris oder Neuyork spielt, ist ungefährlich. Eine Geschichte zu erzählen, die in einer Schweizer Stadt spielt, ist hingegen gefährlich. Es ist mir passiert, daß der Fußballklub Winterthur sich gegen eine meiner Erzählungen verwahrt hat, weil darin ein Back vorkam. Ich mußte dann den Boys und andern Fellows bestätigen, daß sie nicht gemeint waren.

Noch gefährlicher ist das Unterfangen, eine Geschichte zu erzählen, die in einer bernischen Heil- und Pflegeanstalt spielt. Ich sehe Proteste regnen. Darum möchte ich folgendes von Anfang an festlegen:

Es gibt drei Anstalten im Kanton Bern. – Waldau, Münsingen, Bellelay. – Meine Anstalt Randlingen ist weder Münsingen, noch die Waldau, noch Bellelay. Die Personen, die auftreten, sind frei erfunden. Mein Roman ist kein Schlüsselroman.

Eine Geschichte muß irgendwo spielen. Die meine spielt im Kanton Bern, in einer Irrenanstalt. Was weiter? ... Man wird wohl noch Geschichten erzählen dürfen?

Verwahrloste Jugend

Da wurde man am Morgen um fünf Uhr, zu nachtschlafender Zeit also, durch das Schrillen des Telephons geweckt. Der kantonale Polizeidirektor war am Apparat, und pflichtgemäß meldete man sich: Wachtmeister Studer. Man lag noch im Bett, selbstverständlich, man hatte noch mindestens zwei Stunden Schlaf zugut. Aber da wurde einem eine Geschichte mitgeteilt, die nur schwer mit einem halbwachen Gehirn verstanden werden konnte. So kam es, daß man die Erzählung des hohen Vorgesetzten von Zeit zu Zeit unterbrechen mußte mit Wie? und mit Was? – und daß man schließlich zu hören bekam, man sei ein Tubel und man solle besser lose! …

Das war nicht allzu schlimm. Der kantonale Polizeidirektor liebte kräftige Ausdrücke und schließlich: Tubel … B'hüetis! … Schlimmer war schon, daß man gar nicht recht nachkam, was man nun eigentlich machen sollte. In einer halben Stunde werde man von einem gewissen Dr. Ernst Laduner abgeholt, so hatte es geheißen, der einen in die Heil- und Pflegeanstalt Randlingen führen werde, wo ein Patient namens Pieterlen – ja: P wie Peter, I wie Ida, E wie Erich … – kurz ein Patient Pieterlen ausgebrochen war …

Das kam vor … Und zu gleicher Zeit, das heißt in der gleichen Nacht, sei auch der Direktor der Spinnwinde – so drückte sich der hohe Vorgesetzte aus, der nicht gut auf die Psychiater zu sprechen war – verschwunden. Alles Nähere werde man von Dr. Laduner erfahren, der gedeckt sein wolle, gedeckt von der Behörde. Und über das Wort ‹gedeckt› hatte der kantonale Polizeidirektor noch einen Witz gemacht, der ziemlich faul war und nach Kuhstall roch …

Laduner? Ernst Laduner? Ein Psychiater? Studer hatte die Hände hinter dem Kopf verschränkt und starrte zur Decke. Man kannte doch einen Dr. Laduner, aber wo und bei welcher Gelegenheit hatte man die Bekanntschaft dieses Herrn gemacht?

Denn – und das war das Merkwürdigste an der Sache – der Herr Dr. Laduner hatte nach dem Wachtmeister Jakob Studer gefragt, wenigstens hatte der Polizeidirektor dies behauptet. Und am Telephon hatte der Polizeidirektor nach dieser Mitteilung natürlich erklärt, er begreife das gut, Studer sei dafür bekannt, daß er ein wenig spinne, kein Wunder, daß ein Psychiater gerade ihn wolle …

Das konnte man als Schmeichelei auffassen. Studer stand auf, schlürfte ins Badzimmer und begann sich zu rasieren. Wie hieß nur schon der Direktor von Randlingen? Würschtli? Nein … Aber ähnlich, es war ein i am Ende … – Die Klinge schnitt nicht recht, langweilig, denn Studer hatte einen starken Bart – … Bürschtli? … Nein … Ah ja! Borstli! Ulrich Borstli … Ein alter Herr, der knapp vor der Pensionierung stand …

Einerseits der Patient Pieterlen, der entwichen war … Anderseits der Direktor Ulrich Borstli … Und zwischen beiden der Dr. Laduner, den man kennen sollte und der behördlich gedeckt sein wollte. Warum wollte er behördlich gedeckt sein und ausgerechnet durch den Wachtmeister Studer von der kantonalen Fahndungspolizei? … Immer mußte man dem Studer derartig angenehme Aufträge geben. Wie verhielt man sich in einer Irrenanstalt? Was konnte man da machen, wenn die Leute hinter den Gittern hockten und sponnen? Eine Untersuchung führen? … Der Polizeidirektor hatte gut telephonieren und Aufträge geben, spaßig war das Ganze sicher nicht …

Inzwischen war Frau Studer aufgestanden, ihr Mann merkte es, weil der Geruch von frischem Kaffee die Wohnung durchdrang.

«Grüeß Gott, Studer», sagte Dr. Laduner. Er war barhaupt, sein Haar zurückgestrichen, vom Hinterkopf stand eine Strähne ab wie die Feder bei einem Reiher. «Wir kennen uns doch, wissen Sie, von Wien her …»

Studer erinnerte sich immer noch nicht. Die familiäre Anrede erstaunte ihn nicht übermäßig, er war sie gewohnt, und er bat den Herrn Doktor, sehr höflich und ein wenig umständlich, näher zu treten und abzulegen. Aber Dr. Laduner hatte nichts abzulegen. Darum ging er auch gleich ins Eßzimmer, begrüßte die Frau des Wachtmeisters, setzte sich – all dies mit einer Selbstverständlichkeit und Sicherheit, über die sich Studer wunderte.

Dr. Laduner trug einen hellen Flanellanzug, und zwischen den Kragenspitzen seines weißen Hemdes leuchtete der dick und lasch gebundene Knoten der Krawatte kornblumenblau. Er müsse leider den Herrn Gemahl nun entführen, sagte Dr. Laduner, Frau Studer möge das nicht übelnehmen, er wolle ihn wohlbehalten wieder abliefern. Es sei da eine Sache passiert, kompliziert und unangenehm. Übrigens kenne er den Wachtmeister schon lange und gut – Studer runzelte verlegen die Stirne –, er, Dr. Laduner, habe beschlossen, den Wachtmeister als lieben Gast zu behandeln – übrigens werde es nicht so schlimm werden …

Dr. Laduners Lieblingswort schien ‹übrigens› zu sein. Auch sprach er ein merkwürdiges Schweizerdeutsch – Ostschweizerisch, dazwischen schriftdeutsche Worte. Seine Sprache war gar nicht urchig. Ein wenig befremdend war sein Lächeln, das an eine Maske erinnerte. Es bedeckte den unteren Teil des Gesichtes bis zu den Wangenknochen. Dieser Teil war starr – und nur die Augen und die sehr hohe und sehr breite Stirne schienen zu leben …

Danke, nein, er wolle nichts nehmen, fuhr der Arzt fort, seine Frau warte daheim mit dem Frühstück auf ihn, aber jetzt müßten sie pressieren, um acht Uhr sei Rapport, heute morgen müsse er auf die ‹große Visite›, das Verschwinden des Herrn Direktor ändere nichts an der Sache, Dienst sei Dienst und Pflicht sei Pflicht … Dr. Laduner machte mit seiner linken, behandschuhten Hand kleine Bewegungen, stand dann auf, packte Studer sanft am Arm und zog ihn mit sich fort … Auf Wiedersehen …

Der Septembermorgen war kühl. Die Bäume zu beiden Seiten der Thunstraße trugen vereinzelte gelbe Blätter. Dr. Laduners niederer Viersitzer benahm sich gesittet, fuhr ohne Geräusch an; durch die offenen Scheiben drang eine Luft, die leicht nach Nebel schmeckte, und Studer lehnte sich bequem zurück. Seine hohen schwarzen Schnürstiefel sahen ein wenig sonderbar aus neben den eleganten braunen Halbschuhen des Dr. Laduner.

Zuerst herrschte ein abwartendes Schweigen, und während dieses Schweigens dachte der Wachtmeister angestrengt über Dr. Laduner nach, den er doch kennen mußte ... Von Wien her? Studer war ein paarmal in Wien gewesen, in jener fernen Zeit, da er wohlbestallter Kommissar bei der Stadtpolizei gewesen war, damals, als die Geschichte noch nicht passiert war, jene Bankaffäre, die ihn den Kragen gekostet hatte, so daß er wieder von vorne hatte anfangen müssen, als einfacher Fahnder. Es war eben manchmal schwer, wenn man einen zu ausgeprägten Gerechtigkeitssinn hatte. Ein gewisser Oberst Caplaun hatte damals seine Entlassung beantragt, und dem Antrag war ‹stattgegeben worden›. Es handelte sich um jenen Oberst Caplaun, von dem der Polizeidirektor in gemütlichen Stunden manchmal sagte, er würde niemanden lieber in Thorberg wissen; unnötig, an diese alte Geschichte weitere Gedanken zu verschwenden, man war kassiert worden, gut und schön, man hatte wieder von vorne angefangen, bei der Kantonspolizei, und in sechs Jahren würde man in Pension gehen. Eigentlich war alles noch gnädig verlaufen ... Aber seit jener Bankaffäre lief einem der Ruf nach, man spinne ein wenig, und so war eigentlich der Oberst Caplaun daran schuld, daß man zusammen mit einem Dr. Laduner in die Heil- und Pflegeanstalt Randlingen fuhr, um das mysteriöse Verschwinden des Herrn Direktor Borstli und das Entweichen des Patienten Pieterlen aufzuklären ...

«Besinnen Sie sich wirklich nicht, Studer? Damals in Wien?» Studer schüttelte den Kopf. Wien? Er sah immer nur die Hofburg und die Favoritenstraße und das Polizeipräsidium und einen alten Hofrat, der den berühmten Professor Groß gekannt hatte, die Leuchte der Kriminalistik ... Aber er sah den Dr. Laduner nicht.

Da sagte der Arzt, und seine Augen blickten angestrengt auf die Landstraße:

«An Eichhorn erinnern Sie sich nicht mehr, Studer?»

«Exakt, Herr Doktor!» sagte Studer, und er war geradezu erleichtert. Darum legte er auch seine Hand auf den Arm seines Begleiters. «Eichhorn! Natürlich! Und Ihr seid jetzt bei der Psychiatrie? Ihr wolltet doch damals die Jugendfürsorge in der Schweiz reformieren?»

«Ach, Studer!» Dr. Laduner bremste ein wenig, denn ein Lastauto kam ihnen entgegen und hielt die Mitte der Straße. «In der Schweiz treffen sie nur Maßnahmen, und was das Traurigste ist, sie treffen sie gewöhnlich nicht einmal, sondern schießen daneben ...»

Studer lachte; sein Lachen war tief. Dr. Laduner stimmte ein: Das seine war ein klein wenig höher ...

Eichhorn! ...

Studer sah eine kleine Stube vor sich, darinnen acht Buben, zwölf- bis vierzehnjährig. Das Zimmer war ein Schlachtfeld. Der Tisch demoliert, die Bänke zu Brennholz zerkleinert, die Scheiben der Fenster zersplittert. Er stand unter der Tür und sah, wie gerade ein Bub auf einen andern mit dem Messer losging. «Ich mach dich hin!» sagte der Bub. Und in einer Ecke stand Dr. Laduner und sah zu. Als er Studer in der Türe bemerkte, winkte er ganz sanft mit der Hand ab: Machen lassen! Und der Bub warf plötzlich das Messer von sich, begann zu heulen, traurig und langgezogen, wie ein geprügelter Hund, während Dr. Laduner aus seiner Ecke hervorkam und mit ruhiger, sachlicher Stimme sagte: «Bis morgen ist dann das Zimmer in Ordnung und die Scheiben eingesetzt ... Ja?»

Und der Knabenchor sagte: «Ja!»

Das war in der Anstalt für Schwererziehbare in Oberhollabrunn gewesen, sieben Jahre nach dem Krieg. Eine Anstalt ohne Zwangsmittel. Und ein gewisser Eichhorn, ein unscheinbarer, hagerer Mann mit braunem schlichtem Haar, hatte es sich in den Kopf gesetzt, einmal ohne Pfarrer, ohne Sentimentalität, ohne Prügel zu versuchen, ob nicht aus der sogenannten verwahrlosten Jugend etwas herauszuholen sei. Und es war ihm gelungen. Das Erziehungswesen hatte damals gerade ein Mann unter sich, der zufälligerweise Grütze im Kopfe hatte. So etwas kommt vor. In diesem besonderen Falle war es also ein Mann gewesen, dem die höchst einfache Idee des Herrn Eichhorn eingeleuchtet hatte. Diese Idee war folgende: Die kleinen Vaganten kennen nur einen ewigen Kreislauf: Verfehlung, Strafe, Verfehlung, Strafe. Durch Strafe wird der Protest gereizt, und der Protest macht sich Luft, indem er zu neuen «Schandtaten» treibt. Wie nun aber, wenn man die Strafe ausschaltet? Muß sich da der Protest nicht einmal leerlaufen? Vielleicht kann man dann von neuem beginnen, vielleicht aufbauen, ohne moralischen Schwindel oder, wie Dr. Laduner damals gesagt hatte, «ohne religiösen Lebertran ...»

In Fachkreisen hatte man von den Eichhornschen Versuchen viel gesprochen, und als Studer damals nach Wien gefahren war, hatte man ihm empfohlen, sich die Sache einmal anzusehen.

Er war gerade in dem Moment erschienen, als der Protest bei der bösesten Bande «am Ablaufen war». Und das hatte ihm Eindruck gemacht. Am Abend war noch etwas hinzugekommen. Als Landsmann hatte ihn Dr. Laduner, der bei Eichhorn als Volontär arbeitete, zu dem Direktor mitgenommen. Man hatte gesprochen, langsam, bedächtig. Studer hatte von Tessenberg erzählt, der Erziehungsanstalt im Kanton Bern, und wie bös es eine Zeitlang dort zugegangen war ... Da war es zehn Uhr, und es läutete an der Haustür. Eichhorn ging öffnen und kam mit einem Knaben zurück, sagte zu ihm: «Setzen Sie sich. Haben Sie Hunger?», ging dann selbst in die Küche und brachte belegte Brote. Der Knabe war ausgehungert ... Bis elf Uhr war er mit den drei Männern zusammen, dann führte ihn Eichhorns Frau ins Gastzimmer. Nachher erzählte Dr. Laduner, der Junge sei schon zum dritten Male durchgebrannt. Diesmal sei er freiwillig zurückgekommen. Darum der freundliche Empfang. Und Studer hatte für die beiden Männer, den Dr. Laduner und den Herrn Eichhorn, ehrliche Hochachtung empfunden ...

«Was macht der Herr Eichhorn jetzt?» fragte Studer.

Dr. Laduner zuckte mit den Achseln: «Verschollen.»

So war das immer! Einer versuchte etwas Neues, Nützliches, etwas Vernünftiges, das ging zwei, drei Jahre ... Dann war er plötzlich verschwunden, untergegangen. Nun, Dr. Laduner hatte zur Psychiatrie hinübergewechselt ... Fragte sich nur, wie er mit dem alten Ulrich Borstli ausgekommen war, mit dem Direktor, der verschwunden war.

Einen Augenblick dachte Studer daran, nach den näheren Umständen des Verschwindens zu fragen, ließ es aber sein, denn das Bild des jungen Dr. Laduner in der Ecke des demolierten Zimmers vor dem Buben, der auf seinen Kameraden mit gezogenem Messer losging, wollte ihn nicht loslassen ... Den psychologischen Moment erfassen, an dem eine Situation reif ist! ... Er hatte damals schon allerhand verstanden, der Dr. Laduner! ... Und Wachtmeister Studer fühlte sich geschmeichelt, daß *er* angefordert worden war und daß er Dr. Laduners Gast sein sollte ...

Eins war immerhin merkwürdig: Damals in Wien hatte der Arzt noch nicht das Maskenlächeln getragen, das Lächeln, das aussah, als sei es vor einem Spiegel aufgeklebt worden ... Und dann: Vielleicht war der Eindruck falsch, kontrollieren ließ er sich nicht, aber es schien doch, als hocke Angst in den Augen des Dr. Laduner.

«Da ist die Anstalt», sagte der Arzt und zeigte mit der rechten Hand durch ein Seitenfenster. Ein roter Ziegelbau, soviel man sehen konnte in U-Form, mit vielen Türmen und Türmchen. Tannen umgaben ihn, viele dunkle Tannen ... Nun war der Bau verschwunden, er tauchte wieder auf, da war das Hauptportal, und zum Eingangstor führten abgerundete Stiegen empor. Der Wagen hielt. Die beiden stiegen aus.

Brot und Salz

Auf das erste Fenster rechts vom Eingang wies Dr. Laduner und sagte:

«Das Bureau des Direktors ...»

Ein faustgroßes Loch in der unteren Scheibe links ... Glassplitter lagen auf dem Fenstersims und auf dem Beet verstreut, das die Einfahrt von der roten Mauer trennte.

«Drinnen sieht es ziemlich grausig aus. Blut am Boden, die Schreibmaschine neben dem Fenster streckt alle Tasten von sich, der Bureaustuhl ist in Ohnmacht gefallen ... Wir können uns die Bescherung später ansehen, es pressiert nicht, und dann können Sie ja Ihre kriminologischen Fachstudien in Ruhe betreiben ...»

Warum klang nur das Witzeln so gezwungen? ... Gekünstelt? ... Studer blickte auf Dr. Laduner, so, als müsse er ein Bild festhalten, das im nächsten Augenblick ganz anders aussehen würde ... Der graue Anzug, das leuchtende Kornblumenblau der Krawatte und die Strähne, die abstand wie der Federschmuck vom Kopfe eines Reihers ... Das Lächeln: Die Zähne des Oberkiefers waren breit, wohlgeformt, elfenbeingelb ... Sicher rauchte Dr. Laduner viele Zigaretten ...

«Kommen Sie, Studer, wir wollen nicht anwachsen. Eins will ich Ihnen sagen, bevor wir eintreten durch dieses Tor: Sie kommen zum Unbewußten zu Besuch, zum nackten Unbewußten oder, wie es mein Freund Schül poetischer ausdrückt: Sie werden eingeführt ins dunkle Reich, in welchem Matto regiert. Matto! ... So hat Schül den Geist des Irrsinns getauft. Poetisch, ge-wiß ...» – Dr. Laduner betonte das Wort auf der ersten Silbe. – «Wenn Sie aus der ganzen Sache klug werden wollen, und ich habe eine dunkle Ahnung, daß sie komplizierter ist, als wir jetzt meinen, wenn Sie klug werden wollen, so werden Sie in viel Häute schlüfen müssen ...» (‹schlüfen› sprach der Arzt wie ein schriftdeutsches Wort aus) «... in meine Haut zum Beispiel, in die vieler Pfleger, diverser Patienten ... ‹Patienten› sage ich, und nicht ‹Verrückte› ... Dann dämmert Ihnen vielleicht langsam das Verständnis auf für den Konnex zwischen dem Verschwinden unseres Direktors und der Flucht des Patienten Pieterlen ... Es sind da Imponderabilien ...»

‹Imponderabilien›! ... ‹Konnex›! ... und ‹ge-wiß›, auf der ersten Silbe betont. Das alles gehörte zur Persönlichkeit, die Laduner hieß.

«Übrigens, die Diskrepanz, die zwischen der realen Welt und unserem Reiche besteht», sagte Dr. Laduner und stieg langsam die Stufen empor, die zum Eingangstor führten, «wird Sie vielleicht am Anfang unsicher machen. Sie werden sich unbehaglich fühlen, wie jeder, der zuerst eine Irrenanstalt besucht. Aber dann wird sich das legen, und Sie werden keinen großen Unterschied mehr sehen zwischen einem schrulligen Schreiber Ihres Amtshauses und einem wollezupfenden Katatonen auf B.»

An der Mauer rechts vom Eingangstor hing ein Barometer, dessen Quecksilbersäule im Morgenlicht rötlich schimmerte. Eine Turmuhr schlug mit saurem Klange vier Viertel und dann, kaum süßer, die Stunde: sechs Uhr. Der letzte Schlag schepperte. Studer wandte sich noch einmal um. Der Himmel hatte die Farbe jenes Weines, den man Rosé nennt; Vögel schrien in den Tannen, die zu beiden Seiten der Auffahrt hinter eisernen Gittern wuchsen. Der schwarze Kirchturm des Dorfes Randlingen war weit weg ...

Nach dem Tor, das ins Innere führte, kamen wieder Stufen. Rechts eine Art Opferstock mit einer Tafel: «Gedenket der armen Kranken!» Darüber eine grüne Marmorplatte. In Goldbuchstaben waren die Donatoren der Anstalt verewigt, und man erfuhr, daß die Familie His-Iselin 5000 Franken und die Familie Bärtschi 3000 Franken gestiftet hatten. Auf der Platte war noch Platz für künftige Wohltäter.

Es roch nach Apotheke, Staub und Bodenwichse ... Ein eigenartiger Geruch, der Studer tagelang verfolgen sollte.

Rechts ein Gang, links ein Gang. Beide Gänge waren an ihren Enden durch massive Holztüren verschlossen. Eine Treppe führte in die höheren Stockwerke des Mittelbaues.

«Ich gehe voraus», sagte Laduner über die Schulter. Er nahm zwei Stufen auf einmal, und Studer folgte keuchend. Im ersten Stock hatte er Zeit, durch ein Gangfenster einen großen Hof zu überblicken, dessen Rasenflächen von Wegen gleichmäßig zerschnitten wurden. Ein niederes Gebäude kauerte in der Mitte des Hofes, und dahinter stach ein Kamin in den Himmel. Rote Backsteinmauern, die Dächer mit Schiefer gedeckt und geschmückt mit vielen Türmen und Türmchen …

Da war der zweite Stock, Dr. Laduner stieß eine Glastüre auf und rief:

«Greti!»

Eine dunkle Stimme antwortete. Dann kam eine Frau in einem roten Schlafrock auf die beiden zu. Ihre Haare waren kurz und blond, leicht gewellt, ihr Gesicht breit, fast flach. Sie blinzelte, wie es manche Kurzsichtige tun.

«Studer, das ist meine Frau … Greti, ist der Kaffee fertig? Ich hab Hunger … Den Wachtmeister kannst du dir beim z'Morgen betrachten … Zeig ihm jetzt sein Zimmer, er wohnt bei uns, das haben wir abgemacht …» Und dann war Dr. Laduner plötzlich nicht mehr da. Eine Tür hatte ihn verschluckt.

Die Frau im roten Schlafrock hatte eine angenehm warme und weiche Hand. Sie sprach Bärndütsch, als sie Studer mit ihrer tiefen Stimme begrüßte und sich entschuldigte, daß sie nicht angezogen sei, kes Wunder by dem G'stürm, um drei sei der Mann aus dem Schlaf geschellt worden wegen der Flucht des Pieterlen; dann habe man die Blutspuren im Direktionsbureau entdeckt – und der Direktor sei nirgends zu finden gewesen – verschwunden … Es sei überhaupt eine kurze Nacht gewesen, gestern hätte man d'Sichlete g'ha (‹Sichlete?› dachte Studer. ‹Was für eine Sichlete?›) und sei erst um halb eins ins Bett gekommen … Aber der Herr Studer werde sich gern ein wenig süübere welle, er möge so gut sein und mitkommen … Der lange Gang war mit bunten, gerillten Fliesen belegt. Hinter einer Türe schrie ein Kind, und Studer wagte schüchtern zu bemerken: Ob die Frau Doktor das Kind nicht zuerst beruhigen wolle? – Das habe Zeit, und Schreien sei für Kinder eine gar gesunde Beschäftigung, es stärke die Lungen …

– – – Da sei das Gastzimmer. – Hier daneben das Bad. Herr Studer möge machen, nume wie daheime … Da sei Seife und ein frisches Handtuch … Sie rufe ihn dann, wenn das Morgenessen parat sei …

Studer wusch sich die Hände, ging hernach in das Gastzimmer, trat ans Fenster. Er sah auf den Hof. Männer mit weißen Schürzen trugen große Kannen, einige balancierten Tablette – wie Kellner.

Ein Ebereschenbaum an der Kante eines Rasenvierecks trug leuchtend rote Beerenbüschel, und seine gefiederten Blätter waren goldgelb.

Und hinten, aus einem alleinstehenden, zweistöckigen Gebäude traten zwei Männer. Auch sie hatten weiße Schürzen vorgebunden. Sie gingen hintereinander, im Gleichschritt, und zwischen ihnen schaukelte eine schwarze Bahre, auf der ein Sarg festgebunden war. Da wandte sich Studer ab. Dunkel dachte er, wieviel Menschen wohl in solch einer Anstalt starben und nach wie vielen Jahren und wie sie den Tod erlebten – aber da rief jene Stimme, die einen so angenehm dunklen Klang hatte:

«Herr Studer, weit'r cho z'Morge näh?»

«Ja, Frau Doktor!» Und, er komme schon.

Das Eßzimmer war gefüllt mit Morgensonne. Das kühle Licht brach durch ein großes Fenster ein, das fast bis zum Boden reichte. Eine Haube, aus bunten Wollen gelismet, war über die Kaffeekanne gestülpt. Honig, Anken, Brot, unter einer Glocke ein rotrindiger Edamerkäse … Die Wände dunkelgrün. Von der Decke hing ein Lampenschirm herab, der aussah wie eine Kleinmädchenkrinoline aus Goldbrokat …

Frau Laduner trug ein helles Leinenkleid. Sie öffnete die Tür zum Nebenzimmer. «Ernscht!» rief sie. Eine ungeduldige

Stimme gab Antwort – Knarren und Zurückschieben eines Stuhles ...

«So», sagte Dr. Laduner. Er saß plötzlich am Tisch. Man konnte sein Gehen und Kommen nie recht feststellen, denn er bewegte sich rasch und lautlos. «Und, Greti, wie gefällt dir der Studer?»

– Nid übel, meinte die Frau. Er habe ein weiches Herz, er könne Kinder nicht schreien hören, und sonst sei er ein gar Stiller, man höre ihn kaum. Aber sie müsse den Herrn Wachtmeister doch etwas näher betrachten.

Sie nahm aus einem Etui, das neben ihrem Teller lag, einen Zwicker, klemmte ihn auf den Nasensattel und musterte Studer mit einem kleinen Lächeln. Ihre Stirnhaut war leicht gekräuselt.

– Ja, es sei, wie sie gedacht habe, sagte sie nach einer Weile. Der Herr Studer sehe gar nicht wie ein Schroter aus, und Ernst habe ganz recht gehabt, ihn mitzubringen ... Und bitte, Herr Studer, servieret Euch ... Eier? Brot? ...

«Ge-wiß», sagte Dr. Laduner. «Ich glaube auch, daß es sehr vernünftig von mir war, den Studer anzufordern ...» und zerschlug mit einem silbernen Löffelchen die Spitze eines Eies.

Studer wurden Spiegeleier auf den Teller gelegt und braune Butter darüber gegossen. Dann geschah ein merkwürdiger Zwischenfall:

Dr. Laduner sah plötzlich auf, ergriff mit der Linken den Brotkorb, mit der Rechten das facettierte Salzfäßchen, das vor seinem Teller stand, streckte beides dem Wachtmeister entgegen und sagte leise – es klang wie eine Frage:

«Brot und Salz ... Wollen Sie Brot und Salz nehmen, Studer?» Dabei sah er dem Wachtmeister fest in die Augen, und sein Mund hatte das Lächeln verloren.

«Ja ... Gärn ... Merci ...» Studer war ein wenig verwirrt. Er nahm eine der Brotschnitten, streute ein wenig Salz über die Spiegeleier auf seinem Teller ... Dann nahm Dr. Laduner ein Stück Brot, ließ das weiße körnige Pulver in das aufgeschlagene Ei rinnen und murmelte dazu:

«Brot und Salz ... Der Gastfreund ist unverletzlich ...»

Das Maskenlächeln entstand wieder um seinen Mund, und mit veränderter Stimme sagte er:

«Ich habe Ihnen ja noch gar nichts von unserem verschwundenen Direktor erzählt. Daß er Borstli hieß, wissen Sie wohl, mit Vornamen Ulrich ... Ueli, ein hübscher Name, und die Damen nannten ihn auch so ...»

«Aber Ernscht!» sagte Frau Laduner vorwurfsvoll.

«Was hast du zu reklamieren, Greti? Das ist doch kein Werturteil. Eine schlichte, sachliche Feststellung ... Jeden Abend, punkt sechs Uhr, ging der Herr Direktor ins Dorf Randlingen zu seinem Freunde, dem Metzger und Bärenwirt Fehlbaum, einer Stütze der Bauernpartei. Dort trank er einen Dreier Wyßen, manchmal zwei, hin und wieder drei. Zweimal im Monat trank sich der Herr Direktor einen Rausch an, aber man merkte es nicht ... Er trug eine große Lodenpelerine und einen breitrandigen schwarzen Künstlerhut ... Übrigens machte er gewöhnlich die Gutachten über die chronischen Alkoholiker. Da war er sicher kompetent ... Das heißt, das stimmt auch nicht ganz. Er begann sie, die Gutachten nämlich, und dann wurde ihm die Sache zu langweilig, und ich durfte sie fertigschreiben. Ich tat es ganz gerne, denn ich kam sonst gut mit dem Herrn Direktor aus. Wenn ich die Sache nicht ganz ernst behandle, Studer, müssen Sie das entschuldigen. Der Herr Direktor hatte nämlich eine Vorliebe für hübsche Pflegerinnen, und die Meitschi waren sehr geschmeichelt, wenn der Herr Direktor ihnen sein Wohlgefallen ausdrückte, etwa mit einem kleinen Kneifen in die Wange oder mit einem sanften Tätscheln, das der Bewunderung für die Rundung ihrer Formen einen adäquaten Ausdruck verleihen sollte ... Item, wie der Erzähler sagt, gestern um zehn Uhr wurde der Herr Direktor während unseres kleinen Festes ans Telephon gerufen, und seither ist er verschwunden. Ein kleiner Seitensprung? Vielleicht. Bedenklich wird die Sache eigentlich nur durch das Entweichen des Patienten Pieterlen, der sein neben dem Wachsaal B liegendes Zimmer verlassen hat unter Hinterlassung eines niedergeschlagenen Nachtwärters. Bohnenblust heißt der Nachtwärter, er hat eine eiergroße Beule an der Stirn, Folge seines Zusammenstoßes mit dem freiheitssüchtigen Pieterlen, und Sie werden ihn einem Kreuzverhör unterwerfen können ... Wie gesagt, vergessen Sie eines nicht: Der Herr Direktor hat hübsche Wärterinnen gern gehabt ... Aber Diskretion, wenn ich bitten darf, Anstaltsdirektoren sind tabu, außerdem kleine Päpste und als solche zur Unfehlbarkeit verurteilt ...»

«Aber Ernscht!» sagte Frau Laduner, und dann mußte sie lachen. «Er redet so komisch!» entschuldigte sie sich.

Es stimmte nicht ... Dr. Laduner redete gar nicht komisch. Und auch die Bemerkung der Frau war ein Täuschungsmanöver, denn sie mußte merken, daß diese witzelnde Art zu erzählen falsch klang. Sie war nicht dumm, die Frau Doktor, das sah man ihr an. Auch daß sie das im Dialekt sonst nicht übliche ‹komisch› brauchte, bestätigte eigentlich den Eindruck, daß irgend etwas nicht stimmte ... Was? ... Es war noch zu früh, um sich auf Kombinationen einzulassen. Vielleicht war Dr. Laduners Rat, sich erst einzuleben, doch ehrlich gemeint; man konnte belanglose Fragen stellen, die aber immerhin dazu dienen mußten, die Atmosphäre, in der man sich bewegen sollte, deutlicher zu machen.

«Ihr habt von einer ‹Sichlete› gesprochen, Herr Doktor, was war das? Ich weiß schon, was eine Sichlete ist, aber ich kann mir nicht vorstellen, daß in einer Anstalt ...»

«Nun, wir sorgen für die Zerstreuung der Patienten. Die Anstalt besitzt einen großen landwirtschaftlichen Betrieb, und wenn das Korn eingebracht worden ist (‹Korn eingebracht!› dachte Studer. ‹Wie der redet!›), so feiern wir das. Wir haben eine Kapelle, die sonst den sonntäglichen Predigten dient, an den Festabenden jedoch werden Tische aufgeschlagen, Hammen, wie sie hier sagen, und Härdöpfelsalat wird aufgestellt, die Musik spielt und unsere Patienten tanzen miteinander, Männlein und Weiblein, die Pfleger und Pflegerinnen helfen mit, der Herr Direktor hält eine Rede, es gibt Tee, und erotische Spannungen werden abreagiert ... Jawohl ... Gestern, am 1. September, haben wir also die Sichlete gefeiert ... Wir Honoratioren –

das heißt: der Direktor, der Herr Verwalter samt Frau, der Dr. Laduner samt Frau, der Ökonom ohne Frau und die andern Ärzte –, wir saßen alle auf der Bühne – denn eine Bühne hat die Kapelle auch – und sahen uns den Tanz an. Der Patient Pieterlen war auch anwesend, er sorgte für Tanzmusik, denn er versteht es, der Handharpfe Walzer und Tangos zu entlocken. Um zehn Uhr trat der Jutzeler ...»

«Wer ist der Jutzeler?» fragte Studer und zog dabei sein Notizbuch. «Ihr müßt schon entschuldigen, Herr Doktor, aber mit meinem Namensgedächtnis ist es nicht weit her, und so muß ich mir Notizen machen ...»

«Ge-wiß!» sagte Dr. Laduner, warf einen ungeduldigen Blick auf seine Armbanduhr und gähnte. Frau Laduner begann den Tisch abzuräumen.

«Wir haben also», sagte Studer bedächtig und wußte ganz gut, daß er ein wenig Theater spielte, aber das schien ihm gerade günstig in diesem Augenblick. «Wir haben also als handelnde Personen:

Borstli Ulrich, Direktor – verschwunden.

Pieterlen ... Wie heißt der Pieterlen mit Vornamen?»

«Peter, oder Pierre, wenn Sie lieber wollen, er stammt ursprünglich aus Biel», antwortete Dr. Laduner geduldig.

«Pieterlen Peter, Patient, entwichen ...», diktierte sich Studer langsam und schrieb nach.

«Laduner Ernst, Dr. med., II. Arzt, stellvertretender Direktor!»

«Den brauch ich nicht aufzuschreiben, den kenn ich», sagte Studer trocken und ignorierte die versteckte Bosheit. «Aber dann haben wir den Nachtwärter ...» Und Studer schrieb:

«Bohnenblust Werner, Nachtwärter auf B, Wachsaal.»

«Und», sagte Laduner, «notieren Sie noch:

Jutzeler Max, Abteilungspfleger, wir sagen kurz Abteiliger, auf B.»

«Was heißt der Buchstabe B?»

«B ist die Beobachtungsabteilung. Dorthin kommen alle Aufnahmen, manche Fälle lassen wir aber auch Jahre dort. Es kommt darauf an. R ist die Abteilung für ruhige Patienten, K die Abteilung für körperlich Kranke, dann sind noch die beiden unruhigen Abteilungen da: U1 und U2. U2 ist der Zellenbau. Es ist leicht zu merken ... Nach den Anfangsbuchstaben ... Übrigens, der Abteiliger Jutzeler wird Ihnen gefallen, einer meiner tüchtigsten Leute ... Was sonst an Pflegern herumläuft ... Nicht einmal anständig organisieren kann man die Bande!»

‹Organisieren?› dachte Studer. ‹Was hat der alte Direktor zum Organisieren gemeint?› Aber er schwieg und fragte nur, während er die Spitze seines Bleistiftes über dem Notizbuch schweben ließ:

«Und was ist eigentlich mit Pieterlen?»

«Pieterlen?» wiederholte Dr. Laduner, und das Lächeln verschwand von seinem Mund. «Über Pieterlen will ich Ihnen heute abend Auskunft geben. Pieterlen ... Um über Pieterlen Auskunft zu geben, braucht es Zeit. Denn Pieterlen, das war kein Direktor, das war kein Pfleger, das war kein x-beliebiger Mensch. Pieterlen, das war ein Demonstrationsobjekt ...»

Es fiel Studer auf, daß Dr. Laduner die Mitvergangenheit brauchte: ‹Pieterlen war ...› So, wie man sonst nur von einem Toten spricht ... Aber er schwieg. Der Arzt gab sich einen Ruck, stand auf, streckte sich und wandte sich dann zu seiner Frau:

«Ist der Chaschperli schon in die Schule?»

– Ja, er sei schon fort; er habe in der Küche gegessen.

«Der Chaschperli, das ist mein siebenjähriger Sohn, wenn Sie das noch notieren wollen, Studer», sagte Dr. Laduner mit seinem steifen Lächeln. «Übrigens muß ich jetzt zum Rapport, Sie können mit mir hinunterkommen und das Bureau ansehen ... Das Direktionsbureau ... Den Tatort, wenn Sie lieber wollen. Obwohl wir ja überhaupt noch nicht wissen, ob eine Tat getätigt worden ist.»

An der Gangtüre gab es noch einen Zusammenstoß. Ein junger Mann stand im Stiegenhaus und wollte unbedingt mit Dr. Laduner sprechen.

«Später, Caplaun, ich habe jetzt keine Zeit. Warten Sie im

Salon. Ich werde zwischen Rapport und Visite mit Ihnen sprechen ...»

Und Laduner begann die Treppe hinunterzuspringen, er nahm drei Stufen auf einmal.

Aber Studer folgte nicht. Er blieb auf dem Vorplatz stehen und starrte den Mann an, den Dr. Laduner Caplaun genannt hatte. Caplaun? Caplaun hatte doch sein alter Feind geheißen, der Oberst, der an jener Schiebung in der Bankaffäre beteiligt gewesen war, jener Bankaffäre, die den damaligen Kommissar Studer von der Stadtpolizei den Kragen gekostet hatte ... Es gab nicht viele Caplauns in der Schweiz, es war ein seltener Name ...

Nun, der Herr Oberst war es auf alle Fälle nicht; der Mann, der in Dr. Laduners Wohnung trat und sich in ein Zimmer schlich, so, als wisse er Bescheid, war jung ... Jung, mager, blond, mit einer hohlen Brust ... Bleich dazu, mit weit aufgerissenen Augen. Caplaun? ...

Studer holte Dr. Laduner im Parterre ein. Der Arzt lief ungeduldig hin und her.

«Herr Doktor», sagte Studer, «Ihr habt den jungen Burschen, der zu Euch hineingegangen ist, Caplaun genannt; ist er verwandt ... ?»

«Mit dem Herrn Obersten, der Ihnen ein Bein gestellt hat, damals? Ja. Der Herr Oberst ist sein Vater. Und der junge Caplaun ist bei mir in Behandlung. Privatpatient. In der Analyse. Ein typischer Fall von Angstneurose. Kein Wunder, bei dem Vater! Und übrigens säuft der Herbert Caplaun. Ja, Herbert heißt er mit Vornamen. Sie können ihn ja noch in Ihr Büchlein notieren ...»

Wieder überhörte Studer geflissentlich die Ironie. Er fragte mit seiner treuherzigsten Miene:

«Eine Angstneurose? Was ist das, Herr Doktor?»

«Herrgott! Ich kann doch hier kein Kolleg über Neurosenlehre lesen. Später will ich es Ihnen erklären ... Dort ist das Direktionsbureau. Daneben das Ärztezimmer. Ich werde jetzt eine Stunde beschäftigt sein; wenn Sie etwas brauchen sollten, so wenden Sie sich an den Portier. Übrigens können Sie sich notieren, daß er Dreyer heißt.»

Und Studer hörte noch das Zuschlagen einer Türe.

Der Tatort und der Festsaal

Der Busch vor dem Fenster trug weiße Beeren, die an Wachskugeln erinnerten. Auf dem Fenstersims, zwischen den Glassplittern, tanzten zwei Spatzen. Sie benahmen sich wie Stehaufmännchen. In kurzen Zwischenräumen tauchten ihre Köpfe über dem unteren Rande des Holzrahmens auf, verschwanden, tauchten wieder auf. Als Studer den umgefallenen Bureaustuhl wieder auf die Beine stellte, flogen sie fort …

Zuerst setzte er sich, zog noch einmal sein Wachstuchbüchlein hervor und schrieb in seiner kleinen Schrift, die ein wenig an Griechisch erinnerte:

«Caplaun Herbert, Sohn des Obersten, Angstneurose, Patient des Dr. Laduner.»

Dann lehnte er sich befriedigt zurück und betrachtete die Verwüstung.

Blut am Boden, das stimmte. Aber nur wenig: einzelne Tropfen, die auf dem glänzenden Parkett zu dunklen Plättchen eingetrocknet waren. Sie liefen in einer Linie von der zerbrochenen Fensterscheibe zur Tür. Vielleicht war einer mit der Faust durch die Scheibe gefahren und hatte sich verwundet.

Das kleine Tischchen, links neben dem Fenster, war wohl für die Schreibmaschine bestimmt, während sich der Schreibtisch, groß und verschnörkelt, in der Ecke rechts vom Fenster breitmachte. Studer stand auf und hob die Schreibmaschine auf. Fingerabdrücke brauchte man hier wohl nicht zu suchen. Und vorläufig wußte man ja noch gar nicht, ob ein Mord passiert war oder ob sich der alte Direktor auf eine kleine Erholungsreise begeben hatte. In letzterem Falle hätte er zwar die Ärzteschaft avisiert, aber alte Herren haben manchmal ihre Mucken …

Über dem Schreibtisch hing ein Gruppenbild. Da stand inmitten von jungen Männern und von Mädchen in Schwesterntracht ein alter Herr, der auf dem Kopfe einen breitrandigen schwarzen Hut trug. Ein lockiger, grauer Bart wucherte ihm aus Kinn und Wangen, und eine Stahlbrille saß auf seiner Nase.

In weißen Buchstaben stand unter der Photographie: «Unserem verehrten Herrn Direktor zum Andenken an den ersten Kurs.»

Ja, ja, die jungen Männer sahen alle sehr brav aus, sie trugen schwarze Anzüge und hohe steife Kragen, und ihre Krawatten saßen ein wenig schief.

«Unserem verehrten Direktor ...» Kein Datum? Doch. In der Ecke unten: 18. April 1927.

Unter dem Bild, auf einem grünen Löschblatt, lag ein in der Mitte zusammengefalteter Brief. Studer las die ersten Zeilen: «... bitten wir Sie dringlichst, die schon seit zwei Monaten fällige Expertise über den Geisteszustand des ...»

Hm! Ein bequemer Herr, der Direktor Borstli mit seiner Pelerine und seinem breitrandigen Hut ... Wetten, daß er einen Schwalbenschwanz trug! ... Gewonnen! Auf dem Bilde trug er einen – einen grauen, soviel man sehen konnte, und die Hosen waren an den Knien ausgebeult ... Ein alter Mann, ein Mann der alten Schule ... Wie war er mit dem betriebsamen Dr. Laduner ausgekommen? Eigentlich wußte man noch nicht viel über den Herrn Direktor Ulrich Borstli, außer daß er an hübschen Pflegerinnen Gefallen fand und sich von ihnen Ueli nennen ließ. Warum sollte er auch nicht? Er war niemandem Rechenschaft schuldig, ein kleiner König in – wie hatte Dr. Laduner das gesagt? – ja, richtig: in Mattos Reich. Diesen Schül, der den Geist Matto erfunden hatte, den mußte man auch kennenlernen. Matto! Glänzend! Matto hieß ja verrückt auf italienisch. – Matto! Das hatte Klang!

War er verheiratet gewesen, der alte Direktor? Sicher! Witwer? Wahrscheinlich ...

Es war doch nichts zu holen in dem Bureau. Warum war man dann von Dr. Laduner hineingeschickt worden? Der Mann tat nichts ohne Überlegung. Wovor hatte er Angst? ... Man war leicht gehemmt, weil man den Dr. Laduner gern hatte, aufrichtig gern, weil man vor allem das Bild nicht vergessen konnte, das Bild aus der Anstalt in Oberhollabrunn ... Und dann auch, weil er einem Brot und Salz geboten hatte ... Chabis! Aber es war nun einmal so ...

Wo mochte nur der alte Direktor stecken? Auf alle Fälle war es vielleicht gut, man sprach mit dem Portier. Portiers waren gewöhnlich mitteilsame Menschen, um nicht geradeheraus zu sagen: klatschsüchtige ... Aber auf alle Fälle waren sie immer auf dem laufenden.

Und während aus dem Nebenraum, dem Ärztezimmer, durch die geschlossene Verbindungstür, eine eintönig referierende Stimme sickerte, drückte sich Wachtmeister Studer aus dem Direktionsbureau, wie ein Schüler, der sich vor dem Lehrer drücken will. – Der Lehrer? In diesem Falle Dr. med. Ernst Laduner, zweiter Arzt und stellvertretender Direktor ...

Der Portier Dreyer trug eine Weste mit angesetzten Lüsterärmeln und eine grüne Schürze vorgebunden. Er war daran, den Gang z'wüsche. Studer stellte sich breitbeinig vor ihn hin:

«Loset, Dreyer!» Der Mann sah auf, sein Blick war leer. Die linke Hand, die auf dem Besenstiel ruhte, trug einen Verband.

«Ja, Herr Wachtmeister?» Der Mann kannte ihn also schon. Desto besser!

«Ihr seid verwundet?»

«Nüt vo Belang ...», sagte Dreyer und senkte den Blick.

Bluttropfen im Direktionsbureau ... Der Portier verwundet – an der Hand! ... Studer nahm sich zusammen. Nid! Nid! Keine verfrühten Hypothesen. Einfach registrieren: Portier Dreyer ist an der Hand verwundet ... Weiter!

«War der Direktor verheiratet?»

Der Portier grinste. Seine beiden Augenzähne trugen Goldplomben, das störte Studer, darum blickte er beiseite.

«Zweimal», sagte Dreyer. «Zweimal war er verheiratet. Und beide Frauen sind tot. Die zweite war zuerst Köchin bei ihm, Haushälterin hat man das genannt. Sie war aus keiner schlechten Familie. Sie hat's dann gut verstanden, ihre Geschwister in der

Anstalt unterzubringen: den Bruder als Maschinenmeister, die Schwester als Buchhalterin in der Verwaltung – und ihr Schwager, der Mann ihrer zweiten Schwester, ist vierter Arzt.»

Es war zu erwarten gewesen, und die Erwartung hatte nicht getäuscht. Portiers waren wirklich auf dem laufenden. Sie redeten weniger witzig als beispielsweise Dr. Laduner, aber sachlicher.

«Danke», sagte Studer trocken. «Hat der Direktor gestern eine größere Geldsumme empfangen?»

«Woher wisset Ihr das, Herr Wachtmeister? Vom Mai bis in den August war er krank. Er hat Ferien genommen. Aber dann war der Herr Direktor noch bei einer Krankenkasse. Gestern ist das Geld gekommen: hundert Tage zu zwölf Franken Taggeld machte gerade tausendzweihundert Franken.»

«So», sagte Studer. «Und am Ersten hat er wohl den Lohn gezogen, das war doch auch gestern?»

«Nein, den läßt er immer auf der Verwaltung stehen, und wenn eine größere Summe beieinander ist, läßt er sie an die Bank schicken. Er hat ja fast nichts gebraucht. Wohnung frei. Eine Haushälterin hat er nicht mehr nehmen wollen. So hat man ihm das Erstklaßmenü aus der Küche gebracht.»

«Wie alt war der Direktor?»

«Neunundsechzig. Nächstes Jahr hätte er seinen siebzigsten Geburtstag gefeiert ...»

Dann, als sei die Sache damit erledigt, schob Dreyer den schwarzen Haarbesen vor sich her, und für einen Augenblick herrschte der Geruch von Staub über die beiden andern: Bodenwichse und Apotheke.

«Hat er das Geld bei sich behalten? Ich meine, die zwölfhundert Franken ...»

Der Portier wandte sich um und gab Auskunft:

«Eine Tausendernote und zwei Hunderter. Er hat die drei Noten in seine Brieftasche gesteckt. Er hat zu mir gesagt, daß er das Geld morgen – das heißt also heute – auf die Bank tun wolle. Er fahre sowieso nach Bern ...»

«Wo ist die Sichlete gefeiert worden?»

«Geht dort zur hinteren Tür hinaus. Dann ist grad vor Euch das Kasino. Die Tür ist offen. Ihr werdet ungestört sein ...»

Das Kasino! Wie in Nizza oder Monte Carlo! Und dabei war man in der Heil- und Pflegeanstalt Randlingen ...

Es sah aus wie nach einem Vereinsfest: Asche am Boden, zerrissene Papiergirlanden an den Wänden, weiße Tischtücher, auf denen Brotresten herumlagen. Die Luft roch nach erkaltetem Rauch. Im Hintergrund eine Bühne, ein Tisch darauf, Weingläser ... Die Honoratioren, wie Dr. Laduner sagte, hatten keinen Tee getrunken ... Spitzbogenfenster mit billigen farbigen Butzenscheiben gaben dem Raum etwas Kirchenähnliches. Eine Kanzel, die an der Seitenwand hing, etwas über dem Boden, verstärkte noch den Eindruck. Vielleicht hatten die Kirchen während der Französischen Revolution so ausgesehen, wenn man in ihnen das Fest der Vernunft gefeiert hatte ...

Studer nahm einen Stuhl und setzte sich der Bühne gegenüber. Er zündete eine Brissago an, und dann begann er kleine Bewegungen mit seiner rechten Hand zu machen, wie ein Regisseur, der zu Beginn einer Szene den Schauspielern die Plätze anweist ...

Auf der Bühne der Direktor ... Wahrscheinlich saß er in der Mitte des Tisches, auf jenem Armstuhl, der ein wenig schief dastand, so, als sei einer hastig aufgesprungen. Rechts von ihm Dr. Laduner, links von ihm der Verwalter ... Die Assistenzärzte.

Der vierte Arzt, dessen Frau die Schwester der zweiten Frau des Direktors war ... Komplizierte Familiengeschichten. Der vierte Arzt war also sozusagen ein Schwager des Direktors. Wie hieß dieser Herr? Eigentlich hätte man sich gleich nach seinem Namen erkundigen können, auch wenn es das Namensregister verlängerte.

Dort in der Ecke stand ein altes Klavier ... Wer hatte den Patienten Pieterlen, der die Handharpfe spielte, begleitet? Und dann hatte man getanzt ... Hier im freien Raum zwischen den Tischen. Männlein und Weiblein zusammen, Pfleger und Pflegerinnen. Und die Patienten hatten – wie hatte Dr. Laduner das ausgedrückt? – ah ja, ‹erotische Spannungen abreagiert› …

Item. Um zehn Uhr wurde der Direktor ans Telephon gerufen. Vom Abteiliger – wie hieß er? – Jutzeler. Wurde vom Abteiliger Jutzeler ans Telephon gerufen. – Schreiben wir in unser Notizbuch, der Abteiliger Jutzeler sei zu fragen, ob eine männliche oder weibliche Stimme den Direktor verlangt habe … Das Telephon … Wo war das Telephon? …

Studer stand auf, er ging zum Klavier hinüber, schlug einige Tasten an … Arg verstimmt, der Kasten! … Dann stieg er auf die Bühne – es kostete Mühe – und begann gebückt den Tisch zu umkreisen. In seinem dunklen Anzug, tief gebeugt, sah er aus wie ein riesiger Neufundländer, der eifrig eine Spur sucht. Er hob einen Zipfel des Tischtuches, bückte sich:

Ein Kärtchen, blau, arg beschmutzt. Hulligerschrift … Eine brave Schülerinnenschrift …

«Ich läut Dir dann um zehn Uhr an, Ueli. Wir gehn dann spaziren.»

Spaziren ohne ‹e› … Keine Unterschrift …

Keine Unterschrift. Wenn das Kärtchen auch nicht gerade unter dem Armstuhl gelegen wäre, so wäre es dennoch nicht schwer zu erraten gewesen, für wen es bestimmt war.

Wo war das Telephon? Studer stieg von der Bühne herab, sah sich um, und da entdeckte er in einer Nebenkammer den Apparat.

Er war schwarz und hatte eine weiße Scheibe mit einstelligen Ziffern, von eins bis neun. Wie ein gewöhnlicher Apparat in der Stadt. In der Mitte der Scheibe stand die Nummer 49. Neben dem Telephon hing an der Wand eine Tabelle. In kleiner Druckschrift war an ihrem Fuße angegeben: «Alle rot gedruckten Nummern haben direkten Anschluß nach auswärts.»

«12 Direktor» war natürlich rot gedruckt, «13 zweiter Arzt» auch, Verwaltungsbureau und so weiter. Aber die Nummern der Abteilungen waren schwarz. Wachsaal B (Männerseite) hatte Nummer 44. Und das Kasino mit Nummer 49 war auch schwarz gedruckt.

Also – logische Feststellung: Der Herr Direktor Borstli war vom Innern der Anstalt aus ans Telephon gerufen worden. Wäre er von auswärts verlangt worden, hätte ihn der Portier Dreyer holen müssen und der Direktor hätte vom Direktionsbureau aus sprechen müssen, oder von seiner Wohnung.

Ein Meitschi hatte ihm angeläutet ... «Ich läut Dir dann um zehn Uhr an, Ueli ...» Um zehn Uhr geht man mit einem Meitschi spazieren. Vielleicht war der Spaziergang ausgedehnter gewesen, als er zuerst vorgesehen war, man war nicht zurückgekehrt, hatte einen Frühzug genommen nach Thun, nach Interlaken, auch im Tessin war es sicher ganz schön, jetzt, wo der Herbst begann.

Und das verwüstete Bureau hatte keine verbrecherische Bedeutung; das Verschwinden des Patienten Pieterlen war ein Zufall, und es bestand kein ‹Konnex›, um mit Dr. Laduner zu reden, von ‹Imponderabilien› ganz zu schweigen.

Vielleicht war man vom kantonalen Polizeidirektor ganz umsonst zu nachtschlafender Zeit aus dem Bett geschellt worden. Blieb immerhin die merkwürdige Forderung Dr. Laduners, die Forderung, «behördlich gedeckt zu werden ...»

Da konnte vielleicht etwas dahinterstecken. Besonders, wenn man berücksichtigte, daß der berüchtigte Oberst Caplaun noch in die Geschichte hineinspielte. Sein Sohn ... Angstneurose ... Gut und recht. Aber gebrannte Kinder scheuen das Feuer, und Wachtmeister Studer scheute den Obersten Caplaun ...

‹Hulligerschrift!› dachte er. ‹Das Meitschi ist noch nicht lange aus der Schule.› – Und Studer lächelte ein wenig einfältig, weil er sich den alten Direktor Borstli in Pelerine und schwarzem breitrandigem Hut vorstellte, Arm in Arm mit einem Mädchen. Der junge Totsch blickte voll Verehrung zu dem Manne auf, der ihm etwas ganz Großes schien, und träumte sicher davon, in nächster Zeit Frau Direktor zu werden ...

Dr. Laduner würde einen auf die ‹große Visite› mitnehmen wollen. Wahrscheinlich. Dann traf man wohl den Abteiliger Jutzeler und konnte ihn fragen, wie die Stimme am Telephon geklungen hatte ... Man konnte den Nachtwärter Bohnenblust ins Kreuzverhör nehmen und herausbringen, auf welche Art der Patient Pieterlen entwichen war. Dann war alles im Blei, man konnte beruhigten Gemütes zusammen mit dem Dr. Laduner nach Bern zurückfahren, heim in die Wohnung auf dem Kirchenfeld ...

Studer zog noch einmal sein Notizbuch, versorgte die blaue Karte mit der Hulligerschrift darin und begann dann, leise und mit viel künstlerischem Empfinden, das Lied vom Brienzer Buurli zu pfeifen. Er pfiff den Beginn der zweiten Strophe, als er aus der Tür des Kasinos trat, aber dann unterbrach er sein Pfeifen ...

Denn ein sonderbares Gefährt fuhr vorbei. Ein Zweiräderkarren, eine Benne, und zwischen den Stangen tanzte ein Mann. Am anderen Ende der Benne aber war eine lange Kette befestigt, mit vier Querhölzern. Jedes dieser Querhölzer wurde von zwei Mannen gehalten, so daß also acht Mann an der Kette die zweirädrige Benne zogen. Neben dem sonderbaren Gefährt schritt ein Mann in blauem Überkleid. Er grüßte lächelnd, rief: «Ahalten! Ahalten han i gseit!» Der Mann zwischen den Stangen hörte auf zu tanzen, die acht Mann an der Kette standen still. Studer fragte mit einer Stimme, die vor Verwunderung ganz heiser war:

«Was isch denn das?»

«Der Randlinger Blitzzug!» lachte der Mann. Und erklärte dann zutraulich, das gehöre zur Arbeitstherapie, das sei, damit die Patienten mehr Bewegung hätten ... Natürlich, nur die ganz Verblödeten brauche man dazu. Aber sie seien dann viel ruhiger ... Und adjö woll!

«Hü, mitenand!» rief er. Und gehorsam fuhr der Blitzzug davon ...

«Arbeitstherapie! ...» dachte Studer und konnte nicht aufhören mit Kopfschütteln. Heilung durch Arbeit! ... Bei den Zugtieren war doch nichts mehr zu heilen! ... Aber: Man war ja nicht Psychiater, sondern nur ein einfacher Fahnderwachtmeister ... Gott sei Dank übrigens ...

Die weiße Eminenz

Die Türe neben dem Direktionsbureau flog auf, prallte gegen die Holzfüllung, und dann erfüllte dumpfes Stimmengemurmel die Parterrehalle des Mittelbaues. Aus dem Gemurmel sonderte sich eine quäkende und hüpfende Stimme ab, die sagte:

«Wi isch daas, Herr Doktr, sott me-n-ächt d'Lumbalpunktionsgrät zwäg mache?»

Dann die Stimme Laduners:

«Für den Schmocker, meinet Sie? Mynetwegen.» Komisches Schweizerdeutsch sprach der Mann. Studer ging näher und prallte fast mit Dr. Laduner zusammen, der einen weißen Mantel trug, Brust gewölbt, und immer noch stand die braune Haarsträhne ab wie der Federschmuck vom Kopfe eines Reihers. «Ah, Studer, da sind Sie ja. Gut, daß ich Sie noch treffe ... Sie kommen natürlich mit auf die Visite. Ich werd Sie schnell vorstellen, und dann können wir losgehen ...»

Vier Gestalten in weißen Mänteln standen hinter ihm, Laduner trat beiseite.

«Wachtmeister Studer, der den Detektiv in unserer Ausbruchskomödie spielen wird. – Dr. Blumenstein, vierter Arzt, weitläufig verwandt mit unserem vermißten Direktor ... Sehr erfreut – gleichfalls. Ihr könnt beide schweigen, ich spreche für alle ...» Dr. Laduner war sichtlich aufgeregt. Blumenstein hieß also der Schwager des Herrn Direktor. Studer sah ihn an: mindestens zwei Meter hoch, ein rosiges Babygesicht und Hände! Das waren keine Hände mehr, das waren kleinere Tennisrakkets! Verheiratet war der Blumenstein, soso ... Sah nicht danach aus. Ähnelte ein wenig jenen Riesenkindern, die man auf Jahrmärkten sehen kann.

«Einen Moment!» sagte Dr. Laduner. «Stellt euch einander selbst vor, oder, Blumenstein, besorgen Sie das ...»

Und fort war Dr. Laduner, die Treppe hinauf …

‹Er muß mit dem Herbert Caplaun sprechen, mit dem Angstneurotiker, wie er sagt, wenn man nur zuhören könnte, was die beiden zu verhandeln haben …›, dachte Studer und horchte nur zerstreut auf die Namen, die ihm genannt wurden. Der zweite Weißkittel war offenbar ein Welscher, denn er sagte: «Enchanté, inspecteur!», und dann, die zwei andern in weißen Mänteln, das waren ja, my Gotts tüüri, Frauenzimmer! Studer wurde förmlich und kalt. Er hatte eine ausgesprochene Antipathie gegen berufstätige Frauen. Die beiden waren auch nicht weiter interessant. Eher farblos. Trugen grobe Halbschuhe mit Gummisohlen und Baumwollstrümpfe über ziemlich dürren Waden.

Man stand herum und wartete. Man hatte jemanden außer acht gelassen, und dieser Jemand stellte sich jetzt selber vor. Es war der Besitzer der Stimme, die vom «Lumbalpunktionsgrät» gesprochen hatte.

«Ah, das isch also dr Herr Wachtmeischter Studer, freut mi sehr, i bi dr Oberpflägr Weyrauch …»

Er hatte ein rotes Gesicht, und lustige Äderchen platzten auf seinen Wangen. Er trug eine Hornbrille, und hinter ihren Gläsern versteckte er kleine kluge Schweinsäuglein; eine weiße Kutte stand über einem ebenfalls weißen Schurz offen, und der Bauch wölbte sich, wölbte sich so majestätisch, daß er den Schurz straff spannte, und die Uhrkette, die die Weste zieren mußte, zeichnete sich durch den Stoff als Relief ab.

Studer holte mit todernster Miene sein Notizbuch hervor, schrieb mit seiner winzigen Schrift …

«Eh, was schrybet dr jitz, Herr Wachtmeischter?»

«Euere Name …»

«So chumm i einisch do no in die Annalen vo dr Polizei …», sagte der Oberpfleger Weyrauch und lachte lange. Dann mußte er husten.

«Kostbar ist unsere Oberpfleger, unsere Weyrauch …», sagte der Welsche. Er hatte einen sehr weißen Scheitel, der seine schwarzen Haare in der Mitte teilte, und darunter ein kleines, bleiches Gesicht. Er erinnerte an ein Wiesel …

«Schrybet dr Herr Doktr Neuville au grad uuf ...», sagte Weyrauch. Und Studer folgte dem Ratschlag.

«Oberpfleger Weyrauch.

Blumenstein, IV. Arzt, Schwager des Direktors.

Neuville, Assistent ...»

Wenn das so weiter ging, mußte er ein neues Büchlein kaufen. Für die beiden Ärztinnen interessierte er sich nicht. Die eine war groß, die andere klein. Was lag schon an ihren Namen?

Da kam Dr. Laduner zurück. Die Gruppe setzte sich in Bewegung. Niemand schien daran Anstoß zu nehmen, daß Studer sich anschloß. Mit weit ausholenden Schritten ging Dr. Laduner voran, die Zipfel seines Arztkittels flatterten hoch, wenn die Knie gegen sie stießen. Neben ihm rollte der Oberpfleger Weyrauch. Er steckte jetzt den Schlüssel in die Holztür, die den Mittelbau rechts abschloß:

«Weit-r so guet sy?» sagte er. Und die Gruppe defilierte an ihm vorbei.

Studer ging als letzter. Er hatte sein verbissenstes Gesicht aufgesetzt. Er kam sich überflüssig vor, richtig wie das fünfte Rad am Wagen. Vor ihm gingen die beiden Damen. Sie schritten sehr steif, sie pendelten nicht mit den Hüften. Ihre Haare waren kurzgeschnitten und ihr Nacken ausrasiert. Sie wirkten sehr neutral.

Ein langer Gang. In den Geruch von Apotheke, Bodenwichse und Staub mischte sich ein viertes Element: Rauch von schlechtem Tabak ... Links eine Reihe hoher Fenster. Aber sie waren sonderbar gebaut, diese Fenster: in winzige Scheiben eingeteilt, und die Einfassungen der Scheiben waren eiserne Gitterstäbe. Studer prüfte sie verstohlen. Er warf einen Blick hinaus: der Hof. Der Wachtmeister stand gerade dem Ebereschenbaum gegenüber mit seinen roten Beeren und seinen leuchtend-gelben Blättern. Und der Baum tröstete ihn ...

Studer hatte sich unter Irrenhaus stets etwas Dämonisches vorgestellt – aber von Dämonie war wirklich nichts zu spüren ... Da war ein Zimmer, in sattem Orange gestrichen, mit Bänken an den Wänden, Tischen davor. Vor den Fenstern mit den winzigen rechteckigen Scheiben wuchsen Tannen, und sie wiegten sich in einem leichten Winde …

An den Tischen saßen Männer. Das einzig Auffällige an ihnen war vielleicht, daß sie Bartstoppeln trugen, die wohl mindestens eine Woche alt waren. Ihre Augen waren ein wenig sonderbar, aber eigentlich nicht sonderbarer als die Augen der Leute, die Studer in den Zellen von Thorberg besucht hatte.

Männer mit weißen Schürzen standen herum, sie trugen keine Kragen, dafür kupferne Klappknöpfe, die die Knopflöcher oben am Hemdkragen zusammenhielten. Pfleger anscheinend.

Der welsche Assistent hatte sich an den Wachtmeister herangemacht. «Wir sind auf dem R!» flüsterte er wichtig. «Die ruhige Abteilung. Dr. Laduner mag die Pfleger hier nicht, alles Ssstündeler …»

Und richtig war Dr. Laduner gerade an einen der Weißbeschürzten herangetreten und kanzelte ihn ab mit leiser Stimme. Dabei wies er nach einer Ecke des Raumes, wo ein Mann saß, in sich zusammengesunken, und nichts tat. Die andern, vor den Tischen, waren damit beschäftigt, Papiersäcke zu kleben. Es standen Teller mit Kleister herum.

«Der alte Herr Direktor, er hat die Ssstündeler sehr gern gehabt, weil sie nie haben reklamiert … Nur Jutzeler! Er hat wollen organisieren. Letzte Woche, wir haben gehabt fast einen Streik … Und Jutzeler hat sollen fliegen … Aber Dr. Laduner hat ihn protégé … Ich nenne Dr. Laduner immer ‹l'éminence blanche›, die ‹weiße Eminenz›. Sie wissen, es hat gegeben in der Geschichte von Frankreich eine graue Eminenz, die aus dem Hintergrund immer gezogen hat die Fäden … Dr. Laduner, er zieht auch aus dem Hintergrund die Fäden … Der alte Direktor? … Pfüüüh …» Und der welsche Assistent (Neuville hieß er doch?) machte mit der Hand eine wegwerfende Bewegung.

Eine der Damen trabte neben Dr. Laduner, der Hände schüttelte, sich erkundigte, wie es gehe. Das starre Lächeln wich überhaupt nicht mehr von seinen Lippen. Studer war überzeugt, daß

Dr. Laduner meinte, sein Lächeln wirke ungemein herzlich, aufmunternd … Er tätschelte hier eine Schulter, er beugte sich dort tief über einen Schweigsamen, der keine Antwort gab, einer regte sich auf und begann laut zu schreien …

Dr. Laduner wandte sich um, flüsterte dem Weißbeschürzten etwas zu … Der trat zu dem Aufgeregten – und die Gruppe verließ den Raum …

Wieder eine Holztüre, ein langer Gang, der Parkettboden glänzte. Und über dem spiegelnden Parkett wandelte ihnen ein kurzes Männchen entgegen, mit O-Beinen und einer dicken Kopfzigarre im Mundwinkel. Das Männchen sah sehr vergnügt aus.

«Was macht der Schmocker auf dem K?» fragte Dr. Laduner laut. Die kleinere der beiden Assistentinnen trat neben ihn und flüsterte ihm etwas zu. Studer verstand nur das Wort ‹isolieren›.

«Aber, liebes Kind, das geht doch nicht», sagte Dr. Laduner ärgerlich. «Der Mann hat zu arbeiten, wie andere auch, und wenn der Pieterlen mit ihm das Zimmer geteilt hat, so ist das kein Grund …»

Da war das dicke Männchen herangekommen und begann mit dröhnender Tribunenstimme eine Rede.

Er verlange, führte er aus, dem Bundesgericht überwiesen zu werden, sein Delikt sei ein politisches, er gehöre nicht in eine Irrenanstalt unter Verrückte und Mörder, er sei zeit seines Lebens ein ehrlicher Mann gewesen, der sich seinen Lebensunterhalt sauer verdient habe, und wenn man seinen berechtigten Reklamationen nicht nachkommen wolle, so werde er andere Wege beschreiten. Er sei immer staatserhaltend gesinnt gewesen, konservativ, denn er finde, das demokratische Regime sei das beste, das es gebe, aber wenn man es ihm so machen wolle, so werde auch er für die Diktatur des Proletariats eintreten … Dann würden aber einige hohe Herren etwas erleben …

Dr. Laduner stand vor ihm, steif aufgereckt, die Hände in den winzigen Taschen seines weißen Kittels. Er sprach schriftdeutsch, als er antwortete:

«Herr Schmocker, was Sie erzählen, ist uninteressant. Sie werden jetzt ins R gehen und Papiersäcke kleben. Sonst stecke ich Sie ins Bad. Adieu.»

Der kleine Mann schwoll rot an, man fürchtete, er werde im nächsten Moment zerplatzen. Seine Stimme bebte, als er sagte:

«Sie werden die Verantwortung tragen, Herr Doktor.» Er zog an seiner Zigarre, aber sie war während der Rede erloschen.

«Ge-wiß ...», sagte Dr. Laduner und schritt durch die nächste Tür, die der Oberpfleger Weyrauch einladend offen hielt ...

«Wenn dr weit so guet sy ...»

«Liebes Kind, es ist doch sonst nichts Besonderes auf dem K?» «Nein, Herr Doktor.» Mit einer Handbewegung war das Fräulein gnädig entlassen, und Dr. Laduner winkte Studer zu sich heran. Der Oberpfleger Weyrauch schloß sachte die Tür.

Sie standen in einem leeren Gang, der ziemlich finster war. Hier mußte der eine Schenkel des u-förmigen Anstaltsbaus aufhören, denn der Gang war durch eine Mauer abgeschlossen. Ein Fenster stand darin offen.

«Übrigens, kommen Sie doch noch einen Augenblick», sagte Dr. Laduner und ließ Studer warten, während er sich an das kleine Fräulein wandte. «Hat der Schmocker nichts sagen wollen, ich meine, wegen der Entweichung des Pieterlen?»

«Nein, nein, Herr Doktor», das kleine Fräulein wurde rot, ihre Ohren glühten. «Er hat nur heute morgen die Arbeit verweigert auf B, und da habe ich gedacht, es sei besser, ihn ein wenig zu isolieren ...» Sie verhaspelte sich, schwieg. Auch sie sprach schriftdeutsch, aber mit dem harten Akzent der Balten.

«Gut, gut, liebes Kind. Regen Sie sich nicht auf. Weyrauch, notieren Sie. Wir stecken den Schmocker doch noch eine Stunde ins Bad, vielleicht klingt dann der manische Erregungszustand leichter ab ... Nein, keine Spritze ... Wollten Sie etwas sagen, Studer?»

Nein, nein, der Wachtmeister dachte nicht im Traum daran, etwas zu sagen. Er schüttelte sehr intensiv den Kopf.

«Wir betrachten nämlich», sagte Dr. Laduner und begann im langen Gang auf und ab zu wandeln, die Hände auf dem Rücken aufeinandergelegt, «das Bad nicht als eine Strafe, sondern als ein Mittel, die Anpassung an die Wirklichkeit und an ihre Forderungen zu beschleunigen. Wir haben wenig Möglichkeiten, eine gewisse Arbeitsdisziplin aufrechtzuerhalten. Wir sind nicht in einem Zuchthaus, wir sind in einer Heilanstalt. Aber den kranken Geist können wir nur heilen, wenn wir an die gesunden Teile der Seele appellieren, an den Arbeitswillen, an das Einfügen in eine Kollektivität ... Selbst der Verwirrteste hat einen Punkt ... Übrigens, Studer, kennen Sie die Geschichte des Herrn Schmocker? Ich breche damit nicht mein Berufsgeheimnis, denn die Geschichte stand in allen Zeitungen ...»

Schmocker? Studer erinnerte sich dunkel an eine Attentatsgeschichte, wußte aber das Nähere nicht und fragte darum bescheiden, was es mit dem Herrn für eine Bewandtnis habe. Da der Schmocker mit dem entwichenen Pieterlen das Zimmer geteilt habe, werde es sicher interessant sein zu wissen, was man von der Wahrheitsliebe des besagten Schmocker zu halten habe, und deshalb ...

«Ge-wiß ...» Dr. Laduner nahm Studers Arm und zog ihn mit sich auf seine Wanderung. Er durchmaß den Gang, die vier Weißmäntel folgten ihm in einer Reihe, trieben leisen Schabernack, wie unbeaufsichtigte Schüler. Ganz hinten rollte der rundliche Oberpfleger.

«Das Verbrechen des Herrn Schmocker war folgendes: Er trat einem unserer hohen Bundesräte in den Weg und hielt ihm einen ungeladenen Revolver vor die Nase. Dazu sagte er zitternd: ‹Ich werde Sie töten!› Der betreffende Bundesrat begann daraufhin auf offener Straße zu tanzen, denn er wußte nicht, daß der Revolver ungeladen war, und er hatte Angst für sein wertvolles Leben, was sowohl menschlich als auch politisch zu begreifen ist. Nachdem unser Schmocker dem tanzenden Bundesrate eine Zeitlang zugesehen hatte, steckte er den Revolver wieder ein, begab sich in seine Wohnung zu seiner Frau und aß dort eine Bernerplatte. Bitte, Studer, lachen Sie nicht. Das steht in den Akten. Die Stadtpolizei ist in solchen Dingen genau. Die Stadtpolizei ist auch rührig, denn sie störte Herrn Schmocker beim Vertilgen der Bernerplatte, nahm ihn mit und sperrte ihn ein. Er konnte zwar beweisen, daß sein Revolver ungeladen war, aber er hatte immerhin eine hohe Amtsperson zum Tanzen gebracht – auf offener Straße noch dazu –, und das ist ein fluchwürdiges Verbrechen in einer friedlichen Demokratie wie der unsrigen ... Einen Landesvater tanzen lassen! ... Da man aber Zweifel hegte an der Zurechnungsfähigkeit des Herrn Schmokker, so wurde er uns zur Begutachtung überwiesen. Er ist ein langweiliger Kerl im Grunde. Sonst fände ich seine Handlung ganz witzig ... Aber wissen Sie, er war Getreideagent, vor dem Monopol, und das Monopol hat ihn ruiniert. Die hohen Herren im Bundeshaus waren so anständig – nein, so dumm –, ihn dafür zu entschädigen. Drei Jahre lang hat Herr Schmocker im Monat fünfhundert Franken bezogen und nichts dafür gearbeitet. Nur weil er ein gutes Maul hatte und zu drohen wußte. Man hat ihm Stellen angeboten ... Er schlug sie aus. Er wolle keine subalterne Stellung bekleiden, sagte er. Und dann ging den Herren die Geduld aus. Da kaufte sich Herr Schmocker einen Revolver bei einem Trödler, denn sein Herz war angefüllt mit Zorn. Patronen erwarb er keine ... Das ist also die Geschichte vom Getreideagenten Schmocker, der sich für den Wilhelm Tell und einen hohen Bundesrat für den Geßler hielt ...»

Dr. Laduner verstummte. Seine Hand hielt noch immer Studers Arm dicht unter dem Ellbogen gepackt. Die beiden blieben vor dem geöffneten Fenster stehen.

«Dort, der zweistöckige Bau, ist das U1», sagte Laduner. «Und der niedere dahinter der Zellenbau vom U2. Dort sieht es böser aus als hier im B. Denn wir sind im B ... Weyrauch!» rief er.

«Was wünscht dr Herr Doktr?»

«Wartet der Nachtwärter Bohnenblust im Wachsaal?»

«Jawohl, Herr Doktr. I ha Ordere gä, der Bohnenbluescht mög warte, bis dr Herr Doktr ihn gseh häb ... Jawohl, Herr Doktr ...»

Da ließ Dr. Laduner Studers Arm los und wandte sich einer Türe zu.

«Paardon … Äksküseeh, Herr Doktr! …» Der Oberpfleger Weyrauch steckte den Passe ins Schlüsselloch, riß die Türe auf. Er stand da wie ein wohlerzogener, sehr verfetteter Kammerdiener:

«Wenn dr weit so guet sy …» Laduner trat ins Stiegenhaus.

Wachsaal B

Die Länge des Wachsaals schätzte Studer auf etwa fünfzehn Meter, die Breite auf acht. Der Raum war weiß gestrichen. Zweiundzwanzig Betten in zwei Reihen ... Am einen Ende war ein erhöhtes Abteil, in dem zwei Badewannen standen. Dahinter war das Fenster geöffnet, und dünne Eisengitter hatte man davor angebracht. Auch durch dieses Fenster sah man den zweistöckigen Bau des U 1.

Neben dem Abteil mit den Badewannen war eine Tür – mit Glasscheiben im oberen Teil –, die in ein Nebenzimmer führte. In der Mitte des Saales trat ein Mauerstück aus der Wand hervor und bildete eine Nische. In dieser Nische war ein kleines Tischchen angebracht. Und davor saß der Nachtwärter Bohnenblust, ein älterer Mann mit einem buschigen Schnurrbart. Er trug einen grauen, an vielen Stellen geflickten Sweater. Auf seiner Stirn war eine Beule.

Neben ihm, stramm aufgereckt, stand der Abteiliger Jutzeler in weißem Schurz und weißer Kutte, an deren Revers ein weißes Kreuz in rotem Feld aufgenäht war.

Dr. Laduner trat auf ihn zu, fragte, ob alles in Ordnung sei, erhielt eine bejahende Antwort. Jutzeler sprach im singenden Tonfall der Oberländer. Seine Augen waren braun und sanft, wie Rehaugen.

Der Nachtwärter Bohnenblust erhob sich mit der Unbeholfenheit eines Mannes, den zu vieles Sitzen unbeweglich gemacht hat. Wenn er tief atmete, rasselten seine Lungen.

Er solle sitzen bleiben, fauchte ihn Laduner an. Der Nachtwärter Bohnenblust riß die Augen auf, pustete, hockte ab. Laduner nahm hinter einem größeren Tisch Platz, winkte Studer neben sich auf die Bank, stützte dann die Ellbogen auf die Platte. Bohnenblust saß rechts neben ihm, vor seinem Tischchen.

«So, Bohnenblust! Berichtet!»

Die beiden Assistentinnen lehnten sich an die Wand, der welsche Arzt übte Stepschritte. Dr. Blumenstein stand auf einem Bein und sah in seinem weißen Mantel wie ein Storch aus. In der Stille summte eine Hummel, kam näher, blieb vor Studers Nase einige Augenblicke in der Luft hängen; ihr Bauch schimmerte samten und braun.

«Der Herr Doktor wird wissen …», sagte Bohnenblust.

«Der Herr Doktor weiß gar nüt. Der Herr Doktor möchte wissen, woher Ihr die Beule am Gring herhabt!» Das Wort ‹Gring› klang sehr sonderbar in Laduners Mund.

«Also», sagte der Nachtwärter Bohnenblust, stand auf, setzte sich wieder, rutschte hin und her, als sei sein Stuhl eine heiße Ofenplatte. «Um 1 Uhr, ich hatte gerade gestochen …»

«Er muß jede Stunde die Kontrolluhr stechen …», erklärte Laduner dem Wachtmeister.

«Um 1 Uhr hab ich im Nebenzimmer Lärm gehört. Rufen.» Bohnenblust wies nach der Tür, in deren oberen Teil Glasscheiben eingelassen waren. «Ich bin hineingegangen …»

«Haben Sie Licht gemacht?»

«Nein, Herr Doktor, der Schmocker reklamiert sonst immer …»

Laduner nickte, die zwei Assistenten, die zwei Damen nickten, und es nickte auch der dicke Oberpfleger Weyrauch. Es unterlag keinem Zweifel, daß der Bedroher eines hohen Bundesrates im Reklamieren Erfahrung und Geschick haben mußte …

«Ich bin also hineingegangen», sagte Bohnenblust und schnaufte Luft in seinen Schnurrbart. «Und dann weiß ich nichts mehr … bis ich wieder aufgewacht bin. Das war gegen halb drei. Dann hab ich die Alarmglocke gedrückt, und dann ist der Jutzeler und der Hofstetter und der Gilgen gekommen. Durch die Mitteltür, und die war verschlossen. Auch die beiden andern Türen waren es, und meinen Passe und meinen Dreikant hab ich immer noch im Sack gehabt …»

«Zum Öffnen der Türen», erklärte Laduner wieder und wandte sich Studer zu, «besitzen unsere Pfleger einen Passepartout und einen Dreikant. Wenn sie fortgehen, müssen sie die

Schlüssel beim Portier abgeben – wenigstens sollten sie es tun. Aber die Hälfte der Zeit behalten sie sie einfach im Sack, weil sie dann später heimkommen können, wenn sie einmal zu lang im Dorf gejaßt haben ... Stimmt's, Jutzeler?»

‹Diese Art der Ausfragerei!› dachte Studer. ‹So kommt man doch zu nichts!›

Waren die zwei Ärzte, die zwei Assistentinnen, der Dr. Laduner, waren die fünf Mediziner denn eigentlich blind? Hatten sie noch nie die Spuren eines Schlages auf den Kopf gesehen? Er, der Wachtmeister Studer, ohne sich rühmen zu wollen, brauchte nur einen Blick auf die Beule des Nachtwärters Bohnenblust zu werfen, und dann war *er* im Bild. Der hatte sich den ‹Gring› irgendwo angeschlagen, an einer Kante, an einer Türe, an einem Schaft, meinetwegen an einem Mauervorsprung ... Aber einen Schlag hatte der Mann nie erhalten ... Sollte man den gescheiten Dr. Laduner in Ruhe und Frieden sein Frage-und-Antwort-Spiel betreiben lassen und sich unauffällig verhalten?

Dr. Laduner fragte:

«Und der Schmocker ist ob dem Lärm nicht erwacht? Sie sind zwei Stunden ohnmächtig im Nebenzimmer gelegen, und Herr Schmocker ist nicht erwacht? Niemand im Wachsaal hat etwas gemerkt, es sind doch einige Patienten da, die nicht gut schlafen, denen ist nichts aufgefallen?»

Studer griff ein, so kam man nicht weiter ...

Er sagte:

«Wir wollen die Sache auf sich beruhen lassen. Wenn Sie erlauben, will ich versuchen, mir ein Bild von der ganzen Angelegenheit zu machen. Kann ich das Zimmer sehen, in dem Pieterlen zusammen mit dem Bundesratsattentäter gewohnt hat?»

«Aber bitte, Studer, nur zu, dort ist die Türe ...»

Studer stand auf, trat in den Nebenraum. Zwei Fenster. Das eine sah in den Garten, das andere auf den zweistöckigen Bau des U 1. Zwei Betten. An den Wänden ein Dutzend Kohlezeichnungen. Männerköpfe, sonderbar starr, offenbar nach Photographien gezeichnet. Bäume, die gespenstisch aussahen. Ein großer

Kopf, wie aus einem Traum: breitmäulig, froschhaft. Und ein Mädchenkopf ...

Ein Mädchenkopf. Süßlich, ähnlich, wie man sie auf den vielbegehrten Postkarten sieht, die von Liebesleuten aus dem Volk mit Vorliebe gekauft werden. Aber deutlich war doch, daß das Gesicht nicht nach einer Photographie gezeichnet worden war. Studer zog nacheinander die vier Reißnägel aus der Wand, faltete das Bild zusammen und steckte es in die Tasche. Dann hob er zuerst die eine, dann die andere Matratze. Unter der zweiten fand er ein viereckiges Stück kräftigen grauen Stoffes. Er nahm den Stoff in die Hand, prüfte seine Dicke mit den Fingern, er war solid; Studer schüttelte den Kopf, steckte das Stück in seine Tasche. Sonst war im Zimmer nichts zu finden ... In einer Schublade, die er aufzog, fand er Bleistifte, Kohlenstifte, Kreide, ein Fläschchen, das mit Fixativ gefüllt war ... Er kehrte in den Saal zurück.

Die anderen hatten sich nicht von der Stelle bewegt. Nur der welsche Assistent probierte jetzt einen schweren Tangoschritt, eine Wendung, mit gleichzeitigem Vorgehen, und der Schritt wollte ihm nicht recht gelingen. Sein Wieselgesicht war kraus und ernst ...

«Das Stück Stoff ...», sagte Studer. «Kann mir einer sagen, woher der Stoff stammt?»

Es war der schlanke Abteiliger Jutzeler, der zuerst antwortete. Er wundere sich, sagte er, daß der Wachtmeister diesen Stoffetzen gefunden habe. Ob er ihm Bedeutung beilege? Er stamme von einem der Leintücher, die man auf dem U I brauche für Patienten, die gern alles zerreißen. Und man habe dem Pieterlen das Stück gegeben – es sei übrigens ein größeres Stück gewesen –, um seine Pinsel damit abzutrocknen ... Warum den Wachtmeister das Stück so interessiere?

Studer erwiderte, er könne eigentlich keinen Grund angeben, es sei denn, daß er es unter der Matratze gefunden habe, ziemlich gut versteckt, in der Mitte des Bettes ... Vielleicht sei seine Frage auch eine müßige Frage ...

– Doch weiter. Pieterlen sei gestern an der Sichleten gewesen?

«Ja.»

«Wie lange hat das Fest gedauert?»

«Bis Mitternacht», antwortete der Abteiliger Jutzeler und verschränkte die Arme über der Brust, so, als wolle er sagen: ‹Zum Auskunftgeben bin ich da ... › Es war entschieden eine gewisse Ähnlichkeit zwischen ihm und Dr. Laduner festzustellen.

«Und hat Pieterlen getanzt?»

«Nein. Zuerst hat er sich aufs Tanzen gefreut. Dann aber hat er plötzlich nicht tanzen wollen. Er ist in einer Ecke gehockt, und wir haben ihn nur mit Mühe dazu gebracht, auf der Handharpfe zu spielen ... Ein paar Tänze ... Er war sehr verdrossen ... Wahrscheinlich, weil die Wasem nicht ans Fest gekommen ist ...»

Die Wasem? Studer wurde aufmerksam.

«Was ist das für ein Fräulein Wasem?» fragte er und blickte Dr. Laduner treuherzig an. Er sah, wie der welsche Assistent plötzlich in seinen Tanzversuchen innehielt, auf einem Fußballen balancierte, zwinkerte, grinste, während Dr. Blumenstein, auf einem Bein stehend wie ein Storch, rot wurde. Die beiden Damen blickten zur Erde.

Dr. Laduner räusperte sich. Der Abteiliger wollte Antwort geben, aber der Oberarzt schnitt ihm das Wort ab.

«Wir hatten Pieterlen in die Malergruppe versetzt», sagte er trocken. «Die Malergruppe hat in letzter Zeit auf dem Frauen B Wände gestrichen. Und der Patient Pieterlen hat sich in die Pflegerin Irma Wasem verliebt. Das kommt vor. Es sind da Imponderabilien ...»

«Imponderabilien ...», sagte die baltische Assistentin und nickte weise, nur Dr. Neuville, der welsche Assistent, meckerte hörbar.

«Wasem ... Irma Wasem ...», sagte Studer verträumt. «Und das Meitschi hat die Neigung des Patienten Pieterlen erwidert?» Dabei betrachtete er aufmerksam seine Fingernägel, die kurz und spachtelförmig waren ...

Verlegenes Schweigen ... Verlegen? ... Nein, nicht ganz. Studer spürte, das Schweigen sollte auch Mißfallen ausdrücken,

Mißfallen über sein respektloses Ausfragen. Was gingen einen Fahnderwachtmeister die internen Angelegenheiten einer Heil- und Pflegeanstalt an, sollte das Schweigen wohl besagen. Und das Mißfallen, das ausgedrückt wurde, erstreckte sich auch auf den Dr. Laduner. Sicher war dies wohl der Grund, warum er antwortete:

«In der ersten Zeit sicher ... Ganz bestimmt ... Ich wurde auf dem laufenden gehalten ...»

Aber da unterbrach eine gequetschte, hüpfende Stimme Laduners mühsame Erklärung. Der Oberpfleger Weyrauch, dick, gemütlich, mit Schweinsäuglein hinter einer Hornbrille, brachte sich in Erinnerung, sich und seine Körperfülle ...

– Wenn der Herr Doktor erlaube, so könne er ja mit einer Auskunft aufwarten, sagte er. Man habe an den letzten Abenden die Pflegerin Wasem mit dem Herrn Direktor oft spazieren gehen sehen ...

Dr. Laduner winkte so heftig ab, daß es aussah, als sei er in einen Mückenschwarm geraten. Studer lächelte still vor sich hin ...

– – – Ein Kärtlein mit Hulligerschrift: «Ich läut dir dann um zehn Uhr an. Wir gehn dann spaziren» – – –

Aber Dr. Blumenstein, der vierte Arzt, gewissermaßen der Schwager des Direktors, sagte erbittert:

«Das sind Klatschgeschichten, Weyrauch. Sie sollten sich genieren, vor Außenstehenden solche Bemerkungen zu machen!»

Aber der dicke Weyrauch war nicht in Verlegenheit zu bringen. Er antwortete so unbekümmert, wie nur ein Mann antworten kann, dessen Stellung viel gesicherter ist als die eines vierten Arztes, er antwortete dröhnend und lachte dazu:

«Das wüssed doch alli in dr Aschtalt, daß dr Herr Direktr nid ungärn karessiert hätt!»

Dr. Laduner blinzelte ein wenig, aber sein Maskenlächeln veränderte sich nicht. Studer zog die Kohlezeichnung mit dem süßlichen Mädchenkopf aus der Tasche, zeigte sie dem Oberpfleger und fragte:

«Ist das die Irma Wasem?»

«Eh, deich woll!»

Und zu Jutzeler, dem Abteiliger, gewandt, fragte Studer:

«Ihr habt gestern das Telephon abgenommen und den Direktor gerufen ... Wer hat ihn verlangt? ... Ich meine, hat eine weibliche Stimme gesprochen?»

«Nein, nein», sagte Jutzeler. «Es war eine Mannenstimme ...»

Studer war verblüfft.

«Eine Mannenstimme?» fragte er ungläubig.

«Ja. Ganz sicher!» Der Abteiliger Jutzeler glaubte sich verteidigen zu müssen.

Studer dachte nach. Da stimmte etwas nicht! ... Man mußte weiter fragen. Schwer war es, denn wenn so viele Zuhörer anwesend waren, gingen die Menschen nicht aus sich heraus. Man hätte jeden einzelnen befragen müssen, dann hätte man ihn ausquetschen können ... Der Wachtmeister sah von einem zum andern. Die Gesichter waren leer. Hinten, beim kleinen Tischchen, hockte zufrieden der Nachtwärter Bohnenblust mit dem geflickten Sweater und dem buschigen Schnurrbart und freute sich, daß man ihn vergessen hatte. Er atmete so sanft, daß seine Lungen gar nicht mehr rasselten ... ‹Dich!› dachte Studer, ‹dich knöpf ich mir ein anderes Mal vor ...› Aber vielleicht würde das alles nicht nötig sein ... Studer hatte noch Hoffnung auf einen freundlichen Ausgang, obwohl die Männerstimme ...

«Sagt einmal, Jutzeler ... Während des Telephongesprächs seid Ihr in der Nähe geblieben?»

«Ja.»

«Natürlich! Zugehört habt Ihr nicht. Aber ist Euch etwas aufgefallen? Ein Wechsel im Ausdruck des Herrn Direktor ...» Jutzeler besann sich, nickte.

«Zuerst hat er nur ganz kurz gesprochen und schien wütend zu sein. Er hat den Hörer wieder angehängt. Aber gerade darauf hat es wieder geschellt, der Direktor hat Antwort gegeben, und da hat er gelächelt ...»

Direktor Ulrich Borstli hatte mit zwei Leuten telephoniert. Wenn schon ... Sah es nicht aus, als führe man eine Untersuchung über einen Mordfall, obwohl augenblicklich nur das Verschwinden des Patienten Pieterlen zur Diskussion stand? War es nicht immer noch möglich, daß der Direktor einfach verreist war, eine kleine Spritztour unternommen hatte? Aber es sprach so viel dagegen ... Studer ging im Saal auf und ab, viele Blicke folgten ihm ... Drei Türen an der Längswand. Er rüttelte an den Klinken. Sie waren versperrt. Um sie zu öffnen, brauchte man nur den Passe, nicht den Dreikant.

«Wir müssen weiter, Studer», sagte Dr. Laduner und stand auf. «Ich laß Ihnen vom Oberpfleger ... – Weyrauch! Geben Sie dem Wachtmeister einen Passe und einen Dreikant, damit er frei zirkulieren kann. Auf die Frauenseite wollen Sie doch nicht, Studer?» fragte er.

Der Wachtmeister schüttelte den Kopf.

«Noch eine Frage», sagte er. «Ist die Irma Wasem in der Anstalt?»

Es war der dicke Oberpfleger Weyrauch, der die Antwort gab.

– Sie habe heute ihren freien Tag, sagte er und zwinkerte hinter seiner Hornbrille.

Also war der Fall auch am Rapport verhandelt worden, dachte Studer und trat zur letzten Tür neben dem Absatz mit den Badewannen, die vom Nebenzimmer kaum drei Meter entfernt war. Stimmengesumm auf der anderen Seite.

«Apropos», sagte Studer. «Wo ist eigentlich die Handharpfe des Pieterlen?»

Der Abteiliger Jutzeler wurde rot, und das sah ziemlich merkwürdig aus. Er stotterte ein wenig, als er mit leiser Stimme antwortete, die Handharpfe sei nicht aufzufinden gewesen.

«Dann hat sie Pieterlen auf die Reise mitgenommen?» stellte Studer kopfschüttelnd fest. Es gelang ihm einfach nicht, sich ein Bild von diesem Pieterlen zu machen, den der Dr. Laduner ein Demonstrationsobjekt genannt hatte. Ein Demonstrationsobjekt! Warum?

«Wenn Sie auf dem B bleiben wollen, Studer», sagte Laduner, «so will ich Sie noch meinem Freunde Schül vorstellen. Ein Dichter, der Schül. Er sieht nicht sehr schön aus, denn eine Handgranate ist während des Krieges gerade vor seiner Nase geplatzt. Das hat ihn ziemlich demoliert. Aber sonst ist er sehr klug. Ich denke, Sie werden gut mit ihm auskommen. Und dann war er ein großer Freund des verschwundenen Pieterlen ...»

Mit gewollter Gründlichkeit zog Studer sein Büchlein aus der Tasche und notierte: «Wasem Irma, Pflegerin ...» «Wie alt?» fragte er, und nachdem ihm der Oberpfleger Weyrauch Auskunft gegeben hatte, schrieb er: «22jährig.»

Matto und der rothaarige Gilgen

Von dem breiten Gang, der, wie alle Gänge der Anstalt, nach Bodenwichse und Staub roch, zweigte rechts ein schmälerer ab, und dann kam die Küche ... Sie war hellblau gestrichen, und eigentlich war es gar keine Küche, sondern ein großer Raum zum Abwaschen. Ein Becken in einer Ecke mit den Hahnen für kaltes und warmes Wasser darüber, zwei riesige Fenster, die rechtwinklig zueinander standen: Das eine blickte gegen das Mittelgebäude, das andere auf einen niederen Bau in der Mitte des Hofes, an dessen Ende ein Kamin aufragte.

«Hallo, Schül!» sagte der rothaarige Pfleger Gilgen, dem Studer übergeben worden war.

Ein Mann in einem blauen Schurz, der damit beschäftigt war, Suppenteller auf ein großes Tablett zu schichten, wandte sich um. Sein Gesicht war eine einzige Narbe. Die Nase war eingedrückt, statt der Nasenlöcher sah man die Enden eines silbernen Röhrchens. Und der Mund sah aus wie eine schlecht vernarbte Wunde.

«Schül», sagte der Pfleger Gilgen und litzte die Ärmel seines blauen Hemdes noch weiter zurück, «ich bring dir da Besuch. Der Dr. Laduner läßt dich grüßen, und du sollst dem Wachtmeister ein wenig Gesellschaft leisten.»

Der Mann mit dem Narbengesicht wischte sich die Hände an seiner blauen Schürze ab. Dann reichte er Studer die Hand – auch die Hand war mit Narben bedeckt. Und seine Augen traten vor, blutunterlaufen.

Er sprach ein geziertes Schriftdeutsch, das eigentlich wenig Dialektfärbung hatte und mehr ans Französische anklang, das war nicht weiter verwunderlich, da Schül, wie er erzählte, zwölf Jahre in der Fremdenlegion gedient und mit dem Régiment de marche unter Oberst Rollet im Weltkrieg mitgefochten hatte.

Er erzählte – und kleine Speichelbläschen bildeten sich in seinen Mundwinkeln –, daß er großer Kriegsverwundeter sei (‹un gand blessé de guerre!›). Eine Handgranate – Dr. Laduner habe das wohl erzählt? – ja, also eine Handgranate sei vor ihm geplatzt und habe ihm nicht nur das Gesicht, nein, auch die Hände und den Körper aufgerissen. Er zog ein Hosenbein hoch, um sein Schienbein zu zeigen, und Studer konnte ihn gerade noch zurückhalten, als er sein Hemd über den Kopf ziehen wollte, um seinen Oberkörper zu entblößen.

«So macht man es den Helden!» klagte Schül. «Gut und Blut gibt man für die Freiheit eines Landes, ich trage die Ehrenlegion und die Médaille militaire, und volle Pension beziehe ich auch ... Und wer steckt meine Pension ein?» Schül beugte sich zu Studers Ohr, und der Wachtmeister mußte sich zusammennehmen, um nicht mit dem Kopf zurückzuzucken. «Wer steckt die Pension ein? Der Direktor! Aber dieser verfluchte Suppenhändler wird seinen Lohn bekommen, Matto wird es ihm eintränken, nicht ungestraft ist es erlaubt, den Schützling eines hohen Geistes zu quälen ...»

Er packte Studer plötzlich am Ärmel und zog ihn zum Fenster, das nach dem Mittelbau blickte.

«Sehen Sie dort oben?» flüsterte Schül. «Das Dachzimmerfenster? Gerade über der Wohnung des Doktor Laduner? Sehen Sie, wie er herausschnellt und zurück, heraus und zurück ... Das ist *er*, Matto. Er hat mir ein Lied in die Feder diktiert, ich will es Ihnen zeigen, ich werde Ihnen eine Abschrift verfertigen, damit Sie ein Andenken haben an ihn, an Matto!»

Ungemütlich, durchaus ungemütlich! Denn das Dachfenster, auf das Schül gezeigt hatte, es lag gerade über dem Gastzimmer, das Frau Laduner dem Wachtmeister angewiesen hatte ... Es gehörte wahrhaftig nicht viel Orientierungsgabe dazu, dies festzustellen.

Während Schül das Gedicht suchte in einem Schaft, der mit Papieren überfüllt war, plapperte er weiter.

Letzte Nacht habe Matto geschrien, wieder geschrien und gerufen, lang und klagend. Diesmal in der Ecke, zwischen dem K und dem R. Und er hörte einen Augenblick mit seinem Suchen auf, um dem Wachtmeister die Stelle zu zeigen.

Von dem Fenster, das gegen den Mittelbau ging, konnte man sich gut orientieren. Der Mittelbau zuerst, mit den Wohnungen der Ärzte – am Nachmittag sollte Studer feststellen, daß des alten Direktors Wohnung direkt unter der Wohnung Laduners lag –, dann das R, die ruhige Abteilung, und senkrecht dazu, aber im gleichen Häusertrakt wie das B, in dem man sich befand, das K, die Abteilung der körperlich Kranken. Und in jener Ecke dort, wo eine Tür ins Sous-sol ging – in jener Ecke hatte jemand geschrien. Während Schül wieder in seinen Papieren kramte, fragte Studer den rothaarigen Pfleger Gilgen, ob man die Erzählung glauben könne ... Gilgen zuckte ein wenig unbehaglich mit den Achseln.

– Schül beobachte sonst ganz gut, meinte er, und es sei nicht unmöglich, daß er etwas gehört habe, denn er schlafe in einem Zimmer, das gerade über dieser Küche liege, und da das Fenster außen Gitter habe, stehe es die Nacht durch offen.

«Schül», fragte Studer, «um wieviel Uhr hast du den Schrei gehört?»

«Halb zwei», sagte Schül trocken. Gleich nachher habe die Turmuhr geschlagen. Und hier sei das Gedicht ...

Es war kein Gedicht im gebräuchlichen Sinne des Wortes, es war vielmehr in rhythmischer Prosa abgefaßt, und es lautete, geschrieben in der sorgfältigen Schrift des Patienten Schül:

«Manchmal, wenn der Föhn den Nebel spinnt zu weichen Fäden, sitzt er an meinem Bett und flüstert und erzählt. Lang sind die grünen gläsernen Nägel an seinen Fingern, und sie schimmern, fährt er mit seinen Händen durch die Luft ... Manchmal auch sitzt er oben auf dem Glockenturm, und dann wirft er Fäden aus, bunte Fäden, weit hinaus ins Land über die Dörfer und Städte und die Häuser, die einsam stehen am Hügelhang ... Weit reicht seine Kraft und seine Herrlichkeit, und niemand entgeht ihm. Er winkt und wirft seine bunten Papiergirlanden, und der Krieg flattert auf wie ein blauer Adler, er schleudert einen roten Ball, und die Revolution lodert zum Himmel und platzt. Ich aber habe den Mord in der Taubenschlucht begangen, wenigstens sagen es die Polizisten, aber ich weiß nichts davon; mein Blut floß auf die Schlachtfelder der Argonne, aber nun bin ich eingesperrt, und hätte ich meinen Freund nicht, Matto, den Großen, der die Welt regiert, ich wäre einsam und könnte verrecken. Er aber ist gütig, und mit seinen gläsernen Nägeln fährt er in die Hirne meiner Peiniger, und wenn sie stöhnen im Schlaf, so lacht er ...»

«Was ist das, Schül, mit dem Mord in der Taubenschlucht?» fragte Studer, denn das war ein Satz, der in sein Wissensgebiet schlug. Das andere klang ganz schön, besonders der Gedanke, daß Matto den Krieg ausbrechen ließ, aber es schien ihm auch reichlich überspannt.

Es war Gilgen, der Wärter mit den nach hinten gelitzten Hemdsärmeln, der antwortete: Das sei so eine Idee vom guten Schül. Schül habe nie einer Fliege etwas zuleide getan. Und dann bat er den Wachtmeister, mitzukommen in den Aufenthaltsraum, es sei 11 Uhr, er müsse einen Kollegen ablösen, um halb zwölf sei Mittagessen, ob der Wachtmeister zusehen wolle bei einem Jaß oder gar mithelfen?

Studer schüttelte Schüls narbenbedeckte Hand, dankte für das schöne Gedicht, das ihm für den Nachmittag versprochen wurde, und folgte seinem Begleiter.

Als sie die Schwelle überschritten, rief ihnen Schül noch mit heiserer Stimme nach:

«Ihr werdet Matto noch kennenlernen ... Pieterlen hat er befreit. Und den Direktor geholt ...»

Wenn schon! dachte Studer. Unangenehm war vielleicht nur, daß der Geist Matto nach Schüls Behauptung sein Hauptquartier gerade in jener Dachkammer aufgeschlagen hatte, die über dem Gastzimmer lag ...

Der breite Gang war an seinem einen Ende durch eine Glastür abgeschlossen, und man trat durch sie in den Aufenthaltsraum, der in dunklem Orange gestrichen war: die Tische, die Stühle, die Bänke mit den hohen Lehnen, auf denen Gitterkasten saßen, geschmückt mit Topfpflanzen – grünem Spargel –, und dazwischen standen Vasen mit Dahlien. Trotzdem zwei Fenster offen standen – und auch sie blickten aufs U1 –, war dicker Rauch im Zimmer. Und während Studer sich umblickte, dachte er über seinen Begleiter nach, den Pfleger Gilgen, der in dieser Anstalt der erste Mensch war, zu dem er eine restlose Zuneigung fühlte ...

Er hätte den Grund nicht angeben können. Gilgen hatte eine große Glatze, die bis zur Mitte des Schädels reichte, nachher waren die roten Haare ganz kurz gestutzt und schimmerten wie Kupfer, das man soeben mit Sigolin poliert hat. Der Hals war braun. Und über dem ganzen Gesicht waren Laubflecken verstreut, es war freundlich, dieses Gesicht, trotz der Falten in den Augenwinkeln und auf der Stirn, von denen man annehmen mußte, daß sie durch Sorgen entstanden waren. Aber es ging eine angenehme Wärme von dem kleinen Manne aus, der dem Wachtmeister gerade bis zur Schulter reichte, und diese Wärme schienen auch die im Aufenthaltsraum versammelten Patienten zu spüren, denn sie begrüßten den Pfleger mit: «Grüeß di!» und: «Ah, der Gilgen!» Übrigens war auch die Haut seiner nackten Unterarme mit Laubflecken übersät ...

– Sie wollten einen Jaß machen, sagte Gilgen, das da sei ein Bekannter, der etwas zu verrichten habe in der Anstalt, und er werde gern ein Spiel mithelfen. Wer wolle kommen?

Es meldeten sich zwei. Ein langer, magerer Mensch, dem man den Süffel von weitem ansah, und ein kleines Männchen mit einem unsymmetrischen Gesicht, das nachher äußerst pedantisch, langsam und ärgerlich spielte.

Von der Jaßpartie, die Studer mit Gilgen als Partner spielte, ist nur eines zu erwähnen: Gilgen schob einmal mit fünfzig vom Schaufelas, dem Herznell und drei Kreuz. Studer mußte Herz Trumpf machen, er konnte Schaufeln bringen, und so gab es einen Match. Aber er fand bei sich, daß Gilgen reichlich frech spiele, was aber seine Zuneigung zu dem kleinen rothaarigen Pfleger noch erhöhte.

Dann erklärte Gilgen, er müsse nun essen gehen. Er könne den Wachtmeister noch ins Parterre hinunter begleiten, zum Weyrauch, um die Schlüssel zu holen. Ein anderer Pfleger kam ablösen. Bevor Gilgen die Tür zum Stiegenhaus öffnete, kam Schül mit einem Tablett, schwerbeladen mit Suppentellern, vorübergehastet.

«Den, wenn ich erwisch, der die Welt erschaffen hat!» rief er den beiden zu und lachte dazu mit seinem zahnlosen, vernarbten Mund ...

Und lachend stiegen die beiden ins Parterre hinab, von wo noch einmal eine Treppe tiefer ging. «Ins Sous-sol», erklärte Gilgen. Wieder ein Gang. An dem Ende, das gegen das U ging, war man mit Umbauen beschäftigt, und Gilgen erklärte, dorthin komme auch ein Aufenthaltsraum mit bunten Möbeln. Dr. Laduner habe es durchgedrückt, daß die Anstalt ein wenig erneuert werde, er habe auch die Maler- und Maurergruppen zusammengestellt, gewöhnlich ein Dutzend Patienten mit einem Pfleger, der früher den Beruf ausgeübt habe.

«Und Ihr mochtet Pieterlen gern?» fragte Studer plötzlich. Gilgen blieb stehen, spielte mit seinem Schlüsselbund.

«Gället, Wachtmeischter», sagte er, und er machte ein Gesicht dazu wie eine ängstliche Maus. «Ihr laßt dem Pieterlen noch Zeit ... Ihr verhaftet ihn nicht gleich ...»

Verhaften? Wer hatte etwas von Verhaften gesagt? Pieterlen war noch nicht einmal ausgeschrieben ... Einzig, daß er zu gleicher Zeit mit dem Direktor verschwunden sei, habe dazu Anlaß gegeben, daß Dr. Laduner ihn, den Wachtmeister, von der Behörde angefordert habe ... Nei, nei! Kei Red vo Verhafte ... Aber was denn der Gilgen vom Pieterlen wisse?

«Nüt, gar nüt!» sagte Gilgen und steckte den Schlüsselbund wieder ein ... Aber der Pieterlen tue ihm leid. Er sei ein guter Tropf gewesen, viel zu gut ...

Sie waren mitten im Gang stehengeblieben. Wie oben, zweigte auch hier ein schmaleres Gänglein ab. Daraus drang Stimmengewirr, eine Stimme sonderte sich ab und sagte:

«Wenn jetzt noch die Schroter auf den Abteilungen herumfuhrwerken, dann kann's ja gut werden ...»

Es war die Stimme des Abteiligers Jutzeler, und sie tönte lange nicht so respektvoll wir vor knapp einer Stunde. Gilgen führte den Wachtmeister schnell weiter, hin zu einer Tür und klopfte.

Der Herr Oberpfleger Weyrauch speiste in seinem Zimmer zu Mittag. Er saß da, zufrieden mit sich und der Welt, und der Speck, den er verspeist hatte, hatte einen glänzenden Rand um seinen Mund zurückgelassen ...

«Eh, die Schlüssel für de Herr Wachtmeischter? Selbschtverständlich! Äksküseeeh.» Stand auf, suchte herum. «Ja, der Herr Dr. Laduner hätt mr Order gä ... Sooo, Herr Wachtmeischter ... Hier ...»

Auf dem Schreibtisch, nahe beim Fenster, zu dem Studer dem Herrn Weyrauch gefolgt war, lagen Hefte über Nacktkultur.

«Hähähä», lachte der Herr Oberpfleger. «Öppis fürs Gmüet! Gället, Herr Wachtmeischter?» und stieß Studer sanft in die Seite.

Mira! Fürs Gemüt! Studer hatte eigentlich nichts dagegen. Aber er konnte es nicht verhindern, daß ihm der Oberpfleger Weyrauch eher unsympathisch war. Vielleicht war das auch nur ein Vorurteil.

Draußen wartete geduldig der rothaarige Gilgen. Er folgte dem Wachtmeister bis zur Eingangstür des B, die auf den Hof führte, öffnete sie und blieb dann stehen. Er hatte die Hände in den Schürzenlatz gesteckt, und dort ruhten sie, wie in einem dünnen, weißen Muff.

«Apropos», sagte Studer. «Was hat der Schül für eine Krankheit? Hängt die mit seiner Verwundung zusammen?»

Gilgen schüttelte den Kopf wie ein ganz Gescheiter. Nein, die Geisteskrankheit hänge nicht mit der Verwundung zusammen.

– Was es dann sei?

«Eine Schützovrenie ...»

«Was?»

«Eine Schützovrenie», sagte Gilgen laut und deutlich. Sie hätten das im Kurs gelernt.

– Und der Pieterlen, was habe der gehabt?

«Eine Schützovrenie ...», wiederholte Gilgen.

– Aber die letzte Zeit habe er doch nicht gesponnen, der Pieterlen.

– Nein, er sei ganz normal gewesen.

– Wie lange er denn in der Anstalt sei?

«Vier Jahre ...»

«Warum denn so lange?» wunderte sich Studer.

– Vorher sei er drei Jahre im Zuchthaus gesessen, und dort sei er ‹überekeit›.

– Warum im Zuchthaus?

«Kindsmord!» flüsterte Gilgen. Und Studer solle den Dr. Laduner fragen, der werde ihm Auskunft geben ... Pause. Dann fragte Studer abschließend:

«Und was habt ihr vom Direktor gehalten?»

«Vom Herrn Direktor Borstli? Das war ein alter Bock ...»

So sprach der rothaarige Pfleger Gilgen, der mit fünfzig vom Schaufelas geschoben hatte. Und dann ließ er den Wachtmeister auf dem Hofe stehen ...

Ein Mittagessen

Als Studer die Mitte des Hofes erreicht hatte, machte er halt und sah sich um. Es stimmte, die Anstalt war in Form eines eckigen U gebaut, und die Gebäude, zwei, auch drei Stockwerke hoch, zusammenhängend untereinander, umgaben ihn von drei Seiten. Hinter dem Wachtmeister erhob sich das Kasino, rechts war der Männerflügel, links der Frauenflügel. Und vor ihm hockte ein flaches Gebäude, langgestreckt, niedrig, an dessen einer Ecke, ganz hinten, ein Kamin aufragte, der schwarzen Rauch träge ausspie.

Durch die weitgeöffnete Türe, die sich vor ihm auftat, sah der Wachtmeister riesige Kessel, die mit Dampf geheizt wurden. Sie standen schief. Küchenmädchen waren damit beschäftigt, große Behälter zu füllen, mit Suppe, mit zerkochten Makkaroni, und große Schüsseln mit Salat. In dem Wirrwarr rollte lautlos eine dicke Person weiblichen Geschlechts über die Fliesen. Lautlos, das heißt: Ihre Schritte waren nicht zu hören. Dafür stieß sie aber von Zeit zu Zeit ein Göissen aus, das die Meitschi in Schwung brachte. Studer sah zu, der Betrieb interessierte ihn, der Wirrwarr dauerte auch nicht lange. Bald traten links und rechts, aus Türen, die Studer nicht sah, weil sie durch eine Mauerecke verdeckt waren, zwei lange Pilgerzüge hervor. Frauen links, Männer rechts. Die Frauen trugen weiße Hauben, weiche und gestärkte, andere waren barhäuptig. Die Männer trugen fast alle weiße Schürzen … Die Pfleger und Pflegerinnen gingen, um die Abteilungen vom R bis zum U mit Essen zu versorgen.

Die Küchenmädchen verschwanden, unfeststellbar wohin, und die dicke Person weiblichen Geschlechts, die so unhörbar zu rollen verstand, trat unter die Türe und nickte dem Wachtmeister zu. Studer grüßte lächelnd zurück. Die Wangen der Frau waren rot und glänzend wie reife Tomaten.

– Ob er der neue Schroter sei? fragte die Frau.

– Jawohl, erwiderte Studer, er sei Wachtmeister bei der Fahndungspolizei. Studer sei sein Name.

– Sie sei die Jungfer Kölla, und ob der Wachtmeister nicht eintreten wolle? Sie sei früher auch mit einem Landjäger gegangen, aber das sei schon lange her, der Landjäger sei ein Lumpenhund gewesen, er habe eine reiche Bauerntochter geheiratet und sie sitzen gelassen.

– Eintreten könne er schon, meinte Studer, aber Dr. Laduner erwarte ihn zum Mittagessen, darum könne er nicht lange bleiben.

«Mittagessen!» sagte die Jungfer Kölla mit Verachtung. Er solle mit ihr zu Mittag essen, sie werde ihm ein Beefsteak braten, so wie er es gerne habe. Und dann könne man ein wenig miteinander brichten. Sie wisse allerlei, was den Wachtmeister interessieren könne. Besonders über die Ereignisse der letzten Nacht.

– Er danke der Jungfer für die freundliche Einladung, aber er wisse nicht, ob es Dr. Laduner nicht übelnehmen werde ...

«Machet kes G'stürm!» sagte die Jungfer Kölla energisch. Sie werde dem Dr. Laduner anläuten, und dann sei die Sache erledigt. Bei ihr bekomme der Wachtmeister doch einen anständigen Tropfen ... Sie schien zu Dr. Laduners Weinkeller kein großes Vertrauen zu haben ...

Die Jungfer Kölla hatte eine behende Zunge. Sie begann von ihrer Jugend zu erzählen, von andern Männern, die ...

Der Redestrom mußte unterbrochen werden, und so stellte Studer seine erste Frage: Ob sie sich an die Sichlete erinnere? – Natürlich! – Ob sie den Direktor gesehen habe? – Der sei um zehn Uhr aus dem Kasino gekommen ... – Allein? – Ja, zuerst sei er allein gewesen. – Und dann? – Und dann habe er an der Ecke des Frauen B ein Meitschi getroffen. – Was für ein Meitschi? – ...

Ein maßloses Erstaunen trat in die kleinen Augen der Jungfer Kölla. Sie habe nie gedacht, meinte sie, daß die Schroterei so dumm sei ...

Studer steckte die Bemerkung kaltblütig ein, widmete sich seinem Beefsteak, das wirklich weich wie Anken war, und fragte dann geduldig weiter:

«Mit wem also?»

– Eh, natürlich mit der Wasem. Das Meitschi sei ja ... – und die Köchin brauchte ein Wort, das sonst nur auf einen bestimmten Zustand im Liebesleben der Kühe angewendet wird ...

– Soso ... jaja ... Und Studer erlaubte sich zu bemerken, daß er etwas Ähnliches schon vernommen habe ... – Warum er dann so blöd frage? – Hmhm ... Ja, die beiden seien dann miteinander spazieren gegangen?

«Arm in Arm!» sagte die Jungfer Kölla. Sie sei droben an ihrem Fenster gesessen, und es seien einige Bogenlampen im Hofe, man könne sehen wie bei heiter-hellem Tage. Sie schichtete dem Wachtmeister einen Haufen grüner Bohnen auf den Teller, die tapfer mit Knoblauch gewürzt waren, schenkte ihm Wein ein, wünschte ihm gute Gesundheit und stieß mit ihm an. Dann leerte sie das Wasserglas auf einen Zug. Studer tat ihr Bescheid. Die Jungfer Kölla gefiel ihm.

– Und wann seien die beiden zurückgekommen? – Gegen halb eins. Das Meitschi habe den Direktor bis an die Türe vom Mittelbau begleitet, der Direktor habe sich aber lange versäumt. Als er nach einer halben Stunde wieder heruntergekommen sei, habe er einen Lodenkragen umgehängt gehabt. Die beiden seien zum Frauen B gegangen, die Wasem sei dort eingetreten. Und dann sei der Direktor weitergegangen. Sie selber sei dann zu Bett. Sie könne also nicht sagen, ob das Meitschi noch einmal heruntergekommen sei. – Und sonst habe sie nichts gehört?

«Woll!» sagte die Jungfer Kölla. Sie habe nicht gleich einschlafen können. Darum habe sie noch den Schrei gehört ...

«Den Schrei? Welchen Schrei?»

– Es hätten ihn auch andere gehört. Ein Schrei, der geklungen habe wie ein Hilferuf.

«Wann habt Ihr den Schrei gehört?»

– Gleich nachher habe es halb zwei geschlagen.

Studer senkte den Kopf. Sein Rücken wölbte sich wie ein sanfter, dunkler Hügel ...

«Woher kam der Schrei?»

– Aus der Ecke, wo das Männer K ans R stoße ...

– Soso ... Schül hatte also doch recht gehört.

«Ein heiserer Schrei, Wachtmeister. So hat er geklungen ...» Die Jungfer Kölla versuchte den Schrei nachzuahmen, und es klang wie das Krächzen einer jungen Krähe, die hungrig ist ...

Man konnte es komisch finden ... Studer aber blieb ernst. Man hatte in der Anstalt von dem Schrei gesprochen? Warum hatte dann Dr. Laduner nichts davon erzählt? ...

In der Ecke, in der das R ans K stieß! ...

Es schien nichts mit dem kleinen Ausflug zu sein nach dem Thunersee oder ins Tessin. Kein Seitensprung, wie ihn sich alte Herren manchmal leisten, auch wenn sie zufällig Direktoren von Heil- und Pflegeanstalten sind ... Niemand spricht davon ... In Fachkreisen macht man seine Witze, aber tiefer sickert es nicht ... Der Schrei! ... Nein, der Schrei war gar nicht lustig ...

Überhaupt war es, als ob alle Begebenheiten in diesem Falle, die zuerst lustig schienen, bei genauerem Hinhören falsch klangen ... Mißtöne ...

Mißton: Das verwüstete Bureau ... Mißton: Die männliche Stimme am Telephon ... Mißton: Das Verschwinden des Pieterlen. Mißton: Die falsche Beule des Nachtwärters Bohnenblust.

Es tönte alles falsch: das Witzeln des Dr. Laduner, sein Brot-und-Salz-Anbieten, sein eminenzhaftes Benehmen bei der großen Visite – so, als ob er schon Direktor sei –, und auch mit dem freundlichen Pfleger Gilgen, dem rothaarigen, der mit fünfzig vom Schaufelas schob und so viele Sorgenfalten auf seinem ängstlichen Gesicht hatte, war nicht alles richtig ...

«In der Ecke vom K zum R ...?» fragte Studer gedankenverloren. «Was ist dort?»

«Werkstätten ... Ein Magazin ... Die Heizung ...»

Studer stand auf. Er ging auf und ab, von der Tür zum Fenster. Die Jungfer Kölla hatte ihre wallende Brust auf den Tisch gelegt und folgte ihm mit den Blicken. Der Wachtmeister blieb am Fenster stehen, öffnete die Flügel, beugte sich hinaus. Ein Rasen, frischgemäht, eiserne Stangen, von der einen zur anderen waren Drähte gespannt, an denen Leintücher in einem leichten Winde wogten. Das Summen einer Maschine war zu hören.

«Was ist das?» fragte Studer.

Daneben sei die Wäscherei, erklärte die Jungfer Kölla, es sei wohl eine Zentrifuge, die so surre ...

Und Studer dachte, was es wohl alles brauche in solch einer Anstalt: die unzähligen Hemden, Socken, Nastücher, Leintücher, Nachthemden, alles gezeichnet, alles aufgestapelt, alles gezählt ... Er ertappte sich bei dem Wunsch, die Untersuchung möge noch eine Zeitlang dauern, damit er sehen könne, wie solch ein Betrieb funktioniere. Er hatte Lust, eine Weile hier zu bleiben, in diesem Reiche, das beherrscht wurde von einem Geist, Matto geheißen, dem große Gewalt gegeben war ... Und dann hätte der Wachtmeister gerne Mattos Bekanntschaft gemacht ...

Er blickte zum Fenster hinaus.

«Ist das das Frauen B?» fragte er und deutete mit der Hand nach dem gegenüberliegenden Gebäude.

«Ja», hörte er die Jungfer Kölla sagen. Aber da hatte er sich schon weit aus dem Fenster gelehnt; er starrte auf ein Mädchen, das gebeugt, das Schnupftuch vors Gesicht gedrückt, dem Eingangstor der Abteilung zustrebte.

Eine weinende Frau – – Es konnte allerlei bedeuten. Aber Studer mußte an das junge Tüpfi denken, an die Pflegerin Irma Wasem, die sich eingebildet hatte, in nächster Zeit Frau Direktor zu werden ...

Er rief der dicken Köchin zu, sie solle schnell ans Fenster kommen, wies auf das Mädchen und fragte, wer das sei.

Das sei eben die, von der sie vorher gesprochen hätten, die Wasem ... Aber die Jungfer Kölla verstummte, begann zu lachen, denn Studer hatte sich über die Fensterbrüstung geschwungen. Er lief über den Rasen, verwickelte sich in ein flatterndes Leintuch, erreichte das Mädchen, gerade als es seinen Schlüssel ins Schloß steckte. Er legte ihr die Hand auf die Schulter und sagte sehr sanft und väterlich:

«Was isch passiert?» Und ob sie nicht ein paar Schritte machen wolle, er habe sie einiges zu fragen.

Das Schnupftuch war naß zum Auswinden. Tränen liefen über die Backen ...

Nur eines konnte das Mädchen beruhigen: Sachlichkeit. Es entsprang kaum einer bewußten Überlegung, es war mehr instinktiv: Studer verzichtete auf den üblichen mitleidigen Ton und fragte beintrocken:

«Darf man Euch gratulieren, Fräulein Wasem? Seid ihr Frau Direktor geworden?»

Aufblicken ... Trotz ... Die Tränen versiegten ...

«Wer sit Ihr?»

«Wachtmeister Studer von der Fahndungspolizei ...»

«Um Gottes willen! Ich hab's gewußt! Ist dem Ueli etwas passiert?» Ueli ... Direktor Dr. med. Ulrich Borstli von der Heil- und Pflegeanstalt Randlingen war einfach der Ueli ... Glücklicher alter Herr ... Eigentlich hätte Studer nichts dagegen gehabt, wenn ihn die Irma ‹Köbi› genannt hätte, oder besser noch ‹Köbeli›. Des Wachtmeisters Frau hatte sich angewöhnt, ihn ‹Vatti› zu nennen. Das ging ihm manchmal auf die Nerven ...

«Wir wissen noch nichts», sagte Studer. «Haben Sie noch niemanden gesprochen?»

Kopfschütteln. Studer entschloß sich:

«Das Direktionsbureau sieht aus, als ob dort ein Kampf stattgefunden hätte ... Blutspuren am Boden ... Die Schreibmaschine streckt alle Tasten von sich ...» Warum gebrauchte er wohl die Redewendung des Dr. Laduner? ... Studer schüttelte über sich selbst den Kopf. Dann beendete er seinen Bericht: «Der Herr Direktor ist verschwunden und der ...»

«Der Jutzeler! Der Abteiliger vom Männer B!»

Eigentlich hätte Studer den Satz ganz anders beenden wollen, nämlich: «Und der Patient Pieterlen ist durchgebrannt ...» Darum war er im Augenblick über die Unterbrechung erstaunt.

«Der Jutzeler?» wiederholte er und mußte sich besinnen, wer dieser Mann war ... Den kannte er doch schon ... Der hohe, schlanke Mann mit dem roten Wappen auf dem Revers seines Kittels, dessen Stimme sich über die Schroter beklagt hatte ...

«Was ist mit dem Jutzeler?» fragte er.

«Sie haben zusammen Krach gehabt. Der Ueli ... der Herr ... Herr Direktor und der Abteiliger ...»

«Wann?»

«Darum hab ich doch so lange warten müssen, fast dreiviertel Stunden ... Ich hab sie zuerst durch die Glastüre im Mittelbau gesehen. Das Licht hat in der Halle gebrannt ... Der Jutzeler hielt den Herrn Direktor auf, sprach wütend auf ihn ein. Sie gingen dann zusammen ins Direktionsbureau ... Ich hab's gesehen ... Nach einer halben Stunde kam er dann allein aus der Tür und ging in seine Wohnung hinauf ... Er kam im Lodenkragen zurück. Unter dem Arm hielt er eine Ledermappe. Ich frug ihn: ‹Was willst du mit der Mappe?› ... Er winkte ab. ‹Wir fahren morgen früh. Geh jetzt in dein Zimmer.› Er hat mich bis zum Frauen B begleitet und ist dann zurückgegangen!»

«Um halb zwei?»

«Ja, es war etwa halb zwei. Und heut morgen wollte er mit mir nach Thun ... Ich hab lang auf dem Bahnhof auf ihn gewartet ...»

«Und Sie haben nachher nichts mehr gehört, Fräulein Wasem?»

«Nein. Das heißt, es ist mir vorgekommen, so um Viertel vor zwei, als ob jemand um Hilfe schreie ... Aber es schreien so viele hier ...»

«Sie schlafen allein? Ich meine ... eh ... Sie haben ein Zimmer für sich allein?»

«Nein, eine Kollegin schläft im gleichen Zimmer.»

«Und niemand kontrolliert die Schwestern, um welche Zeit sie heimkommen?»

«Die anderen wohl, aber mich ... Nein!»

Studer seufzte. Ach ja ... Wenn man der Schatz vom Herrn Direktor war, drückte auch die Schwester Oberin, oder welchen Titel die alte Schachtel haben mochte, beide Augen zu ...

In der Ecke vom R zum K ... Ein Hilfeschrei ... Vielleicht hatte Matto, wie Schül den großen Geist nannte, einem seiner Untertanen einen wüsten Alp geschickt, um ihn zu plagen ... Studer blieb in der Mitte eines Durchgangsweges stehen und blickte um sich; ein unbehagliches Gefühl kroch ihm über den Rücken. Die roten Ziegelmauern der Anstalt Randlingen umgaben ihn von drei Seiten, und auch die vierte war nicht frei. Dort war die Küche. Es war dem Wachtmeister, als seien die vielen Fenster, die mit ihren winzigen Scheiben in den Fronten funkelten, riesige Facettenaugen, die ihn beobachteten. Er hatte nichts zu verbergen, sicher nichts ... Er führte eine Untersuchung, es war sein gutes Recht, mit einem Meitschi, das Aufschluß geben konnte, zusammenzustehen ... Aber ungemütlich war es gleichwohl. Die Fenster warfen schielend-fragende Blicke: Was treibt der Mann? Was wird er jetzt tun?

Besser, man machte sich aus dem Staub und sah sich in jener Ecke um, aus der letzte Nacht ein Hilfeschrei erklungen war, der dem Krächzen einer hungrigen Jungkrähe geähnelt hatte ...

Direktor Ulrich Borstli selig

Dr. Laduner spielte Tennis. Der Platz lag nahe der Bahnlinie, unterhalb des Dorfes Randlingen.

«Game!» rief Dr. Laduner, und seine Stimme klang fröhlich.

Er spielte mit einer Frau. Als Studer näher kam, erkannte er die Assistentin, die an der ‹großen Visite› kein Wort gesprochen hatte. Ohne Arztkittel sah sie schlank aus, beweglich, nur ihre Waden waren zu dünn …

«Herr Doktor», rief Studer und steckte seine Nase durch eine Masche des Drahtnetzes.

«Eh! Der Studer! Was gibt's Neues?»

Dr. Laduner kam näher und balancierte seinen Schläger auf dem Handballen. Um seinen Mund lag das Visitenlächeln, und es war wieder wie eine Halbmaske …

«Ich hab den Direktor gefunden», sagte Studer leise.

«Tot?»

Studer nickte.

«Haben Sie es schon jemandem erzählt?»

Studer schüttelte den Kopf.

«Liebes Kind», sagte Laduner zu der Dame, die am Netz stand und zu Boden starrte, «ich muß in die Anstalt. Hören Sie, ich sollte meiner Frau noch Bratwürste bringen … Aber ich habe jetzt keine Zeit … Würden Sie so gut sein …»

Die Dame nickte eifrig. Für Studer hatte sie keinen Blick.

Der Wachtmeister dachte: ‹Er sagt: Liebes Kind … Und denkt an die Bratwürste … Und in der Heizung, am Fuße der eisernen Leiter, die zum Feuerloch führt, liegt der Direktor mit gebrochenem Genick … Aber vielleicht ist die Besorgung nur ein Vorwand, um die Dame loszuwerden …›

«Gut, auf Wiedersehen … Nehmen Sie auch mein Racket mit …»

Weißes Hemd, weiße Leinenhosen, weiße Schuhe … Nur das Gesicht war braun, vom Hinterkopf stand die Haarsträhne ab …

«Gehen wir», sagte Dr. Laduner.

Sie schritten durch eine lange Allee, die Äste der Apfelbäume waren mit bleichen Flechten belegt, und an den Zweigen hingen winzige grasgrüne Früchte. Am Ende der Allee ragte der Mittelbau der Anstalt auf, gekrönt von einem Türmchen, darin eine Glocke hing. Ein Schlaghammer hob sich, fiel nieder ... Es tönte sauer, so sauer, wie die Äpfel schmeckten mußten ... Und Studer zählte die Schläge. Es war drei Uhr nachmittags.

Er dachte wirres Zeug, wie er so neben Dr. Laduner einherschritt. An den ersten Satz in dem noch zu schreibenden Rapport: «Am zweiten September, vierzehn Uhr dreißig nachmittags, entdeckte ich in einem Heizungskeller unter der Abteilung K der Heil- und Pflegeanstalt Randlingen den Körper eines älteren Mannes, dessen Kleidertaschen leer waren ...»

«Wo?» fragte Dr. Laduner plötzlich.

«In der Heizung vom Männer K.»

«Sie kennen sich schon gut aus in der Anstalt, Studer ... Aber beim Mittagessen haben Sie uns im Stich gelassen! Ich höre zwar gerne die Stimme der Jungfer Kölla, aber nehmen Sie sich vor dem Frauenzimmer in acht. Sie ist gefährlicher als ein Kinovamp ...»

Wieder der Mißton. Er war nicht recht zu fassen ... Einen Ton konnte man doch nicht fassen ...

«Und er war tot?»

«Maustot!» sagte Studer.

Dr. Laduner blieb stehen, er atmete tief ein, reckte sich, und der Stoff seines weißen Hemdes spannte sich über seiner Brust.

Leise sagte Studer:

«Der Abteiliger Jutzeler hat gestern mit dem Direktor noch spät in der Nacht Krach gehabt ... Im Direktionsbureau ...»

«Der Jutzeler?»

Dr. Laduners Erstaunen war echt. Dann winkte der Arzt gleichgültig ab:

«Ich weiß. Es kann möglich sein. Aber es handelt sich da um politische Meinungsverschiedenheiten ... Der Jutzeler wollte das Personal organisieren, und der Direktor war stockkonservativ ...»

Am Fuße der Steinstiege, die zum Portal führte, an der gleichen Stelle wie heute morgen, blieb Dr. Laduner stehen. Studer blickte zu Boden. Aber als das Schweigen nicht enden wollte, warf er einen schüchternen Blick auf seinen Begleiter. Dr. Laduner preßte die Zähne so fest aufeinander, daß unter der Haut seiner Wangen die Kaumuskeln deutlich sichtbare Stränge bildeten.

«Und nun werden wir wohl den Pieterlen suchen lassen müssen ... Nicht wahr, Herr Doktor?»

«Den Pieterlen? ... Ge-wiß ... Wir werden telephonieren ... Sie glauben an einen Mord?»

Der Wachtmeister hob die Achseln und wackelte dann mit dem Kopf.

«Ich weiß nicht ...», sagte er.

Aber er verschwieg den Fund, den er gemacht hatte; auf dem Absatz, von dem die steile Eisenleiter hinab zum Feuerloch führte, hatte er etwas gefunden, das einem riesigen Schüblig ähnelte: anderthalb Spannen lang, zwei Daumen dick, aus grober, fester Leinwand genäht und prall gefüllt mit feinem Sand. Ein guter Totschläger ...

Und der Stoff war der gleiche wie jener, den er unter der Matratze in Pieterlens Zimmer gefunden hatte ...

Und auch von der Enveloppe sprach Studer nicht, die in der Busentasche seines Rockes steckte ... Sie enthielt etwas Staub ... Staub, den er aus den dichten weißen Haaren der Leiche gebürstet hatte. Vielleicht ließen sich unter dem Mikroskop unter den sicher vorhandenen Aschenteilchen kleine, glitzernde Sandkörner feststellen ...

Warum er dem Dr. Laduner den ersten Fund und die zweite Vorkehrung wohl verschwieg? Studer hätte es nicht sagen können. Wenigstens vorläufig nicht. Manchmal war es ihm, als sei ein Kampf auszufechten zwischen ihm und dem schlanken, gescheiten Arzte. – Kampf? ... Das war nicht ganz richtig ... War es nicht eher eine Kraftprobe? Eine kleine freundschaftliche

Rache? Dr. Laduner hatte Studer ‹angefordert›, um ‹behördlich gedeckt zu sein›. War es nicht Ehrensache, dem Arzte zu beweisen, daß man etwas mehr war als ein bequemer Schild ... Oder besser: Daß man mehr war als ein gewöhnlicher Parapluie, den man aufspannt, wenn es regnet ...

Die Halle des Mittelbaues war kühl, auf dem grünen Marmor der Donatorentafel schimmerten die Goldbuchstaben. Der Portier Dreyer war nirgends zu sehen.

Sie gingen die Stufen hinab, die beiden so ungleich gearteten Gefährten, der Wachtmeister in seinem dunklen Konfektionsanzug neben dem Dr. Laduner, weiß, sauber, federnd und auch jetzt noch angestrengt betriebsam, so, als wollte er sagen: ‹Vorwärts, vorwärts, ich hab keine Zeit, ich habe zu tun ... Und wenn der Direktor zehnmal tot ist, was geht das eigentlich mich an ...›

Aber vielleicht ging man fehl, wenn man dem Seelenarzt Laduner derartige Gedanken unterschob ...

Sie ließen das Kasino links liegen, bogen ab zur Ecke, wo das R ans K stieß. Die Sonne war noch hoch und spiegelte sich in den Fenstern, die grell blendeten wie winzige Scheinwerfer ... Studer rundete ein wenig den Rücken und blickte mit schiefgeneigtem Kopf zu jenem Fenster auf, das über seinem Gastzimmer lag und aus dem, nach der Aussage Schüls, des Kriegsverletzten, Matto vorschoß und zurück, vor und zurück ... Es war Aberglauben, sicherlich ... Am Morgen noch hätte Studer gelacht, wenn man ihm gesagt hätte, er werde sich vor Matto fürchten ... Aber nach dem Fund in der Heizung? ... Es veränderte die Situation wesentlich ...

Sie traten durch die Türe ins Sous-sol. Ein Gang, lang und hallend, mit gewölbter Decke, der Fußboden aus Zement ... Eine Türe, mit schmutzig-gelber Ölfarbe gestrichen ...

«Geben Sie mir Ihren Passe, Studer!» befahl Dr. Laduner. Er fuhr mit dem Schlüssel ins Loch, schlug die Klinke herab, riß die Türe auf, trat ein ... Seine Bewegungen, seine Schritte waren genauso rasch und präzis wie am Morgen ... Er stieg die Eisenleiter hinab. Auf der fünften Sprosse, von unten gezählt, machte er halt. Die Füße der Leiche hielten ihn auf. Da stützte Laduner die rechte Hand auf eine Sprosse in der Höhe seiner Schulter, hob sich leicht auf die Fußspitzen, sprang ab und landete in tiefer Kniebeuge. Er stand dann aufrecht, lang, breitschultrig und weiß im grauen Staubdunkel. Studer blieb auf dem oberen Absatz stehen und verfolgte jede Bewegung des schlanken Mannes. Er sah auch die Leiche und dachte, es werde ihm nie gelingen, in einem Rapport den Eindruck zu schildern, den der tote Direktor machte ...

Der alte Mann lag auf dem Rücken, weil er rücklings abgestürzt war, und seine Beine ragten empor, gegen die steile Eisenleiter gelehnt. Die Hosen waren bis zur Mitte der Waden gerutscht ... Graue Wollsocken, leinene Unterhosen, deren weiße Bändel die Socken festhielten ...

Er trug keine eleganten Sockenhalter, der alte Direktor Borstli, der so gerne mit hübschen Pflegerinnen gegangen war. Sein Gesicht war bedeckt mit staubfeiner gelber Asche, und seine Augen waren verdreht unter den halbgeöffneten Lidern ...

Dr. Laduner stand vor der Leiche und hatte die Hände über dem grauen Ledergürtel in die Seiten gestützt. Dann bückte er sich, eine Hand löste sich von der Seite, und ganz sanft hob der Zeigefinger das eine Augenlid des Toten.

«Ge-wiß», sagte er leise. «Er ist tot. Wollen Sie eine Photographie anfertigen?»

Er sprach scharf zischend, und das kam wohl daher, weil die Worte Mühe hatten, zwischen den aufeinandergepreßten Zähnen durchzudringen ... Er richtete sich auf und blickte in die Höhe.

«Nein», antwortete Studer. «Ich glaube, das ist unnötig. Wenn ...» – er stockte –, «wenn ... wirklich jemand den Herrn Direktor ...»

«... niedergeschlagen hat ...», ergänzte Laduner, «so ist es dort geschehen, wo Sie jetzt stehen. In diesem Falle ist es wirklich unnötig, die Stellung der Leiche zu fixieren ...»

Bewußte Sachlichkeit! Unwillkürlich schüttelte Studer leicht den Kopf. Schließlich hatte Doktor Laduner mit dem alten Direktor jahrelang zusammengearbeitet, und da klang es ein wenig sonderbar, wenn er sagte: «die Stellung der Leiche zu fixieren ...»

Etwas reizte den Wachtmeister an dem Dr. med. Ernst Laduner – und wenn er es hätte erklären sollen, so wäre es wohl nicht ganz einfach gewesen ... Einen Reiz übte der Arzt auf den Wachtmeister aus ... Er stieß ab, er zog an ... Er wirkte abstoßend, wie manchmal maskierte Gesichter wirken. – Aber dies Gefühl ist ja nicht eindeutig; etwas anderes kommt hinzu: der Wunsch, zu schauen, wie das wahre Gesicht aussieht, das sich hinter der Maske verbirgt. – Die Maske: Laduners Lächeln. Wie sollte man es anstellen, um die Maske zu lüpfen? ... Vor allem, es brauchte Zeit, es brauchte Geduld ... Nun, Wachtmeister Studer konnte sich das Zeugnis ausstellen, daß er geduldig sein konnte, denn das hatte er lernen müssen ...

Laduner hob die Beine des Toten von der Leiter. Er tat es mit sanften Bewegungen, und das gefiel Studer. Endlich lag der Direktor gerade ausgestreckt auf dem staubigen Steinboden. Da hob Laduner noch den dunklen Lodenkragen auf, der verknüllt neben der Leiche lag, rollte ihn zusammen und schob ihn unter den Kopf des Toten. Er nickte, während er diesen Kopf einen Augenblick in der Hand wog, so, als bestätige sich eine Vermutung. Dann nahm er etwas vom Boden auf: Eine alte Brille war es, die Gläser eiförmig, in Stahlfassung. Und Dr. Laduner reichte die Brille dem Wachtmeister, der sich auf die Knie niederlassen mußte, um sie zu erreichen. Dabei lag um die Lippen des Arztes ein Lächeln, das gar nicht mehr dem Visitenlächeln glich, im Gegenteil, es war weich, ein wenig wehmütig ... Ein Lächeln, wie es entsteht, wenn man Dinge aus einer vergangenen Zeit betrachtet, nach der man Sehnsucht hat, weil man meint, sie sei anders gewesen und besser als die unsrige ...

... Wieder der Hof voll Sonne, wieder die glotzenden Fenster, grell blendend wie die Augen von Traumungetümen, und die Stiegen und die Halle des Mittelbaues ... Dr. Laduners weiße Leinenhosen waren beschmutzt, auf der linken Achsel seines Hemdes war ein Rußfleck ...

«Seine Taschen waren leer?» fragte der Arzt. «Sie haben sie doch untersucht, Studer ...»

«Sie waren leer ...», sagte Studer.

«Soso ... leer ... merkwürdig ...» Schweigen. Dann: «Blumenstein kann die Sektion machen. Es wäre ja Blödsinn, einen Gerichtsarzt zuziehen zu wollen ...»

Studer zuckte die Achseln. Ihm konnte es gleich sein. Aber Blumenstein? Wer war schon Blumenstein? Am liebsten hätte er sein Büchlein zu Rate gezogen, man wurde ja mit Namen überschwemmt hier in der Anstalt ... Blumenstein? ... War das nicht der lange Arzt, der wie ein Storch auf einem Bein gestanden hatte, heute morgen im Wachsaal B? Der Schwager des Direktors? Der vierte Arzt? ... Warum sollte Dr. Blumenstein die Sektion machen? ...

Sie standen vor der Türe des Ärztebureaus, und drinnen knallte es. Ein vielstimmiges Gelächter folgte ... Studer begann, Dr. Laduners Eigenheiten zu kennen: den Schlag auf die Klinke, das Aufreißen der Tür ...

Beim Fenster stand der welsche Assistent und hob gerade von neuem eine Kartonmappe, um sie mit aller Wucht auf den kleinen Schreibmaschinentisch niedersausen zu lassen, an dem, mit rotem, verängstigtem Gesicht, die kleine baltische Ärztin saß, die heute morgen den Rüffel wegen des Bundesratsattentäters Schmocker hatte einstecken müssen ...

«Neuville! Lassen Sie die Kindereien!» rief Dr. Laduner streng. Dr. Blumenstein saß ganz in der Nähe der Tür und hatte die Füße auf den Schreibtisch gelegt. Er saß bequem zurückgelehnt und rauchte eine Zigarette mit Kartonmundstück. Trotzdem ähnelte er einem Riesensäugling.

Auf dem Aufsatz, der den Tisch in der Mitte teilte, stand ein Telephon. Dr. Laduner hob den Hörer ab, stellte eine Nummer ein, wartete. In der Stille war deutlich das Knacken zu hören, als am andern Ende abgehängt wurde.

«Laduner! Ja! Dr. Laduner. Rufet den Jutzeler ans Telephon ...»

Lautloses Warten. Dr. Blumenstein wagte nicht, seine Füße

von der Tischplatte zu entfernen. Erst als Laduner mit der Linken eine Schachtel aus seiner Hosentasche gefischt hatte und mit der Zigarette eine auffordernde Geste machte, verstaute Dr. Blumenstein seine langen Beine unter dem Tisch und reichte Dr. Laduner ein angezündetes Hölzchen über den Tisch.

«Ja?» fragte Laduner ins Telephon. «Ihr seid's, Jutzeler? Nehmet den Gilgen und den Blaser. Holt eine Bahre ... Ihr geht dann in die Heizung beim K. Dort werdet ihr den Direktor finden ... Wie? ... Ja, er ist tot ... Gut zudecken, nicht wahr? ... Es wird ja nichts nützen, in einer Viertelstunde wird es die ganze Anstalt wissen ... Und ihr bringt ihn ins T ... Dr. Blumenstein wird die Sektion machen ... Ihr könnt helfen, Jutzeler ... Übrigens, der Weyrauch soll ins Bureau kommen ... Ja, das ist alles ...» Laduner legte den Hörer auf die Gabel und sagte, zu Studer gewandt:

«T ist auch eine Abteilung ... Im Alphabet kommt das T vor dem U. Bei uns ist das T die letzte Station ... Die Totenkammer ... Leicht zu merken, wegen des Anfangsbuchstabens ...»

Nach einer Pause, in der alle schwiegen, rutschte er vom Tisch.

«Blumenstein, Sie stellen die Todesursache fest. Das Protokoll bringen Sie mir ... Ein Unglücksfall ... Unser Direktor ist in der Heizung über eine Leiter hinuntergefallen ...»

Er schwieg. Die Fenster standen offen. Irgendwo draußen wurde Croquet gespielt, es tönte, als ob jemand verträumt immer den gleichen tiefen Ton auf einem Xylophon anschlüge ... Und dann begann eine Handharpfe zu spielen ... Die Blätter der Büsche vor dem Fenster waren im Schatten so dunkelgrün, daß sie schwarz wirkten ...

«Liebes Kind», sagte Laduner zu der kleinen Baltin am Fenster, die immer noch, töricht und verstört, die Zeigefinger über den Tasten ihrer Schreibmaschine schweben ließ. «Suchen Sie mir doch bitte die Krankengeschichte des Pieterlen heraus. Und stellen Sie sein Signalement zusammen. Die Akten lassen Sie mir in die Wohnung bringen ... Heute abend, Studer, wollen wir über Pieterlen sprechen ...»

Er schwieg.

Und dann: «Über Pieterlen Pierre, das Demonstrationsobjekt ...»

Dr. med. Ernst Laduner, II. Arzt an der Heil- und Pflegeanstalt Randlingen, ging zu einem Wandschrank, zog seinen Arztkittel über seinen Tennisdreß, und während er bedachtsam mit dem Hörrohr auf den Handteller seiner linken Hand klopfte, sprach er nachdrücklich – und bei den drei letzten Worten hob er den Blick:

«Im übrigen werden Sie sich in allem – an *mich* wenden!»

Es klang, als ob ein Major der versammelten Mannschaft verkündet:

«Das Bataillon – hört – auf – mein – Kommando!»

Kurzes Zwischenspiel in drei Teilen

I.

«Gehen Sie nur ruhig in die Wohnung hinauf und warten Sie auf mich, Sie brauchen nicht zu läuten …», hatte Dr. Laduner gesagt.

So stand nun Studer im kühlen Gang. Jemand spielte Klavier, eine einfache Melodie. Studer schlich näher. Die Klänge drangen durch die Tür, die dem Eßzimmer gegenüberlag. Studer lauschte. Das Klimpern klang kühl wie Amselsang an einem Aprilmorgen. Das Klavier schwieg, eine Knabenstimme sagte: «So, Muetti, jitz sing du!»

«Aber, Chaschperli, i cha ja gar nid singe …»
«Wowoll, Muetti … Weisch, ds französisch Lied …»
Stuhlrücken. Ein kurzes Vorspiel …

«Plaisir d'amour ne dure qu'un moment
Chagrin d'amour dure toute la vie …»

Eine Altstimme … Plötzlich war Studer weit weg, obwohl sein Kopf an der Türfüllung lehnte … Es versank die Anstalt Randlingen und der alte Mann, der das Genick gebrochen hatte, es versank Pierre Pieterlen, dessen Signalement man verbreiten sollte, es versank Dr. Laduner mit seinem Maskenlächeln, über das man sich den Kopf zerbrechen mußte …

… Und vor Studer breitete sich aus ein Gewirr von Türmen und Dächern, aus dem dumpf ein Summen stieg, unterbrochen bisweilen von kurzen, schrillen Klängen. Nebelfahnen wehten, und glitzernd schlängelte ein Fluß sich durch die Häuserebene. Er stand auf der Höhe von Montmartre und sah auf Paris. Neben ihm saß eine Frau, sie sang und begleitete sich auf der Gitarre:

«J'ai tout quitté pour ma charmante Sylvie …»

Ihre Stimme war ungeschult, dunkel und voll Traurigkeit ...

Es gab einen scharfen Knack, Studer stand wieder im Gange der Wohnung. Das Holz der Türfüllung, an der sein Kopf lehnte, hatte nachgegeben ...

Schritte näherten sich, dann ging die Türe auf.

Frau Laduner trug den Zwicker auf der Nase. Sie blinzelte angestrengt in den dunklen Gang, ihre Augen näherten sich Studers Gesicht auf Handbreite, dann lachte sie ...

«Der Herr Studer!» Und er solle doch innecho, statt im Gang draußen stehen zu bleiben, und dann abhocken. Es habe noch Tee ... Etwas Kirsch dazu? Ja? ... Und: «Chaschperli, säg guete Tag!» Das sei der Herr Studer, der im Gastzimmer wohne ...

Man war der Herr Studer ... Man durfte vergessen, daß man Wachtmeister an der Fahndungspolizei war und dazu verdammt, Verbrechen aufzuklären ... Man wurde in einen grünen Armstuhl gedrückt, ein Servierboy stand plötzlich vor einem, der Tee, der in die Tasse floß, war dunkel wie Mahagoni, es gab einen Gutsch Kirsch darein, und dann mußte man geröstetes Brot nehmen, das warm war und auf dem der Anken zerfloß ... Toast nannte man das wohl ...

Ob Frau Doktor so gut sein wolle und noch eins singen, fragte Studer. Die Tapeten des Zimmers waren von einem dunklen Gelb, aber über dem schwarzen Klavier lag auf der Wand ein Sonnenfleck, der wie Weißgold schimmerte ...

Frau Laduner sagte, sie könne ja gar nicht singen; doch war keine Geziertheit und falsche Bescheidenheit in dieser Behauptung. Überhaupt gehörte diese Behauptung in die gleiche Gruppe wie die Bemerkung am Morgen: Man gefiele der Frau Doktor «nid übel» ... Das war tröstlich.

Der Chaschperli sagte ungeduldig: «So! Muetti!»

Und Frau Laduner setzte sich ans Klavier. Ihre Hände waren kurz und dick, die unteren Gelenke der Finger gepolstert. Sie sang ein Lied, sie sang zwei Lieder. Studer trank Tee.

Die Frau stand auf. – Nun sei es genug, sagte sie, und was es Neues gebe ...

– Er habe den Direktor gefunden ...

«Tot?»

Studer nickte schweigend, und Frau Laduner schickte ihren Sohn aus dem Zimmer.

«Soso», sagte sie dann. «Eigentlich hat es ja so kommen müssen …»

Und Studer war einverstanden: Ja, es hatte so kommen müssen …

– Sie wisse nicht, sagte Frau Laduner, ob Studer begreifen könne, was das für ihren Mann zu bedeuten habe … Ob er sich schon ein Bild habe machen können vom Ernst? … Von seinem Charakter? Von seiner Art? … Er habe sehr darunter gelitten, daß er alle Arbeit habe machen müssen. Mein Gott, wie habe die Anstalt ausgesehen bei seiner Ankunft in Randlingen! …

«Die Kranken sind herumgehockt auf den Abteilungen … Im B haben sie den ganzen Tag gejaßt, das K sah aus wie ein Museum gotischer Figuren … Die Kranken sind herumgestanden, mit verrenkten Gliedern, der eine hat wie ein Wasserspeier den ganzen Tag auf dem Heizungskörper im Korridor gehockt, und gestunken hat es! … Die Badewannen waren den ganzen Tag besetzt. Von den Unruhigen. Die Zellenabteilung war überfüllt … In der Nacht haben sie geschrien, daß ich mich fast gefürchtet habe, so tönte es über den Hof. Wissen Sie, was Arbeitstherapie ist?»

Studer mußte lächeln, weil er an den Blitzzug denken mußte, der ihm heut morgen begegnet war.

«Warum lächeln Sie?» fragte Frau Laduner, und Studer gab den Grund an.

«Das ist nur ein Teil, und ich verstehe, daß es Euch komisch vorgekommen ist. Man sucht die Kranken zum Arbeiten anzuhalten … Mein Mann hat große praktische Begabung, er hat Arbeiten direkt erfunden, er hat den Wärtern (damals sagte man noch Wärter) Kurse gegeben, er ist des Tages fünf-, sechs-, zehnmal über die Abteilungen gegangen – er, der sonst immer gern flucht, wenn etwas nicht geht, er war geduldig … Und der Direktor ist jeden Abend zum Bärenwirt seinen Dreier trinken gegangen, hat seine Köchin geheiratet, hat mit sechzig Jahren einen Sohn taufen lassen ... Und als alles in Gang war, als die Anstalt wirklich in Ordnung war, als Leute kamen, um sie zu besichtigen, als die Patienten in den Nächten ruhig waren, die Abteilungen, die früher nach Irrenhaus ausgesehen hatten, nichts anderes waren als Werkstätten, in denen Papiersäcke geklebt, Matten geknüpft wurden – als man Kranke entlassen konnte, die man früher für unheilbar hielt – wer hat den Ruhm eingeheimst? ... Ich habe einmal zufällig im Direktionsbureau einen Brief gesehen ... Irgendein deutscher Professor schrieb dem Direktor, er habe sich gewundert über die moderne Führung der Anstalt, und er beglückwünsche den Direktor, daß er die neuzeitlichen Errungenschaften der Psychotherapie in seiner Anstalt eingeführt habe ...»

Frau Laduner hatte sich warm geredet. Nun schwieg sie. Ihre Hände ruhten im Schoß, und ihr Leinenrock war fast bis zu den Knien gerutscht. Studer fand, die Füße der Frau Laduner sähen gutmütig aus. Gutmütig und tatkräftig.

Er dachte: ‹Das Bataillon hört auf mein Kommando!›, und versteckte ein Lächeln unter seinem Schnurrbart ...

«Und jetzt ist der Direktor tot!» sagte Frau Laduner. Sie atmete tief, und der Stoff ihrer Bluse spannte sich über ihrer Brust. Genauso tief hatte Dr. Laduner geatmet, in der Allee unter den Apfelbäumen, an deren Ästen die winzigen grasgrünen Früchte hingen, die ebenso sauer waren wie der Klang der Stundenglocke im Türmchen der Anstalt Randlingen ...

Eine Klinke wurde heruntergeschlagen, eine Türe aufgerissen ...

«Frau Doktr, i glaube, dr Herr Doktr isch cho», sagte Studer und stand auf.

In der Wohnung wurde eine Türe mit lautem Knall zugeschmettert. Sie wolle go luege, sagte Frau Laduner. Und dann verabschiedete sie sich vom Wachtmeister.

2.

Am Türpfosten der Wohnung im ersten Stock war ein Blechschild angebracht, wie man es in jenen Automaten ausstanzen konnte, die früher auf allen Bahnhöfen wuchsen …

«Dr. med. Ulrich Borstli» stand darauf.

Vorsichtig versuchte Studer, die Türe zu öffnen, sie war unverschlossen, er stand dann in einem Gang, der dem Gang in der Wohnung Dr. Laduners ähnelte. Ihm war ein wenig beklommen zumute. Aber dann dachte er, daß er schließlich beauftragt sei, den ‹Konnex› (wie Dr. Laduner sagte) zwischen dem Verschwinden des Patienten Pieterlen und dem Tode des alten Direktors aufzudecken.

So rief er laut: «Hallo!» Und: «Niemer umewäg?» … Stille. Es roch nach kaltem Stumpenrauch. Studer betrat das erste Zimmer.

Ein Flügel, ein Notenständer, ein Rauchtisch mit einem gefüllten Aschenbecher. Armsessel, ein offener Kamin, davor ein lederner, abgewetzter Klubsessel. Und über dem Klavier hing die vergrößerte Photographie einer Frau. Studer trat näher. Ein spitzes Gesicht, große Augen, die schweren Zöpfe waren kunstvoll über dem Hinterkopf aufgetürmt … Ein altes Bild … Die erste Frau? …

Der Flügel war verschlossen und mit Staub bedeckt. Zu beiden Seiten der Fenster hingen rote Plüschvorhänge, und durch die Scheiben leuchtete der bleiche Stamm einer Birke. An ihren feinen Ästen zitterten zerknitterte Blätter …

Im Nebenzimmer stand ein Schreibtisch und auf dem Schreibtisch eine Flasche Cognac mit einem gebrauchten Glas daneben. Studer erinnerte sich, daß der Direktor die Gutachten der chronischen Alkoholiker machte – und er mußte leise lachen. Neben der Flasche lag ein Buch aufgeschlagen, Studer suchte das Titelblatt.

«Die Memoiren des Casanova.»

Eine etwas sonderbare Lektüre! … Nun ja … Aber man mußte die Schubladen des Schreibtisches durchsuchen.

Sie waren unverschlossen. Nirgends Geld. Die zwölfhundert Franken, die der Direktor gestern von der Krankenkasse erhalten hatte, waren nicht vorhanden ... Er hatte sie also bei sich getragen? Aber seine Taschen waren leer gewesen ... Und der Sandsack? ...

Das Schlafzimmer: Zwei Betten, das eine war nicht überzogen, das andere ungebraucht, kein Kopfeindruck auf dem Kissen. Die Decke war glattgestrichen ...

Was war es nur, was die ganze Wohnung durchdrang? Es war nicht allein der kalte Stumpenrauch, obwohl er zu der besonderen Atmosphäre gehörte, es war auch nicht der leichte Cognacgeruch, und doch war auch er nicht wegzudenken. Es war nicht der aufgeschlagene Casanova und das unüberzogene leere Bett und nicht der Staub und nicht der geschlossene Flügel und die Plüschvorhänge und die Birke mit den zerknitterten Blättern ...

Studer blieb mitten im Arbeitszimmer stehen, vor dem offenen Schrank, in dem wenige Bücher unordentlich herumlagen. Auf dem Schreibtisch war ein dreiteiliger Rahmen aufgestellt: Photographien ... Mädchen, Männer, ein Brautpaar, Kinder ... Enkel des alten Direktors? ...

«Aaahh», machte Studer ganz laut.

Jetzt konnte er ganz genau sehen, was die Wohnung durchdrang:

Einsamkeit ...

Ein alter Mann, der zum Bärenwirt flieht, weil er die Einsamkeit nicht mehr aushält. Zwei Frauen sind ihm gestorben. Die Kinder weit weg ... Die Enkel kommen nur in den Ferien ... Und die jungen Pflegerinnen, mit denen man spazieren geht? ... Ein alter Mann kämpft gegen die Einsamkeit, und es ist ein hoffnungsloser Kampf ...

Studer schlich davon, schlüpfte ins Stiegenhaus, hastete in den zweiten Stock, betrat die Wohnung. Frau Laduner kam ihm entgegen. Ein Pfleger habe nach ihm gefragt, sie habe ihn ins Gastzimmer geführt.

Als Studer die Türe öffnete, saß der kleine Gilgen auf dem Rande eines Stuhls, und sein Gesicht war bleich und ängstlich ...

3.

Gilgen kratzte sich die Glatze. Er hatte einen Rock angelegt, der viel geflickt war. Aus der Tasche des Rockes zog er nun ein Blatt Papier, vierfach zusammengefaltet, und reichte es Studer. Der Titel war mit schöner Rundschrift gemalt, und es war eine Art Widmung:

«Dem sehr verehrten und sehr gütigen und sehr weisen Inspektor Jakob Studer von einem großen Kriegsverletzten gewidmet im Auftrage Mattos, des großen Geistes, dessen Reich sich weitet über das Erdenrund.»

Und dann kam das sonderbare Stück Prosa, das Studer am Morgen gelesen hatte, aber es begann ein wenig anders:

«Wenn der Nebel den Regen spinnt zu dünnen Fäden ...» Und so weiter ... und so weiter ... Es kam der Abschnitt über die bunten Papiergirlanden, die über die Welt flattern, und dann flackern Kriege auf, es kam der Satz über die roten Bälle, und die Revolutionen lodern zum Himmel ... Es war ähnlich und doch anders. Diesmal berührte es Studer merkwürdig, und es fröstelte ihn ein wenig. Es war so viel passiert inzwischen ... Er hatte den Direktor gefunden am Fuße der Eisenleiter ... Er hatte die Wohnung gesehen und die Einsamkeit eines alten Mannes begriffen ... Er hatte das Aufatmen Dr. Laduners gesehen und das Aufatmen seiner Frau ...

Und Wachtmeister Studer las den letzten Abschnitt von Schüls ungereimtem Gedicht. In diesem hieß es:

«Matto! Er ist mächtig. Alle Formen nimmt er an, bald ist er klein und dick, bald schlank und groß, und die Welt ist sein Puppentheater. Sie wissen nicht, die Menschen, daß er mit ihnen spielt wie ein Puppenspieler mit seinen Marionetten ... Und dabei sind seine Fingernägel lang wie die eines chinesischen Gelehrten, gläsern und grün ...»

Der gute Schül! Mattos Fingernägel schienen ihn zu beschäftigen ... Aber, was war denn los? Studer fühlte sich unbehaglich, aber es war nicht mehr Schüls ‹Dichtung›, es war etwas anderes ...

«Wer spielt denn da in einem fort Handharpfe?» fragte er ärgerlich. Man konnte nicht feststellen, woher der Ton kam. Drunten im Ärztebureau schon hatte er die Musik gehört, fern und leise, hier war sie lauter zu hören, sie schien aus den Wänden zu dringen oder von der Decke herabzusickern …

Er blickte auf den rothaarigen Gilgen und bemerkte, daß der kleine Mann bleich geworden war. Das sah sonderbar aus, die Sommersprossen traten so deutlich hervor, wie Rostflecken auf mattem Stahl.

«Was ist los, Gilgen?» fragte Studer.

«Nüt, Herr Wachtmeister …» Und ob Studer wirklich wissen wolle, wer spiele? Das werde nicht festzustellen sein. In der Anstalt habe es so viele, die Handharpfe spielten, es könne aus irgendeiner Abteilung dringen …

Studer gab sich zufrieden, obwohl ihn das Handharpfenspiel unleidig machte. Er hätte nicht sagen können, warum. Er versuchte, sich auf etwas zu besinnen, das ihm am Morgen aufgefallen war, es war etwas, das mit Handharpfenspiel zusammenhing, aber er konnte sich nicht besinnen …

«Wachtmeister», sagte der kleine Gilgen und stockte. Dann, als Studer ihm aufmunternd zugenickt hatte, kam die Bitte: Studer möge doch den Dr. Laduner bitten, daß er nicht entlassen werde …

– Entlassen? Warum sollte er entlassen werden?

Eine traurige Geschichte erzählte der Gilgen. Er habe ein Hüüsli gekauft, vor vier Jahren … Achtzehntausend Franken. Siebentausend habe er angezahlt, der Rest sei erste Hypothek … Und es sei gut gegangen … Aber nun sei die Frau krank und in Heiligenschwendi oben, sie habe es auf der Brust … Schulden, ja! … Und dann habe er immer den Abteiliger Jutzeler vertreten, wenn der frei gehabt habe, und da habe er sich ein paarmal Respekt verschaffen müssen bei den jungen Pflegern, und die seien ihm dann aufsäßig geworden … Hätten ihn verklagt, er trage die Wäsche und die Schuhe von Patienten … Der alte Direktor habe die Sache untersucht, und er habe den andern geglaubt. Er habe den Gilgen entlassen wollen ... Da habe der Abteiliger Jutzeler gedroht, dem alten Direktor nämlich, man werde den Streik proklamieren, wenn der Gilgen entlassen würde ... Der Direktor habe nur gelacht ... Und er habe recht gehabt zu lachen, denn es sei wenig Einigkeit unter den Pflegern ... Kaum ein Dutzend, die organisiert seien ... Der Rest sei froh, überhaupt eine Anstellung zu haben in dieser Krisenzeit ...

– Und nun? fragte Studer. Er hatte Mitleid.

– Nun habe er heut mittag, wie er heimgefahren sei, den Betreibungszettel gefunden ... Natürlich, wenn ihm sein Lohn gepfändet werde, dann sei alles verpfuscht ... Die Frau sei in keiner Krankenkasse ... Er habe alles versucht, sagte der Gilgen, in der Freizeit habe er für Kollegen geschneidert, obwohl das ja eigentlich verboten sei, Doppelverdienertum ... Bei den Pflegern wenigstens. Wenn die Frau vom Dr. Blumenstein im Dorfe Lehrerin sei und ihr Mann den Lohn ziehe in der Anstalt, so mache das nichts ...

Studer nickte ... Es ging ungerecht zu in der Welt. Er hätte dem kleinen Gilgen von den zwölfhundert Franken erzählen können, die der Direktor von der Krankenkasse gezogen hatte ... Aber er wollte nicht hetzen.

Merkwürdig immerhin, daß der kleine Mann so großes Vertrauen zu ihm hatte. Der Pfleger Gilgen, den er gestern noch gar nicht gekannt hatte, mit dem er heute morgen einmal gejaßt hatte, dem er vielleicht ganz aus Zufall vom Dr. Laduner übergeben worden war, um auf der Abteilung B herumgeführt zu werden ...

Studer tröstete, so gut er konnte. Er werde sein möglichstes tun. Dr. Laduner leite ja vorläufig die Anstalt, er werde bei ihm ein gutes Wort einlegen ...

Der Pfleger Gilgen ging ein wenig getröstet fort.

Studer fiel es auf, daß er noch einen furchtsamen Blick nach der Zimmerdecke warf – aber dann vergaß er es wieder. Das Handharpfenspiel hatte aufgehört ...

Auf dem Rückweg von der Gangtür, zu der er den kleinen Gilgen begleitet hatte, blieb Studer vor der Tür zum Arbeitszimmer stehen. Ihm war eingefallen, daß er an seine Frau telephonieren wollte.

Er klopfte scharf an und öffnete, prallte zurück ...

Auf einem Ruhebett, den Blick zur Tür gewandt, lag ein junger Mann mit angstvoll aufgerissenen Augen. Er hatte die Hände hinter dem Kopf verschränkt, und Tränen liefen über seine Wangen. Ihm zu Häupten aber saß Dr. Laduner in einem bequemen Lehnstuhl und rauchte. Als er Studer erblickte, sprang er auf, kam an die Tür und flüsterte aufgeregt: «In einer halben Stunde ... Ich bin jetzt beschäftigt ...» Und drückte die Tür ins Schloß.

Studer blieb einen Augenblick stehen und dachte nach. Der junge Mann auf dem Ruhebett war der Herbert Caplaun, Sohn des Obersten ...

Warum lag der Herbert auf einem Ruhebett und weinte?

Frau Laduner kam aufgeregt durch den Gang. Man dürfe ihren Mann jetzt nicht stören, er habe einen Privatpatienten in der Analyse ...

Analyse? Was denn das sei? ...

Frau Laduner winkte ab. Das sei zu schwer zu erklären. Und Studer dachte, das sei ebenso schwer zu erklären wie der Ausdruck Angstneurose.

Still ging er in sein Zimmer zurück und begann seine Taschen zu leeren. Sein ramponierter Lederkoffer war geholt worden und stand auf dem Tisch. Unter seine Wäsche legte Studer den Sandsack, die Enveloppe mit dem Staub, den er aus den Haaren des toten Direktors gebürstet hatte, und das Stück groben Stoffs, das er unter Pieterlens Matratze gefunden hatte.

Dann zog er sein Büchlein aus der Tasche, schlug die Seite mit den Namen auf und begann sie auswendig zu lernen, so, wie ein fleißiger Lateinschüler Vokabeln lernt:

«Jutzeler Max, Abteilungspfleger
Weyrauch Karl, Oberpfleger
Wasem Irma, Pflegerin, 22jährig ...»

Da fiel ihm auf, daß er vergessen hatte, den kleinen Gilgen einzutragen, auch Schül, den Freund Mattos, hatte er vergessen, und auch die Jungfer Kölla von der Küche stand nicht im Büchlein. Aber diese drei ließ er sein, denn sie schienen nicht zum Fall zu gehören …

Leise flüsterte er ein paarmal: «Pieterlen Pierre, Kindsmord» und:

«Caplaun Herbert, Angstneurose.»

Dann klappte er das Buch zu, faltete die Hände über der Brust und schloß die Augen. Im Halbschlaf memorierte er noch:

«Dr. Blumenstein, vierter Arzt, macht jetzt die Sektion, Schwager des Direktors, Frau Schwester der zweiten Frau, Frau ist Lehrerin in Randlingen …»

Die vielen ‹Frau› störten ihn, er schüttelte den Kopf, so, als ob sich eine Fliege auf seiner Nase niederlassen wollte, und dann schlummerte er ein.

Er träumte, Dr. Laduner zwinge ihn, die Namen aller Patienten, aller Pfleger und Pflegerinnen, aller Kuchimeitschi, Handwerker, Verwalter und Ärzte in ein großes Buch einzutragen …

«Wenn Sie alle Namen auswendig wissen», sagte Dr. Laduner, «dann können Sie statt meiner Direktor werden … Gewiß …»

Und Studer schwitzte im Traume …

Das Demonstrationsobjekt Pieterlen

«Lesen Sie das», sagte Dr. Laduner und reichte Studer ein Blatt Papier über den kleinen runden Tisch. Dann sank er zurück, stützte den Ellbogen auf die Armlehne seines Stuhles, das Kinn auf die Fingerknöchel.

Die Lampe trug einen pergamentenen Schirm, auf welchem Blumen in durchscheinenden Farben gemalt waren. Studer beugte sich vor und las:

«Ld. Unterbricht die Ausfrage des Polizisten mit keinem Blick; wenn man ihn anschaut, zieht ein sonderbar unmotiviertes Lächeln über sein Gesicht. Man fragt ihn, was heute für ein Tag sei, er denkt nach und sagt mit einem seltsamen Vorbei: ‹Donnerstag.› Er habe sich zuerst besinnen müssen. In Haft sei er seit dem Februar, er habe viel Fieber. Auf die Frage, seit wann, sagt er wieder in einem sonderbaren Vorbei: ‹Seit vier Jahren›, und meint damit, er habe seit vier Jahren stets im Frühling erhöhte Temperaturen. Gekommen sei er wegen Mord – auch dazu lächelt er, völlig unberührt, sicherlich ganz unbeteiligt. Er verabschiedet sich auch nicht vom Polizisten. Pupillen ohne Befund, Zunge belegt, Hände kein Tremor, Patellarreflex lebhaft ...»

«Bis dahin», sagte Dr. Laduner, und nahm Studer das Blatt aus der Hand. «Halt, schauen Sie noch das Datum an ...»

«16. V. 1923 ...»

Laduner schwieg eine Weile, dann sagte er:

«Dafür habe ich vom Chef den ersten Rüffel bekommen. Er fand, der Aufnahmestatus sei poetisch, nicht sachlich-wissenschaftlich. Sie haben die beiden Buchstaben zu Beginn des Absatzes gesehen? Ld.? Das war der Ernst Laduner, der damals 30 Jahre alt war, jung, sehr jung ... Und damals machte der junge

Laduner die Bekanntschaft des Pierre Pieterlen. Es war sein erstes Gutachten ...»

Laduner zündete eine Zigarette an, dann hielt er das rote flache Zündholz zwischen Daumen und Zeigefinger und schwenkte es wie einen winzigen farbigen Dirigentenstab.

«Pieterlen Pierre, damals 26 Jahre alt, angeklagt wegen Mordes, weil er sein Kind bei der Geburt erstickt hatte. Und die Fragen der Bezirksanwaltschaft lauteten (ich kann sie Ihnen aus dem Gedächtnis hersagen), sie lauteten in ihrem verzwickten Deutsch:

1. War die Geistestätigkeit des Angeklagten im Zeitpunkt der Begehung der Tat in dem Maße gestört, daß er die Fähigkeit der Selbstbestimmung oder die zur Erkenntnis der Strafbarkeit der Tat erforderliche Urteilskraft nicht besaß?

2. Für den Fall der Verneinung dieser Frage, war der Angeklagte bei Begehung der Tat vermindert zurechnungsfähig und in welchem Grade?

– – – Zwei schöne Fragen ... Glauben Sie, daß ich einmal von zehn Uhr abends bis ein Uhr früh über diesen Fragen gehockt bin, um ganz genau zu verstehen, was die Herrschaften eigentlich meinten? So dumm war ich damals ... So dumm, daß ich nach diesem Fall die Psychiatrie an den Nagel hängen wollte. Aber man entgeht scheinbar nicht einer Auseinandersetzung. Ich sollte den Pieterlen nachher wieder treffen ...

Unzurechnungsfähig und in welchem Grade? ...

Wie soll man so etwas wissen, Studer? Weiß ich, ob Sie Urteilskraft besitzen? Ich kann sehen, wie Sie arbeiten, wenn Sie ein Verbrechen aufdecken, ich kann mir vielleicht eine Meinung bilden, ob Sie logisch denken, wie Sie Fakten feststellen und aneinanderreihen ... Aber Ihre Urteilskraft? Denken Sie, für die Herren Juristen muß man den Besitz oder den Nichtbesitz der Urteilskraft in Prozenten ausdrücken! Seine Urteilsfähigkeit betrug 25 % oder 50 %. Genau, wie wenn man sagt, die Standard Oil stehen 20 % oder 30 % über oder unter pari ... Die Welt ist komisch.»

Schweigen. Dann war Tellergeklapper aus der Küche zu hören, und der Chaschperli fragte laut, draußen im Gang, ob er dem Vatti gut Nacht sagen dürfe. Darauf antwortete Frau Laduners Stimme, er solle noch ein wenig warten. Der Arzt nahm ein zweites Blatt aus der Mappe, reichte es über den Tisch.

«Schauen Sie zuerst das Datum an ...» Studer tat es.

«2. IX. 26. – *Zweiter September neunzehnhundertsechsundzwanzig.*»

Und er las weiter:

«TW. Aufnahmestatus. Steht mit Vollbart und in Sträflingskleidung, die Mütze auf dem Rücken in der Hand haltend, steif da, kümmert sich aber um seine Effekten, interessiert sich speziell für seine Bleistifte, die wolle er nicht verlieren. Das Geld könne der Direktor von R. behalten, sagt er mit einem steifen Lächeln. Auf Befragen: Er habe sich über nichts zu beschweren, er habe allerdings einen Brief an seinen Vormund, Dr. L., geschrieben. Darüber möchte er sich nicht weiter auslassen. Gehemmt, steif, verweigert dem sich verabschiedenden Arzte von R. die Hand. Nach den Gründen gefragt: Nach seiner Auffassung sei das kein Arzt, das können auch Gefühlssachen sein.»

Studer legte das Blatt auf den Tisch. Er wartete. Laduner sagte und bewegte sich nicht, sein Gesicht war im Schatten:

«Es dreht sich alles um den 2. September. Merkwürdig. Am 2. September stirbt Pieterlens Kind, im nächsten Jahre wird Pieterlen am 2. September wegen Mordes zu zehn Jahren Zuchthaus verurteilt. Obwohl unser, das heißt mein Gutachten günstig war, nur weil er sich nach Ansicht des Bezirksanwaltes frech benommen hatte ...

Gut. Ich habe versucht, dem Herrn Bezirksanwalt, der die Untersuchung führte, die Schlüsse, zu denen ich gekommen war, daß nämlich Pieterlen an einer latenten Geisteskrankheit laboriere, begreiflich zu machen. Wir haben tüchtige Staatsanwälte in der Schweiz, wir haben andere, bei denen ich, müßte ich sie einmal begutachten, ganz unvoreingenommen von moralischer Debilität sprechen würde. Leute, bei denen es klar auf der Hand liegt, daß sie sich mit Verbrechen nur deshalb beschäftigen, damit sie nicht selbst Verbrecher werden. Wir nennen das in unserer Fachsprache: abreagieren ... Vielleicht kennen Sie auch derartige Typen. Nun, der Bezirksanwalt in jener Industriestadt gehörte zu dieser Sorte. Dick, mit gekräuselten Haaren auf einem spitz zulaufenden Schädel, die Haare eingefettet – ich rieche noch jetzt den Geruch von Brillantine –, Sammler von Kupferstichen und erotisch tätiger als beruflich. Bei jedem Angeklagten, es mochte sich um einen Einbrecher, eine Ladendiebin, einen Taschendieb oder eine Hochstaplerin handeln, erkundigte er sich zuerst nach den Liebeserlebnissen der Vorgeführten. Dicke Lippen, immer feucht.

Wenn Sie sich über das Interesse gewundert hätten, das er den Leintuchgeheimnissen entgegenbrachte, so hätte er Ihnen geantwortet, er tue dies aus psychologischem Interesse. Von den Ergebnissen einer modernen Schule ist ja allerhand in die Laienwelt durchgesickert. Die Juristen besuchen jetzt auch psychiatrische Vorlesungen, was dabei herauskommt, kann man sich lebhaft vorstellen: zum Beispiel solch ein Bezirksanwalt. Er war schlecht auf den Pieterlen zu sprechen, das merkte ich gleich. Denn der Pieterlen hatte auf alle Alkovenfragen keine Antwort gegeben. Hingegen war der Herr Bezirksanwalt gut auf die Frau zu sprechen. Die hatte wahrscheinlich, verschüchtert wie sie war, weniger Widerstand geleistet und allerhand ausgepackt, was für den Herrn Bezirksanwalt interessanter war als die Kaltschnauzigkeit des Mannes. Der Herr Bezirksanwalt sagte: ‹Was wollen Sie, Herr Doktor, der Pieterlen ist ein frecher Kerl, den sollte man mürbe machen; wie er uns zuerst an der Nase herumgeführt hat! Natürlich sind Sie ihm auf den Leim gekrochen ...› Was sollte ich sagen? Ich versuchte zu erklären, daß Pieterlen ein kranker Mensch sei, daß ich nach bestem Wissen und Gewissen nur sagen könne, daß eine Strafe, eine Zuchthausstrafe, in diesem Falle ungünstig wirken würde ... Vergebene Liebesmüh. Der Herr Bezirksanwalt lachte mich aus. Er werde es dem Pieterlen schon einsalzen, meinte er, und erzählte mir in einem Atemzuge von einer besonders hübschen Kellnerin im Bahnhofbüfett zweiter Klasse und einer Sammlung legerer Gravüren vom Ende des achtzehnten Jahrhunderts, die er um ein Spottgeld gekauft habe. Und dann sprach er von einer illustrierten Ausgabe der Memoiren des Marquis de Sade ... Es paßte zu ihm ... Ich will nicht verallgemeinern, es gibt hochanständige Leute auch unter den öffentlichen Anklägern, aber es gibt manchmal auch solche Bezirksanwälte ... Was sagte mein alter Chef immer? ‹Wollen Sie mich dafür verantwortlich machen, Laduner, daß es auf der Welt unvernünftig zugeht? Glauben Sie mir, auch das Verständnis entgegengesetzter Standpunkte vermag die Gegensätze nicht aufzuheben ...› Er war klug, mein alter Chef ...

Ich sagte Ihnen, es drehe sich alles um den 2. September. Drei Jahre später, auf den Tag, am zweiten September, wird Pieterlen verrückt aus der Strafanstalt in die Heil- und Pflegeanstalt jenes Kantons eingeliefert, in welchem er verurteilt worden war. Er hatte mir gesagt, noch vor der Verhandlung, er hoffe mit drei Jahren davonzukommen, und ich hoffte es auch. Mein Gutachten hatte auf Totschlag im Affekt gelautet ... Und drei Jahre später ... Ein anderer Arzt hat die Aufnahme gemacht. Aber ich spiele trotzdem noch mit, ich bin der Vormund geworden des Pierre Pieterlen, ja, ich war der Dr. L., dem er von R. geschrieben hatte ...»

«Und heute ist auch der zweite September», sagte Studer.

«Fünf und drei sind acht und ein Jahr Untersuchungshaft macht genau neun Jahre. Neun Jahre war er eingesperrt.»

Studer saß da, vorgeneigt, die Unterarme auf den Schenkeln. So konnte er Laduner von unten her ins Gesicht blicken, und er war erstaunt: Die Maske nämlich war gefallen. Es saß auf dem Stuhle dort ein jugendlich aussehender Mann, mit einem weichen Munde, die Stimme tönte weder nach: ‹Das Bataillon hört auf mein Kommando!›, noch erinnerte sie an den Ton: ‹Liebes Kind.› Das Gesicht war weich, der Mund sanft geschwungen, die Stimme warm ...

Und noch ausgeprägter war die Veränderung, als die Türe aufging und der Chaschperli gute Nacht sagen kam. Er gab auch Studer die Hand.

Dann war es wieder still im Zimmer, der Rauch schlängelte

sich unter den Rand des Pergamentschirms und quoll dann oben heraus, wie aus einem Kamin.

Laduner sagte:

«Zuerst hat der Pieterlen in der Strafanstalt Schreinereiarbeiten verrichten müssen, er machte Särge in seiner Zelle. Glauben Sie nicht, daß ich erfinde, ich kann Ihnen alles in den Akten zeigen. Als er ein Jahr, ganz allein in der Zelle, Särge angefertigt hatte, durfte er an Militärmänteln die Knöpfe und die Knopflöcher nähen. Zwei Jahre lang. Und dann …»

Laduner suchte in der Aktenmappe nach einem Blatt; er las mit der gleichen weichen Stimme:

«Bericht der Strafanstalt, Nr. 76, Pieterlen … Auffallende Veränderungen in seinem Verhalten: Arbeiten, die er früher ganz schön gemacht hatte, macht er auf einmal nachlässig und unbrauchbar, zum Beispiel Knopflöcher an Mänteln statt am linken Teil rechts. Bestandteile an Kleidungsstücken mit der deutlich abstechenden Querseite nach außen. Er erklärte auf Reklamationen hin, die Sachen ändern zu wollen, machte aber wieder den gleichen Fehler. Am Abend bettete er unter dem Arbeitstisch und schlief auf diesem Lager …»

Das Blatt raschelte. Laduner zündete eine frische Zigarette am Stummel der ausgerauchten an, stand auf, ging zum Fenster, sah in die Nacht, die schwer und schwül über dem Land lag.

«Er hat sich verkrochen, er hat Knopflöcher falsch genäht … Nach drei Jahren: Das ist zweimal zweiter September … Ich bin nicht gefühlvoll, Studer, glauben Sie mir, aber der Pierre Pieterlen, das ist … das ist … eben, ein Demonstrationsobjekt», und versuchte ein Lachen, das mißlang.

Studer lauschte, lauschte … Der Fall des Patienten Pieterlen interessierte ihn – wenn er ehrlich sein wollte – nicht so sehr als der Ton, in dem er erzählt wurde.

«Wie lange tragen Sie schon das Kummet, Studer? Zwanzig Jahre? Ja? Nun, bald winkt Ihnen die Pension … Aber in diesen zwanzig Jahren haben Sie viele Akten gelesen, nicht wahr? Viele Berichte verfaßt, nicht wahr? Jetzt werden Sie sich wundern,

Studer, und ich weiß, daß Sie sich schon die ganze Zeit gewundert haben, warum ich so offen zu Ihnen bin, warum ich Sie zu mir eingeladen habe ... Geben Sie es zu, es ist Ihnen reichlich sonderbar vorgekommen ... Aber ich habe Ihre Laufbahn verfolgt, man hat mir von dem Kampfe erzählt, den Sie mit dem Oberst Caplaun ausgefochten haben, und dann habe ich fünf Rapporte von Ihnen gelesen, sie betrafen alle den gleichen Fall. Der Fall tut nichts zur Sache. Aber die Rapporte sind mir aufgefallen, Ihr Ton, er war anders als der Ihrer Kollegen. Zwischen die Floskeln der Amtssprache hatte sich etwas eingeschlichen. Es klang, als ob Sie immer versuchen wollten zu verstehen, und wenn Sie selbst verstanden hatten, dann wollten Sie auch, daß der Leser verstehen sollte ... Bin ich deutlich? ... Und darum erzähle ich Ihnen vom Pieterlen Pierre, weil er für mich ein Demonstrationsobjekt ist und weil ich weiß, daß Sie mich nicht auslachen werden ... Früher, mein Gott, früher hat man mich auslachen können, mit Recht, und mein alter Chef hat es auch gründlich getan, damals beim ersten Gutachten. Er hat recht gehabt. Ich bildete mir nämlich ein, man könne den Herren von der Justiz etwas begreiflich machen, aber für sie kommt nur folgendes in Frage ...»

Laduner nahm einen Bogen auf und las:

«Hierdurch hat sich der Angeklagte des Mordes im Sinne von Paragraph 130 des Strafgesetzbuches schuldig gemacht, denn er hat vorsätzlich und mit Vorbedacht sein am zweiten September 1923 in seiner Wohnung in Wülflingen von seiner Ehefrau, Klara Pieterlen, lebend zur Welt gebrachtes Kind rechtswidrig getötet, indem er ihm unmittelbar nach der Geburt ein Handtuch auf das Gesicht legte, mit der Hand drückte und es mit den Händen würgte, so daß es erstickte ...»

Das Blatt flatterte zu Boden, Studer hob es auf, legte es auf den Tisch. Laduner verließ das Zimmer, sprach draußen leise mit seiner Frau, kam zurück, blieb in der offenen Türe stehen: «Roten oder Weißen?»

«Weißen», sagte Studer, ohne den Kopf zu heben. Er kam sich unhöflich vor, aber er konnte nicht anders ...

«Haben Sie Schlaf, Studer?» fragte Laduner und schenkte die Gläser voll. Er stieß mit dem Wachtmeister an, zerstreut, wartete die Antwort gar nicht ab, sondern ging auf und ab: vom flachen Schreibtisch bis zur andern Ecke des Zimmers, wo der Bücherschrank stand.

«Die Frau war Kellnerin gewesen, Saaltochter, wie wir hier sagen. In Sitten. Der Pieterlen war damals Kondukteur an der Lötschbergbahn. Vier Jahre haben sich die beiden gekannt. Dann wollten sie heiraten. Aber der Pieterlen verlor seine Stelle. Er bekam einmal die Grippe; als es ihm besser ging, ist er mit seiner Braut z'Tanz, Kollegen haben ihn gesehen, ihn verrätscht, er wurde entlassen. Er war unbeliebt unter seinen Kollegen, der Pieterlen, man warf ihm seinen Stolz vor. Er ging dann in eine Industriestadt in der Ostschweiz und arbeitete als Handlanger in einer Maschinenfabrik. Vier Wochen vor der Geburt des Kindes heirateten die beiden ...

Ich habe zwei Kinder, Studer. Der Pieterlen hat kein Kind gewollt. Das hat er offen und deutlich gesagt. Er hat es dem Bezirksanwalt gesagt, er hat es mir gesagt. ‹Vorsätzlich und mit Vorbedacht› ... Das klingt doch schön? Finden Sie nicht? ...

1923 ... Fünf Jahre nach dem Krieg ... Wieviel Menschen sind im Krieg umgekommen? Wissen Sie es? Rund ein Dutzend Millionen; nicht wahr? Und der Pieterlen wollte also kein Kind auf die Welt stellen ... Nicht aus weltanschaulichen Gründen, obwohl der Pieterlen allerlei gelesen hatte ... Lesen macht stolz, Studer, und Pieterlen war stolz. Das haben auch seine Kollegen behauptet und seine Vorgesetzten. Seine Kollegen lasen höchstens das Blättli, nicht einmal Detektivromane, sie jaßten; Pieterlen aber las Schopenhauer und Nietzsche und dachte über die Welt und die Menschen nach. Er zeichnete in seinen Freistunden ... Er lernte Englisch, und Französisch konnte er schon ... Sein Vater stammte aus Biel, dann war er Melker im Oberland, seine Mutter hat er nie gekannt, die war an seiner Geburt gestorben ...

Pieterlen wollte kein Kind auf die Welt stellen, weil er als Handlanger zu wenig verdiente. Er hatte eine Einzimmerwohnung mit Küche im Dorfe Wülflingen gemietet, weil die Wohnungen dort billiger waren als in der Stadt. Der Handlanger Pieterlen verdiente achtzig Rappen Stundenlohn ...

Sie werden mir einwenden, es gäbe soundso viele Handlanger, die auch nicht mehr verdienen und die doch Frau und Kinder haben ... Sie werden mir einwenden, daß es in den umgebenden Ländern noch ärger zugeht als bei uns, denn wir haben Fürsorgestellen und Armendirektoren und Eheberatungsstellen und Trinkerheilanstalten und Gottesgnadasyle und Heil- und Pflegeanstalten und Armenanstalten und Trinkerfürsorge und Waisenhäuser ... Wir sind sehr human. Wir haben auch Schwurgerichtssäle und Staatsanwälte und ein Bundesgericht – und sogar der Völkerbund tagt bei uns, lieber Studer ... Wir sind ein fortgeschrittenes Land. Warum also hat der Handlanger Pieterlen kein Kind gewollt?

Einfache Antwort: Weil er anormal war. Das sagt sich leicht. Ich habe in meinem Gutachten geschrieben ...»

Laduner griff wieder nach einem Blatt und las:

«Seine Tat entspricht Motiven einer abnormen Charakteranlage. Er stand schon seit Monaten unter dem Einfluß einer heftigen Gemütsaufregung, die dann schließlich im gegebenen Moment den letzten Ansporn zum Verbrechen gab. Er kann keineswegs als eine Verbrechernatur bezeichnet werden. Vielmehr handelt es sich bei ihm um eine ausgesprochene, angeborene Charakterabnormität, nämlich um eine schizoide Psychopathie. Es wäre durchaus nicht verwunderlich, wenn später noch eine eigentliche Geisteskrankheit, nämlich eine Schizophrenie, bei ihm ausbräche ...»

«Schizophrenie ...», murmelte Studer. «Was heißt das?»

Die Worte kamen nur undeutlich, weil er das Kinn in die Hände gestützt hatte und seine Finger den Mund verdeckten.

«Eigentlich heißt es: Spaltung, Gespaltensein», sagte Laduner. «Eine geologische Angelegenheit. Sie haben einen Berg, er wirkt ruhig, geschlossen, er ragt aus der Ebene auf, er atmet Wolken und braut Regen, er bedeckt sich mit Gras und sprossenden

Bäumen. Und dann kommt ein Erdbeben. Ein Riß geht durch den Berg, ein Abgrund klafft, er ist in zwei Teile zerfallen, er wirkt nicht mehr ruhig, geschlossen, er wirkt grauenhaft; man sieht in sein Inneres, ja, das Innere hat sich nach außen gestülpt ... Denken Sie sich eine derartige Katastrophe in der Seele ... Und wie der Geologe mit Bestimmtheit von den Ursachen spricht, die einen Berg gespalten haben, so sprechen wir mit Bestimmtheit von den psychischen Mechanismen, die eine Seele gespalten haben. Aber wir sind vorsichtig, lieber Studer, und wenn ich ‹wir› sage, so denke ich an die paar Leute in unserer Zunft, die nicht meinen, daß mit einigen griechisch-lateinischen Sprachenmésalliancen das Rätsel der menschlichen Psyche gelöst sei ...

Der Berg! Studer, denken Sie an den Berg! Sein Inneres ist plötzlich sichtbar ... Ich werde Sie morgen ins U führen. Dort werden Sie manches verstehen. Unter anderem auch die merkwürdige Scheu, von der viele Menschen, auch die Gesundesten, befallen werden, sobald sie Geisteskranken gegenüberstehen.

Einer von uns hat einmal gesagt, das komme daher, daß man da buchstäblich bei dem Unbewußten zu Besuche sei ... Unbewußt, Sie werden mich wieder fragen, was unbewußt ist. Unbewußt ist alles, was wir nicht an die Oberfläche gelangen lassen, was wir so schleunigst als möglich beiseiteschieben, sobald es nur den Versuch wagt, eine Ohrenspitze zu zeigen ... Zeigen Sie mir einen einzigen Menschen, der nie in seinem Leben, sei es als Kind, sei es als Erwachsener, wenigstens in Gedanken einen Mord begangen hat, der nie im Traume getötet hat ... Sie werden keinen finden ... Glauben Sie, daß es sonst so ungeheuer leicht wäre, Menschen in den Krieg zu jagen? Bringen Sie mir den gütigsten Vater, die besorgteste Mutter, wenn sie ehrlich sind, werden sie beide mir zugeben müssen, daß sie nicht einmal, nein, oft gedacht haben: ‹Wieviel leichter hätt ich's ohne Kinder!› Aber wie wollen Sie Ihr schon vorhandenes Kind wegbringen, es sei denn, Sie brächten es um? Sie sind Vater, Studer, ehrlich, Hand aufs Herz: Haben Sie früher nicht oft das Kind als eine Last empfunden, als eine Beschränkung Ihrer Freiheit? Nun?»

Studer grunzte. Es war ein böses Grunzen. Er liebte es nicht, daß man ihm so hart auf die Haut rückte. Natürlich hatte er solche Gedanken gehabt, als seine Tochter noch klein war und er manchmal in der Nacht nicht schlafen konnte, weil das Kind schrie. Vielleicht hatte er sogar laut geäußert, der Teufel möge das verdammte Gof holen ... Aber von einem solchen Ausspruch bis zu einem Kindsmord ... Obwohl ...

«Gedanken sind zollfrei», sagte Laduner, und sein Lächeln war traurig. «Solange es Gedanken sind, solange es Wünsche sind und wir den Wünschen nicht nachgeben, ist alles recht und in Ordnung, und die Gesellschaft ist zufrieden ...

Es darf einer in Büchern verkünden: ‹Das Eigentum ist Diebstahl!› Es wird ihm wenig geschehen, wenigstens heutzutage. Aber leben Sie einmal nach dem Ausspruch, dann werden Sie sich selbst verhaften müssen, nicht? Schreiben Sie und verkünden Sie es in allen Zeitungen: ‹Es ist ein Irrsinn, heutzutage Kinder auf die Welt zu stellen!›, und schreiten Sie dann zur Tat. Sie brauchen kein Kind zu töten, nur einen verbotenen Eingriff zu machen. Dann können Sie ein paar Jahre in Thorberg darüber nachdenken, daß Sie irgendeinen Paragraphen übertreten haben. Pieterlen hat eben nicht an den Paragraphen gedacht. Er hat monatelang darüber nachgegrübelt, daß nun ein Kind zur Welt kommen solle, daß er das Kind mit seinen achtzig Rappen Stundenlohn nur schlecht werde erziehen können. Er schlug seiner Frau vor, nach Genf zu gehen ... Sie wollte nicht ... Und dann kam er eines Nachts heim, er hatte Überstunden gemacht, es war kurz nach Mitternacht, und er sah Licht in seiner Wohnung ...

Ich bin damals nach Wülflingen gefahren, das ist ein winziges Dorf, Hügel drum herum, und das Haus, in dem Pieterlen gewohnt hatte, lag etwas außerhalb des Dorfes. Ich mußte das Zimmer sehen, ich mußte die Frau sehen. Die Frau hätte ich mir ja kommen lassen können, aber ich wollte sie in der Umgebung sehen, in der sie gelebt hatte, vier Wochen lang, mit dem Pieterlen zusammen, ich wollte die Lampe sehen, die Lampe ...»

Eifrig suchte Laduner nach einem Bogen, hielt ihn dann am unteren Rande, klopfte zweimal kurz mit der Hand auf das Blatt und las:

«Die Frau konnte nicht in den Korb sehen, weil er die Lampe bis zum Boden heruntergezogen und mit Papier umwickelt hatte, so daß es im Zimmer sehr düster war. Nachher nahm er dann eine Pfannenschaufel und vergrub das Kind im Wald. Um sicher zu sein, daß es nicht lebend vergraben würde, hat er dem Kind eine Schnur um den Hals geknotet. Seine Frau wußte von alledem nichts ...»

Pause.

Studer starrte auf den Lampenschirm. Er hatte beide Hände fest um die Armstützen seines Stuhles geschlossen. Es war ihm zumute wie einmal bei einem Alpenflug: Das Flugzeug rutscht ab, unaufhaltsam, und dann kommt ein Gefühl in der Magengrube auf, nichts steht mehr sicher, alles ist schwankend ... Auch damals hatte er sich verzweifelt mit beiden Händen festgehalten, obwohl er wußte, es nützte nichts ...

Schreibmaschinenbuchstaben auf weißem Papier ... Worte, Worte, Sätze ... Einer, der die Worte vorlas und die Sätze, und dann war das Zimmer da und die Frau im Bett und die Lampe an der langen Schnur, und Pierre Pieterlen hatte einen Mord begangen: ‹Vorsätzlich und mit Vorbedacht ...›

«Er hatte seine Frau dermaßen in der Gewalt», las Laduner mit eintöniger Stimme, und doch war die Betonung so sonderbar, daß Studer ein wenig stutzte, «und er konnte so stark auf sie einwirken, daß sie nicht versuchte, sich seinem Willen zu widersetzen. Sie war damit einverstanden, weder eine Hebamme noch einen Geburtshelfer beizuziehen ...»

Laduner räusperte sich trocken. Studer war zerstreut, ein paar Sätze verhallten, dann hörte er:

«... um es zu ersticken. Es gab nur einen kleinen Laut von sich, und er glaubte nicht, daß dieser von seiner Frau gehört werden könnte, weil er durch das Handtuch gedämpft war ... Er zeigte ihr das Kind, ohne daß sie genau sehen konnte, ob es ein

Mädchen oder ein Knabe war. In Wirklichkeit handelte es sich um ein lebend geborenes Mädchen, das vollständig ausgetragen war ...»

Laduner versorgte das Blatt in der Mappe, klopfte die untere Kante auf den Tisch, um die Papiere zu ordnen, dann schob er die Mappe so lange zurecht, bis die Kante der Mappe mit der Tischkante parallel verlief. Er bedeckte die Augen mit der Hand und sprach weiter:

«Das Zimmer ... Ein Doppelbett. Der Kalkverputz der Wände schmierig, stellenweise abgebröckelt. Drei Stühle; ein Tisch, mit einer giftgrünen Decke, die mit Fransen gesäumt war ... Die Frau sah müde aus, sie war ja auch verhaftet worden! Dann hatte man sie wieder laufen lassen, weil der Mann alles auf sich genommen hatte. Sie hockte am Tisch und spielte mit den grünen Fransen. Ich habe wenig mit ihr gesprochen. Ein einfacher Mensch, verstört. Sie hat mir nicht einmal in die Augen geblickt. Unter anderem sagte sie, daß ihr Mann eigentlich nur bei ihr glücklich gewesen und sehr selten aus sich herausgegangen sei, er habe keine Freunde gehabt ... ‹So 'ne Gschyter!› hat sie gesagt. Und als ich fortging, wußte ich, daß die Frau einverstanden gewesen war – mit der Tat. Sie hat es ziemlich deutlich zu verstehen gegeben. Mir gegenüber. Vor dem Gericht hat sie alles geleugnet. Sie sagte: ‹Mein Mann hat mich ganz in der Gewalt gehabt ...› Was hätten Sie getan, Studer? Noch einen Menschen unglücklich gemacht? Es im Gutachten gesagt? Ich weiß, mein großer Kollege zum Beispiel, der aussieht wie der Schauspieler Bassermann, wenn er im Film *Alraune* einen geheimnisvollen Sanitätsrat zu spielen hat, mein großer Kollege ist jederzeit bereit, die Justiz zu unterstützen und ihr nach dem Mund zu reden. Er ist Richter und Arzt in einer Person. Schön! Wenn man so kumulieren kann ... Ich kann es nicht. Ich bin ein bescheidener Mann, Studer, und wenn ich bescheiden sage, so ist das ein Zeichen, daß ich es eigentlich gar nicht bin. Aber ich glaube immer noch, daß jeder Schuster bei seinem Leisten bleiben soll. Schließlich, ich bin Arzt, Seelenarzt, wie man uns draußen mit einem ein wenig spöttischen Lächeln nennt, weil wir manchmal ein wenig komisch sind mit unsern Fremdwörtern. Aber das ist ja nebensächlich …»

Laduner stand auf, ganz plötzlich; da er keinen Rock anhatte, hoben sich seine Hände, als er sie in die Seiten stützte, dunkel und braun vom weißen Stoffe des Hemdes ab.

«Vorbemerkung: Wir haben hier in der Anstalt drei Fälle von chronischem Alkoholismus. Der eine dieser Fälle, ein Mann, vierzigjährig jetzt, hat seine Stelle wegen Trunksucht verloren. Er hat sieben Kinder auf die Welt gestellt, die alle leben, der Staat muß die Kinder und die Frau erhalten, der Staat muß hier für den Mann zahlen. Der zweite Fall: Handlanger, mit den bekannten achtzig Rappen Stundenlohn, hat geheiratet, weil er auch etwas von dem wollte, was wir heutzutage Leben nennen, das heißt: einen Ort, wo er daheim war, eine Frau, die zu ihm gehörte. Mit achtzig Rappen Stundenlohn kann man nicht große Sprünge machen, der Mann war ordentlich, zuerst, die Frau auch. Drei Kinder. Es hat nicht gelangt. Der Mann ist saufen gegangen, die Frau hat gewaschen. Noch zwei Kinder. Am billigsten ist Schnaps. Bätziwasser kostet zwanzig Rappen das Glas. Kann man von dem Mann verlangen, er soll Waadtländer zu fünf Franken die Bouteille trinken? Nein, nicht wahr. Der Mann hat ein Heim gehabt. Die Last ist zu schwer geworden, er hat vergessen wollen … Kann man die Leute zwingen, immer ihr Elend vor Augen zu haben? Ich weiß es nicht. Die Herren vom Fürsorgeamt sind überzeugt davon, denn sie haben ja ihren Lohn … Ich möchte nicht so weit gehen … Aber Bätziwasser ist nicht gesund, es kann einmal ein wunderbares Alkoholdelirium geben, und das hat es auch gegeben. Resultat? Der Mann ist hier, die Frau bekommt eine kleine Unterstützung von der Gemeinde, die Kinder sind verkostgeldet … Und der dritte Fall ist noch trauriger … Wir wollen ihn beiseite lassen, denn er würde nur die beiden ersten wiederholen. Kurz, im dritten Fall drei Kinder. Die Gemeinde, der Staat, sorgen für sie. Zählen Sie zusammen, Studer: sieben Kinder im ersten und fünf im zweiten und drei im dritten Fall. Macht fünfzehn Kinder, dazu sechs Erwachsene, für die auch gesorgt werden muß …

Und Pierre Pieterlen wurde zu zehn Jahren Zuchthaus verurteilt, weil er vorsätzlich und mit Vorbedacht sein von seiner Frau lebend zur Welt gebrachtes Kind rechtswidrig getötet hat, indem er ihm unmittelbar nach der Geburt ein Handtuch auf das Gesicht legte, mit der Hand drückte und es mit den Händen würgte, so daß es erstickte ...»

Laduner strich sich mit der flachen Hand über die Haare, preßte die abstehende Strähne gegen den Hinterkopf, aber sie erwies sich als widersetzlich, richtete sich auf und glich wieder dem Kopfschmuck eines Reihers ...

«Ich weiß, ich weiß, Studer», sagte er nach einer Weile, «das sind müßige Gedanken, wir werden die Justiz nicht ändern, wir werden die Menschen nicht ändern, aber vielleicht können wir doch die Verhältnisse anders gestalten. Gerade bei den schizoiden Charakteren, und ich habe Pieterlen zu dieser Gruppe gezählt, obwohl ich zugeben muß, daß die Bezeichnung eine Ausflucht ist, eine Denkbequemlichkeit – gerade bei den schizoiden Charakteren besteht die Möglichkeit, daß die Krankheit überhaupt nicht ausbricht ... Imponderabilien ...»

Studer lächelte, dachte: ‹Das heißt also Unwägbarkeiten ...›

«... spielen da eine große Rolle. Und unter Imponderabilien verstehe ich eigentlich das, was man sonst das Schicksal nennt. Wäre es dem Manne gut gegangen, hätte er sein Auskommen gehabt, so wäre es möglich gewesen, daß er zeit seines Lebens unauffällig geblieben wäre. Vielleicht wäre er pedantisch geworden, vielleicht ein Sonderling, der schließlich Marken gesammelt hätte oder Weltanschauungen – man kann das nicht so genau sagen. Auf alle Fälle steht fest, daß er geheiratet hat, oder sagen wir noch vorsichtiger, daß er eine Frau gesucht hat, um der Einsamkeit zu entfliehen. Seine Frau hat ja gesagt, daß er nur bei ihr aus sich herausgegangen sei ... Die Einsamkeit, Studer! Die Einsamkeit! ...»

War es verwunderlich, daß Studer an seinen Besuch in der leeren Wohnung im ersten Stock dachte? Auch dort war die Einsamkeit zum Greifen gewesen, die Einsamkeit eines alten Mannes, den seine Kinder verlassen hatten ...

«Die Einsamkeit», sagte Laduner zum drittenmal. «Sie ist auch da, wenn man Handlanger zu achtzig Rappen Stundenlohn ist, und sie ist genauso quälend, als wenn man besser gestellt ist ... Pieterlen stand vor einem Gewissenskonflikt: Soll ich mit achtzig Rappen Stundenlohn ein Kind auf die Welt stellen? Die Leute in gesicherten Stellungen werden Ihnen erwidern: Früher hätte er nur dreißig Rappen bekommen, und damals waren die Leute auch zufrieden. Gut und recht! Aber wir leben nicht damals, sondern heute. Es ist nicht unser Fehler, wenn die Ansprüche gewachsen sind ... Und Pieterlen taugte nicht zum Handlanger mit achtzig Rappen und großer Familie. Vielleicht taugte er überhaupt nicht zum Familienvater. Wenn er dann meinte, er habe das Recht, sein Kind umzubringen, so ist diese Tat, wenn sie auch schwer verständlich ist und Entsetzen erregt, doch durch die Tatsachen bedingt: Und die Tatsachen im gegebenen Falle waren eben der Charakter des Pieterlen, seine aus Büchern gewonnene verschrobene Weltanschauung, seine Unfähigkeit, sich den Regeln einer Gesellschaft anzupassen und eine weniger tragische Lösung seines Konfliktes zu finden. Nur müssen Sie begreifen, Studer, daß mich das Schicksal dieses Mannes beschäftigt hat. Denn trotz des schizoiden Charakters, den ich kraft meiner diagnostischen Weisheit feststellen mußte, war Pieterlen ein anständiger Mensch. Und als er verlangte, ich solle sein Vormund werden, habe ich angenommen. Vielleicht auch, weil ich damals einfach nicht begreifen konnte, warum eine Tat, deren Erklärung auf der Hand lag, die, wenn ich mich nicht schwer täuschte, so, wie ich sie mit meinen geringen Geisteskräften erklären konnte, auch den Herren Juristen einleuchten mußte –, daß eine solche Tat (Sie erinnern sich, die Frau im Bett, die Lampe mit Papier umhüllt und bis zum Boden gezogen, das Handtuch) – daß eine solche Tat, begangen in einem Zeitabschnitt von ein paar Minuten, gesühnt werden soll mit einer Einsperrung in einer Zelle von zwei Meter auf drei, dauernd zehn Jahre ... Ein gewisses Gefühl für Gleichgewicht wehrt sich in mir dagegen. Die Waagschale der Strafe sinkt herab, während die Waagschale, die die Tat trägt, in den Himmel schnellt ... Strafe wofür? Daß Pieterlen ein von ihm gezeugtes Kind umgebracht hat, weil er vielleicht Angst vor der Verantwortung hatte? Weil er mehr an sich dachte und an sein Wohlergehen als an seine Nachkommenschaft? – Und, Studer, gestatten Sie mir die Frage, wenn nun ein Süffel sein Kind so verprügelt, daß es stirbt, dann ist es nicht Mord, vorsätzlich und mit Vorbedacht, sondern Körperverletzung mit tödlichem Ausgang! Nicht wahr? Gefängnis bis zu zwei Jahren oder Korrektionsanstalt ... Aber das Kind, das der Süffel totgeprügelt hat, das fühlte schon, das hatte Schmerzen, das hatte Angst, das litt ... Wenn man so einen Menschen zehn Jahre oder lebenslänglich hinter Eisengitter sperren würde, ich hätte weiß Gott nichts dagegen, und auch der Einwand, den Sie wahrscheinlich machen werden, der Mann sei ein Opfer seines Charakters und seines Milieus, läßt mich kalt. Wir wollen nicht sentimental sein ... Übrigens habe ich mich mit dem Falle Pieterlen abgefunden. Das dürfen Sie mir glauben ... Abgefunden, bis heute abend, und da kommt alles wieder heraus ...

Den zweiten Aufnahmestatus haben Sie gelesen ... Nun, Pieterlen kam hierher, nach zwei Monaten, weil er, als unheilbar, in seinen Heimatkanton abgeschoben werden mußte. Er kam, und ich sah ihn am Abend auf der Visite. Ich werde die Szene nie vergessen. Er erkannte mich, aber er grüßte mich nicht. Ein gefrorenes Lächeln hatte er um die Lippen, er saß auf einer Bank, im langen Gang des B, damals war der Aufenthaltsraum nicht gebaut, er saß da, starrte vor sich hin, dann stand ich vor ihm, er erhob sich, legte die Hände auf den Rücken und machte mir eine zeremoniöse Verbeugung. Er sah schlecht aus. Am nächsten Tag untersuchte ich ihn. Die Lungen waren leicht angegriffen, nichts Erhebliches. Er sprach während drei Tagen mit niemandem ein Wort. Er saß in seiner Ecke, blätterte in Illustrierten, starrte auf den Boden, und wenn ich auf die Visite kam, stand er auf, um sich, Hände auf dem Rücken, zu verbeugen ... Am dritten Tage bekam er Krach mit einem Wärter, er wurde unglaublich massiv. Ich glaube, es war wegen ein paar Socken, die nicht paßten ... Am vierten Tage, am Morgen (da sind die Leute besonders reizbar), zertrümmerte er ein Fenster. Ich ließ ihn aufs U versetzen, die Nacht hindurch war er so aufgeregt, daß er ins Bad mußte ... Wir haben keine Zwangsjacke, das wissen Sie, was sollen wir mit einem Aufgeregten tun? Laues Wasser ist beruhigend. Zwei Pfleger hielten bei ihm Wache, und sie wußten, daß ich scharf auf blaue Flecken sah ... Das ist immer das erste, auf das ich sehe, wenn ich am Morgen Visite mache und weiß, daß ein Aufgeregter die Nacht im Bad hat verbringen müssen ...

Ich muß noch einmal abschweifen, Studer, so leid es mir tut, aber haben Sie sich schon einmal folgende Überlegung gemacht: Wir, oder sagen wir richtiger: *ich* ... kann die Seelenverfassung eines Mörders im Zeitpunkt der Tat in einem Gutachten darstellen, ich kann die Motive, die Regungen, die Mechanismen bloßlegen ... Gut ... Ich weiß, und habe es Ihnen auch gesagt, wir alle sind Mörder, in Träumen, in Gedanken, aber die Hemmung ist da ... Wir gelangen nicht bis zur Tat ... Wie aber, wenn wir die Schranke überschreiten und zum Mörder werden? Wirkt die Tat auf den Mörder so stark, daß sein ganzes Weltbild mit ihr zusammenbricht? Ich spreche jetzt nicht von Mord auf Befehl ...»

Wieder war die merkwürdige Betonung festzustellen, wie früher, als Laduner gelesen hatte: ‹Er hatte die Frau ganz in der Gewalt› ... aber dann fuhr er rasch fort, so, als wolle er etwas verwischen:

«... wie im Krieg, wie in der Revolution. Dort trägt der *Führer*, wer er sei, die Verantwortung ... Ich rede vom einmaligen Mord, vom Mord aus Leidenschaft; glauben Sie nicht, daß nach der Tat der Mensch anders denkt, fühlt, handelt, sieht, hört, empfindet als vor der Tat? ... Abgesehen von der Reue, die eine viel seltenere Regung ist, als man gemeinhin meint ... Sie liegt auf einer anderen Ebene, auf der religiösen, meinetwegen, und heutzutage sind die religiösen Menschen ebenso selten wie die Menschen mit Verantwortlichkeitsgefühl. Was unter dem Namen Religion umgeht, ist bestenfalls, wie ich Ihnen in Wien schon sagte, etwas Ähnliches wie Lebertran. Man sagt, es kräftige, aber es ist unangenehm zu schlucken, und es hilft nicht viel.

Auf alle Fälle herrscht der Ekel vor, und der Ekel ist sicher stärker als die gesundheitsfördernde Wirkung ...

Zusammenbruch des Weltbildes! ... Wir sprechen vom schizophrenen Weltuntergangsgefühl. Der Berg, der sich spaltet, eine Katastrophe für die Welt des Berges ... Der Mord ... eine Katastrophe für die Ganzheit des Menschen ... Nun nehmen wir an in unserer psychiatrischen Wissenschaft, und alles scheint darauf hinzuweisen, daß eine Schizophrenie einen organischen Ursprung hat. Unordnung im Drüsensystem, um laienhaft zu sprechen ... In ihren Anfängen ist sie nicht zu erkennen, bestenfalls nur die Anlage dazu. Wir dürfen, wie im Falle Pieterlen, nicht weitergehen, als zu sagen, es werde wahrscheinlich später eine Geisteskrankheit ausbrechen. Weiter nichts. Aber wenn wir doch so g'merkig sind, dann sollten wir doch den Herren von der Justiz begreiflich machen können, daß sie es in einem Falle wie Pieterlen nicht mit einem Verbrecher, sondern mit einem Kranken zu tun haben; daß Pieterlen sein Kind getötet hat aus Gründen, die wir psychologisch gerade noch verstehen können, aber die doch zeigen, daß jene Hemmung, von der ich sprach, nicht mehr vorhanden war ...

Gut, ich habe versucht, dies dem Herrn Bezirksanwalt begreiflich zu machen ... Der Herr Bezirksanwalt war also einesteils schuld, daß uns Pieterlen in so traurigem Zustande überwiesen wurde. Der Kindsmörder Pieterlen hatte sich in ein fremdes Reich geflüchtet, in das ich ihm nicht zu folgen vermochte, denn mein Gleichnis ist nur zum Teil richtig. Bei einer Schizophrenie denkt man nicht immer an einen gespaltenen Berg, manchmal denkt man an einen Teich, der von einer Quelle in ihm selbst gespeist wird, von außen aber hat der Teich keinen Zufluß. Manchmal sieht es aus wie eine Flucht in ein fremdes Reich, an dessen Pforten wir pochen (poetisch! nicht wahr, lieber Studer?), und manchmal sieht es auch aus wie eine gewöhnliche Besessenheit, und man denkt an die Hexenprozesse des Mittelalters und an die Teufelsaustreibungen der Franziskaner, und man wünscht, eine Herde Säue bei der Hand zu haben, in die man die unsauberen Geister jagen könnte. Nun, bei Pieterlen war das Bild ziemlich bunt. Steifheit der Mimik, der Bewegungen, des affektiven Rapports, wenn Sie mich verstehen, das heißt, die Brücke zwischen ihm und mir war zerbrochen, nicht nur zwischen ihm und mir, zwischen der ganzen Wirklichkeitswelt und ihm. Was statt dieser Welt da war, kann ich heute nur erraten. Es waren Särge da, es war sein Kind da, es war der Bezirksanwalt da – und Pieterlen sagte, es röche nach Brillantine –, es tauchten Sätze aus Büchern auf … Aber das alles existierte nicht wie eine Erinnerung, zu der wir Abstand zu wahren wissen, nein, diese Vergangenheit war jede Minute leibhaftig da, sie sprach zu ihm, sie lebte: Dann war ein Pfleger der Bezirksanwalt, und der Pieterlen tobte, dann war ein Patient seine Frau, und der Pieterlen streichelte den Patienten … Dann war manchmal der Teufel da, und der Teufel ähnelte dem Goetheschen Mephistopheles, es war ein literarischer Teufel, und Pieterlen wehrte sich gegen die Sätze des Teufels, und manchmal lauschte er ihnen verzückt, und dann sah er aus wie ein Säulenheiliger in Ekstase … Das war Unordnung, das war Krankheit … Ich bin Arzt. Ich dachte nicht daran, was mit dem Pieterlen geschehen würde, wenn ich ihn gesund machen konnte. Ich dachte nur, das will ich mit aller nötigen Demut gestehen, ich dachte nur als Arzt daran, den Pieterlen aus seinem Reich herauszuholen, die Stimmen, die ihn plagten, zum Schweigen zu bringen …

Eine sogenannte Schlafkur schien mir indiziert, obwohl verschiedene Überlegungen dagegen sprachen; aber ich versuchte es doch. Ich fütterte den Patienten Pieterlen mit Schlafmitteln und versenkte ihn in eine zehntägige Dauernarkose. Zweck: Abstoppen des Ablaufs der Bilder, der Stimmen. Die Bilder mußten im Schlafe ersäuft werden. Ich spreche ganz einfach zu Ihnen; Kollegen, die mich hören würden, hätten ihren Spaß an mir. Der einzige, der nicht grinsen würde, wäre vielleicht mein alter Chef. Er sah aus wie ein greisenhafter Gnom mit einem Rübezahlbart, und seine Arme waren so lang, daß seine Hände, wenn er gebückt daher lief, an die Knie schlugen.

Während der Dauernarkose (Jutzeler hat mir dabei geholfen, wissen Sie, der Abteiliger vom B, die anderen wären ja dazu unfähig gewesen, es herrschte damals in unserer Anstalt ein Chaos wie vor der Trennung von Erde und Wasser) magerte mir mein Pieterlen ab. Das war vorauszusehen. Als er nach zehntägigem Schlaf erwachte, spuckte er dem Jutzeler ins Gesicht, und mich biß er in die Hand. Nicht stark. Er war zu schwach ... Der Jutzeler mußte sich den ganzen Tag um ihn kümmern, immer um ihn sein, mit ihm spielen, mit ihm spazierengehen, ihn zum Zeichnen anhalten ... Aufs Zeichnen hoffte ich ... So eine Seele, die aus dem fremden Reich kommt, die aus dem Teiche auftaucht, sie sieht aus wie ein mißratenes Entlein. Schwimmstunden möchte man ihr geben ...

Fiasko, um es kurz zu sagen. Ich fütterte ihn auf. Da verweigerte der gute Pieterlen das Essen. Sondenernährung, langweilig! Ich glaubte, er werde mir unter der Hand kaputt gehen.»

Ein Seufzer. Ein Streichholz flammte auf, Laduner nahm einen langen Zug aus der Zigarette.

«Dann plötzlich begann er zu fressen wie ein Scheunendrescher, wurde dicker, hörte auf zu husten. In zehn Tagen nahm er acht Kilo zu. Sonst war seine Lieblingsbeschäftigung das Zertrümmern von Fenstern. Vielleicht dachte er in seiner Verstörtheit, er könne die gläserne Wand zerbrechen, die zwischen ihm und den Dingen und Menschen stand ... Und die Stimmen plagten ihn weiter. Er hatte ein ganzes Repertoire von ausgefallenen, unanständigen Schimpfnamen, und sie galten alle dem Bezirksanwalt, und ich hatte die Ehre, diesen zu verkörpern.

Nach drei Wochen versuchte ich die zweite Schlafkur, denn Pieterlen glänzte feist, und die Rechnung für zerbrochene Fensterscheiben stieg trotz allen Vorsichtsmaßregeln. Der Schreiner, der hier die Scheiben einsetzt, arbeitete nur noch fürs B. Ich wollte den Pieterlen nicht ins Bad stecken, ich war eigentlich ganz zufrieden, daß er wenigstens Fensterscheiben zertrümmerte. Er tat immerhin etwas, wenn er auch nur zerstörte. Wie wollen Sie aufbauen, Studer, wenn Sie nicht zuerst zerstören? Fensterscheiben oder andere Hindernisse?

Und die Kur hatte Erfolg. Er erwachte, sah sich um, wie weiland Tannhäuser, als er aus dem Venusberge kam, aber es war ein wirkliches Erwachen, und er blieb wach ... Nun sind es vier Jahre her ...

Ich sehe, Studer, daß meine psychiatrischen Ausführungen nicht allzu einschläfernd gewirkt haben. Darum erlauben Sie mir noch eine bescheidene Zwischenfrage:

Ein Mörder ist von etlichen rechtschaffenen Männern, die auf Ehre und Gewissen geschworen haben, gerecht zu urteilen, auf zehn Jahre ins Zuchthaus geschickt worden. Gut; dort ist besagter Mörder verrückt geworden. Einen Kranken straft man in unserer humanen Zeit nicht mehr. Er wird uns übergeben, wir machen ihn gesund, wenn wir geschickt sind. Gesund! ... Sagen wir, wir versuchen, ihn wieder geradezubiegen. Er wird also unserer Gewalt unterstellt, der Gewalt der vielgelästerten Psychiater. Er ist im Gefängnis wirklich verrückt geworden, es ist also nicht mehr nur die *Möglichkeit* da, daß er verrückt werden könnte ... Das Urteil ist kassiert worden ... Gut. Wir verlästerten Psychiater halten ihn für sozial gesundet, das heißt, man könnte ihn in Freiheit lassen, die Wahrscheinlichkeit, daß er ein ähnliches Verbrechen begehen würde – in unserem Falle also einen Kindsmord –, ist vielleicht, sagen wir, 1 %; aber wir dürfen den Mann nicht entlassen. Wir können einen Antrag auf Entlassung erst dann stellen, wenn die Zeit, die er im Zuchthaus hätte verbringen müssen, abgelaufen ist. Wir müssen ihn so lange behalten. Logisch, nicht wahr?

Sie werden mir einwenden, Studer ...»

Studer dachte gar nicht daran, etwas einzuwenden. Er hielt noch immer die Armlehnen seines Stuhles umklammert und dachte nur eines: Wann wird das Abrutschen aufhören? ... Aber er hielt tapfer aus, er biß die Zähne zusammen, ihm war übel.

«Sie werden mir einwenden, daß es interessantere Menschen gibt als zu Zuchthaus verurteilte Kindsmörder. Zugegeben. Wir helfen nicht all denen, die es verdienen. Wir sind nicht daran schuld. Wir tun unser mögliches. Aber die Umstände sind stärker – die Umstände: die Behörden, sollte ich sagen ... Sie können mich nicht dafür verantwortlich machen, daß es auf der Welt unlogisch zugeht ...

Nun, ich habe versucht, dem Pieterlen sein Schicksal zu erleichtern. Er durfte zeichnen, ich sprach oft mit ihm, manchmal lud ich ihn zu mir in die Wohnung ein. Ich lieh ihm Bücher. Als er nach Arbeit verlangte – das war vor einem Jahr, nach unserem Silvesterball – und er gern zur Malergruppe gehen wollte, gab ich auch dazu meine Einwilligung, obwohl ich wußte, warum er gerade in diese Gruppe verlangte. Er hatte sich verliebt ... Der Pieterlen Pierre, das Demonstrationsobjekt. Ja ... Und obwohl ich seinen Geschmack nicht billigen konnte, Sie haben ja scheint's die Bekanntschaft der Pflegerin Wasem gemacht, und Sie werden mich verstehen, also, obwohl und obgleich: Ich dachte, es wird ihm gut tun, und er desertiert mir nicht wieder in sein finsteres Reich oder inszeniert mir einen seelischen Bergrutsch ...

Es war rührend, das Ganze. Ich wurde natürlich immer auf dem laufenden gehalten. Ordnung muß sein. Der Pfleger der Malergruppe rapportierte brav, die Abteilungsschwester auf dem B drückte beide Augen zu, und das Idyll nahm seinen Fortgang. Sagen Sie mir, warum sollen nicht auch wir einmal ein Idyll in unseren roten Mauern haben? Natürlich, ein paar Leute hatten zu reklamieren: ‹Der Laduner unterstützt die Unsittlichkeit›, und solche Bemerkungen mehr. Es waren die Bornierten, die solche Reden führten, die Stündeler besonders ... Am Sonntag durfte der Pieterlen mit einem Pfleger spazierengehen. Ich gab ihm gewöhnlich den Gilgen mit. Den kennen Sie ja, den lustigen Rothaarigen ...»

Studers Stimme war ein wenig heiser, als er den Redefluß unterbrach mit einem «Deich woll!»

Laduner blickte auf seine Armbanduhr.

«Spät ist es. Wollen wir schlafen gehen?» Er gähnte.

Studer fragte:

«Der Pieterlen war wohl eifersüchtig auf den Direktor?»

«Offenbar ... Die Frau des Pieterlen hatte sich von ihm scheiden lassen, während er im Zuchthaus saß. Es war sein erstes Liebeserlebnis seit seiner Krankheit ...»

Wieder das Schweigen. Dann sagte Laduner, ganz nebenbei:

«Vielleicht begreifen Sie, warum ich es bis jetzt versäumt habe, den Pieterlen ausschreiben zu lassen. Aber morgen will ich es sicher tun. Morgen? Besser gesagt: Heute ... Es ist ein Uhr ... Wollen wir die Sitzung aufheben, Studer? Oder wünschen Sie noch etwas?»

Studer räusperte sich. Es schien ihm, als sei sein Magen noch immer nicht ganz in Ordnung ... Das Abrutschen! ... Er versuchte so trocken als möglich zu antworten, aber es gelang ihm nicht ganz:

«Ja, gern, Herr Doktor ... Einen Kirsch ...»

Überlegungen

In seinem Zimmer angekommen, zündete Studer die Stehlampe auf dem Nachttischchen an und setzte sich ans Fenster. Der Hof war still und schwarz. Vielleicht hatten die Bogenlampen letzte Nacht gebrannt zu Ehren der Sichlete ... Jetzt kam nur von Zeit zu Zeit ein winziger Mond zwischen Wolken hervor, versteckte sich wieder, und sein Licht war in den kurzen Augenblicken seines Auftauchens so schwach, daß man lieber gar nicht davon sprach ...

Der Kirsch brannte im Magen, Studer hatte drei Gläser getrunken, jetzt war er hellwach. Aber er hatte sonderbarerweise gar keine Lust zum Rauchen. Er wollte nachdenken, klar denken. Doch immer ist es so, wenn man an die Scharfheit seines Denkens appellieren will, denkt man unklar, verschwommen und sehr, sehr unzusammenhängend ...

Die Situation hatte sich merklich verändert seit dem Morgen, das war nicht zu bezweifeln ... Dr. Laduner hatte gut reden mit seinem Unfall ... Ge-wiß, wie er sagte, ein Mord in der Anstalt bedeutete einen Skandal, besonders wenn man den Mord mit dem Demonstrationsobjekt Pieterlen in Zusammenhang bringen konnte ... Schien nicht alles auf diesen Pieterlen hinzudeuten? Das graue Stück Stoff unter der Matratze, der Sandsack, der aus demselben Material gefertigt war ... Der Ausbruch knapp vor dem Augenblick, in dem man den Hilfeschrei gehört hatte ... Und dann das Motiv: Eifersucht! Ein starkes Motiv!

Alte Kriminalistenregel, das ‹Cherchez la femme›, und nicht einmal Dr. Locard in Lyon hatte über diese Regel zu spotten gewagt, er, der doch in einem denkwürdigen Aufsatz die Fragwürdigkeit aller Zeugenverhöre scharfsinnig bewiesen hatte ...

Also Pieterlen ... Nehmen wir einmal an, es sei Pieterlen gewesen ... Er hatte mit dem Mord zwar nichts gewonnen, aber es tat vielleicht gut, sich an die Erziehungsanstalt in Oberhollabrunn zu erinnern, in der man die Bekanntschaft des Dr. Laduner gemacht hatte …

Besonders sich zu erinnern an jene denkwürdige Szene, da ein Bub auf einen andern mit dem Messer losgegangen war und Dr. Laduner den interessierten Zuschauer gespielt hatte … Wie lautete die Regel des Herrn Eichhorn? Einen Protest muß man leerlaufen lassen … Gut und schön, solange nicht ein Mord passierte … Dr. Laduner konnte da lang sinnvolle psychologische Gründe für einen Kindsmord anführen, so sinnvoll, daß einem ganz flau im Magen wurde und daß man dachte, man befinde sich auf einer Alpenfahrt …

Aber schließlich, der Mord an einem alten Manne, der vielleicht vertrauensvoll zu einem Rendezvous gekommen war, ließ die Sache doch in etwas anderem Lichte erscheinen. Was hatte übrigens Laduner mit seiner Vorlesung bezweckt? Ge-wiß, wie er sagen würde, er war in Feuer geraten, es war nicht alles Theater gewesen, der Pieterlen war ihm ans Herz gewachsen, man fühlte das, aber immerhin, man hält doch einem einfachen Wachtmeister von der Fahndungspolizei nicht einen dreistündigen Vortrag, wenn man nicht dabei seine kleinen Hintergedanken hat … Die Menschen sind einmal so – besonders so komplizierte wie der Dr. Laduner –, sie haben für Taten niemals nur ein einziges Motiv, solchen Blödsinn glaubt vielleicht ein junger Untersuchungsrichter oder ein Bezirksanwalt, wie jener, der in Pieterlens Geschichte vorkam, aber doch kein vernünftiger Mensch, wie beispielsweise ein alter Fahnder … – Ge-wiß, man konnte naiv aussehen, aber man war doch genug herumgekommen in der Welt, man hatte die Menschen kennengelernt. Das mit dem Unbewußten hatte vieles für sich, obwohl man es nie so hätte formulieren können … Übrigens: Die Attacke, ja, die Attacke: Ob man nicht in Gedanken manchmal ein Kindsmörder gewesen sei … Glänzend! Gescheit! Dieser Dr. Laduner! …

Erstellen! wie das Kommando lautete … Pieterlen der Mörder? Es sprach eigentlich nur eines dagegen: das Telephongespräch … Pieterlen hatte nicht um zehn Uhr abends telephonieren können, denn er war ja an der Sichlete … Und fest stand, daß aus der Anstalt telephoniert worden war ... Der Abteiliger vom B ... (wie hieß der Mann schon? Das nachmittägliche Memorieren hatte nicht viel genützt, man mußte doch wieder das Büchlein zu Rate ziehen) ... Jutzeler! Also, der Jutzeler, der dem Direktor um halb eins abgepaßt hatte, der schied auch aus ... Denn der hatte das Telephon abgenommen ... Er konnte nicht zu gleicher Zeit am andern Ende gesprochen haben. Denn leidlich klar ging aus den Aussagen hervor, daß der Direktor die Mappe geholt hatte, um mit jemandem zu sprechen ... Sehr merkwürdig. Um halb zwei, in einem dunklen Gang oder vielmehr in einer dunklen Ecke ...

Die Mappe ... Sie war verschwunden, wie auch die Brieftasche verschwunden war mit den zwölfhundert Franken ... Warum hatte der Gilgen (komisch, daß man sich diesen Namen ohne weiteres gemerkt hatte), warum hatte der Gilgen ein so ängstliches Gesicht gemacht? Warum hatte er den Wachtmeister besucht, grundlos eigentlich, da er doch wissen mußte, daß der Einfluß, den Studer besaß, gering genug war ... War Gilgen an der Sichleten gewesen? Hatte die Mappe etwas enthalten, das gefährlich werden konnte?

Der rothaarige Gilgen! Der einzige Mensch, den man von Anfang an gern gehabt hatte; dies Gefühl ähnelte gar nicht der etwas scheuen Zuneigung, die man dem Dr. Laduner entgegenbrachte. Es war mehr eine jener Freundschaften, die zwischen zwei Männern entsteht und die deshalb so stark ist, weil sie sich nicht begründen läßt ... Solche Dinge gibt es eben, es ist schwer, sie sachlich zu beurteilen ... Gilgen ... Gut, man mußte die Spur Gilgen verfolgen; aber dann mußte man damit beginnen, das Ausbrechen des Patienten Pieterlen aufzuklären ... Das war notwendig. Bohnenblust, der asthmatische Nachtwärter mit der rasselnden Lunge, machte Dienst, ein Gespräch mit ihm empfahl sich ...

Und da war noch die Angst, die in den Augen Dr. Laduners hockte ... Am Morgen war sie ziemlich deutlich gewesen, heut abend schien sie verflogen zu sein ... Aber es war da immerhin die lange Vorlesung über Pieterlen ... Verdächtig ...

«Schlafen Sie schon, Studer?» fragte Dr. Laduner draußen vor der Türe.

Es war unmöglich zu schweigen, die Lampe brannte ja.

«Nein, Herr Doktor», antwortete Studer freundlich.

«Wollen Sie ein Schlafmittel?»

Studer hatte in seinem Leben noch nie Schlafmittel genommen, darum dankte er bestens. Hierauf sagte Dr. Laduner, das Badezimmer sei frei, wenn Studer jetzt oder am Morgen ein Bad nehmen wolle, er solle sich nur ja nicht genieren ... Und Studer dankte noch einmal. Dr. Laduner fuhrwerkte noch eine Weile im Nebenzimmer, dann entfernten sich seine Schritte, eine Zeitlang war seine Stimme aus der Ferne zu hören, er erzählte wohl seiner Frau noch etwas, kein Wunder nach solch einem Tag ...

«Plaisir d'amour ne dure qu'un moment ...»

Warum kam ihm das Lied wieder in den Sinn? Um es zu vertreiben, begann Wachtmeister Studer seine Schnürstiefel auszuziehen, und da fiel ihm ein Satz ein aus der Geschichte des Demonstrationsobjektes Pieterlen, ein Satz, den Dr. Laduner mit merkwürdiger Betonung ausgesprochen hatte:

«Er hatte die Frau in seiner Gewalt ...»

Studer versuchte, den Satz nachzusprechen ... Dr. Laduner hatte den Akzent auf ‹Gewalt› gelegt. Gewalt! Jemanden in der Gewalt haben ... Wen? Den Pieterlen hatte Dr. Laduner in der Gewalt gehabt. Sonst noch jemanden?

Da tauchte das Bild des jungen blonden Mannes auf: Er lag auf dem Ruhebett, und Tränen liefen über seine Wangen. Ihm zu Häupten saß Dr. Laduner und rauchte ...

Analyse ... Gut und recht ... Man hatte auch von dieser Methode der Seelenheilung gehört ... Aber es war alles vag, und vor allem peinlich ... Peinlich! Ganz richtig. Man heilte die Kranken, ah ja! die Neurotiker! – da hatte man ja das Wort! – Studer richtete sich auf. Man heilte sie, indem man ihre Träume durchforschte, es kam allerhand Unanständiges zutage ... Studers Freund, der Notar Münch, besaß ein Buch, das von dieser Methode handelte ... Es hatte allerlei darin gestanden, was man sonst nicht einmal an Männerabenden verhandelte, und dort ging es doch wirklich nicht harmlos zu ... Das war also Analyse ... Es hieß eigentlich anders, es gehörte noch ein Wort dazu ... Richtig! Psychoanalyse! Mira, Psychoanalyse ... Jeder Beruf hat seine Sprache ... In der Kriminalistik sprach man auch von Poroskopie, und kein Laie verstand, was darunter gemeint war, und in Witzwil nannten die Gefangenen die Wärter «Pföhle» ... Es ist nun einmal so: jeder Beruf hat seine Sprache, und die Psychiater sprachen eben von Schizophrenie, Psychopathie, Angstneurose und Psycho ... Psycho ... Psychoanalyse. Ganz recht ...

Aber nun war es Zeit, sich auf den Weg zu machen. Studer zog ein Paar enganliegende Lederpantoffeln an, die durch ein Gummiband über dem Rist des Fußes festgehalten wurden, und dann löschte er die Lampe.

Als er einen letzten Blick aus dem Fenster warf, sah er ein Licht über den Hof kommen. Er blickte aufmerksamer hin. Es war ein Mann in einem weißen Schurz, der eine Stallaterne schwenkte ...

Offenbar ein Nachtwächter, der die Runde machte.

Und dann schlich sich Wachtmeister Studer auf die Wanderschaft. Es war ihm, als sickere ganz leises Handharpfenspiel von der Decke herab, aber er achtete nicht darauf.

Ein Gespräch mit dem Nachtwärter Bohnenblust

Manchmal knackte eine Latte des Parkettfußbodens in einem der langen Gänge. Dann war es wieder still. Ein Schloß schnappte. Man kam an Türen vorbei, die so stumm waren, daß man meinte, ein Toter liege dahinter aufgebahrt. Dann gab es andere, die laut waren: Schnarchen drang durch sie, Traumworte, ein leiser Schrei ... Spann Matto seine silbernen Fäden? ... Die Luft war dick, fest geschlossen die Fenster, und die kleinen rechteckigen Scheiben saßen zwischen den eisernen Stäben. Und wieder knarrte eine Latte, wieder schnappte ein Schloß ... Ein Gang, lang wie die Ewigkeit ... Ein Stiegenhaus, ein kurzer Gang ... Und nun schimmerte durch ein Schlüsselloch blaues Licht. Eine Klinke ... Studer schob vorsichtig den Passe ins Schlüsselloch, tastete mit dem Bart wie ein Einbrecher, der keinen Lärm machen will, der Bart faßte ... Vorsichtig, vorsichtig drehte Studer den Schlüssel, und so angestrengt bemühte er sich, ganz lautlos zu sein, daß er die Wangenhaut zwischen die Zähne zog ... Dazu dachte er verschwommen an Dr. Laduner, der von der Behörde gedeckt sein wollte – und der Vertreter der Behörde befand sich augenblicklich auf Schleichwegen ...

Der Wachsaal ... In der Mitte der Decke eine Birne, umhüllt mit blauem Papier. Sie streute blaues Licht über die weißen Betten und verwandelte die Gesichter der Schlafenden in die Gesichter Ertrunkener. Es stank: nach Menschen, nach Apotheke – und natürlich nach Bodenwichse ...

Noch ein paar Schritte: da war der Mauervorsprung.

Vor seinem kleinen Tischchen, in der Nische, saß der Nachtwärter Bohnenblust. Sein Kopf lehnte an der Wand, seine Lider waren halb geschlossen, und die Haare seines Schnurrbartes wogten wie Wassergras auf dem Grunde eines Baches ...

Studer kannte viele Arten des Erschreckens:

Da gab es das Erschrecken der Ladendiebin, wenn man sie sanft am Arme packt: «Bitte mitkommen, Fräulein ...» Die Tränen, die aus den Augenwinkeln rollen und Streifen durch den Puder der Wangen ziehen ... Da gab es das Erschrecken des Mannes, dem man auf offener Straße die Hand auf die Schulter legt: «Mitkommen! Kein Krach!» Die Augen sind weit aufgerissen und die Lippen bleich und schmal. Man spürt es, der Mund ist trocken und die Kehle auch, der Mann versucht zu schreien und kann nicht ... Es gab das Erschrecken des Betrügers, den man am Morgen aus einem schweren Schlaf weckt und dessen Hände so arg zittern, daß sie fünf Minuten brauchen, um die Krawatte schief zu binden ...

Aber des Nachtwärters Bohnenblust Erschrecken über das plötzliche Auftauchen des Wachtmeisters war vollkommen anders. Einen Augenblick hatte Studer Angst, den Mann könne der Schlag treffen. Ganz violett lief das Gesicht an, Blut trat in die Augen, und die Lungen rasselten. Bohnenblust versuchte aufzustehen, sank zurück. Dann lehnte er wieder den Kopf an die Wand, dort, wo ein großer Fettfleck sich abhob ... Wie viele Stunden hatte des Nachtwärters Kopf an dieser Stelle gelehnt? ...

«Aber Mann!» sagte Studer freundlich. Dann konnte er gerade noch rechtzeitig Bohnenblusts Hand abfangen, die sich schon in bedenklicher Nähe einer Reihe Klingelknöpfe befand. Der Mann wollte wohl Alarm läuten! ...

«Ich bin's doch, der Wachtmeister Studer!»

«Ja ... Ja ... Herr ... Doktor ... Herr ... Wachtmeister ... Herr ...»

«Sagt doch ruhig Studer!»

«Wollt Ihr mich verhaften, Herr Studer – weil – weil ich schuld bin, daß der Pieterlen entwichen ist und den Direktor erschlagen hat?»

Studer schwieg. Er setzte sich neben den dicken Mann, streichelte beruhigend den wollenen Ärmel des Sweaters und sagte nach einer Weile: Er denke gar nicht daran, irgend jemanden zu verhaften … Und soviel er wisse, sei der Direktor einem Unglücksfall zum Opfer gefallen …

«Das sagt Ihr so», meinte Bohnenblust, und seine Gesichtsfarbe verlor langsam das Violette. «Der Pieterlen hat sicher den Direktor erschlagen. Das sagen alle in der Anstalt …»

«Wer zum Beispiel?»

«Der Weyrauch und der Jutzeler und die andern vom K und vom R und vom U. Und der Jutzeler hat gesagt, ich sei schuld …»

Soso … Das war also die Version der Anstaltsinsassen … Interessant …

Es sah ganz so aus, als wolle der alte Bohnenblust anfangen zu weinen. Seine Augen waren feucht, sein Gesicht verzog sich … Aber Studers Bedarf an weinenden Männern war gedeckt, er konnte den Blonden nicht vergessen, auf dem Ruhebett, in Dr. Laduners Arbeitszimmer …

«Wieso seid Ihr schuld?»

«Ich hab doch nichts anderes getan als die anderen Abende auch. Der Pieterlen hat so schlecht geschlafen, und wenn er zu unruhig war, ist er immer zu mir herausgekommen und hat die Zeitung gelesen, hier am Tisch …»

Studer sah, daß in dem Mauervorsprung, in Kopfhöhe eines stehenden Mannes, eine Lampe brannte, die durch einen metallenen Schirm so abgeblendet war, daß ihr Licht nur auf das Tischchen fiel. Der übrige Wachsaal blieb in bläulicher Dämmerung.

«Und dann?»

«Und dann hat er gesagt, wie fast jeden anderen Abend auch: ‹Du, Bohnenblust, laß mich noch in den Aufenthaltsraum, ich möcht noch eine Zigarette rauchen …› Er hat gern geraucht, der Pieterlen, und hier im Wachsaal ist es verboten. Da hab ich ihn dort bei der Tür hinausgelassen, und Feuer hab ich ihm auch gegeben. Und dann wieder abgeschlossen. Er hat gewöhnlich geklopft, wenn er mit seiner Zigarette fertig war. Manchmal hat er zwei Zigaretten geraucht und ist ein wenig herumgegangen im Saal. Gestern hat's länger gedauert.

Dann bin ich nachschauen gegangen, und da war niemand mehr da …»

«Und die Beule?» Studer grinste auf den Stockzähnen …

«Ich hab mich angeschlagen, wie ich in der Dunkelheit herumgelaufen bin, an einer Türe oder an einer Mauer, ich weiß nicht mehr. Ich hab ja dann ruhig erzählen können, daß ich im Nebenzimmer niedergeschlagen worden bin, der Schmocker hatte ein starkes Schlafmittel genommen, das hab ich ihm um halb zwölf gegeben …»

«Aber warum habt ihr so lange gewartet?»

… Die Furcht vor der Entlassung war am Schweigen des Nachtwärters Bohnenblust schuld. Eine begreifliche Furcht, obwohl sie eigentlich grundlos war. Wie er mit scharfer Flüsterstimme erzählte – und dazwischen rasselte es in seinen Lungen –, war er schon seit bald fünfundzwanzig Jahren im Dienst. Als Nachtwärter stand er sich besser als die anderen, denn die Kost wurde ihm ausbezahlt, immerhin neunhundert Franken im Jahr, während sonst auch die Verheirateten in der Anstalt essen mußten. Er kam somit auf etwas mehr als dreihundert Franken im Monat. – Miete brauche er auch nicht zu zahlen, da er als Abwart im Randlinger Schulhaus angestellt war.

Und doch …

Bohnenblust gehörte zu jenen ängstlichen Menschen, denen es einmal schlecht gegangen ist – «Ich hab mit sechzig Franken Monatslohn angefangen, und damals hatten wir nur einen halben Tag frei in der Woche … Ich hab es noch erleben müssen, daß mein Bub die Mutter gefragt hat, wer der fremde Mann ist, der hin und wieder zu Besuch kommt» – und die Angst haben, die bösen Zeiten könnten wieder kommen. «Jetzt, wo es besser geht und ich ein wenig Geld auf der Sparkasse habe, zehntausend Franken, Wachtmeister» – es war sicher mehr –, «da möcht ich nicht gern wieder so bös dran sein wie schon einmal …»

Aber dabei war der Bohnenblust zugleich ein Mann mit einem weichen Herzen, der niemandem etwas abschlagen konnte – dem Pieterlen zum Beispiel –, der aber in ständiger Angst vor einem Rüffel lebte, denn ein Rüffel war für ihn gleichbedeutend mit einer Katastrophe ... Nur die Art, wie er sich plötzlich erschreckt aufrichtet, flüstert: «Ich muß stechen!» – und damit steckt er ein dünnes Messingstäbchen in das Loch der Kontrolluhr, dreht um, einmal, fünfmal, schüttelt die Uhr, hält sie ans Ohr, ob sie auch wirklich noch geht – und die Angst, die Angst flackert in seinen Augen ...

Ein Mann mit einem weichen Herzen ... Es war doch immer so, wenn Menschen bestimmt wurden, andere Menschen zu bewachen. Es war nicht zu verhindern, daß zwischen Wächtern und Bewachten rein menschliche Beziehungen entstanden, daß man einander ‹du› sagte, solange kein Vorgesetzter in der Nähe war, daß man sich aushalf mit Rat und Tat, mit Zigaretten oder Schokolade ... Das gab es in Thorberg, das gab es in Witzwil, und auch im Amtshaus in Bern gab es das ... Und es war eigentlich erfreulich, daß es das gab, dachte Studer, der nicht viel von einer übertriebenen Disziplin hielt ... Ihm kam es auch nicht darauf an, einem Verurteilten, den er in die Strafanstalt führen mußte, im Bahnhofbüfett noch ein Bier zu zahlen, so als letzte Freude gewissermaßen, vor der langen Einsamkeit der Zelle ...

«Also, Ihr habt den Pieterlen in den Aufenthaltsraum gelassen ... Wie spät ist's gewesen?»

«Halb eins, viertel vor eins ...»

Studer rechnete. Um halb eins war der Direktor von seinem gefühlvollen Spaziergang zurückgekehrt, und er war ins Bureau gegangen mit dem Abteiliger Jutzeler. Unterdessen wartete die Irma Wasem im Hof. Viertel ab eins war der Direktor mit einer Mappe unter dem Arm aus seiner Wohnung heruntergekommen – die Mappe hatte also in seiner Wohnung gelegen, was hatte die Mappe enthalten? Sie war verschwunden, genau wie die Brieftasche ...

Blieb das verwüstete Bureau ... Wie war das in die ganze Geschichte einzufügen?

Zwei Frauen hatten den Direktor ein Viertel nach eins aus

dem Mittelgebäude kommen sehen. Zwei Frauen und ein Mann (der Mann war zwar Patient, aber sicher in dieser Beziehung zuverlässig) hatten den Schrei gehört, kurz vor halb zwei ...

War der Direktor ins Bureau zurückgekehrt, hatte ihn dort ein Unbekannter niedergeschlagen, die Leiche in die Heizung geschleift und über die Leiter hinuntergeworfen? ... Das war Chabis! Das konnte nicht stimmen ... Und doch hatte merkwürdigerweise das verwüstete Bureau den Dr. Laduner dazu bestimmt, die Behörde in der Person des Wachtmeisters Studer anzufordern ... Viertel vor eins verschwindet Pieterlen, halb zwei der Schrei! ... Zeit genug ... Aber wie war Pieterlen aus der Abteilung B entwichen? Denn mit dem Hinauslassen in den Aufenthaltsraum war gar nichts erklärt. Es war noch die Gangtüre da, zu deren Öffnung Passe *und Dreikant* nötig waren, es gab noch das Tor, das aus dem B in den Hof führte ...

Bohnenblust seufzte tief und rasselnd. Dann stand er auf, schlich leise durch den Saal; in einer fernen Ecke stöhnte ein Mann im Traum. Studer sah den Nachtwärter die Decke aufheben, die zu Boden geglitten war, den Unruhigen zudecken, ihm flüsternd zusprechen ... Ein Mann mit einem weichen Herzen ...

Der Wachsaal mit seinen zweiundzwanzig Betten ... Und in jedem Bette lag ein Mann. Das blaue Deckenlicht grub schwarze Flecke in die stoppligen Gesichter ... Zweiundzwanzig Männer ... Die meisten hatten wohl Familie, eine Frau daheim, Kinder oder eine Mutter, Brüder, Schwestern ... Sie atmeten schwer, manche schnarchten. Die Luft war dick, durchsetzt von Menschendunst – und es nützte nichts, daß ein Fenster offen war, das Fenster mit den feinen Gitterstäben, das nach U 1 ging ...

Zweiundzwanzig Männer! ...

Die Anstalt Randlingen erschien dem Wachtmeister auf einmal wie eine riesige Spinne, die ihre Fäden über das ganze umliegende Land gespannt hat, und in den Fäden zappeln die Angehörigen der Insassen und können sich nicht befreien ...

«Wo ist der Vater?» – «Der Vater ist krank.» – «Wo ist der Vater krank?» – «Im Spital.» Und das Raunen in den kleinen Dörfern, wenn die Frau poschte geht: «Ihr Ma isch verruckt! …» Es war wohl fast noch ärger, als wenn man sagte: «Dr Ma isch im Zuchthuus …»

Zweiundzwanzig Männer! Ein kleiner Teil.

«Wieviel Patienten sind in der Anstalt?» fragte Studer.

«Achthundert», antwortete Bohnenblust. Sein Kopf ruhte wieder auf dem großen Fettfleck an der Wand, der Zeugnis ablegte von den anstrengenden Stunden des Nachtdienstes.

Achthundert Patienten! Ärzte, Pfleger, Schwestern wurden mobilisiert, um die Kranken zu pflegen … Die Kranken! Sie galten ja nicht als Kranke, draußen! … Wenn man krank war, kam man ins Spital. Ins Irrenhaus kamen die Verrückten … Und verrückt sein, das war in den Augen der Menge genauso kompromittierend, als wenn man der Kommunistischen Partei angehörte …

Man war beim Unbewußten zu Besuch, sagte Dr. Laduner. Man war im Reiche Mattos, sagte Schül …

Und Studer starrte geradeaus, über die Betten hinweg, auf eines der fünf großen Fenster, die die Breitseite des Saales durchbrachen. Manchmal glitt ein greller Schein draußen vorbei, ein zweiter folgte ihm, dann kam eine Pause, wieder der Schein, noch einer … Studer erinnerte sich, daß die große Straße draußen vorbeigehen mußte. Die Lichterblitze waren nichts anderes als die Scheinwerfer der Autos …

Dieses Aufblitzen löste zwei Gedankenverbindungen in Wachtmeister Studers Kopf aus. Die eine ließ sich leicht erklären. Sie bezog sich auf den Lichtschein, den er von seinem Zimmerfenster aus gesehen hatte: Der Lichtschein war nähergekommen, ein Mann in weißem Schurz hatte eine Stallaterne getragen … Damals war es schätzungsweise ein Viertel vor zwei gewesen … Aber in jener Nacht, in welcher der Direktor verschwunden war, da hatte der Nachtwächter wohl auch seine Runde gemacht. Es war sicher ratsam, einmal mit diesem Manne zu sprechen.

Die zweite Gedankenverbindung ließ sich nur symbolisch erklären, aber darüber grübelte Studer nicht nach. Im Augenblick schien sie ihm ein Lichtblitz in umgebender Dunkelheit zu sein, und das genügte ihm. Diese Gedankenverbindung bezog sich auf folgendes: Der asthmatische Bohnenblust hatte beim plötzlichen Erscheinen des Wachtmeisters ein Erschrecken gezeigt, das im Verhältnis zur Geringfügigkeit seines Vergehens übertrieben war. Was steckte noch dahinter? Studer beschloß, weiter zu bohren …

Nach vielen Fragen, nach Ächzen und Stöhnen ließ sich endlich folgender Sachverhalt feststellen:

Bohnenblust besaß zwei Passepartouts, und einen davon hatte er verloren. Und er konnte sich nicht erinnern, wann und wo er besagten Passe verloren hatte. Noch nie war ihm derartiges in seiner fünfundzwanzigjährigen Dienstzeit passiert.

– Aber, sagte Bohnenblust, auch wenn Pieterlen den Passe gefunden habe, so hätte er ihm nichts genützt. Er brauche noch einen Dreikant dazu …

Das wußte Studer.

– Und wenn ein Dreikant verlorengegangen wäre, so wäre das gemeldet worden …

«Ihr habt den Verlust des Passe auch nicht gemeldet!» wandte Studer ein.

– Ja, aber das sei denn doch etwas anderes … Es sei doch unmöglich, daß einer der jungen Wärter einen Dreikant hergegeben hätte … Es sei denn, der Wärter habe mit Pieterlen unter einer Decke gesteckt … (‹Wärter› sagte der dicke Bohnenblust und nicht ‹Pfleger›, er war offenbar noch von der alten Schule …)

– Mit welchen Wärtern sei der Pieterlen gut ausgekommen?

– Mit dem Gilgen! Die beiden hätten immer zusammengehockt.

… Der Gilgen! Der rothaarige Gilgen, der dem Wachtmeister sein Leid geklagt hatte …

– Und Bohnenblust könne sich also nicht besinnen, wo er den Passe habe liegen lassen?

Der Nachtwärter beschäftigte sich so lange mit seinem

Schnurrbart, daß man hätte meinen können, er wolle jedes Haar geradebiegen; endlich meinte er grochsend:

– Der Schmocker stecke vielleicht dahinter …

– Der Schmocker?

Wer war nur gleich der Schmocker? Ah, der Bundesratsattentäter! Der hatte ja mit Pieterlen das Zimmer geteilt.

– Und warum Bohnenblust meine, der Schmocker stecke dahinter?

«Man hört manches», sagte Bohnenblust. «Die beiden im kleinen Nebenzimmer haben halbe Nächte lang dischkuriert, das heißt, meistens hat der Schmocker geredet. Wie schlecht man es den Patienten mache, hat er gesagt, das käme alles vom Direktor, und hat den Pieterlen aufgereiset. Er wäre schon lange frei, hat der Schmocker gesagt, wenn nicht immer der Direktor dagegen wäre. Und schließlich hat auch Dr. Laduner nichts mehr ausrichten können. Der Pieterlen hat fest gemeint, der Direktor sei sein Feind. Und die Geschichte mit der Irma Wasem hat auch nichts gebessert …»

Studers erster psychotherapeutischer Versuch

Studer stand auf, zwängte sich hinter dem Tisch hervor, ging auf die Tür zu, die vom Wachsaal ins Nebenzimmer führte, bemerkte einen Lichtschalter, außen am Türpfosten, drehte ihn ... Drinnen wurde es hell.

Dann trat er ein.

Des Bundesratsattentäters spärliche Haare standen nach allen Richtungen vom Kopf ab. Zwischen ihnen schimmerte die Kopfhaut rosa. Unter den Augen hatte Schmocker dicke Säcke, die fast bis zu den Mundwinkeln reichten, und sie schienen mit Gift gefüllt zu sein.

«Herr Schmocker», sagte Studer freundlich und setzte sich auf den Bettrand, «könntet ihr mir sagen ...»

Weiter kam er nicht. Mit hoher Stimme kreischte der Mann:

«Weit I-i-hr vo mym Bett achegaaa?»

Gehorsam stand Studer auf. Man darf Verrückte nicht reizen, dachte er. Und dann wartete er, bis der kleine Mann sich abgeregt hatte.

«Ich möcht gern wissen, Herr Schmocker, ob Ihr den Schlüssel vom Nachtwärter Bohnenblust gefunden habt ...»

«Dr syt en verdammter, windiger Schroter, das syt dr. Und machet, daß dr zu myner Bude-n-use chömmet. Dr heit da nüt z'sueche ... Verschtande?»

Und drohend stand Herr Schmocker auf, seine Kniekehlen faßten Stützpunkt am Bettrand.

«Aber Herr Schmocker», sagte Studer immer noch freundlich, bedenklich war vielleicht nur, daß er begann, Schriftdeutsch zu sprechen. Andere hatten die Bedeutung dieses Vorzeichens unangenehm empfinden müssen. «Ich möchte von Ihnen nur eine kleine Auskunft haben ...»

Doch der Bundesratsattentäter fluchte weiter. Seine kleine geballte Faust bewegte sich drohend vor Studers Nase, Schimpfworte drangen zwischen den weißlichen Lippen hervor, ein ganzer Sturzbach, eine Kloake eher.

«Schweigen Sie!» sagte Studer plötzlich ernst und fest.

Der Mann dachte nicht daran, dem Befehl Folge zu leisten. Seine nackten behaarten Beine, die unten aus dem Nachthemd herausragten, vollführten einen Kriegstanz, und wirklich! wahrhaftig! das rechte Knie hob sich, um den Wachtmeister in den Bauch zu stoßen.

Das war zuviel! Der Nachtwärter Bohnenblust, der an der Türe stand, kam mit den Augen gar nicht nach. Es klatschte. Einmal. Zweimal. Dann lag der neuzeitliche Tell bäuchlings auf dem Bett und Studers Hand fiel nieder, zwei-, drei-, viermal. Ein wenig wurde das Klatschen vom Stoff des Nachthemdes gedämpft.

«Brav! ... So! ... Ganz brav!» Studer hob die auf den Boden gerutschte Decke auf, deckte Schmocker zu. «Und jetzt antwortet! Habt Ihr den Schlüssel genommen?»

Die Antwort kam wimmernd, wie von einem trotzigen Kind: «Ja ... a ... a ...»

«Warum?»

Unter wütendem Schluchzen:

«Weil ich doch nicht mit einem Mörder das Zimmer teilen wollte ...»

«De spinnt ja! ...» sagte Studer erstaunt, wandte sich um und sah den Bohnenblust unter seinem Schnurrbart lächeln. Und plötzlich fiel es ihm wieder ein: Er war ja im Irrenhaus! Und wunderte sich, daß einer sich erlaubte zu spinnen! Auch er mußte lächeln. Dann schritt er zur Tür. Bevor er sie schloß, hörte er noch:

«Und ig appelliere as Bundesg'richt!»

«Das chönnet dr sawft tue ...», sagte Studer ganz versöhnt.

Bohnenblust erzählte, er habe sich während der Sichlete auf Schmockers Bett gesetzt, und es sei möglich, daß ihm dabei der eine Passe aus der Tasche gerutscht sei ... Niemals sei ihm das passiert ... Aber anders könne er sich die Sache nicht erklären ... Studer nickte. Soweit war alles in Ordnung. Blieb noch der Dreikant, und dann stand es fest, daß Pieterlen Pierre die Abteilung hatte verlassen können, ohne Hilfe von außen ... Und auch die Heizung hatte er öffnen können.

Studer hob erstaunt den Kopf, weil Bohnenblust neben ihm flüsterte:

«Uns Pflegern ist ein tätliches Vorgehen gegen Patienten streng verboten ...»

Studer nickte nachdenklich.

«Weiß ich», sagte er, und um zu zeigen, daß er auf dem laufenden war, fügte er hinzu, er wisse, Dr. Laduner sei scharf auf blaue Mose ...

Morgenlicht kämpfte im Saal gegen den blauen Schimmer der Lampe. Studer trat ans Fenster. Zwei Tannen ragten auf, an ihren Wipfeln wehten zwei Wimpel aus zartgelber Seide: Nebelfetzen, durchleuchtet von den Strahlen der aufgehenden Sonne ...

Es war viertel vor sechs. Gerade als Studer fragen wollte, wann Tagwacht sei, sagte Bohnenblust leise, es nehme ihn wunder, wieviel heute nacht wieder gestorben seien ...

– Gestorben? Wo gestorben?

– Auf den beiden unruhigen Abteilungen – die beiden letzten Nächte habe es zwar keine Todesfälle gegeben, soviel er wisse, aber vor einer Woche! Jede Nacht mindestens zwei! ...

«Woran?» wollte Studer wissen, und er erinnerte sich an den Sarg, den er am ersten Morgen gesehen hatte.

– Man spräche von einer neuen Kur, die Dr. Laduner ausprobiere, sagte Bohnenblust. Aber man könne nicht wissen, was daran Wahres sei. Der Abteiliger vom U 1, Schwertfeger heiße er übrigens, sei gar verschwiegen. Auf alle Fälle seien ziemlich viel Patienten bettlägerig ... Übrigens heiße es, daß der Direktor mit diesen Kuren nicht einverstanden gewesen sei. Er habe sich mit dem Dr. Laduner deswegen gestritten ...

Und wenn man endlich glaubte, den Pieterlen überführt zu haben (es blieb ja nur noch das Telephongespräch, von einer männlichen Stimme geführt ...), dann kam wieder etwas anderes dazwischen! Was war das für ein Kolportageroman? Was für eine Räubergeschichte? Dr. Laduner, der Kuren mit tödlichem Ausgang unternahm? ... Dumms Züüg!

Aber es ließ sich nicht so ohne weiteres vergessen, denn man hatte ja schließlich einen Vortrag gehört, in dem von einer Schlafkur die Rede gewesen war, und man hatte in den Ohren noch die merkwürdige Bemerkung des Arztes:

‹... Ich glaubte schon, er würde mir unter den Händen sterben ...›

«Um sechs Uhr ist Tagwacht?» fragte Studer.

«Ja», und Bohnenblust empfahl sich. Er holte einen Kessel, füllte ihn mit Wasser, drehte einen Feglumpen unter viel Gestöhn aus, rieb den Boden um die Badwannen mit einer Fegbürste, nahm das Wasser auf ...

Dann kreischten Schlüssel in den Schlössern, Türen wurden geschletzt, schwere Tritte hallten wider. Das Wartepersonal hielt draußen seinen Einzug.

Die mittlere Wachsaaltür ging auf, eine Stimme sagte, gequetscht, hüpfend und freundlich: «Guete Morge mitenand!» Es war der Oberpfleger Weyrauch, mit ungestrählten Haaren, ohne Brille ... Er sah aus wie ein verfetteter Kakadu.

«Isch guet gange, Bohnebluescht?» fragte er.

Und dann, ohne auf Antwort zu warten:

«Eh, dr Herr Wachtmeischter Studer! Au scho uuf? Gott grüeß-ech wohl ...»

Studer brummte Undeutliches.

«Geit mr das Rapportheft, Bohnebluescht!» Und Oberpfleger Weyrauch rollte zur Türe hinaus ...

Das Bild des erwachenden Wachsaals blieb noch lange in Studers Augen: die Leute, die aus den Betten krochen, zu den Wasserhahnen pilgerten, an der Breitseite des Wachsaales, sich mit einem feuchten Handtuch übers Gesicht fuhren, die gähnten und nach den Fenstern schielten, weil sie es schier nicht begreifen konnten, daß sie nun noch einmal einen Tag totschlagen mußten, den sie eigentlich geradesogut hätten leben können ... Wenigstens schien dies dem Wachtmeister Studer so.

Es zog ihn zur Küche hin und zu Schül, dem großen Kriegsverletzten mit Ehrenlegion, Médaille militaire und Pension. Er schritt leise durch den engen Gang; an der Türe zum blaugestrichenen Raum blieb er stehen.

Schül war damit beschäftigt, ein Fenster zu öffnen. Das Fenster hatte keinen Riegel, es konnte, wie die Gangtüre, nur mit einem Dreikant geöffnet werden. Und einen solchen hielt Schül in der Hand. Es war kein offizieller Dreikant und ähnelte durchaus nicht dem Instrument, das der Wachtmeister in der Tasche trug.

«Zeig mir das, Schül», sagte Studer sanft. Schül drehte sich um, wehrte sich nicht. Freundlich sagte er:

«Guten Morgen, Herr Inspektor ...», und hielt dem Wachtmeister lächelnd eine Metallhülse hin, die zurechtgeklopft war. «Hast du dem Pieterlen so einen Dreikant geschenkt?»

Ungläubiges Erstaunen.

«Aber natürlich, selbstverständlich. Er hat ihn gebraucht. Und ich habe ja noch ein paar ... Alte Patronenhülsen, die ich gefunden habe auf einem Spaziergang ...»

«Ich danke dir für das Gedicht, Schül, es war sehr schön. Und dem Pieterlen hast du einen Dreikant geschenkt? Würdest du andern Kranken auch Schlüssel schenken?»

«Andern? Nein! Die andern sind richtig verrückt – complètement fous!» bekräftigte er. «Aber Pieterlen war mein Freund. Und darum ...»

«Ich verstehe dich schon, Schül ...»

Aber Mattos, des großen Geistes Freund ließ sich nicht unterbrechen. Er wies zum Fenster hinaus.

«Dort drüben», sagte er, «hat der Pieterlen seinen Schatz gehabt, und oft hat er hier am Fenster gestanden. Manchmal ist sie auch ans Fenster gekommen und hat gewinkt, die Frau dort drüben ... Und ich hab das Fenster aufgemacht, wenn kein Wärter umewäg war» (das Wort ‹umewäg› klang drollig in

Schüls Munde), «und dann hat auch sie das Fenster drüben aufgemacht ...»

Richtig! Dort drüben war ja das Frauen B, wo die Irma Wasem Pflegerin war. Von einem Fenster zum andern waren gut und gerne hundert Meter, vielleicht etwas mehr ...

«Sie konnten zusammen nicht kommen,
das Wasser war viel zu tief ...»

Nein, das stimmte nicht. Erstens handelte es sich nicht um zwei Königskinder, sondern um das Demonstrationsobjekt Pieterlen und die Pflegerin Irma Wasem, und zweitens war da kein Wasser, sondern ein Hof ... Immerhin ...

«Schül, sag mir einmal, wie sah der Pieterlen aus?»

«Klein, kleiner als ich, gedrungen, stark. Solche Muskeln hatte er an den Armen. Er ist der einzige gewesen, der mich wirklich verstanden hat. Die anderen lachen mich aus wegen Matto und wegen des Mordes in der Taubenschlucht ... Aber Pieterlen hat nie gelacht. Mon pauvre vieux, hat er gesagt, denn er sprach immer französisch mit mir, ich kenn das alles, ich war ja selbst in Mattos Reich ...»

Ja, das stimmte. Pieterlen hatte sich sogar lange in besagtem Reiche aufgehalten ... Warum kam Studer das Ganze plötzlich so traurig und hoffnungslos vor? Warum holte man die Seelen zurück aus dem Reich, in das sie sich geflüchtet hatten, weil sie nicht mehr zurecht kamen in der Welt, wie sie in Wirklichkeit war? Warum ließ man sie nicht in Ruhe? Wäre Pieterlen krank geblieben – wissenschaftlich gesprochen: schizophren –, nie hätte er sich in die Irma Wasem verliebt, nie hätte er versucht, auszubrechen – und vielleicht wäre auch der alte Direktor noch am Leben ...

«Leb wohl, Schül», sagte Studer heiser. Es saß ihm eine dicke Kugel im Hals.

«Ich muß jetzt das z'Morgen rüschten ...», sagte Schül ernst. Es klang rührend aus seinem durch Narben entstellten Mund ...

Studer traf niemanden auf der Treppe. Als er auf den dünnen Sohlen seiner Lederpantoffeln den Hof überquerte, holte er einen Mann ein, der an einem Riemen eine Kontrolluhr trug, ähnlich der des Nachtwärters Bohnenblust. Studer fragte ihn: «Seid Ihr der Nachtwächter, der die Runden macht?»

Der Mann nickte eifrig. Er war groß, breit, dick. Nachtwache wirkte günstig auf den Fettansatz ...

«Habt Ihr in der vorletzten Nacht, also in der Nacht vom Mittwoch auf den Donnerstag, bei der Runde um halb zwei etwas in der Ecke dort bemerkt?»

Da räusperte sich der Mann, blickte Studer merkwürdig an, zögerte ...

– Er habe die Runde in jener Nacht etwas später gemacht, sagte er, einige Minuten nach zwei sei er dort vorbeigekommen. Und er habe wirklich zwei Männer gesehen, im Gang nämlich. Der eine sei Dr. Laduner gewesen, und der sei dem zweiten nachgesprungen, wenigstens habe es so ausgesehen ... Aber wer der zweite gewesen sei, könne er beim besten Willen nicht sagen: Aus dem Sous-sol führe nämlich eine Türe direkt ins Freie, das heißt in den Garten vom R. Durch diese Türe sei der zweite Mann verschwunden und Dr. Laduner hinter ihm her ...

– Ob er schwören könne, daß es Dr. Laduner gewesen sei?

– Schwören? Nein! Aber es sei seine Gestalt gewesen, sein Gang. Das Gesicht habe er nicht sehen können. Und ob der Wachtmeister meine, daß Dr. Laduner schuld sei am Tode des Herrn Direktor?

Wenn Studer etwas haßte, so war es diese Art vertraulicher Neugierde. Darum fiel seine Antwort scharf aus:

«I gloube gar nüt, verschtande?», und schuehnete davon.

Der Himmel überzog sich. Der Sonnenstrahl auf den Tannenwipfeln und den zartseidenen Nebelfetzen war ein Trug gewesen ...

Studer war froh, ungesehen in Laduners Wohnung zu gelangen. Es war still im Gang. Alle schliefen noch, sogar das Baby, für dessen Lungen das Schreien so gesund sein sollte.

Leise schlich der Wachtmeister ins Badzimmer, sachte öffnete er die Hahnen, ließ die Wanne vollaufen. Dann versperrte er die Tür, zog sich aus und legte sich ins heiße Wasser.

Aber wenn er auf eine belebende Wirkung des Bades gehofft hatte, so hatte er sich schwer trompiert ... Denn erst ein eindringliches Klopfen an der Türe weckte ihn ... Dr. Laduners Stimme erkundigte sich, ob dem Wachtmeister etwas passiert sei.

Studer antwortete mit teigiger Stimme, er sei im Bad eingeschlafen. Draußen hörte er Laduner lachen und seiner Frau die Neuigkeit erzählen ...

Die Brieftasche

Die gleiche, aus bunten Wollen gelismete Haube war über die Kaffeekanne gestülpt. Es war der gleiche Tisch, und auch die gleichen Leute saßen an ihm. Studer, am oberen Ende des Tisches, hatte das Fenster im Rücken; zu seiner Linken saß Laduner und rechts von ihm die Frau des Arztes. Studer präsidierte also gewissermaßen, genau wie am gestrigen Morgen. Nur eben: Die Stimmung war merklich anders …

Die Sonne fehlte.

Vor dem großen Fenster stand eine Wolkenwand, wie eine riesige Betonmauer. Graues Licht drang ins Zimmer, und Frau Laduners roter Schlafrock leuchtete nicht mehr.

«Wie hat Ihnen der Wachsaal in blauer Nachtbeleuchtung gefallen, Studer?» fragte Laduner. Er las den *Bund* und blickte nicht auf.

Ausgezeichneter Nachrichtendienst! Sollte man parieren, indem man Herrn Dr. Laduner fragte, was er in der Sichlete-Nacht im Sous-sol bei der Heizung verloren hatte? Nein. Man ließ das besser sein und beschränkte sich auf die bescheidene Feststellung:

– Ja, so ein Wachsaal bringe einen auf mancherlei Gedanken.

«Wie ich die eingesperrten Leute gesehen habe, Herr Doktor, habe ich denken müssen, die Anstalt hocke wie eine riesige Spinne inmitten des Landes und die Fäden ihres Netzes reichten bis in die hintersten Dörfer … Im Netz, wissen Sie, zappeln die Angehörigen der Patienten … Und sie spinnt richtige Schicksalsfäden, die Spinne – ich meine die Anstalt – oder Matto, wenn Sie lieber wollen …»

Laduner blickte von seiner Zeitung auf:

«Sie sind ein Dichter, Studer. Ein heimlicher Dichter. Und

das ist vielleicht ungünstig für den Beruf, den Sie nun einmal ausüben müssen. Wären Sie kein Dichter gewesen, hätten Sie sich der Wirklichkeit angepaßt, dann wäre Ihnen die Geschichte mit dem Oberst Caplaun nicht passiert ... Aber eben, Sie sind ein poetischer Wachtmeister ...»

– Das habe er mängisch au deicht, sagte Studer trocken. Aber das Dichterische hänge doch mit der Einbildungskraft zusammen, mit der Phantasie, nid? Und die Phantasie sei doch nicht ganz zu verachten. Der Herr Doktor habe ihm auch geraten, sich in verschiedene Personen hineinzudenken, gewissermaßen in fremde Häute zu schlüfen – er tue sein möglichstes. Und hin und wieder habe er damit Erfolg. Er habe da beispielsweise den Bundesratsattentäter Schmocker dazu bringen können, ein Geständnis abzulegen über den Diebstahl eines Schlüssels. Daran sei auch nur seine poetische Ader schuld. Er habe sich vorgestellt, ganz dunkel ...

«Unbewußt!» unterbrach Dr. Laduner.

... unbewußt, wenn der Herr Doktor wolle, daß besagter Schmocker ein Feigling sei; er habe ihn ein wenig getätschelt, dann habe der Mann ausgepackt ...

«Psychotherapie!» sagte Dr. Laduner und lachte. «Wachtmeister Studer als Psychotherapeut! *Wir* dürfen nicht tätscheln. *Wir* müssen streng sachlich vorgehen. Und wenn uns auch unsere Hilfskräfte, die Pfleger, manchmal auf die Nerven gehen, *wir* müssen ruhig bleiben. Wir lernen ehemalige Metzger, Karrer, Melker, Schuster, Schneider, Maurer, Gärtner, Commis an, geben ihnen Kurse, trichtern ihnen den Unterschied ein zwischen schizophren und manisch-depressiv, und dann heften wir ihnen, wenn sie eine Prüfung gut bestanden haben, als Orden ein weißes Kreuz in rotem Felde an das Revers ihrer Kutte ... Mehr können wir nicht tun ... Und mit den Patienten? ... Da wird es noch schwieriger ... Wir sprechen, wir suchen zu korrigieren, wir schlagen uns mit kranken Seelen herum, wir überreden ... Aber die Seele! Die ist schwierig zu fassen! ... Sie sollten einmal das Aufatmen eines unserer Assistenten sehen, wenn ein Schizophrener sich entschließt, an einer Bronchitis oder an einer simplen Angina zu erkranken ... Endlich kann man mit erprobten Mittelchen hinter die Sache, kann einmal ein wenig die Seele vergessen und sich um den Körper kümmern ... Der Körper läßt sich viel einfacher behandeln: Aspirin, Gurgeln, Umschläge, Fieber messen! Aber die Seele! Manchmal versuchen wir ja auch, der Seele auf dem Umweg über den Körper beizukommen, wir versuchen Kuren ...»

«An denen die Leute manchmal sterben ...», unterbrach Studer. «Manchmal zwei bis drei in einer Nacht ...»

Er blickte in seine leere Tasse und wartete, was nun kommen würde.

Die Zeitung raschelte, und dann kam richtig die Antwort, die an Schärfe und Deutlichkeit nichts zu wünschen übrig ließ: «Über therapeutische Maßnahmen bin ich keinem Laien Rechenschaft schuldig, sondern einzig und allein meinem ärztlichen Gewissen ...»

Sehr schön und klar formuliert. Ärztliches Gewissen ... Mira ... Es schloß einem den Mund. Aber man tat ihn trotzdem auf und sagte sehr höflich:

«I hätt gärn no-n-es Taßli Gaffee, Frou Dokter ... E nüechtere Mönsch het e kes Gfeel ...»

Frau Laduner lachte, daß ihr die Tränen in die Augen traten, und auch ihr Mann schnaubte kurz durch die Nase. Dann reichte er Studer die Zeitung. Er solle lesen ... ja ... den Absatz da ...

«Der langjährige verdiente Direktor der Heil- und Pflegeanstalt Randlingen ist einem traurigen Unglücksfall zum Opfer gefallen. Man nimmt an, daß er bei einem nächtlichen Rundgang in einer der Heizungen Lärm gehört hat und dem Lärm nachgegangen ist. In der Finsternis wird er einen Fehltritt getan haben und ist hierauf drei Meter tief abgestürzt. Mit gebrochenem Genick wurde der Bedauernswerte entdeckt. Herr Direktor Ulrich Borstli, der mit eiserner Pflichterfüllung und nie ermüdendem Eifer seinem schweren Dienste ...»

Studer ließ die Zeitung sinken und starrte ins Leere. Er sah die Wohnung unten im ersten Stock, das aufgeschlagene Buch auf dem Schreibtisch, die Cognacflasche und die Photographien der Kinder und Enkel, das große Bild der ersten Frau …

Die Einsamkeit …

Von der Einsamkeit wußten die Zeitungsleute nichts … Sie kannten nur die ‹eiserne Pflichterfüllung› …

In der Dunkelheit abgestürzt? … Aber die Lampe brannte ja in der Heizung! Die Lampe brannte! … – Ich hab ja selber den Schalter gedreht, um zu löschen! dachte Studer …

Natürlich konnte Dr. Laduner nichts von der brennenden Lampe wissen, er wußte ja auch nichts von dem Totschläger auf dem Absatz …

Der Wachtmeister fragte ruhig:

«Was hat die Sektion eigentlich ergeben?»

«Nichts Besonderes», antwortete Dr. Laduner. «Unglücksfall … Wie ich es der Presse mitgeteilt habe …»

«Dann», sagte Studer, «wäre meine Mission eigentlich beendigt. Das Verschwinden des Direktors ist aufgeklärt und sonst … Der entwichene Patient Pieterlen wird auch ohne meine Hilfe wieder eingebracht werden …»

Bei den letzten Worten blickte Studer auf und dem Arzte fest in die Augen. Dr. Laduner hatte sein Maskenlächeln aufgesetzt.

«Warum brüskieren, Studer?» fragte er. Es sollte herzlich klingen, aber schwang da nicht ein anderer Ton mit? – «Wie mir gemeldet worden ist, haben Sie ja schon Vorzügliches geleistet: Sie haben aufklären können, auf welche Weise der Patient Pieterlen hat entweichen können, *Sie* haben den Direktor entdeckt … Aber es wird Ihnen nicht entgangen sein, daß noch etliche Unklarheiten bestehen: Ich habe erfahren, daß dem verstorbenen Direktor am Mittwochmorgen eine größere Summe ausbezahlt worden ist. Wohin ist diese Summe verschwunden? Die Taschen des Toten waren leer, daran werden Sie sich erinnern … Wo ist das Geld hingekommen? … Hat Pieterlen den Direktor getroffen? Hat er ihn hinuntergestoßen? Wissen Sie, die von mir inspirierte Zeitungsnotiz ist eine reine Beruhigungsmaßnahme, eine Tarnung, um ein heute viel gebrauchtes Wort zu verwenden. Aber was ist in Wirklichkeit geschehen? ... Dies herauszufinden ist Ihre Sache, obwohl Sie keinen Ruhm ernten werden ... Offiziell wird der Direktor immer einem Unglücksfall zum Opfer gefallen sein. Aber ich meine, es kann nichts schaden, wenn *wir* die Wahrheit entdecken ... Denn die Wahrheit – Sie wissen, Studer, was ich meine – rein vom wissenschaftlichen Standpunkte aus wäre es von Interesse ...»

Am liebsten hätte Studer folgendes erwidert:

‹Mein lieber Doktor, warum ist Ihre Rede nicht mehr geistreich und witzig? Sie verhaspeln sich ja! Sie sind unsicher! Was ist mit Ihnen los? Mann! Sie haben ja Angst!›

Aber von all dem sagte er nichts, denn er sah in Dr. Laduners Augen, sah, wie der Blick sich veränderte – zwar die Maske, das Lächeln, blieb –, aber nun war es kein unkontrollierbarer Eindruck, jetzt war es festzustellen, jetzt war es zum Greifen deutlich: Dr. Laduner hatte Angst! Jawohl, Angst! ... Wovor? Man durfte nicht fragen ...

Den Wachtmeister Studer von der Fahndungspolizei überkam ein seltsames Gefühl. In seinem langen Leben war es ihm nie eingefallen, über seine Gefühlsregungen nachzudenken. Meist handelte er nach dem Instinkt oder dann nach den Prinzipien der Kriminologie, wie sie seine Lehrer in Lyon und in Graz festgelegt hatten. Aber jetzt versuchte er sich Rechenschaft zu geben über das Gefühl, das er diesem Dr. Laduner entgegenbrachte; und er stellte fest, daß es Mitleid war. Vielleicht war der Aufenthalt in einer Anstalt an dieser Klarheit schuld – denn beschäftigte man sich hier nicht ausschließlich mit den Regungen des Gefühls- und Seelenlebens? Färbte das nicht ab? Genug: Er fühlte Mitleid; aber eine besondere Art Mitleid. Es ließ sich schwer in Worte fassen ...

Brüderliches Mitleid war es, das man zu dem sonderbaren Menschen Laduner fühlte, fast eine Liebe, am ehesten jener zu vergleichen, die ein älterer Bruder, der wenig Erfolg gehabt im

Leben, für seinen Benjamin fühlt, der klüger ist und groß und berühmt. Eben deshalb aber ist er von Gefahren bedroht, die gebannt werden müssen …

Vor allem, und das sollte man festhalten, hatte Dr. Laduner sicher Angst vor einem Skandal, denn ein Skandal würde seine Wahl zum Direktor vereiteln …

Studer lächelte, sagte tröstend:

«Also: die Wahrheit suchen … Gut, Herr Doktor … Die Wahrheit für *uns*.»

Und er betonte das ‹uns›.

Es klopfte. Ein junges Mädchen meldete, der Pfleger Gilgen lasse fragen, ob er den Herrn Doktor sprechen könne … Sie habe ihn ins Arbeitszimmer geführt.

«Gut», sagte Laduner. Und er komme gleich.

Dann blickte er einige Zeit in seine leere Tasse, als wolle er, wie eine Wahrsagerin, die Zukunft aus dem Kaffeesatz deuten, schließlich hob er wieder die Augen, sein Blick war ruhig. Und um seinen Mund lag der gleiche weiche Ausdruck wie am Abend zuvor, da er vom Demonstrationsobjekt Pieterlen gesprochen hatte …

«Sie sind ein komischer Kerl, Studer», sagte er. «Und Sie scheinen nicht vergessen zu haben, daß ich Ihnen Brot und Salz geboten habe …»

«Vielleicht», meinte Studer und blickte weg, denn er haßte gefühlvolles Gehaben. Darum begann er auch sogleich vom Pfleger Gilgen zu sprechen, der ihn gebeten hätte, beim Herrn Doktor ein gutes Wort für ihn einzulegen, da er entlassen werden solle …

«Das kommt doch gar nicht in Frage!» sagte Laduner erstaunt. «Ist der Mann verrückt geworden? Mit dem Jutzeler ist der Gilgen mein bester Pfleger – ich möchte sogar sagen, der Gilgen ist der bessere … Der hat die Prüfung schlecht bestanden, aber was hat das zu sagen? Er kann mit den Leuten umgehen, er weiß mehr mit dem Instinkt als wir mit all unserer Wissenschaft … Das will ich ehrlich zugeben … Sie hätten den kleinen Gilgen sehen sollen, wie er einmal einen erregten Katatoniker beruhigt hat, der um zwei Köpfe größer war als er. Ganz allein. Ich bin zufällig dazugekommen ... Sie haben doch schon Melker gesehen, die mit dem störrischsten Stier umzugehen wissen ... Der Muni senkt die Hörner und will auf sie los, und sie locken: Ssä, ssä, ssä ... Der kleine Gilgen sagte auch ssä, ssä zu dem Katatoniker ... Und der Erregte wurde ruhig, er ließ sich ins Bad führen, und Gilgen blieb ganz allein bei ihm und redete mit ihm, obwohl der andere katzsturm war ... Aber das störte den Gilgen nicht. Es gibt so Menschen, die ein Gefühl haben für Kranke ... Nein, den Gilgen wollen wir behalten ... Ich hab da dunkle Andeutungen gehört, er soll Patientenwäsche getragen haben, der Direktor war wütend letzte Woche, und der Jutzeler hat sich für seinen Kollegen eingesetzt – obwohl die Kollegialität hier unter den Pflegern ein Kapitel für sich ist ... Schade, daß der kleine Gilgen Sorgen hat ... Ich will mit ihm sprechen gehen ...»

Studer blieb sitzen, ließ sich von Frau Laduner bedienen, war zerstreut und hörte nur mit halbem Ohre zu. – Auf morgen sei das Begräbnis festgesetzt, nachher werde es ein wenig stiller, erzählte die Frau Doktor, und das werde gut sein für ihren Mann, der sei dermaßen überarbeitet ...

Aber, unterbrach sie sich, der Herr Studer sei sicher müde, sie habe so lachen müssen heute morgen, daß er im Bad eingeschlafen sei, ihrem Manne sei das auch schon zweimal passiert – und ob er nicht noch ein wenig abliegen wolle? Sie wolle schnell go luege, ob das Meitschi das Zimmer schon gemacht habe, inzwischen könne er ja ins Arbeitszimmer hinübergehen. Ihr Mann sei wahrscheinlich zum Rapport gegangen – sie stand auf, öffnete die Tür zum Nebenzimmer –, ja, Studer solle nur hineingehen, sich in einen bequemen Stuhl setzen, Bücher habe es genug ... Und sein Zimmer werde bald fertig sein ... Bald darauf erfüllte das eintönige Summen eines Staubsaugers die Wohnung.

So stand Studer im Arbeitszimmer und blickte mit einer gewissen Scheu auf das Ruhebett, auf dem der Herbert Caplaun geweint hatte – die Tränen waren ihm über die Backen gerollt ... Er dachte an Pieterlen und an die Sitzung vom gestrigen Abend ... Heute war alles anders. Die Blumen des Pergamentschirmes hatten ihre leuchtende Farbe eingebüßt, genau wie der Schlafrock Frau Laduners ...

Studer schritt hin und wider, blieb beim Büchergestell stehen, zog ein Buch heraus, dessen Rücken ein wenig vorstand, blätterte darin, las eine angestrichene Stelle: «... die psychogen-reaktiven Symptome, die z. T. eine sekundäre Determination der primären Prozeßsymptome, etwa der Parästhesien ...», übersprang ein paar Worte, dann: «... katatone Haltungen, Stereotypien, Halluzinationen, Dissoziationen ...» – Das war chinesisch! ... – blätterte weiter, fand eine andere Stelle, die angestrichen war. Der Wachtmeister begann zu lesen, wurde aufmerksam, hielt das Buch nahe an seine Augen, setzte sich. Er las die Stelle einmal, las sie ein zweites Mal, sah nach dem Titel des Buches und las die angestrichene Stelle zum dritten Mal; diesmal murmelte er die Worte, die er las, vor sich hin, wie ein Schüler der ersten Klasse, der noch Mühe hat, das gedruckte Wortbild in seiner Bedeutung zu erfassen:

«Der Psychotherapeut ist gefühlsmäßig am Schicksal seines Patienten beteiligt; daraus entsteht die Gefahr einer zu lebhaften Gegenbindung an den Patienten. Das Verhältnis Arzt–Patient kann sich auf die Ebene einer Freundschaft verschieben; geschieht dies, so hat der Arzt sein Spiel verloren. Denn es darf nie vergessen werden, daß jede seelische Behandlung sich in Form eines Kampfes abspielt. Eines Kampfes zwischen dem Arzt und der Krankheit. Soll dieser Kampf siegreich enden, so darf der Arzt nicht helfender Freund, er muß dauernd *Führer* bleiben; dies wiederum ist nur möglich bei Innehaltung einer Distanz ...»

Studer klappte das Buch zu ... Distanz!

Das hieß: Drei Schritt vom Leib! dachte er ... Wie macht man das? Man will helfen, aber man muß sich selber immer auf die Finger sehen, damit die Finger hübsch brav bleiben und nicht freundschaftlich tun ... Studer schnaubte.

Was die Menschen doch alles fanden! Da gab es: Eheberater, bestallte Psychologen, Psychotherapeuten, Fürsorger; es waren erbaut worden: Trinkerheilanstalten, Erholungsheime und Erziehungsanstalten ... All dies wurde eifrig und bureaukratisch betrieben ... Aber viel eifriger noch und weniger bureaukratisch wurden fabriziert: Gasbomben, Flugzeuge, Panzerkreuzer, Maschinengewehre ... Um sich gegenseitig umzubringen ... Es war wirklich eine kohlige Sache um den Fortschritt ... Man war human, mit dem Hintergedanken, sich so schnell als möglich aus der Welt zu schaffen ...

Chabis! Auf was für Gedanken man kam, wenn man eine Untersuchung in einer Heil- und Pflegeanstalt zu führen hatte, wenn man sich also in jenem Reiche befand, in dem Matto regierte ...

Distanz!

Hatte Dr. Laduner immer Distanz gewahrt? Anscheinend nicht, warum hätte er sonst die Stelle angestrichen?

Und während diese Gedanken durch seinen Kopf gingen, wollte der Wachtmeister das Buch an seinen Platz stellen. Aber es gelang ihm nicht. Er griff mit der Rechten hinter die Bücher, faßte einen weichen ledernen Gegenstand, erschrak ein wenig, zog ihn dann hervor ...

Da hatte man die Bescherung! ... Eine Brieftasche ... Eine Tausendernote ... Zwei Hunderternoten ... Ein Paß:

«Name: Borstli Vorname: Ulrich Beruf: Arzt Geboren: ...

Doch wozu weiterlesen? Es war klar, klar wie Quellwasser.

Unmöglich zu beantworten aber war die Frage, wie die Brieftasche des alten Direktors sich ausgerechnet hinter den Büchern des Dr. Ernst Laduner versteckt hatte.

Und da die Frage nicht zu beantworten war, beschloß Wachtmeister Studer, sich Zeit zu lassen. Er steckte die Brieftasche ein, ging ans Telephon und ließ sich durch den Portier Dreyer mit dem kantonalen Polizeidirektor verbinden. Die Nummer des II. Arztes war ja rot und hatte somit Anschluß nach auswärts ...

– Studer solle nur ruhig in Randlingen bleiben, solange er es für nötig finde ... Im Bureau sei er doch nicht zu brauchen. Ja, er habe erfahren, daß der Direktor Borstli tot sei ... So? Studer habe ihn gefunden? ... Eine blinde Henne finde eben manchmal auch ein Korn ... Das Signalement des Pieterlen? Ja, das habe er erhalten. Es sei schon telephonisch durchgegeben worden, und heute mittag komme es im Radio ... Wiederluege ... –

Zwei kleine Belastungsproben

Der Entschluß, sich Zeit zu lassen, wurde an diesem Morgen zwei Belastungsproben unterworfen. Die dritte Belastungsprobe erfolgte erst am Nachmittag.

Nachdem das Summen des Staubsaugers verstummt war, kam Frau Laduner den Wachtmeister holen. Er könne jetzt ruhig in sein Zimmer gehen und etwas abliegen. Niemand werde ihn stören.

Als Studer den Sandsack aus seinem Koffer nehmen wollte, um ihn noch einmal zu untersuchen – denn im Laufe des Morgens hatte er gedacht, ein wenig zu mikroskopieren –, war der Sandsack verschwunden. Er hatte sich nicht zwischen der Wäsche verborgen – er war fort, verschwunden, ausgeflogen …

Das konnte vorkommen. Studer machte gute Miene zu bösem Spiel, legte sorgfältig den Inhalt seines Koffers auf den Tisch, fand auf dem Boden der Handtasche etwas körnigen Sand, der von nichts anderem als vom Sandsack herrühren konnte, sammelte ihn in eine Enveloppe und zeichnete diese.

Dann trat er ans Fenster und blickte über den Hof.

Der Ebereschenbaum mit den gelben Blättern … Sonst war der Hof grau und leer.

Und da hatte er die zweite Belastungsprobe zu bestehen:

Er sah zwei Männer mit weißen Schürzen, die ganz am Ende des Hofes eine Bahre trugen mit einem Sarg darauf. Er wartete, sie kamen wieder, betraten das U 1. Nach einer Weile traten sie heraus mit einem zweiten Sarg. Im Gleichschritt, ein wenig wiegend, gingen sie auf ein Gebäude zu, das am Ende des Hofes lag, in der Nähe des großen Kamins, halb verdeckt vom Küchengebäude …

Letzte Nacht einen Toten … Diese Nacht zwei … Bohnenblust hatte recht behalten … Aber, war das nicht eine Sache, die das ärztliche Gewissen anging? ... Schließlich, nicht jede chirurgische Operation gelingt ... Warum sollte es bei seelischen Erkrankungen nicht auch einmal auf Leben und Tod gehen? ... Dr. Laduner hatte recht, was ging das einen Laien an? ...

Am besten, man legte sich etwas hin und dachte nach ... Sollte man vielleicht nach dem Gilgen schauen? Ihn trösten? ...

Studer schnellte auf ...

Das Mädchen machte gerade das Eßzimmer.

«Loset, Jungfer!» rief Studer sie leise an. Und ob sie heut morgen den Pfleger Gilgen direkt ins Arbeitszimmer geführt habe? – Nein. Er habe gesagt, er habe gestern nachmittag im Zimmer des Herrn Studer etwas vergessen, und sie habe ihn hingeführt ... Ob der Herr Wachtmeister etwas vermisse?

– Nei, nei ... Und es sei alles in Ordnung ...

Dann lag Studer wieder auf dem Bett und überlegte sich, was zu tun sei ... Den rothaarigen Gilgen ein wenig über Kreuzfragen rösten? ... Eine unangenehme Beschäftigung! ... Immerhin: Gilgen im Arbeitszimmer – und im Arbeitszimmer war die Brieftasche des Direktors hinter den Büchern versteckt ... Gilgen im Zimmer des Wachtmeisters – und der Sandsack verschwand, und nur einem Zufall war es zu verdanken, daß die erste Enveloppe – die mit dem Haarstaub – unversehrt zurückgeblieben war ...

Gilgen, der jeden Sonntag mit Pieterlen spazieren ging ... Was hatten die beiden auf ihren Wanderungen b'richtet? ... Aber Gilgen hatte Sorgen, Gilgen hatte eine kranke Frau in Heiligenschwendi ...

Es war merkwürdig, wie berufsunlustig man in der Atmosphäre einer Heilanstalt wurde ...

Vielleicht konnte man doch mikroskopieren gehen? ... Später! Vielleicht konnte man den Freund vom seligen Direktor besuchen, den Metzger und Wirt zum ‹Bären›, Fehlbaum mit Namen, der jeden Abend die Einsamkeit des alten Herrn mit einem Dreier Wein gemildert hatte? ... Später, später ...

Der Assistent Dr. Neuville war etwas erstaunt, als gegen elf Uhr vormittags der Wachtmeister Studer den Raum betrat, der als

Apotheke diente, und sich bescheiden erkundigte, ob er nicht vielleicht ein Mikroskop benützen dürfe ...

– Aber natürlich! Selbstverständlich! Bitte! ... Entrez! ... Und als Dr. Neuville mit dem schwarzen Haar und dem Wieselgesicht auch noch festgestellt hatte, daß der Wachtmeister Studer das Französische geradesogut beherrschte wie ein Genfer, war er von seiner neuen Bekanntschaft begeistert. Er rieb das Okular mit einem weichen Lederstückchen sauber, richtete Plättchen, sah erstaunt zu, als Studer zwei Enveloppen aus der Tasche zog und vorsichtig zwei Präparate machte. Der Wachtmeister schien mit dem Resultat zufrieden, er pfiff vier Takte des Brienzer Buurli, zündete dann umständlich eine Brissago an und fragte den Assistenten Neuville, ob er Lust habe, einen Bummel ins Dorf zu machen. Ein Apéritif könne nichts schaden.

Der Assistent Neuville war begeistert und sprach auf dem ganzen Wege. In seiner Eintönigkeit klang der Redefluß exakt wie das ewig gleiche Rauschen des Wasserfalls von Pisse-vache, obwohl dieser berühmte Wasserfall im Wallis strömte – aber Dr. Neuville ganz sicher aus Genf stammte ...

Es war nicht weiter interessant, was der Assistent zu erzählen hatte. Denn daß er von einer Sonntagsvisite berichtete, die er als jüngster Assistent mit dem Direktor hatte unternehmen müssen, und daß der Direktor auf der ganzen Strecke, vom Mittelbau bis zum U I, auf dem Hof ... – Doch nein, es ließ sich wirklich nur mit den französischen Worten des Assistenten Neuville umschreiben: «Il a, comment vous dire, il a ... oui ... il a ... eh bien, il a pété tout le temps ... Figurez-vous ça?» ... Nun, das war humoristisch, es gab dem Bilde des alten Herrn einen etwas grellen Farbentupf, nichts weiter ...

Nichts weiter ... Doch, einige Skandalgeschichten. Der jüngste Assistent schien über alle zarten und derben Beziehungen in der Anstalt auf dem laufenden zu sein. Mit wem dieser Pfleger ‹ging› (und wenn er ‹ging› sagte, so ...) und daß diese Pflegerin ‹facile› sei, während bei anderen ‹rien a faire› war ... Die Irma Wasem hatte früher nach Angaben des Assistenten zu den ‹faciles› gehört, zu den ‹leichten Tüchern›, aber ihre Bekanntschaft mit dem Direktor habe sie in die zweite Kategorie versetzt ... Begreiflicherweise ... Aus dem Geschwätz ging eines klar hervor: Unter der Oberfläche ging allerlei vor, was in offiziellen Ansprachen besser unerwähnt blieb, in jenen festlichen Ansprachen, in denen sicher allein gedacht wurde: ‹... der Aufopferung, mit der unser verdientes Pflegepersonal der leidenden Menschheit diente ...› Schwer zu rekonstruieren war solch eine Rede nicht. Bei ähnlichen Anlässen wurde den Fahndern auch erzählt, sie seien ‹die Hüter der Ordnung, die Beschützer des Staates und der Gesellschaft gegen die Übergriffe des Verbrechens und der Anarchie ...› – und eine Stunde später fluchte der Redner schon wieder über die verdammten Schroter ... Das war der Welt Lauf ... Übrigens, ging vielleicht in Polizeikreisen nicht auch allerhand vor, von dem die Öffentlichkeit sich nichts träumen ließ? ... Die Öffentlichkeit brauchte sich gar nichts träumen zu lassen, das war unnütz und schädlich ...

Studer ertappte sich auf nichtsnutzigen Gedanken. Das kam davon, wenn man von einer psychiatrischen Autorität schonungsvoll und mit viel Umschweifen aufgeklärt wurde, man sei nur deshalb zur Polizei gegangen, weil man verbrecherische Instinkte abreagieren müsse ... Aber, bitte! Warum war dann Dr. Laduner Psychiater geworden? Um der leidenden Menschheit zu helfen, oder auch, um abzureagieren? Was hatte Dr. Laduner abzureagieren? Hä? ...

Gut, daß man zum Metzger und Wirt Fehlbaum kam und bei ihm in einer mit weißem Holz getäfelten Stube, gemütlich hokkend hinter glattgescheuertem Tisch, einen Wermut trinken konnte.

Er war gar nicht so dick, wie er eigentlich als Metzger und Wirt hätte sein sollen, der Herr Fehlbaum. Es stellte sich heraus, daß er wirklich eine Stütze der Bauernpartei war und den Jungbauern – «dene Herrgottsdonnere!» – bei den letzten Gemeindewahlen einen Strich durch die Rechnung gemacht hatte.

Er war auch schlecht auf den Dr. Laduner zu sprechen, weil der früher bei der Partei gewesen war. Und wie er das Wort

‹Partei› aussprach! Vielleicht sei er jetzt noch dabei. Auf alle Fälle habe er gegen den Willen des Direktors die Pfleger und Pflegerinnen der Anstalt organisieren wollen ... Es sei ihm zwar nicht gelungen. Die meisten hätten sich dem Staatsangestelltenverband angeschlossen, der, wie man ja wisse, Pfarrer und Lehrer gruppiere ... ja, gruppiere ... also die staatserhaltenden Elemente ... Während der Pfleger Jutzeler, der wie Dr. Laduner bei der Partei sei, versucht habe, die Angestellten zu organisieren. Zu *or-ga-ni-sie-ren*! ... Aber die meisten Pfleger seien eben religiös gesinnte Leute, die dieses Vorgehen streng verurteilt hätten ... Klassenkampf! In einer staatlichen Anstalt! ... Warum nicht gleich einen Pflegerrat? Hä? ...

Ja, er konnte reden, der Herr Fehlbaum, seine Stimme füllte die Stube, aber sie war doch ganz gut zu ertragen ... einschläfernd ... beruhigend ... Im Gemeinderat hatte der Wirt und Metzger sicher großen Erfolg mit seinen Reden ...

– Letzthin, das heißt vor zwei Tagen, habe sich der alte Direktor noch beklagt, daß der Jutzeler die Wärter zu einem Streik habe aufreisen wollen wegen einer dunklen Geschichte: Ein Wärter habe verschiedenes gestohlen, und der Direktor habe den Wärter entlassen wollen, aber Dr. Laduner sei anderer Ansicht gewesen ... Wenn da nur nicht mehr dahinter stecke, als man meine! ... Der Tod des Direktors sei vielen Leuten allzu kommod gekommen, denn gerade mit der Streikgeschichte, da wäre der Dr. Laduner bös abgefahren, oha lätz! ... Nicht umsonst habe des Wirtes Fehlbaum Freund, der alte Direktor, gewissermaßen seinen Schwager zum Maschinenmeister gemacht. Der habe den Eintritt in den Staatsangestelltenverband durchgedrückt! Jawohl! Gegen den Jutzeler ... Und geheimnisvoll beugte sich Herr Fehlbaum vor und flüsterte: Er habe gehört, die Polizei sei schon in der Anstalt, um eine Untersuchung einzuleiten ... Ob Dr. Neuville nichts Näheres wisse? ...

Aber Dr. Neuville gähnte, er hatte kein Interesse an Politik, er hatte auch sonst nicht gerade viel Interessen, außer vielleicht an ein wenig Klatsch ... Darum hatte er es auch wohl versäumt, den Wachtmeister vorzustellen. Nun mußte Dr. Neuville aber doch plötzlich lachen, als Studer seinen Namen und Beruf nannte ... Der Wirt fuhr zurück, wurde höflich ... Als ihm aber noch mitgeteilt wurde, daß das die Untersuchung führende Polizeiorgan – übrigens sei der Tod des Direktors wirklich nur ein Unglücksfall gewesen – beim Dr. Laduner wohne, zog sich die Stütze der Bauernpartei gekränkt hinter seine Bierhahnen zurück ...

Darauf machte sich Studer mit dem Assistenten Neuville auf den Rückweg, um das Mittagessen nicht zu verpassen. Er fand bei sich, der Wermut habe sich bezahlt gemacht ...

Der Mittagstisch war besetzter als am Morgen. Neben Frau Laduner saß der Chaschperli und erzählte eine lange Geschichte von der Schule, die ziemlich verworren klang, aber sehr lustig zu sein schien, weil er dabei mit dem Suppenlöffel herumfuchtelte und laut lachte ... ‹Du hast es gut!› dachte Studer und begann zu essen ...

Ihm gegenüber saß die Magd, die Jungfer, die heute morgen mit dem Staubsauger gesummt hatte ... Ja, sie saß am Tisch, sie aß nicht in der Küche, sie aß mit der Familie. Der Wachtmeister stellte es erstaunt fest. Und noch etwas fiel ihm auf: Zwei- oder dreimal während des Essens richtete Dr. Laduner das Wort an das Mädchen. «Anna» nannte er es. Und der Ton, mit dem er das Wort aussprach, unterschied sich in nichts vom Ton, mit dem er beispielsweise «Studer» oder «Blumenstein» oder «liebes Kind» sagte. Die Gleichheit der Menschen durch die Betonung der Namen zu unterstreichen – das war eigentlich ganz schön ...

Auch das Mittagessen verlief nicht ganz ohne Störung. Während alle mit dem Dessert beschäftigt waren, läutete es draußen, Anna stand auf, kam wieder und meldete, der Herr Oberst Caplaun wünsche den Herrn Doktor dringend zu sprechen ...

Studer wurde bleich, der Pflaumenkuchen schmeckte ihm plötzlich nicht mehr. Dr. Laduner aber schmiß seine Serviette auf den Tisch, brummte Bösartiges und verschwand durch die Türe des Nebenzimmers ...

Nachdem der Chaschperli das Zimmer verlassen hatte und auch das Mädchen fort war, erkundigte sich Studer mit belegter

Stimme, was dieser Besuch zu bedeuten habe. Frau Doktor möge entschuldigen, wenn er aufdringlich sei, aber er nehme Anteil ... Während er sprach, dachte er fortwährend: ‹Der Feind ist in der Wohnung ...› Dabei kannte er den Herrn Oberst Caplaun kaum, in der Bankaffäre war damals alles hinter den Kulissen vor sich gegangen, Oberst Caplaun hatte sich nie gezeigt ...

«Ihr braucht Euch nicht zu entschuldigen», sagte Frau Laduner. «Es ist eine böse Sache, die sich mein Mann da eingebrockt hat. Er ist viel zu gut. Er will überall helfen.» Sie schwieg einen Augenblick. «Den Sohn habt Ihr ja gesehen, den Herbert Caplaun ...»

Studer nickte schweigend. Er lauschte dem Stimmengemurmel im Nebenzimmer. Fast ununterbrochen worgelte ein tiefer Baß. Dr. Laduners Stimme war selten zu hören.

Frau Laduner spielte mit ihrem Zwicker und starrte bedrückt aufs Tischtuch.

«Mein Mann hat den Herbert in die Analyse genommen, weil der Abteiliger Jutzeler ihn darum gebeten hat ... Seine Frau ist weitläufig mit der verstorbenen Frau des Obersten verwandt ... Der Herbert ist Musiker ... Aber er hat zuviel getrunken, nicht gut getan, der Vater hat ihn einmal wollen versorgen lassen, und nur schwer hat mein Mann ihn von der Notwendigkeit einer Kur überzeugen können. Mein Mann macht sie ganz umsonst, zum Teil auch als Übung ... nid wahr? ... Es sind komplizierte Sachen, derartige Analysen ... Gewöhnlich regen sich die Eltern der Patienten gruusig uuf ... Denn, nid wahr, alle Kindheitserlebnisse werden erzählt, und die Eltern haben ja gewöhnlich ein schlechtes Gewissen, wenn es sich darum handelt, ihre Erziehungssünden aufzudecken ...»

Analyse? Kindheitserlebnisse? Es war also doch nicht ganz das, was Studer sich darunter vorgestellt hatte, beeinflußt von dem Buche, das ihm seinerzeit der Notar Münch gezeigt hatte ...

Der Oberst Caplaun? Was hatte der Mann, den der kantonale Polizeidirektor so gerne in Thorberg wissen wollte, was hatte der Mann in der letzten Zeit getrieben? Es war etwas durchgesickert von Viehexportgeschäften, von Volksbank ... Aber niemals war der Herr Oberst zu fassen gewesen ... Und jetzt saß er also im Nebenzimmer, seine Baßstimme wurde immer lauter, einige Worte waren zu verstehen: «... unverantwortliches Benehmen ... Behörde ...» Dann wurde die Türe aufgerissen.

Studers Gewissenskonflikt

Ein weißer Patriarchenbart, die Gesichtshaut von ungesunder Blässe und mitten im Gesicht eine rote Gurkennase mit vielen Knospen und Knösplein. Im Bartgestrüpp öffnete sich der Mund und brüllte:

«Sie dort ... ja ... Sie meine ich ... Sie sind ein Vertreter der Behörde, habe ich gehört. An Sie wende ich mich speziell. Ich brauche Ihre Unterstützung ... Das Benehmen dieses Herrn ist unqualifizierbar ... Kommen Sie mit!»

Man konnte mit Studer schriftdeutsch sprechen – er hatte nichts dagegen; man konnte ihm sackgrob kommen – er zuckte die Achseln; der Polizeihauptmann konnte ihn ansingen, anpfeifen – Studer schwieg, grinste vielleicht innerlich ... Aber eines machte ihn böse, fuchtig, renitent, und das war, wenn ihn jemand mit: «Sie dort ... ja ... Sie meine ich ...» anredete. Dann konnte er sogar gefährlich werden ...

Er stand auf, legte die Hände aufs Tischtuch – und kein Mensch hätte ihm den einfachen Fahnderwachtmeister angemerkt, als er mit leiser Stimme höflich (und auch er bediente sich des Schriftdeutschen) fragte:

«Mit wem habe ich die Ehre?»

Der Herr Oberst mit dem Patriarchenbart schien nicht auf den Kopf gefallen zu sein. Blitzschnell hatte er erfaßt, daß er sich im Ton vergriffen hatte, und gemütlich brummte er jetzt im tiefen Baß:

«Aber, Wachtmeister ... wie war doch Ihr Name ... Studer! ... ganz richtig! Studer! Also, Herr Wachtmeister Studer, hören Sie einmal ... Ich bin doch ein alter Freund Ihres Vorgesetzten, des Polizeidirektors, und der hat Sie immer zu rühmen gewußt. ‹Der Studer›, hat er gesagt, ‹der ist einer meiner besten Fahnder.›»

Merkwürdig, aber Studer lächelte nicht einmal. Der Herr Caplaun hatte also ganz den Kommissar an der Stadtpolizei vergessen, dem er das Genick gebrochen hatte. Natürlich, der Herr Oberst hatte andere Interessen ... Was war schon so ein kleiner Fahnder, wenn es um Sanierungen, Käseunion und andere wichtige Sachen ging! ...

«... einer meiner besten Fahnder. Und Sie führen hier eine Untersuchung, habe ich beim Portier gehört? Dann werden Sie mir sicher nicht eine Bitte verweigern ... Mein Sohn, Wachtmeister, mein Sohn ist verschwunden ...»

«Wird nid sy!» sagte Studer ehrlich erstaunt. Gestern nachmittag hatte der Herbert Caplaun noch auf dem Ruhebett gelegen, und Tränen waren ihm über die Backen gerollt ... Und heute sollte er verschwunden sein?

«Wollen wir die Sache nicht in Ruhe besprechen?» worgelte der tiefe Baß. «Kommen Sie mit, Wachtmeister, wir gehen zusammen ins Dorf, ich muß bald auf den Zug» – die typische Geste, mit der beschäftigte Herren die Uhr aus dem Gilettäschli ziehen –, «aber ich habe noch etwas Zeit. Wir können dann die zu unternehmenden Schritte festlegen. Wenn ich mich Ihres Beistandes versichert habe, werde ich beruhigt sein ... Denn das Herz eines Vaters ... Ah, guete Tag, Frau Doktor!»

Der Herr Oberst schien plötzlich die Anwesenheit Frau Laduners bemerkt zu haben. Er verbeugte sich, und die Verbeugung war steif. Frau Laduner nickte schweigend.

«Also, wie gesagt, Herr Wachtmeister, wollen Sie mitkommen?»

Pause.

Studer blickte auf Frau Laduner, die ihren Zwicker aufgesetzt hatte und den Wachtmeister gleichfalls anblickte; sie kniff ein wenig die Lider zusammen, und die Haut an der Nasenwurzel war gerunzelt ...

‹Plaisir d'amour ne dure qu'un instant ...›

Sie hatte eine schöne Altstimme, die Frau Laduner, und sie hielt zu ihrem Manne ...

«Nun?» fragte der Oberst.

«Ich glaube, es wäre opportun», sagte Studer, «wenn der den Fall behandelnde Arzt bei unserer Besprechung zugegen wäre. Falls er es als wünschenswert erachtet, daß der Herr Oberst vorläufig den Aufenthalt seines Sohnes nicht erfährt, so ...» Handbewegung: ‹... dann kann man nichts machen ...›

«Opportun? Solch eine Frechheit!» klang es entrüstet in tiefstem Baß. Frau Laduner lächelte, und das Lächeln stand ihr so gut, daß Studer am liebsten die Hand der Frau Doktor zwischen seine Hände genommen und getätschelt hätte – zur Beruhigung gewissermaßen ... Aber er tat dies nicht, sondern sagte trocken:

«Bitte, wenn Sie so gut sein wollen ...», und machte eine einladende Bewegung nach der offenen Tür des Arbeitszimmers ... Oberst Caplaun zuckte mit den Schultern. Er trat ins Nebenzimmer, Studer folgte ihm. Dr. Laduner saß auf der Kante des flachen Schreibtisches. Gegen die grelle Weiße des Fensters war seine Silhouette schmal.

Er stand auf, deutete auf zwei Lehnstühle und setzte sich dann auf das Ruhebett.

Studers Blicke wanderten zwischen den beiden Männern hin und her.

Welcher Gegensatz!

Der eine, in hellem Flanellanzug, hatte das linke Bein über die gefalteten Hände geschlagen, die auf dem Schenkel des rechten ruhten. Kornblumenblau war der lasche Knoten des Selbstbinders zwischen den Spitzen des ungestärkten Hemdkragens. Der andere lag zurückgelehnt in seinem Lehnstuhl, hatte die behaarten Hände auf die Armstützen gelegt und den Kopf Studer zugewandt; so sah man den hohen steifen Umlegkragen, in dem eine schwarze, kleine Masche steckte. Er trug einen dunklen Schwalbenschwanz, dunkle Hosen ohne Bügelfalte und ohne Umschlag über den hohen schwarzen Schnürschuhen ... Eine Ähnlichkeit mit dem verstorbenen Direktor war unverkennbar.

Der Herr Oberst wandte sich ausschließlich an den Wachtmeister:

«Wenn man, wie ich, auf ein Leben eiserner Pflichterfüllung im Dienste des Gemeinwohls zurückblicken kann, wenn man, wie ich, mit ruhigem Gewissen sagen kann, daß man für seinen einzigen Sohn die schwersten Opfer gebracht hat, um ihn auf den rechten Weg zu geleiten, wenn man, wie ich, in Ehren weiß geworden ist und es erleben muß, daß der Name, den man trägt, von einem mißratenen Element in den Schmutz gezogen wird, dann kann man es nicht genug verurteilen, wenn ein Arzt, ein Seelenarzt, die Partei des Sohnes gegen den Vater ergreift ...»

Studer schnitt ein Gesicht, als ob er Zahnweh habe. Dr. Laduner beugte sich vor, schien etwas sagen zu wollen, gab die Absicht auf, zog die Hände zwischen den übergeschlagenen Beinen hervor und zündete sich eine Zigarette an. Oberst Caplaun zog ein ledernes Etui hervor, und das Inbrandsetzen der Zigarre war eine heilige Handlung ... Studer zündete eine Brissago an ... Die Temperatur des Zimmers schien nahe dem Nullpunkt zu sein ...

«Ich habe eingewilligt», sagte Oberst Caplaun, «daß mein Sohn, der mir nur Kummer bereitet hat, dessen Leichtsinn seiner Mutter ein frühes Grab geschaufelt hat, der mir durch seine Bosheit seit fünfundzwanzig Jahren zu schaffen macht ...»

«Sie müssen, um klar sehen zu können, zwei Dinge wissen, Studer: Herberts Mutter ist gestorben, als der Bub sechsjährig war, das wäre das eine. Und das zweite: Herbert ist jetzt neunundzwanzig Jahre alt ... Seit fünfundzwanzig Jahren, sagt der Herr Oberst ...»

«Ich verbitte mir jegliche Ironie!» brauste der Oberst auf. Laduner schwieg.

«Herr Dr. Laduner hat sich seinerzeit an mich gewandt und mich angefleht, ihm meinen Sohn in Behandlung zu geben – in die *Analyse*, wie er sagte ...» Das Wort ‹Analyse› sprach er aus, als ob es zwischen sechs Anführungszeichen stünde ... «Er versprach mir, alle Verantwortung zu übernehmen und mich dadurch zu entlasten. Zuerst erwies sich eine kurze Internierung als notwendig. Ich hätte sie länger gewünscht, aber da Herr Dr. Laduner die Verantwortung zu übernehmen gewillt war, hatte ich nichts einzuwenden. Aber, wie hat er diese Verantwortung gehandhabt? Mein Sohn ist ein Säufer, Wachtmeister, ich sage dies mit blutendem Vaterherzen, er ist aus der Art geschlagen, daheim hatte er immer das leuchtendste Beispiel vor Augen ...»

Studers Blick saß so auffällig und fest auf der knospend roten Gurkennase, daß der Oberst den Blick nicht gut ignorieren konnte. Er räusperte sich und sagte, merklich weniger pathetisch und schier entschuldigend:

«Es ist eine Hautkrankheit ...», wozu er mit dem Finger auf seine Nase deutete.

«Ge-wiß!» bekräftigte Dr. Laduner mit todernster Miene.

«Ähämhäm», sagte der Oberst und sog an seiner Zigarre. Er verzog das Gesicht, als sei der Rauch bitter. «Was ich sagen wollte ... Mein Sohn Herbert hat sich verpflichtet, während der Dauer der ... ‹Analyse› ... hier im Dorfe Randlingen bei einem Gärtner zu arbeiten, sich des Alkohols zu enthalten und fleißig in die ... häm .... Analyse zu gehen. Er hat mir dies in die Hand versprochen, obwohl er mein Vertrauen bitter getäuscht hat, schon oft ... Und was muß ich erfahren, wie ich heute nach Randlingen komme und meinen Sohn besuchen will? Daß er seit einer Woche sein Zimmer aufgegeben hat, daß er nur noch unregelmäßig arbeitet ... Niemand weiß, wo er wohnt, und Herr Dr. Laduner verweigert mir jede Auskunft über den Aufenthaltsort meines Sohnes. Und als ich mich, mit angstvollem Vaterherzen, an den Herrn Doktor wende, was sagt mir der Herr? Was hat er die Stirne ...»

«Daß Aufregung unnötig sei, da ich ja die Verantwortung zu tragen hätte ...»

«Ich bitte Sie, Herr Studer, ist das eine Antwort? Wobei Sie nicht vergessen dürfen, daß sonderbare Dinge in der Anstalt Randlingen vorgehen. Der Herr Direktor, ein alter Freund von mir, der mir in einem vertraulichen Moment seine Zweifel, seine durch lange Erfahrung begründeten Zweifel an der modernen Behandlungsmethode des Dr. Laduner ausgedrückt hat, der Herr Direktor ist tot ... Wie ist er gestorben? ... Geheimnis, das Sie wohl berufener sind als ich aufzuklären ... Ich denke mir, Dr. Laduner wird durch diese neue Situation sicher nicht mehr die Muße finden, sich meinem Sohne so zu widmen, wie er es sicher gerne möchte, ich komme und biete ihm an, ihm die Verantwortung tragen zu helfen, ich biete ihm die Hand ... Was antwortet mir der Herr Doktor? ...»

Armer Herbert Caplaun, dachte Studer, wenn der nicht hat zurechtkommen können auf der Welt, so ist das weiter nicht erstaunlich, bei *dem* Vater! Und Mitleid für den verpfuschten Herbert ergriff ihn ...

«Was antwortet mir der Herr Doktor? Ich möge die Kur, die sich gut anlasse, nicht mutwillig unterbrechen ... Und ich bitte Sie, worin besteht die Kur? ... Die ‹Analyse›? Daß der verdorbene Bursche die größten Lügen über seinen Vater erzählen darf – Sie dürfen mir glauben, ich habe Erkundigungen eingezogen, bei Fachleuten –, daß er sich als Märtyrer gebärdet ... Und dies alles mit besonderer Erlaubnis eines Seelenarztes ...»

«Ich möchte Sie auf eines aufmerksam machen, Herr Oberst, ich bin stellvertretender Direktor, und die Zeit, die ich Ihnen widmen kann, ist beschränkt ...» Blick auf die Armbanduhr.

«O ja, ich *werde* zum Schluß kommen. Ich habe Herrn Wachtmeister Studer nur eines zu fragen: Gedenkt er den mysteriösen Unglücksfall, dem der langjährige Direktor dieser Anstalt, mein Freund Ulrich Borstli, zum Opfer gefallen ist, gewissenhaft aufzuklären, oder ist er gewillt, sich von Herrn Dr. Laduner, dem *stellvertretenden Direktor*» (die beiden Worte klangen besonders giftig) «so beeinflussen zu lassen, daß er seine Untersuchung in eine Richtung lenkt, die einer Vertuschung gleichkommen würde ... Oder ist er gewillt, nach bestem Wissen und Gewissen ...»

Pause. Dem Herrn Oberst schien plötzlich etwas eingefallen zu sein, denn er beugte sich vor, musterte Studer aufmerksam mit seinen großen, rotgeäderten Augen – die Iris war von einem unangenehmen Blau, wie bei einer siamesischen Katze –, nickte dann, als sei ihm etwas eingefallen, und mit ganz sanfter Stimme fuhr er fort und senkte seine Blicke nicht mehr:

«Hören Sie, Herr Wachtmeister Studer, ich erinnere mich jetzt an Sie. Es ist Ihnen einmal bitteres Unrecht geschehen.

Aber es waren damals so große Interessen im Spiel, daß ich unmöglich anders handeln konnte ... Wollen wir zu einer Einigung gelangen? Ich lasse Ihnen Ferien geben, Sie suchen meinen Sohn, dessen Verbleib ein gewisser Seelenarzt mir nicht verraten will, und Sie beruhigen ein schmerzendes Vaterherz. Die Untersuchung hier werde ich in andere Hände legen lassen – übrigens, geht das an, daß Sie bei einem Arzte wohnen, der an den Vorkommnissen beteiligt ist? –, in die Hände eines Unvoreingenommenen ... Finden Sie meinen Sohn, so werde ich mein möglichstes tun, Ihnen Ihren weiteren Lebensweg angenehm zu gestalten. Sie wissen, ich bin nicht ohne Einfluß ...», die Rechte faßte den Bart am Kinn und ließ ihn sanft durch die geschlossene Hand gleiten, «... und Sie können versichert sein ... Nun?»

Schweigen. Erwartungsvolles Schweigen. Dr. Laduner blickte angestrengt auf seine Knie. Studer seufzte. Das war gar nicht so einfach ... Diese Irrenhausgeschichte war eine ganz verkachelte Angelegenheit, war es nicht wirklich besser, man ließ die Finger davon? ... Gefühle! Mit Gefühlen kam man nicht weiter, auch wenn sie verlockende Formen annahmen wie etwa: Der ältere Bruder, der seinen Benjamin schützen will ... Einmal schon hatte es einem den Kragen gekostet, weil man dem Herrn Oberst zu nahe getreten war ... Noch einmal von vorne anfangen? ... Mit fünfzig Jahren? ... Das wollte überlegt sein. Studer sog angestrengt an seiner Brissago, behielt den Rauch lange im Munde, stieß ihn nur widerwillig aus ...

Einerseits: Man gab die Untersuchung auf, überlieferte die Brieftasche (schade, daß man den Sandsack nicht mehr hatte) zusammen mit den Beobachtungen über Pieterlen und den nächtlichen Ausflug Dr. Laduners in den Sous-sol-Gang vom R seinem Nachfolger, widmete sich dem Auffinden Herbert Caplauns ... Dann war man gedeckt, ja *gedeckt*. Dann ging man in mindestens fünf Jahren als Polizeileutnant in Pension ... Gut und schön, und die Frau würde sich freuen. Den Herrn Oberst würde niemand nach Thorberg bringen, trotz des kantonalen Polizeidirektors frommem Wunsche ... Anderseits, man half dem Dr. Laduner, man gewann nichts dabei, im Gegenteil, man konnte sich wüscht blamieren, man hatte dann den Herrn Oberst auf dem Buckel.

«Nun?» fragte Caplaun zum zweiten Male.

Polizeileutnant ... Pension ... Gratifikation ... Gratifikation! ... Der Herr Oberst war reich ...

Aber da war zuerst die Anrede: «Sie dort ... ja ... Sie meine ich ...» und die Bankaffäre ... Und da war zweitens ein Lied, das begann: ‹Plaisir d'amour ...› und ein anderes, das die gleiche Stimme gesungen hatte: ‹Si le roi m'avait donné Paris sa grand' ville ...› Warum gaben die zwei Lieder den Ausschlag? Oder die Frau, die sie gesungen hatte? Logisch läßt sich ein Entschluß nie erklären ... Genug, Studer sagte plötzlich und wandte sich an Dr. Laduner:

«Wissen Sie, wo sich der Herbert aufhält?» Er vergaß sogar das ‹Ihr›.

Laduner nickte schweigend.

«Dann», sagte Studer, stand auf und reckte sich. «Dann muß ich leider das freundliche Anerbieten des Herrn Obersten ablehnen ...»

«So ... gut ... ich verstehe ... Ich werde die Konsequenzen zu ziehen wissen ...»

Am liebsten hätte Studer dem Herrn Obersten geantwortet, er könne ihm in die Schuhe blasen. Aber das schickte sich nicht. So verbeugte er sich nur. Dr. Laduner erhob sich, öffnete die Tür ...

Wie klein war doch der Herr Oberst! ... Er hatte kurze Beine, die ein wenig nach außen gebogen waren. Draußen setzte er einen Panamahut mit rot-weißem Band auf, hing einen Regenschirm an seinen Arm und verschwand ohne Abschied durch die Gangtür. Der Panamahut und der Regenschirm! dachte Studer. Sie vervollständigten noch das Bild des Mannes.

«Isch er furt?» fragte Frau Laduner. Sie war bleich. Und ob der Wachtmeister bleibe. Sie schien gehorcht zu haben.

«Studer bleibt bei uns», sagte Laduner kurz und blickte in eine Ecke. «Ich schick ihn dir zum Tee hinauf. Du kannst ihm dann etwas vorsingen, Greti, er hat's verdient ...»

Studer sah den Arzt mit offenem Munde an ... War das ein Zufall, oder konnte der Herr Psychiater Gedanken lesen?

Laduner zog seinen Rock aus, holte draußen seinen weißen Arztmantel.

«Kommen Sie, Studer, ich will Ihnen etwas zeigen ...»

Als sie über den Hof gingen, fühlte Studer plötzlich Laduners Hand, die seinen Oberarm packte und drückte. Dann ließ der Druck nach, doch die Hand blieb. Und so, sanft geführt, legte Studer den Weg zurück bis zur Tür des U1. Er fürchtete die Facettenaugen nicht mehr, er beugte auch nicht den Kopf, als er unter dem Fenster vorbeiging, aus dem, nach Schüls Behauptung, Matto vorschnellte und zurück ... Studer war zufrieden ... Schließlich, ein Dank braucht ja nicht immer in Worten ausgedrückt zu werden ... Man kann sich auch sonst verständigen ...

Lieb und gut

«Hier morde ich also meine Patienten», sagte Dr. Laduner und schloß die Türe zum U1 auf. «Aber nicht meine Opfer will ich Ihnen zeigen, sondern etwas anderes ...»

Ein kahler Saal. Holztische, alt, rauh, fettig. Niedere Bänke ohne Lehne. Eine Tür stand offen gegen den Garten. Man war im Parterre.

An den Tischen saßen Männer und zupften an verfilzten Roßhaaren. Ihre Augen waren leer. Manchmal schnellte einer auf, tat, als ob er eine Fliege fangen müsse, sprang hoch in die Luft, kreischte, fiel zu Boden. Ein anderer schlich um Studer herum, näherte sich, seine Augen waren starr, und dann begann er mit flüsternder Stimme und in ganz selbstverständlichem Tone so unglaubliche Obszönitäten zu erzählen, daß Studer unwillkürlich zurückwich. Manche plapperten, es gab eine kleine Schlägerei, die von einem Manne in weißem Schurz besänftigt wurde. «Schwertfeger!» rief Dr. Laduner. Der Mann im weißen Schurz kam näher. Er war klein, mit gut entwickelten Armmuskeln, und sah wie ein Melker aus ...

«Das ist der Abteiliger vom U1», stellte Laduner vor. «Und vom Wachtmeister Studer habt Ihr doch schon gehört? Bringet mir den Leibundgut ...»

Er zog Studer zur Gartentür, trat hinaus.

«Das wird dann noch geändert», sagte er und zeigte in den Saal zurück. «Frisch gestrichen: bunte Bänke hinein, Bilder an die Wände ... Aber man kann nicht alles auf einmal machen lassen. Übrigens, Studer, wenn ich Ihnen nun den Leibundgut vorstelle, so geschieht es nur, um Ihnen den Fall Caplaun deutlich zu machen ... Sie werden mich schon verstehen ... Ich habe Vertrauen zu Ihnen, Studer ... Leibundgut – im Dialekt spricht man es aus wie ‹lieb und gut› ...»

Sie gingen um ein vertrampeltes Rasenstück, kamen zu

einem Brünnlein, das Wasser stotterte. Die Blätter der Ahornbäume waren traurig, und die Sonne, zwischen Wolken, schien sehr heiß ...

Schwertfeger kam mit einem Mann zurück, der ein verzerrtes Maul hatte. Und seine Augen blickten so grauenhaft angstvoll, daß es Studer fröstelte.

«Guete Tag, Liebundgut», sagte Laduner freundlich. «Wie gaht's Ihne?» Man sah, daß der Mann sich Mühe gab, zu antworten. Die Lider klappten, der Mund arbeitete, aber er brachte nur ein rauhes Stammeln hervor.

Er nahm Laduners Hand, ließ sie wieder los. Plötzlich bückte er sich, legte die Hände flach auf den Kies, und so, auf allen Vieren, sprach er in den Boden hinein.

«Danke, Herr Doktor», sagte er. Rauh war die Stimme, aber doch deutlich. «Es geit vill besser. Chan i bald wieder hei?»

Er stieß sich mit den Händen ab, stand aufrecht und blickte erwartungsvoll in Laduners Gesicht.

– Ob er es denn hier nicht besser habe als daheim bei den Brüdern? fragte Laduner.

Der Mann besann sich, ließ sich wieder auf alle Viere nieder, und in dieser Stellung sagte er, mit der gleichen rauhen Stimme, er wolle die Freiheit, denn er müsse doch im Stalle arbeiten.

«Noch ein wenig Geduld, Leibundgut; Ihr müßt zuerst ganz gesund werden und sprechen können wie andere Leute auch.»

Trauriges Kopfschütteln. Dann kam die Antwort, wieder gegen den Boden gesprochen, auf allen Vieren: Das werde er nie mehr können.

«Geht an die Arbeit», sagte Laduner freundlich. Und der Mann ging fort, mit gesenktem Kopf.

Laduners Gesicht war traurig. Er faßte Studer wieder am Arm und zog ihn zu einer Bank.

«Leibundgut Fritz, aus Gerzenstein, dreiundvierzig Jahre alt. Bewirtschaftet zusammen mit drei Brüdern ein mittelgroßes Heimetli ... Er ist der Schwächste, nicht sehr gescheit. Aber gutmütig. Die Eltern sind gestorben. Die vier Brüder sind Junggesellen geblieben ...

Fritz muß schaffen, er ist nicht faul, aber er ist so gutmütig, daß er nie Geld verlangt, nie ins Wirtshaus geht, sondern immer daheim hockt. Sicher hat er nie eine Liebschaft gehabt. Die Brüder sind Sonderlinge. Sie quälen ihn nicht gerade, aber sie tyrannisieren ihn. Er läßt sich alles gefallen. In einer Winternacht vor sieben Monaten kommen sie zu dritt angeheitert heim. Fritz hat den Stall nicht ganz sauber geputzt. Sie holen ihn aus dem Bett, prügeln ihn, schmeißen ihn in den Brunnentrog, ziehen ihn wieder heraus, schlagen ihn noch einmal, lassen ihn dann liegen. Wie er später ins Haus kriechen will, ist die Türe versperrt. Er bleibt die ganze Nacht draußen. Da er robust ist, wird er nicht krank. Aber von diesem Tage an kann er zu niemandem mehr sprechen, wenn er auf zwei Beinen ‹aufrecht› steht. Er kann erst sprechen, wenn er sich gegen den Boden neigt und auf allen Vieren hockt. Er ist sonst nicht geisteskrank, nur eben, er kann nicht mehr sprechen, wenn er aufrecht steht ... Es ist doch klar, was der Mann in einer simplen Bildersprache ausdrücken will: Ihr habt mich wie einen Hund behandelt, also bleibe ich ein Hund ... Ich rede nur, wenn ich auf allen Vieren bin. – Klar! Nicht? – Und das Merkwürdigste ist, daß wir den Mann in den nächsten Tagen entlassen werden, ungeheilt natürlich. Die Brüder weigern sich, weiter für ihn zu zahlen; der Älteste hat mir gesagt, es sei ihm ganz gleich, wenn der Fritz aufrecht nicht sprechen könne, wenn er nur ‹wärche› ... Und der Leibundgut Fritz ist fleißig. Er hat nichts dagegen, zu seinen Brüdern zurückzukehren. Die Freiheit ist ihm wichtiger als ein gutes Bett, eine anständige Behandlung ... Denn die Brüder sind Menschen und keine Verrückten. Und die Menschen, das wissen Sie ja, die Menschen sind» – und Laduner wiederholte das Wortspiel –, «die Menschen sind – lieb und guet ...»

Schweigen. Laduner drehte ein gelbes Ahornblatt zwischen Daumen und Zeigefinger. Er starrte auf den Holzzaun, der den Garten des U 1 begrenzte.

«Nicht nur der Körper kann verbogen werden, auch die Seele. Den Herbert Caplaun soll ich auch geradebiegen. Er kann nur auf allen Vieren überlegen, handeln, denken, fühlen ...

Früher hat man die Leute zur Strafe krumm geschlossen. Die Seele des Herbert Caplaun ist in der Jugend auch krumm geschlossen worden ... Mehr kann ich Ihnen nicht sagen ... Sie haben ja den Herrn Oberst gesehen ... Und dann ist alles andere nicht schwer zu verstehen ... Beim Herbert Caplaun gebe ich mir Mühe, weil ich glaube, ich könne wirklich etwas wieder gutmachen ... Durch Sachlichkeit. Bei Leibundgut kann ich nichts ändern. Es ist gefährlich, zuviel ändern zu wollen. Die Seelen, die uns zugeführt werden, sind oft nicht anders als verrumpfelte Kleider ... Und ich habe mir oft vorgestellt», meinte Laduner mit einem schwachen Versuch, zu scherzen, «wir seien eine große Dampfbügelanstalt ... Wir dämpfen die Seelen auf ...»

Schweigen. Das Brünnlein stotterte laut.

«Der Herbert Caplaun», sagte Dr. Laduner sorgenvoll.

Und Studer war es, als liege aufgeschlagen auf seinen Knien ein Buch. Er las mühelos:

«... ist gefühlsmäßig am Schicksal seines Kranken beteiligt. Daraus entsteht die Gefahr einer zu lebhaften Gegenbindung an den Patienten ...»

Wissenschaftlich formuliert! Der Ausspruch wirkte überzeugend.

Aber wie machte man das in der Praxis?

Gegenbindung! Ein prägnantes Wort! ...

Aber wie kam man gegen das Gefühl auf?

Studer fragte nicht, sondern starrte auf den körnigen Kies, den die Sonne beschien.

Und doch hätte Studer vieles fragen wollen:

‹Was machten Sie im Gang des R in der Nacht vom Mittwoch auf den Donnerstag? Was wissen Sie vom Verbleib des Demonstrationsobjektes Pieterlen, und wo haben Sie den Herbert Caplaun versteckt?›

Aber der Wachtmeister schwieg. Er kam sich vor wie ein Bankdirektor, der, schweren Herzens und nur aus Mitleid, einem guten Freunde einen hohen Kredit gewährt hat und nun schlaflose Nächte verbringt, weil er nicht weiß, ob der Freund solvent ist oder doch vielleicht nächstens den Konkurs ansagen wird …

Einbruch

Später dachte Studer oft, nichts sei verwirrender, als wenn man an einem Fall persönlichen Anteil nehme. Hätte er, während der Unterredung mit dem Oberst Caplaun, nicht immer an den Entschluß gedacht, den er würde fassen müssen, so wäre ihm ein Satz aufgefallen: Der Oberst hatte ihn nebenbei ausgesprochen, aber er gab so deutlich den Schlüssel des ganzen Geschehens, daß man wahrhaftig blind sein mußte, um diesen Passepartout nicht zu gebrauchen ...

So verbrachte Studer eine schlaflose Nacht, weil er beschlossen hatte, sich Zeit zu lassen; aber seine Gedanken ließen ihm keine Ruhe ... Gedanken! ... Es waren eher Bilder, die abrollten, verworren und ohne rechten Zusammenhang, und sie ähnelten einem jener modernen französischen Filme. Am quälendsten aber war die Handharpfe, die spielte ...

Sie begann gedämpft gegen elf Uhr, und es ließ sich nicht feststellen, woher die Töne kamen. Bald spielte sie ganz leise und fast ohne Begleitung der Bässe: «Im Rosengarten von Sanssouci ...», einen alten Tango, und dann: «Irgendwo auf der Welt gibt's ein kleines bißchen Glück, irgendwo, irgendwie, irgendwann ...», ein schluchzendes Stück ...

Manchmal war Studer überzeugt, der unsichtbare Musikant müsse gerade über seinem Zimmer spielen, er wollte aufstehen und nachsehen, aber dann blieb er doch liegen ... Immer wieder schien es ihm, daß in dem vorliegenden Fall mit den gewohnten kriminalistischen Methoden nichts auszurichten sei, daß man stillhalten und auf den Zufall passen müsse ...

So lauschte Studer dem geheimnisvollen Handharpfenspiel (er war übermüdet: die schlaflose Nacht und die vielen fremdartigen Eindrücke) – und es war nicht zu vermeiden, daß ihm schließlich doch wieder Pieterlen einfiel, der an der Sichlete zum Tanz aufgespielt hatte und nachher verschwunden war mitsamt seinem Instrument.

Und noch etwas plagte Studer in dieser Nacht: Er hatte am Nachmittag Pfleger Gilgen aufsuchen wollen, aber der hatte Ausgang gehabt.

Endlich brach der Morgen an, ein früher Herbstmorgen mit Regenrieseln, grauem Nebel und feuchter Kälte. Studer konnte sich nicht entschließen, Dr. Laduners Wohnung zu verlassen. Es war der für das Begräbnis des alten Direktors festgesetzte Tag, im Mittelbau war Hochbetrieb, wenn man dies so nennen durfte, und als einmal Studer den Versuch machte, das Stiegenhaus zu betreten und die Stufen hinunterzusteigen, machte er auf dem Absatz über dem ersten Stock halt. Damen in schwarzen Schleiern standen in der offenen Tür jener Wohnung, in der ein alter Mann zusammen mit der Einsamkeit gehaust hatte, Herren in schwarzen Gehröcken gingen hin und wider, es roch nach Blumenkränzen – Studer trat den Rückzug an. Frau Laduner hatte verweinte Augen, als er ihr im Gang begegnete – ging ihr der Tod des alten Direktors so zu Herzen? Studer wagte nicht, zu fragen ... Er hockte in seinem Zimmer, sah über den grauen Hof und verwünschte auf einmal seine Starrköpfigkeit, die ihn daran gehindert hatte, das Angebot des Herrn Oberst anzunehmen ...

Auch am Nachmittag im Arbeitszimmer wagte er die Frau nicht zu fragen, weswegen sie am Morgen geweint habe. Dr. Laduner war zur Beerdigung gegangen, es war etwa ein Viertel vor drei: vor zehn Minuten etwa hatte sich der Trauerzug vor dem Eingangsportal versammelt. Viele Autos waren vorgefahren.

Dann war der Leichenzug davongefahren, die Leidtragenden hatten sich versammelt, es war eine lange, schwarze Schlange, und sie kroch dahin unter einem Wolkenhimmel, der blendete wie weißflüssiges Eisen. Hinter den dunklen Fußgängern krabbelten die Autos wie riesige erschöpfte Käfer.

Frau Laduner hatte einen großen Korb voll Flickwäsche vor sich stehen und war gerade daran, ein Loch in der Ferse eines Männersockens zu stopfen ...

«Die Aufsichtskommission ist auch gekommen», sagte sie, und ihre Augen lächelten hinter den Zwickergläsern.

– Die Aufsichtskommission, die hätte sich Studer doch ansehen müssen. Ein Pfarrer sei dabei, dessen Gesicht eigentlich nur aus einem Mund bestünde, einem ungeheuren Mund, so daß er aussehe wie ein roter Frosch. Er vertrete manchmal am Sonntag den Anstaltspfarrer, und einen Übernamen habe er auch: Pfarrer Veronal werde er genannt, nach einem bekannten Schlafmittel, weil immer dreiviertel seiner Zuhörer bei seinen Predigten einschliefen. Der kleine Gilgen habe sogar einmal gemeint, man könne vielleicht den Herrn Pfarrer versuchsweise bei den Schlafkuren gebrauchen; da man ja an allem spare, so könne man die teuren Medikamente durch Predigten ersetzen ... Die kämen billiger ... Dann gehöre zur Kommission ein ehemaliger Lehrer, der die Schutzaufsicht führe über entlassene Sträflinge und entlassene Patienten und der wahrscheinlich nur deshalb so schwerhörig sei, weil aus seinen Ohren lange Haarbüschel wüchsen ... Auch die Frau eines Nationalrates sei dabei, eine freundliche, gescheite Dame, die immer die andern in Verlegenheit brächte, weil sie nach jedem Rundgang durch die Anstalt frage: Wozu eigentlich eine Aufsichtskommission gewählt worden sei? Damit die Herren ein Taggeld einstreichen könnten? Es ginge ja alles wunderbar ohne die Kommission ... Dann stelle sich der Fürsorgebeamte extra schwerhörig und frage zwei- oder dreimal: ‹Wie me-inet I-i-hr?› ...

Die Klingel des Tischtelephons schrillte.

– Ach, Herr Studer solle doch antworten, sie sei so faul, sagte Frau Laduner. Und Studer stand auf, nahm den Hörer von der Gabel und fragte gemütlich: «Ja?»

Die Stimme des Portiers Dreyer ... – Wer am Apparat sei?

«Studer!»

– Der Wachtmeister solle sofort kommen, es sei in der Verwaltung eingebrochen worden ...

«Was?» fragte Studer erstaunt. «Am heiter-hellen Tage?»

«Ja», und der Wachtmeister solle gleitig achecho. Es pressiere ...

«Wird nid sy ...», sagte Studer gemütlich, legte den Hörer sanft auf die Gabel und meinte zu Frau Laduner, er müsse schnell ins Parterre, der Portier wolle gern etwas wissen ... Es sei ein Donners G'stürm ... Und ging mit langsamen Schritten zur Tür hinaus, verfolgt von Frau Laduners mißtrauischen Blicken ...

Er schloß die Gangtüre hinter sich und sprang die Treppen hinab. Er nahm drei Stufen auf einmal und langte ein wenig atemlos im Parterre an.

Der Portier Dreyer, aufgeregt und bleich – noch immer war seine linke Hand verbunden –, empfing ihn am Fuße der Treppe, packte ihn am Arm ...

Im Gange rechts, der zu den Frauenabteilungen führte, stand eine Türe offen. Dreyer schob den Wachtmeister in den Raum. Ein ältliches Fräulein mit zerrauften Haaren lief rund um den Doppelschreibtisch, lief immer im Kreise und gemahnte Studer an eine Katze, der man Baldriantropfen auf die Nase gespritzt hat.

«Hier!» sagte der Portier.

Im anstoßenden kleineren Zimmer (es war offenbar das Privatbureau vom Herrn Verwalter) stand der Kassenschrank offen. Akten lagen darin. Studer trat näher ...

Das ältliche Fräulein hatte seinen Rundlauf unterbrochen, es trat herzu und begann zu klagen.

– Mein Gott! Wie schrecklich das sei, der Herr Verwalter sei zur Beerdigung gegangen, und nun müsse in seiner Abwesenheit so etwas passieren ... Kaum fünf Minuten sei das Bureau leer gewesen, sie sei nur schnell einmal hinausgegangen, die Hände waschen ...

Sie unterbrach sich, hob ihre Augen gen Himmel, faltete die Hände, löste sie wieder ... – Sechstausend Franken! ...

Sechstausend Franken!

– Drei Päckli zu je zwanzig Noten! Einfach verschwunden! ... Innerhalb fünf Minuten! ... Und der Herr Verwalter! Was werde der Herr Verwalter sagen!

Sie ging ins Nebenzimmer zurück, begann ihren Kreislauf von neuem, und dazu murmelte sie ...

Der Portier Dreyer erklärte mit leiser Stimme, der Tod des Herrn Direktor habe das Fräulein Hänni so hergenommen, weil es doch gewissermaßen die Schwägerin sei ... Die Schwester der zweiten Frau ...

«Fräulein Hänni!» rief Studer. «War der Kassenschrank versperrt?»

«Äbe nid!» Der Herr Verwalter sei so pressiert gewesen, er habe viel Arbeit gehabt, Vierteljahresabrechnung, und erst im letzten Augenblick habe er in seine Wohnung hinaufgehen können, um sich anders anzulegen ... Und da habe er vergessen, den Kassenschrank zu schließen.

Aus den Augen des Fräulein Hänni stürzten die Tränen ... Studer zuckte mit den Achseln ... Eine alte Jungfer, leicht erregbar ... Warum trottete sie nur immer um den Tisch wie ... eben wie eine Katze, die ...

Studer empfahl sich brummend. Sollte man etwa nach Fingerabdrücken suchen an einem so einladend geöffneten Kassenschrank? Draußen fragte er den Portier, wen er seit dem Abmarsch des Trauerzuges im Mittelbau gesehen habe ...

Dreyer dachte nach, kratzte an seinem Verband:

«Niemand ...», sagte er endlich zögernd.

– Wo er denn gewesen sei?

– Hä! In seiner Loge!

– Und niemand sei zu ihm gekommen, etwas holen oder kaufen oder fragen? ... «Denket nach!»

– Doch! Vor zehn Minuten etwa sei der Pfleger Gilgen vom B gekommen, um ein Päckli Stumpen zu kaufen, und ein wenig später habe die Pflegerin Irma Wasem Schokolade geholt ...

Soso, die Irma war nicht ans Begräbnis gegangen. Wozu brauchte sie Schokolade, wenn sie sonst gesund war? ... Was fiel dem rothaarigen Gilgen ein, mitten im Nachmittag von der Abteilung fortzulaufen, um Stumpen zu kaufen? Dem kupferhaarigen Gilgen, der mit fünfzig von Schaufelas geschoben hatte – und gestern morgen war er bei Dr. Laduner in der Wohnung gewesen, worauf ein Sandsack ...

Es geschah ganz plötzlich, genau wie in einem schlechten Film, in dem man die Übergänge aus Bequemlichkeit sabotiert. Studer ließ den Portier stehen und lief davon, die Stufen hinab, die in den Hof führten, weiter, vorbei am Ebereschenbaum mit den vergilbten Blättern ... Er lief andere Treppen hinauf, überquerte einen Gang, sperrte die Türe auf zum Wachsaal B und blieb dann schweratmend am Fuß eines der zweiundzwanzig Betten stehen. Die Betten waren alle leer, die ganze Abteilung schien ausgestorben, kein Laut ... Doch aus dem Garten tönte Lärm herauf.

Studer trat ans Fenster. In der Mitte eines Rasenrunds waren zwei Weißbeschürzte damit beschäftigt zu schwingen ... Der eine war der Abteiliger Jutzeler, den andern kannte Studer nicht. Fachmännisch betrachtete der Wachtmeister den Kampf .... Die beiden konnten etwas ... Ein Brienzer – der andere parierte, ein Schlungg, gut, der erste ging in die Brücke ... Unentschieden ... Es war, als könne man das Schnaufen der beiden Schwinger bis hier herauf hören ...

Wo war der Gilgen? Der Gilgen, um dessentwillen in der Anstalt Randlingen fast ein Streik ausgebrochen war? ... Er war nicht im Garten ... Dort liefen Patienten herum, einer immer im Kreise um das runde Rasenstück ... Andere lagen im feuchten Gras unter den Bäumen ...

Die Stille des Wachsaals wurde durch nichts unterbrochen ... Aber plötzlich war es Studer, als höre er doch ein Geräusch, aber nicht im Wachsaal ... Im Aufenthaltsraum?

Leise ging der Wachtmeister zur Tür, sein Passe drehte sich im Schloß, genau so leise wie in jener Nacht, da er den Nachtwärter Bohnenblust überrascht hatte ... Er riß die Türe auf ...

Am Tische, an dem Studer einmal – vor ewig langer Zeit, schien es ihm – eine Jaßpartie gespielt hatte, saß zusammengesunken der rothaarige Pfleger Gilgen und starrte auf die Tischplatte. Seine Hemdärmel waren nach hinten gelitzt und die Haut seiner Arme mit Laubflecken übersät ...

Zeitlupentempo: Man sieht auf der Leinwand Rennpferde über eine Hürde springen. Die Hinterbeine sollten sich abschnellen – nein, ganz langsam strecken sie sich, lösen sich vom Boden … In diesem Tempo etwa überschritt Studer die Schwelle.

Gilgen fuhr bei dem Geräusch nicht auf, eine merkwürdige Ratlosigkeit lag auf seinem Gesicht.

«Wa isch los, Gilge?» fragte Studer. Der andere richtete sich auf, und da stand sein Schürzenlatz von der Brust ab, so, als sei dahinter etwas verborgen.

– Was er da habe? fragte Studer und deutete auf den Wulst. Gilgen zuckte müde mit den Achseln. Sein blaues Hemd war vielfach geflickt, auch mit andersfarbigen Stoffresten, er zuckte mit den Achseln, als wolle er sagen: «Was fragst du so dumm?»

Seine Hand verschwand unter dem Schürzenlatz, zog etwas hervor, warf es auf den Tisch.

Zwei Bündel Banknoten. Studer hob sie auf, blätterte sie durch. Zwanzig … vierzig … Viertausend Franken …

«Wo ist der Rest?»

Gilgen blickte auf, erstaunt … Er schwieg.

Studer ließ die Bündel in die Seitentasche seiner Kutte gleiten. Dann ging er auf und ab, seine Stirn war gerunzelt.

Der Fall mit den Mißtönen!

Immer stimmte etwas nicht. Da hatte man nun glücklich innerhalb unwahrscheinlich kurzer Zeit einen Diebstahl aufgedeckt, das Geld beigebracht – und dann war es natürlich nicht vollzählig … Und Gilgen sollte der Dieb sein …

Mürrisch erklärte Studer, er müsse nun doch die Sachen des Pflegers durchsuchen. Wo denn sein Zimmer sei.

Gilgen wies auf eine Türe, die der Türe des Wachsaales gerade gegenüberlag. – Da schlafe er, wenn er in der Anstalt bleiben müsse …

Pieterlen war aus dem Aufenthaltsraum entwichen – zwar, die Sache mit den Schlüsseln war aufgeklärt – immerhin … Gilgen schlief in einem Zimmer, dessen Tür in den Aufenthaltsraum ging …

Der kleine kupferhaarige Pfleger stand müde auf und betrat vor Studer das Zimmer.

Das Fenster ging auf die Küche und war weit geöffnet ...

Zwei Wandschränke, hellblau gestrichen. Gilgen ging auf den einen zu, öffnete die Türe mit einem Schlüssel seines Bundes und setzte sich dann aufs Bett. Das trug einen roten Überwurf, dessen weiße Fransen bis zum Boden reichten ...

Es war still im Zimmer ...

Drei Hemden, ein Schurz, eine Kartonschachtel mit Rasiermesser, Pinsel, Seife, Abziehriemen. Ein alter geflickter Kittel. Ein weißer Kittel, sauber gebügelt, auf dem Revers das weiße Kreuz in rotem Feld, der Orden der diplomierten Pfleger ...

– Armer kleiner Gilgen, dachte Studer, in was hat sich der Mann hineingeritten? Den Pflegerkittel zog er wohl nur an hohen Festtagen an, wenn beispielsweise die Aufsichtskommission über die Abteilungen lief ... Die Aufsichtskommission mit dem Pfarrer Veronal, den der kleine Gilgen so gerne verspottet hatte ...

«Ihr habt doch nicht nur zwei Päckli Noten genommen, Gilgen», sagte Studer und suchte weiter im Schaft ... Er wußte eigentlich nicht, was er zu finden hoffte. «Wo ist der Rest?»

Schweigen.

«Habt Ihr mir gestern etwas aus dem Zimmer genommen?»

Schweigen. Man konnte es weder trotzig noch verstockt nennen. Es war eher traurig, hoffnungslos ... Es würde ein böser Schlag für die Frau sein, die oben in Heiligenschwendi krank lag, wenn sie erfuhr, ihr Mann sei im Gefängnis ... Studer hätte dem Gilgen gerne geholfen, aber wie sollte man das anstellen?

Er setzte sich auf den Bettrand, klopfte dem Gilgen auf die Schulter und sprach Worte, wie sie in derartigen Situationen gebräuchlich sind:

– Gilgen werde seine Lage nur verschlimmern, wenn er nicht gestehen wolle, wo die restlichen Zweitausend hingekommen seien, es werde ihm dann leichten ...

Schweigen.

– Dann solle er doch wenigstens erklären, warum er den Diebstahl begangen habe ... Sein Gewissen erleichtern ...

Und dabei war es dem Wachtmeister wieder einmal unbehaglich zumute – aus dem Unbehagen kam man in der Anstalt gar nicht heraus –, weil er dunkel fühlte, daß sich etwas Beängstigendes, etwas, das sich nicht fassen ließ, unter dem scheinbar klaren Tatbestand verbarg.

«Schulden», sagte Gilgen plötzlich leise, und dann schwieg er wieder. Obwohl der Ausdruck seines Gesichtes dem einer verschüchterten Maus ähnelte, war doch eine merkwürdige Entschlossenheit darin ...

Immer noch die Stille im Bau des B ... Alle, die nicht im Garten waren, waren wohl ans Begräbnis gegangen ... Nun redete wahrscheinlich einer von der Aufsichtskommission am offenen Grab ... Mein Gott, etwas mußten die Herren doch einmal zu tun haben ...

«Schulden?» wiederholte Studer fragend.

Gilgen nickte. Und Studer fragte nicht weiter. Er kannte ja die Geschichte mit dem Hüüsli und der ersten Hypothek.

Eintönig klang Gilgens Stimme, als er erzählte:

– Während der Stunde – der Wachtmeister müsse wissen, wenn ein Pfleger bis neun Uhr Dienst habe, so habe er das Recht auf eine Freistunde im Tag –, also während seiner Freistunde sei er zum Dreyer gegangen, um ein Päckli Stumpen zu holen. Dann habe er gedacht, er könne auf der Verwaltung gerade anfragen, wann der nächste Lohnabbau fällig sei – man wisse das nie genau, das käme von einem Tag auf den andern – ja, und mit der Jungfer Hänni komme er gut aus, da habe er gemeint, er könne die Jungfer danach fragen. Der Verwalter sei z'Liech gangen, und auf der Verwaltung könne man immer allerlei erfahren. Die Tür sei offen gestanden, er sei eingetreten, da habe er im Nebenzimmer den offenen Kassenschrank gesehen und dann ...

«Wieviel Päckli habt ihr genommen?» fragte Studer.

«Zwei ...»

«So? Wo sind sie gelegen? Im oberen Fach? Im unteren Fach?»

«Im ... im ... ich glaube, im unteren Fach ...»

«Nicht im mittleren?»

«Doch im mittleren ...»

«Wieviel Fächer hat der Kassenschrank?»

«Drei …»

Studer blickte Gilgen an.

Der Kassenschrank war durch ein einziges Fach in der Mitte seiner Höhe in zwei Teile geteilt.

Das hatte Studer gesehen, das wußte er …

Also …

Der Gilgen machte Augen wie ein geprügelter Hund. Studer sah weg, da fiel sein Blick auf den offenen Schaft. Ganz zu unterst, hinter den Schuhen, lag etwas Graues. Studer stand auf, bückte sich.

Der Sandsack!

Der Sandsack, der in der Form an einen riesigen Schüblig erinnerte.

«Und das?» fragte Studer. – Ob Gilgen nun endlich auspakken wolle?

Aber Gilgen schwieg wieder, einmal fuhr er mit der flachen Hand über seine Glatze – seine Finger zitterten deutlich –, dann zuckte er mit den Achseln. Das Achselzucken konnte viel bedeuten.

– Wo er in der Nacht vom Mittwoch auf den Donnerstag gewesen sei?

– Hier in der Anstalt …

Die Antwort wurde begleitet von einem müden Abwinken mit der Hand: ‹Es hat ja alles keinen Wert! …›

«Ihr schlaft allein hier im Zimmer?»

Nicken.

«Habt Ihr mit Pieterlen gesprochen, wie er draußen im Aufenthaltsraum geraucht hat?»

Breitschultrig, mächtig stand Studer vor dem kleinen Mann. Gilgen blickte furchtsam auf.

«Tüet mi nid plage, Wachtmeischter …», sagte er leise.

– Dann müsse er ihn mitnehmen, sagte Studer. Und er solle sich vorher gut besinnen, die Anklage würde vielleicht nicht nur auf Diebstahl lauten, sondern auch auf Mord …

Entsetztes Erstaunen!

– Aber der Direktor sei doch verunfallt!

– Das sei eben noch gar nicht gesagt.

«Aufstehen!»

Studer trat an den Mann heran, betastete ihn von oben bis unten, zog aus der einen Tasche das Portemonnaie heraus, den Schlüsselbund aus der anderen und überlegte dabei, wie die Verhaftung ohne allzu großes Aufsehen zu bewerkstelligen sei. Man konnte beim Portier dem Randlinger Landjäger telephonieren. Das würde das beste sein.

«Schurz abziehen! Kittel anlegen!» befahl Studer. Das weitere werde sich finden.

Und folgsam ging Gilgen zum Schaft, zog den Kittel an, ohne seine Hemdärmel herabzustreifen ... Ein armseliger Kittel war es, sicher hatte ihn die Frau geflickt, bevor sie krank geworden war ...

– Im Nachttischli, sagte Gilgen schüchtern, habe er noch die Photi von seiner Frau mit den beiden Kindern. Ob er die mitnehmen dürfe?

Studer nickte. Der Nachttisch stand eingeklemmt zwischen Fenster und Bett. Gilgen ging um das Bett herum, nahm eine Brieftasche aus der Schublade, zog ein Bild daraus hervor, das er lange betrachtete und dann dem Wachtmeister über das Bett hinreichte.

«Lueget, Studer ...», sagte er. Der Wachtmeister nahm den Karton in die Hand, kehrte sich ab, um das Licht besser auf das Bild fallen zu lassen ... Die Frau, die es darstellte, hatte ein mageres Gesicht mit einem gutmütigen Lächeln, an jeder Hand hielt sie ein Kind. Und während Studer noch die Photographie betrachtete, war es ihm plötzlich, als habe sich etwas im Zimmer verändert. Er sah sich um ... Gilgen war verschwunden ...

Das offene Fenster! Studer stieß das Bett beiseite, beugte sich weit hinaus.

Da unten lag der kleine Gilgen, fast in der gleichen Stellung wie der alte Direktor am Fuße der Eisenleiter. Kein Blut ... Aber in der Sonne leuchtete der Kranz der kupferroten Haare ...

Der Hof war leer. Studer ging langsam zum Zimmer hinaus, durch den Glasabschluß, stieg durchs Stiegenhaus hinab, trat hinaus. Und dann hob er den Körper des kleinen Gilgen – leicht war er – sachte vom Boden auf und stieg schweren Schrittes die Stiegen zum ersten Stock wieder hinauf …

Im Zimmer angekommen, legte er die Leiche auf die rote Bettdecke und blieb dann vor ihr stehen … Und Studers Kopf war von einer dumpfen Wut erfüllt.

Aber da schreckte der Wachtmeister auf. Eine schmalzige Stimme begann im Aufenthaltsraum zu singen, und sie sang:

«Irgendwo auf der Welt fängt der Weg zum Himmel an,
Irgendwo, irgendwie, irgendwann …»

Wer hielt ihn da zum besten? …

Studer wußte nicht, daß der Portier Dreyer gerade in diesem Augenblick den großen Empfangsapparat eingeschaltet hatte, weil es vier Uhr war und es zu seinem Dienst gehörte, die Abteilungen der Anstalt Randlingen mit Radiomusik zu versorgen. Er hatte sich ein wenig verspätet, darum war er mitten in ein Lied geraten. Und so sang der Lautsprecher, oben an der Wand des Aufenthaltsraumes B, dem kleinen Gilgen ganz unschuldigerweise ein groteskes Sterbelied.

Wie gesagt, Studer wußte nichts vom Ursprung des Liedes. Nur wild wurde er. Er trat in den Aufenthaltsraum, sah sich wütend um, suchte nach der Stimme, die ihn zu verhöhnen schien, und entdeckte schließlich den Kasten oben an der Wand. Gute drei Meter vom Boden hockte er und hatte nur ein riesiges mit Stoff überspanntes Maul. Studer packte einen der Stühle ganz oben an der Lehne. Dann schwang er ihn hoch und traf den Kasten so gut, daß die Stimme nur noch: «Irgend …» sang, um dann im Krachen zersplitternden Holzes unterzugehen.

Beruhigt kehrte Studer in das kleine Zimmer zurück. Er drückte dem kleinen Gilgen die Augen zu. Dabei fiel sein Blick in die offengebliebene Nachttischschublade. Dort lag ein Bild …

Eine Amateuraufnahme: Dr. Laduner in weißem Arztkittel mit dem Maskenlächeln auf dem Gesicht stand neben seiner Frau. Hinter ihm war das Eingangsportal der Anstalt zu erkennen.

Hinten auf der Aufnahme stand:

«Dem Pfleger Gilgen zur Erinnerung Dr. Laduner.»

Wie kam der Arzt dazu, einem Pfleger eine Photographie zu widmen? Studer stand da und studierte. Schließlich beschloß er, sich auf die Suche zu machen nach dem Abteiliger Jutzeler. Er sehnte sich nach fachmännischem Rat …

Kollegen

Dem Abteiliger Jutzeler mit den braunen Rehaugen merkte man es an, daß ihm der Wachtmeister Studer gar nicht willkommen war. Er stand unten im Garten, sein Gesicht war noch rot vom Schwingen, aber er hatte seine weiße Kutte wieder angelegt, und der Pflegerorden leuchtete rot.

– Ob er einen Augenblick mitkommen könne? fragte Studer und sah den Mann so ernst und dringend an, daß Jutzeler nickte.

– Ob etwas passiert sei? fragte der Abteiliger

– Der Gilgen habe sich zum Fenster hinausgestürzt. Er liege jetzt oben, berichtete Studer trocken und fragte, wie man allzu großes Aufsehen vermeiden könne.

«Der Gilgen!» Jutzeler nickte. «Tot!» ... Dann schüttelte er den Kopf.

Die beiden betraten das Zimmer neben dem Aufenthaltsraum. Eine kurze Zeit stand Jutzeler schweigend vor dem Toten. Dann zog er einen Stuhl heran, deutete darauf, Studer nahm Platz. Der schlanke Jutzeler setzte sich auf den Bettrand neben den Toten und meinte, es sei vielleicht doch besser, daß es so gekommen sei ...

Eines schien festzustehen, man war fatalistisch in der Anstalt Randlingen ...

«Warum?» fragte Studer.

– Ach, seufzte Jutzeler, der Wachtmeister wisse noch gar nicht, wie es in solch einem Betrieb zugehe ...

Er schien nachzudenken, ob er weiter erzählen solle, da unterbrach ihn Studer: Er habe ihn schon lange fragen wollen, warum er eigentlich am Mittwochabend mit dem Direktor Krach bekommen habe ...

Jutzeler wollte wissen, wer dem Wachtmeister das erzählt habe ...

– Das sei ja gleichgültig, meinte Studer, übrigens wisse er auch, daß an dem Krach der tote Gilgen schuld gewesen sei …

Jutzeler hatte sich zurückgelehnt und die Hände gefaltet. Er betrachtete Studer lange und prüfend, und der Wachtmeister senkte den Blick nicht … Er wußte, wie das Ergebnis der Prüfung ausfallen würde …

Wie oft war es ihm ähnlich gegangen! … Zuerst sahen die Menschen in ihm nur den Fahnder, den Polizisten, vor dem man sich in acht nehmen mußte, und schließlich war dies Mißtrauen verständlich. Wer hatte heutzutage ein ganz reines Gewissen? – Aber wenn es Studer dann gelang, einen Menschen ganz allein vor sich zu haben, schwand gewöhnlich das Mißtrauen, der andere spürte, daß da ein Mann vor ihm saß, ein älterer Mann, von dem ein seltsam sicherer Frieden ausging … Und manchmal, wenn Studer nicht ganz unzufrieden mit sich war, bekam er Größenideen: Er meinte dann nämlich, er sei eine starke Persönlichkeit; und vielleicht irrte er sich nicht einmal …

Endlich schien der Abteiliger Jutzeler zu einem Entschluß gekommen zu sein; denn er begann zu erzählen. Es war eine lange Geschichte, die er erzählte, sitzend neben der Leiche des kleinen Gilgen. Mehrmals wurde Jutzeler gerufen, sein Name schallte durch die Gänge des B, aber der schlanke Pfleger bewegte sich nicht, sondern sprach weiter, ein wenig eintönig, die Hände ums Knie gefaltet … Und obwohl seine Geschichte die Geschehnisse der letzten Tage nur streifte, erklärte sie doch manches …

Sie begann mit der Gründung der Randlinger Blechmusik.

Die Pfleger, die Blasinstrumente spielen konnten, hatten beschlossen, sich zusammenzutun. Ein Dirigent wurde gesucht, gefunden: Knuchel mit Namen, Pfleger auf K. Breites Kinn, Wulstlippen, Bibelleser, Mitglied einer Sekte des Dorfes. Die Bläser hielten eine Versammlung ab. Knuchel verlangte folgendes: Es dürften nur Choräle und ernste Volkslieder gespielt werden, keine Märsche, keine Tänze. Vor jeder Probe müsse ein Kapitel aus der Bibel vorgelesen, gebetet werden, nach der Probe ebenfalls ... Der kleine Gilgen spielte Posaune. Außerdem führte er die Opposition ...

Die Opposition setzte sich zusammen aus den weltlich Gesinnten ... Sie wollten das Theater, wie sie sagten, nicht mitmachen. Der kleine Gilgen meinte, eine Musik könne der Beginn einer Organisation sein ... Er wollte klare Stellungnahme. Kein religiöses Theater, sondern Kameradschaft ... Er wurde überstimmt. Die ‹weltlich Gesinnten› traten gleich bei der ersten Sitzung aus und gründeten ein eigenes Musikkorps. Das sollte Märsche spielen, Walzer und bei den ‹Anlässen› zum Tanz aufspielen. Aber es fehlte ihnen der Dirigent. Gilgen, obwohl mit Sorgen überhäuft, übte mit den Leuten. Dann spielten sie einmal, am Silvester ... Es war kläglich. Falsch, ohne Rhythmus ... Sogar die Patienten lachten, es wurde gepfiffen, der Direktor wurde wütend, weil einige Gäste anwesend waren und er sich blamiert fühlte ... Die ‹weltliche Musik› wurde aufgelöst, die paar Bläser, die gern spielen wollten, krochen zu Kreuze und traten in die Kapelle der ‹Stündeler› über. Knuchel als Dirigent war gut. Sie spielten nach zwei Wochen an einem Sonntagmorgen, brachten dem alten Direktor ein Ständchen, der Direktor beglückwünschte sie, sie erhielten aus dem Unterhaltungsfonds der Anstalt eine Subvention ... Knuchel stellte seine Bedingungen: Er wolle gern mit seinen Leuten an den Anlässen spielen, aber während der Musikstücke dürfe nicht getanzt werden. Die Blechmusik spielte Trauermärsche, so daß das Tanzen ohnehin nicht in Frage kam, Choräle und allenfalls noch das Beresinalied.

Der Wachtmeister werde finden, die Geschichte sei müßig. Im Gegenteil ... Sie erhelle blitzartig die Spannungen unter dem Pflegepersonal ... Studer möge erlauben, daß er ein wenig von sich berichte ...

Jutzeler sprach sehr ruhig, es klang, als ob er in einer Kommissionssitzung ein Referat über einen langweiligen Gegenstand halten müsse ... Immerhin schwang etwas wie verschüttete Bewegung in seinen Worten mit ...

Er sei als Verdingbub aufgewachsen ... Der Wachtmeister wisse, was das heiße ... Im Berner Oberland ... Das bedeute

Hunger, Schläge, kein freundliches Wort ... Ein sattsam bekanntes Thema, unnötig, ein Wort weiter darüber zu verlieren ... Er habe das Glück gehabt, daß er dem Pfarrer des kleinen Dorfes aufgefallen sei, weil er einmal, oben auf einer Matte, einem Touristen ein gebrochenes Bein kunstvoll geschient habe ... Der Arzt habe sich gewundert ... So sei es gekommen, daß er mit achtzehn Jahren in eine Krankenpflegerschule habe eintreten können ... Es sei sehr religiös dort zugegangen, aber der Wachtmeister möge ihm die Schilderung dessen ersparen, was unter der frommen Oberfläche vorgegangen sei. Nichts Erfreuliches ... Er, Jutzeler, habe dann nach bestandener Prüfung in Spitälern als Krankenpfleger gearbeitet. Und einmal, auf einer Ferienreise, habe er die Anstalt Randlingen besucht. Es habe ihn interessiert, auch sei die Bezahlung als Irrenpfleger besser als die in den Spitälern ... Er habe heiraten wollen ... Der Direktor sei damals gerade in den Ferien gewesen, Dr. Laduner habe den Direktor vertreten und ihn angestellt. Die Anstalt habe damals ausgesehen ...

«Ich weiß», sagte Studer. Die Frau Doktor habe ihm das geschildert.

Gut. Jutzeler erzählte Bekanntes: die Schlafkuren, der zähe Kampf um die Seele des Demonstrationsobjektes Pieterlen (merkwürdig war vielleicht nur, daß der Abteiliger den Ausdruck Dr. Laduners gebrauchte: ‹das Demonstrationsobjekt›), der Versuch, eine gewisse Einmütigkeit unter den Pflegern herzustellen, ein Versuch, der mit Dr. Laduner besprochen worden war ...

«Es war wie in der Krankenpflegerschule ... Die Pfleger konnten sich nur z'leidwärche ... Keine Kameradschaft. Immer reklamieren wegen der langen Dienstzeit – von sechs Uhr morgens bis acht Uhr abends ... Aber kein Versuch, die Lage zu ändern ... Die anderen Anstalten organisierten sich – wir blieben immer zurück ... Die andern drohten mit Streik, wenn man ihre Lage nicht bessere ... In Randlingen kuschten sie ... Der Direktor hatte den Bruder seiner zweiten Frau zum Maschinenmeister ernannt, der sabotierte, wo er konnte; ich bin nicht müde geworden ... Ich hab viel gelesen über Taktik, Kampf ... Ich hab auch andere Bücher gelesen, besonders eines, das ziemlich merkwürdig war. Darin sagt der Autor: Dein ärgster Feind, Prolet, das ist dein Mitprolet ... Ich hab das erfahren, hier in der Anstalt ... Wenn mich Dr. Laduner nicht immer gedeckt hätte, ich wäre sicher schon lange geflogen ... So habe ich eine Abteilung übernehmen müssen ... Ich trage die Verantwortung für alles, was im B passiert, denn der Oberpfleger Weyrauch ...»

«Hält sich Zeitschriften über Nacktkultur ...»

«Exakt, Wachtmeister ...», und Jutzeler lächelte schwach. «Ich hab dann doch ein paar Pfleger zusammenbekommen, wir haben Anschluß gesucht mit den organisierten Pflegern aus den andern Anstalten ... Aber die Stündeler haben mir einen Strich durch die Rechnung gemacht ... Die Stündeler und der Maschinenmeister ... Ihr müßt Euch vorstellen, Wachtmeister, es sind nicht nur *zwei* große Gruppen in solch einer Anstalt: die Stündeler und die Organisierten ... Zwischen beiden pendelt der größere Haufe hin und her ... Kennen Sie die Französische Revolution?»

«Wenig ...»

«Zwischen den beiden extremen Parteien», erklärte Jutzeler, und er sprach schriftdeutsch, aber am singenden Tonfall erkannte man noch immer den Oberländer ... «Zwischen der Rechten und der äußersten Linken, dem ‹Berg›, lag das Zentrum – der Sumpf, sagte man damals, ‹le marais› ... Das waren die Leute, die leben wollten, verdienen, es wieder gut haben ... Sie haben den Ausschlag gegeben ... Wir haben auch eine Sumpfpartei ... Das sind die Leute, die zufrieden sind, wenn andere ihnen die Lohnerhöhung verschafft haben, die Geld auf der Sparkasse haben, die um ihre Stelle bangen ...»

«Bohnenblust ...», sagte der Wachtmeister leise.

«Unter anderen ... Die gaben den Ausschlag. Wir traten in den Staatsangestelltenverband ein ... Und die Stündeler in die Evangelische Arbeiterpartei ... Nun ja, der Direktor war zufrieden; Dr. Laduner, zu dem ich nach der Sitzung ging, zuckte die Achseln ... Es sei halt nichts zu machen ... In dieser Krisenzeit ... Mich haben die andern nie offen angegriffen, aber die ganze Hetze gegen den Gilgen war eigentlich gegen mich gerichtet ...»

Jutzeler blickte auf den Toten. Der kleine Gilgen schien zu lächeln ...

«Dr. Laduner mochte den Gilgen gern ... Das wußten die andern. Hier auf der Abteilung hab ich sonst gute Leute, fast alles junge Pfleger, aber ich muß immer hinter ihnen her sein ... Gilgen war der älteste. Ich nahm ihn als Stellvertreter. Das war ein großer Fehler ... Gilgen war tüchtig, aber er verstand nichts von Disziplin ... Und schließlich, auf einer Abteilung muß Ordnung sein. Besonders seit Dr. Laduner die Arbeitstherapie eingeführt hat, ist es nicht wie früher ... Wir müssen uns um die Patienten kümmern, sie beschäftigen, auch in der Freizeit, sie sollen lesen, sie sollen spielen, sie sollen nicht wieder versinken, man soll sie entlassen können ...»

Studer wunderte sich. Ein einfacher Mann, er war Verdingbub gewesen, er sprach ruhig, überlegt ... Ein einfacher Mann, aber er wußte, was er wollte ...

«Ich hab dem Gilgen Vorwürfe machen müssen. Alle vierzehn Tage habe ich einen freien Tag, in der Woche dazwischen einen halben Tag ... Im Jahr vierzehn Tage Ferien ... Wenn ich zurückkam, war alles in Unordnung ... Der Gilgen verstand nichts vom Befehlen ... Wie alle schüchternen Leute, war er entweder zu grob oder zu weich ... Die andern begannen ihn zu hassen ...

Es wird viel geklatscht in solch einer Anstalt ... Ich habe mich nie daran beteiligt, aber Ihr könnt Euch das vorstellen, Wachtmeister, Ihr seid ja in einem ähnlichen Betrieb ... Und man kann nicht genau sagen, wo Matto aufhört zu regieren – wie Schül sagt ... Item, die jungen Pfleger liefen zum Knuchel auf dem K, dem Dirigenten der Blasmusik, und beklagten sich über Gilgen ... Vielleicht hatte er da» – Jutzeler klopfte auf den roten Bettüberwurf, unter dem der Tote lag – «wirklich nicht ganz korrekt gehandelt. Der Knuchel riet ihnen, den Gilgen zu beobachten ... Man wußte allgemein, denn man lebt ja hier in einem Glashause, daß es dem Gilgen schlecht ging ... Man ertappte ihn darauf, daß er einmal zur Feldarbeit ein Paar gebrauchte Schuhe trug, die innen mit dem Namen eines Patienten gezeichnet waren ... Der junge Pfleger erzählte das dem Knuchel, der Knuchel ging zum Abteiliger des K, auch ein Gesinnungsgenosse, Anabaptist oder Sabbatist oder evangelischer Gemeinschaftler – ich kenn mich nicht so genau aus bei diesen Sekten –, und der Abteiliger vom K sprang zum Direktor ... Ich wußte von der ganzen Sache nichts ... Der Herr Direktor nahm ein Protokoll auf mit dem Abteiliger vom K, mit dem Knuchel, mit dem jungen Pfleger von meiner Abteilung ... Alles hinter meinem Rücken, hinter dem Rücken des Gilgen ... Dann wurden die andern Pfleger der Abteilung vorgeladen, und dann wurde Gilgens Schaft erlesen ... Es fanden sich noch ein Paar Unterhosen, die ebenfalls mit dem Namen eines Patienten gezeichnet waren ... Nun wurde Gilgen vor den Direktor geladen ... Peinliches Verhör ... Ihr habt den Gilgen gekannt; er hat mir auch erzählt, gestern abend, daß er mit Euch gesprochen hat, vorgestern nachmittag ... Er war verwirrt ... Ich bin sicher, er hat weder die Schuhe genommen, noch die Unterhose ... Die Unterhose konnte in der Wäsche verwechselt worden sein, und die Schuhe? Ich habe immer den Verdacht gehabt, man hat sie ihm hingestellt, und am Morgen, wenn man zur Feldarbeit geht, ist man pressiert, da schaut man nicht erst lange ... Aber Gilgen konnte sich nicht verteidigen ... Er schwieg ...»

«Ja», sagte Studer seufzend, «schweigen konnte er ...»

«Und dann müßt Ihr bedenken: seine Frau krank, Schulden, Sorgen, seine Kinder bei fremden Leuten ... Es gibt doch viel Gemeinheit auf der Welt ... Der kleine Gilgen hatte niemandem etwas getan ... Daß er mit der Blasmusik nicht einverstanden war, das konnte man ihm doch nicht übelnehmen ... Aber man nahm es ihm übel ... Man ging ihn verrätschen ... Das Protokoll wurde vom Direktor drei Tage vor der Sichlete aufgenommen ... Er wollte es an die Aufsichtskommission schicken und die Entlassung Gilgens beantragen ...

Wenn die andere Partei ihre Spione hat, so habe ich auch die meinen ... Am Abend erfuhr ich von der Sache. Gegen sechs

Uhr. Ich darf daheim schlafen ... Diese Nacht bin ich in der Anstalt geblieben, ich bin von halb sieben bis elf Uhr herumgelaufen, von einer Abteilung in die andere ... Ich habe geredet ... Wir müssen zusammenhalten, habe ich gesagt, es kann jedem von uns das gleiche passieren, denkt doch, es geht um unsere Freiheit ... Die Leute blieben taub. Hatten Ausreden. Am nächsten Tag machte ich weiter ... Ich ging schärfer vor: Wenn der Gilgen entlassen wird, sagte ich, so proklamieren wir den Streik ... Das war eine Dummheit, wenn Ihr wollt ... Denn der ‹Sumpf› , der ‹Sumpf› wollte nicht mitmachen ... Die Frösche im Sumpf sind schreckhaft, sie verkriechen sich im Schlamm, wenn einer am Ufer vorübergeht, und erst, wenn es wieder still geworden ist, dann quaken sie ... Jetzt, nachdem der Direktor tot ist, quaken die Frösche sehr laut ... Sie wissen, unter dem Dr. Laduner wird andere Luft wehen ...

So kam der Tag vor der Sichlete heran ... Ich hatte erfahren, daß der Direktor von meinem Streikprojekt wußte ... Es konnte auch mir den Kragen kosten, aber ich hatte keine Angst. Ich konnte immer wieder Arbeit finden, im Spital hatten sie mich ungern gehen lassen ... Mit dem Gilgen war es etwas anderes ...

Ich hab das Telephon abgenommen an jenem Abend und den Direktor gerufen ...»

Studer saß vorgeneigt, die Unterarme auf den Schenkeln. Jetzt hob er den Kopf:

«Eine Frage, Jutzeler, habt Ihr die Stimme im Telephon nicht erkannt?»

Pause, lange Pause. Jutzeler runzelte die Stirn. Dann sprach er weiter, so, als habe der Wachtmeister überhaupt keine Frage gestellt ...

«Als der Direktor vom Telephon zurückkam, hielt ich ihn an. Ich müsse ihn heut abend noch sprechen, sagte ich. Er sah mich spöttisch an: ‹Pressiert's auf einmal?› – Ich blieb ruhig und sagte nur: ‹Ja.› Dann, meinte er, solle ich um halb eins vor dem Bureau warten. Er ließ mich stehen.

Ich habe gewartet, nicht lange. Dann kam er. Wir gingen ins Bureau. Ich verlangte die Protokolle zu sehen, er lachte mich aus. Da hab ich ausgepackt und gedroht. Ich werde ihn in die Zeitung bringen, hab ich gesagt, es sei eine Sauerei, wie er mit dem Pflegepersonal umgehe! Ich hab ihm seine Liebeleien vorgehalten ... Da hat er auch angefangen zu brüllen, er werde mir schon das Handwerk legen, er werde mich auf die Schwarze Liste setzen lassen, ich sei entlassen, und er werde schon dafür sorgen, daß ich keine Arbeit mehr bekäme. Ich sprach immer nur von den Protokollen ... Schließlich sei die Sache mit Gilgen auf dem B passiert, wo ich Abteiliger sei, ich hätte das Recht, Einblick zu verlangen in die Aussagen. Das Ganze sei gegen mich gerichtet, aber ich wisse, daß Dr. Laduner auf meiner Seite stehe ... Das hätte ich nicht sagen sollen, denn da hakte er ein ... Mit dem Dr. Laduner, sagte er, habe er auch noch eine Rechnung zu begleichen, ob ich wisse, wieviel Patienten in den letzten Tagen auf dem U1 gestorben seien? Er habe sich eine Liste anfertigen lassen, und auch diese Liste werde er der Aufsichtskommission unterbreiten, damit sie sehe, wie ein Arzt hause ... Während er Direktor gewesen sei, sei die Sterblichkeit immer klein gewesen in der Anstalt, erst seit man mit all den modernen Manövern begonnen habe, gebe es so viele Tote. Er habe die Sektionsprotokolle, die Dr. Blumenstein gemacht habe, nachgeprüft, es stimme nicht alles. Er habe selbst zwei Fälle noch nachuntersucht und Blutproben ans Gerichtsmedizinische geschickt. Er warte nur noch auf das Resultat, dann werde er auch gegen Dr. Laduner vorgehen, der Herr gehe ihm schon lange auf die Nerven, alle Ärzte, alle Assistenten habe er ihm abspenstig gemacht – vorläufig aber sei er, Ulrich Borstli, noch Direktor der Irrenanstalt Randlingen, und da könne auch der große Dr. Laduner nichts machen mit all seiner Weisheit und all seinem Einfluß und all seiner Diplomatie ... Hier seien die Sektionsprotokolle – und er klopfte auf den Schreibtisch –, und hier seien auch die Aufzeichnungen, die Gilgen beträfen ... Und ich solle machen, daß ich zum Teufel käme ...

Wir gingen zusammen hinaus. Ich blieb in einer dunklen Ecke des Ganges stehen, der Direktor ging in seine Wohnung, kam wieder herunter und hatte seinen Lodenkragen umgehängt. Bevor er in den Hof hinaustrat, löschte er das Licht im Gang …

Und nun habe ich eine Dummheit gemacht, Wachtmeister; ich wollte die Protokolle sehen, die Gilgen betrafen, aber lieber noch die Sektionsprotokolle … Ich fand, es sei meine Pflicht, sie Dr. Laduner zu bringen, damit er sich wehren könne. Und so ging ich wieder ins Bureau zurück. Ich zündete das Licht an, suchte in allen Schreibtischschubladen und fand nichts.

Da hörte ich Schritte vor der Türe. Ich drehte schnell das Licht ab, denn ich wollte doch nicht im Direktionsbureau überrascht werden wie ein Dieb.

Die Tür ging auf, eine Hand wollte den Lichtschalter andrehen, ich packte die Hand. Und dann gab es einen stummen Ringkampf im Bureau. Die Schreibmaschine fiel zu Boden, eine Scheibe klirrte. Endlich hatte ich den Mann auf dem Boden … Und dann machte ich mich davon … Ich ging zum Gilgen, der war noch auf, er hatte in dieser Nacht Dienst, aber er war nicht an der Sichlete gewesen. Er saß hier auf dem Bettrand. Ich sagte zum Gilgen, er solle den Mut nicht verlieren, wir wüßten ja jetzt, was los sei. Am nächsten Morgen wollte ich mit Dr. Laduner sprechen … – Aber inzwischen war mancherlei passiert …

«Wie Ihr aufs B zurückgegangen seid, Jutzeler, habt Ihr da niemanden getroffen?»

Jutzeler wich aus. Er sagte:

«Es schlug zwei Uhr, als ich über den Hof ging.»

«Einen Schrei habt Ihr nicht gehört?»

«Nein …»

«Gut», sagte Studer. «Und mehr habt Ihr wohl nicht zu sagen …»

Jutzeler dachte eine Weile nach, kratzte sich in den Haaren, schüttelte den Kopf, lächelte und meinte:

«Wenn Ihr noch etwas über uns erfahren wollt, über uns Wärter, wie man früher sagte, über uns Pfleger, wie man uns heute nennt, so könnte ich noch lange erzählen … Von den langen Tagen und der Zeit, die dahinschleicht, weil man fast nichts zu tun hat; man steht herum, die Hände im Schürzenlatz, und beaufsichtigt und serviert das Essen, beaufsichtigt wieder und ‹hütet› im Garten und kommt wieder herauf ... Und ißt ... Das Essen spielt eine große Rolle, nicht nur bei den Patienten, auch bei uns, den Pflegern. Wir wissen das Menü auf Wochen voraus: den Mais am Montag, den Reis am Mittwoch, die Makkaroni am Freitag und die Samstagswurst. Wir wissen, wann es Rösti gibt am Morgen und wann Anken ... Wir gehen über den Hof, und wir haben uns einen besonderen Schritt angewöhnt, langsam, langsam, damit die Zeit vergeht ... Wir heiraten, damit wir wenigstens in der Nacht irgendwo daheim sind ... Wir spüren es, wenn das Wetter ändert, dann sind unsere Schützlinge gereizt und wir auch ... Wir ziehen Lohn, nicht viel ... Manche bauen sich ein Hüüsli und haben dann Schulden abzuzahlen. Es ist, als ob sie Sehnsucht hätten nach Sorgen, nur um die Leere der Tage auszufüllen ... Wir stehen herum und warten, daß der Tag herumgeht ... Man gibt uns Kurse, aber wir dürfen keine Verantwortung tragen ... Für jedes Aspirin, für jedes Bad müssen wir fragen ... Warum gibt man uns Kurse, wenn wir doch nicht verwerten dürfen, was man uns gelehrt hat? ... Kurse! Meine Kollegen, die vor zwei Jahren das Diplom gemacht haben, was wissen die heute noch? Nichts ... Ich hab's ein wenig besser, ich lese, und dann erklärt mir Dr. Laduner, was ich nicht weiß ... Aber es ist so hoffnungslos. Was nützt es schon, daß ich eine Diagnose besser stellen kann als ein Assistent, der eben eingetreten ist? ... Ich muß zuschauen, was der Assistent, der Neuville zum Beispiel, für Dummheiten macht, wie er mit einem Gereizten dumme Witze macht, und ich kann's dann ausbaden, wenn der Patient ein paar Fensterscheiben zertrümmert. Ja, wenn alle wären wie der Dr. Laduner!»

Schweigen. Der Tote auf dem Bett lächelte. Draußen war rote Dämmerung ...

«Ich muß jetzt gehen», sagte Studer. «Merci denn, Jutzeler. Und was macht Ihr mit dem ... dem ... Gilgen?»

«Wenn's dunkel ist, bringe ich ihn mit dem Schwertfeger ins T. Wir waren drei, die zusammengehalten haben, der Schwertfeger vom U1 ...» Studer sah den Mann mit den Armmuskeln, der wie ein Melker aussah «... der Gilgen und ich. Wir haben zusammengehalten. Jetzt sind wir noch zwei ... Aber schließlich, jetzt hat Dr. Laduner das Wort ...»

Studer kam an der Loge des Portiers vorbei. Er trat ein, erkundigte sich höflich, ob Dreyer auch Brissagos zu verkaufen habe. Die Frage wurde bejaht, Studer bediente sich, dann wies er auf die verbundene Hand und fragte ganz ruhig:

«Warum habt Ihr mir nicht erzählt, daß Ihr das Fenster im Direktionsbureau eingeschlagen habt? Und Euch dabei verwundet habt?»

Dreyer lächelte ein wenig blöde. Er besann sich, dann entschloß er sich:

Ja, er habe Schritte im Bureau gehört und sei nachschauen gegangen, da sei er überfallen worden ... Und habe sich an der Hand verletzt ... – Warum er nichts gesagt habe? ... – Ganz einfach, weil inzwischen der Direktor verschwunden sei und er Angst gehabt habe vor Komplikationen ... Woher habe der Herr Wachtmeister erfahren, daß er im Bureau gewesen sei?

«Kombination ...» sagte Studer und hatte den Triumph, Bewunderung in den Augen des Portiers Dreyer zu lesen ...

Es konnte stimmen, es konnte auch nicht stimmen ... Dreyer konnte auch einen persönlichen Grund gehabt haben, im Bureau sich umzusehen. Nur war ein solcher Grund schwer zu erraten ... Man mußte wieder einmal warten ... Aber zum Dr. Laduner ging man nicht z'Nacht essen. Nein, lieber nicht ... Allein sein tat not. Übrigens schlug die Turmuhr der Anstalt mit ihrem gewohnten sauren Klang sechs Uhr. Studer ging die Stufen vom Hauptportal hinab, ging weiter durch die Allee mit den Apfelbäumen auf das Dorf Randlingen zu.

Da sah er vor sich ein Paar schreiten.

Dr. Laduner hielt seine Frau am Arm, und die beiden gingen im Gleichschritt, langsam, durch den Abend, der kühl und erdbeerfarben war ... Über den Schneebergen lag eine orangene Wolke.

Die beiden da vorn sprachen nicht. Und Studer fand, daß die beiden durchaus nicht einem Liebespaar glichen. Aber eines war deutlich zu spüren ... Die beiden gehörten zusammen, sie hielten zusammen. Und Studer hatte das tröstliche Gefühl, daß, was auch passieren mochte, der Dr. Laduner wenigstens nicht allein sein würde. – Denn wahrlich, die Situation war viel weniger rosig als der Abend ...

Beim Metzger und Wirt Fehlbaum ließ sich der Wachtmeister eine Portion Hammen und einen halben Liter Waadtländer bringen. Er aß ein paar Bissen, trank einen Schluck Wein, stand auf und fragte nach dem Telephon.

Frau Laduner gab Bescheid. – Die Frau Doktor möge ihn bitte entschuldigen, sagte Studer, er werde nicht zum Nachtessen kommen, er habe eine wichtige Abhaltung. – Ja, sagte Frau Laduner mit ihrer tiefen, warmen Stimme, die selbst im Telephon angenehm tönte, aber er solle nicht versäumen, um halb neun zu kommen. Er müsse unbedingt die Aufsichtskommission kennenlernen.

Studer versprach, pünktlich zu sein ...

Matto erscheint

Am meisten bewunderte Studer den Arzt Laduner. Er verstand es, Mittelpunkt zu sein und zu gleicher Zeit jedem, der sprach, die Überzeugung beizubringen, daß er, der Redende, die Hauptperson sei ... Diplomatisches Geschick ...

Den Herrn Pfarrer Veronal mit dem großen Mund ließ er über die Stellung der Landeskirche zur Oxfordbewegung sprechen und lauschte interessiert den langfädigen Ausführungen, unterbrach ihn dann höflich mit einem: «Gestatten Sie bitte, Herr Pfarrer», worauf er sich der Frau Nationalrat zuwandte und lobend von der Armendirektion sprach, die wirklich sehr verständnisvoll auf alle Anregungen eingehe, die von der Heilanstalt ausgingen ... Die Frau Nationalrat strahlte, denn ein Bruder von ihr war Adjunkt an der Armendirektion ... Übrigens kannte Studer diesen Mann, und er fand, Dr. Laduner übertreibe gar nicht ... Beim schwerhörigen Fürsorgebeamten erkundigte sich Laduner nach dem Schicksal eines gewissen Schreier, der zur Begutachtung in Randlingen gewesen und dann ein Jahr in Witzwil versorgt worden war ... Wie gehe es dem Manne? Halte er sich gut? ... Sicher werde es dem Herrn Fürsorger gelingen, dem Mann bei der Entlassung eine gute Stelle zu verschaffen; nein, nein, die Prognose sei gar nicht ungünstig ... Laduner ließ sich auch nicht durch das fortwährende: «Wie me-inet I-ihr?» aus der Ruhe bringen, er wiederholte seine Sätze dreimal, wenn es sein mußte, und inzwischen unterhielt sich Frau Laduner mit der Frau Nationalrat und schenkte Tee ein. Der Herr Pfarrer Veronal trank ihn mit viel Rum. Und Studer auch.

Der Wachtmeister war vorgestellt worden, nun hockte er in der Ecke beim Fenster, stumm, beobachtend.

Um neun Uhr verabschiedete sich die Kommission, und Studer blieb sitzen. Dr. Laduner erbot sich, die Mitglieder mit dem

Auto nach der Station zu bringen, und das Anerbieten wurde dankend angenommen.

Studer wartete auf die Rückkehr des Arztes in seiner Ecke. Frau Laduner fragte, warum der Herr Studer so schweigsam sei, und erhielt als Antwort ein unhöfliches Brummen. So schwieg auch sie, ging zum Fenster, wo in der Ecke, Studer gegenüber, ein glänzend polierter Kasten auf einem kleinen Tischchen stand. Sie drehte an einem Knopf ... Marschmusik. Studer war es zufrieden. Marschmusik war besser als: «Irgendwo auf der Welt ...»

Sie warteten beide schweigend auf Laduners Rückkehr. Als dann der Arzt ins Zimmer trat, schickte er seine Frau ins Bett, sehr freundlich und besorgt übrigens, und meinte schließlich:

«Sie leisten mir noch Gesellschaft, Studer?»

Der Wachtmeister brummte etwas aus seiner Ecke, das man allenfalls als Zustimmung auffassen konnte ...

Laduner schwieg zuerst. Dann sagte er:

«Schad um den Gilgen ...» Er schien auf eine Antwort zu warten, aber als es in der Ecke still blieb, fuhr er fort:

«Haben Sie eigentlich darüber nachgedacht, Studer, daß sich niemand unbeschadet lange Zeit mit Irren abgeben kann? Daß der Umgang ansteckend wirkt? Ich habe mich manchmal gefragt, ob es vielleicht nicht umgekehrt ist: Daß nur diejenigen als Pfleger, als Ärzte in Irrenanstalten gehen, die ohnehin schon einen Vogel haben, um volkstümlich zu reden. Mit dem Unterschied, daß die Leute, die den Drang verspüren, in Mattos Reich einzudringen, wissen, daß etwas bei ihnen nicht stimmt, unbewußt, meinetwegen, aber sie wissen es. Es ist eine Flucht ... Die andern draußen haben manchmal die ausgewachseneren Vögel, aber sie wissen es nicht, nicht einmal unbewußt ... Denken Sie, ich bin einmal um die Mittagszeit am Bundeshaus vorbeigegangen und habe die Angestellten herausströmen sehen. Ich bin stehengeblieben und habe mir die Leute angesehen ... Es war lehrreich ... Gang, Haltung. Der eine hatte den Daumen im Westenausschnitt und ging mit schlenkernden Tritten, sein Gesicht war rot und steif, und ein einfältiges Lächeln lag auf seinem Gesicht … Sieh da! sagte ich, eine beginnende Katatonie! … und versuchte auszurechnen, wann etwa der Schub fällig sein würde. – Ein anderer hatte starre Blicke, sah sich ständig um, dann blickte er wieder eine Zeitlang zu Boden und balancierte vorsichtig auf dem Trottoirrand … Neurotisch, vielleicht schizoid, dachte ich … Ein anderer trug eines jener Lächeln im Gesicht, die man als sonnig zu bezeichnen pflegt, er hatte den Kopf im Nacken, schlenkerte mit dem Stock, grüßte alle Leute … Natürlich: manische Verstimmung wie mein Bundesratsattentäter Schmocker …»

Immer noch spielte das Radio in der Ecke leise Märsche. Es war eine angenehme Begleitung zu den Ausführungen Dr. Laduners.

«Sie haben mit Schül gesprochen, hab ich gehört? Und er hat Ihnen sein Gedicht verehrt? Sie werden mir zugeben, daß es nicht dumm ist, daß es voll Symbolgehalt ist … Manchmal hab ich ihn beneidet um seinen Matto … Matto, der die Welt regiert! Matto, der mit roten Bällen spielt und sie wirft, und die Revolutionen flackern auf! … Und die bunte Papiergirlande flattert, und der Krieg lodert … Es hat viel für sich … Wir werden nie die Grenze ziehen können zwischen geisteskrank und normal … Wir können nur sagen, ein Mensch kann sich sozial anpassen, und je besser er sich sozial anpassen kann, je mehr er versucht, den Nebenmenschen zu verstehen, ihm zu helfen, desto normaler ist er. Darum habe ich immer den Pflegern gepredigt: Organisiert euch, haltet zusammen, versucht miteinander auszukommen! Organisation ist doch der erste Schritt zu einem fruchtbaren Zusammenleben … Zuerst Interessengemeinschaft, dann Kameradschaft … Eins geht aus dem andern hervor – sollte wenigstens daraus hervorgehen … Freiwillig übernommene Verpflichtungen … Wenn man es nur nicht so oft auf Schützenfesten prostituiert hätte, das Wort: Einer für alle, alle für einen …»

Ein anderer leiser Marsch … Es war eine Militärmusik, die spielte …

«Es wäre schön … Was tun wir denn eigentlich, wir vielverlästerten Psychiater? Wir versuchen, ein wenig Ordnung zu schaffen, wir versuchen, den Menschen zu zeigen, daß es gar nicht so unnötig ist, ein wenig vernünftig zu sein, nicht allen dunklen Regungen des Unbewußten nachzugeben ... Die Menschen haben eines noch nicht begriffen, daß Leid eben auch Lustgewinn bringt ... verstehen Sie? ... Wenn es einem Volk zu gut geht, dann wird es übermütig und sehnt sich nach dem Leid. Genügsamkeit ist wohl am schwersten zu ertragen ...»

Laduner schwieg. Er schien mehr für sich selbst zu sprechen ... Studer hatte plötzlich das Gefühl, daß er die ganze Rede über Pieterlen falsch beurteilt hatte ...

Auf dem Grunde aller Menschen hockte die Einsamkeit.

Vielleicht war Dr. Laduner auch einsam? Er hatte seine Frau ... Aber es gibt gewisse Dinge, die man auch mit einer Frau nicht besprechen kann. – Er hatte Kollegen ... Was kann man schon mit Kollegen sprechen? ... Fachsimpeln! ... Und mit den Ärzten drunten? Für die war man der Lehrer ...

Da schneite eines Tages ein einfacher Fahnderwachtmeister in die Wohnung des Dr. Laduner. Und Dr. Laduner ergriff die Gelegenheit und hielt vor besagtem Fahnderwachtmeister Monologe. Warum sollte er nicht?

«Er wirft seine Girlanden, und der Krieg flackert auf ...», wiederholte Laduner. Er schwieg. Ein Militärmarsch verklang, und dann erfüllte eine fremde Stimme das Zimmer. Sie war eindringlich, aber von einer unangenehmen Eindringlichkeit. Sie sagte:

«Zweihunderttausend Männer und Frauen sind versammelt und jubeln mir zu. Zweihunderttausend Männer und Frauen haben sich eingefunden als Vertreter des ganzen Volkes, das hinter mir steht. Das Ausland wagt es, mich des Vertragsbruches zu zeihen ... Als ich die Macht ergriff, lag das Land verheert, verwüstet, krank ... Ich habe es groß gemacht, ich habe ihm Achtung verschafft ... Zweihunderttausend Männer und Frauen lauschen meinen Worten, und mit ihnen lauscht das ganze Volk ...»

Langsam stand Laduner auf, schritt zum sprechenden Kasten ... Ein Knack ... Die Stimme verstummte ...

«Wo hört Mattos Reich auf, Studer?» fragte der Arzt leise. «Am Staketenzaun der Anstalt Randlingen? Sie haben einmal von der Spinne gesprochen, die inmitten ihres Netzes hockt. Die Fäden reichen weiter. Sie reichen über die ganze Erde ... Matto wirft seine Bälle und Papiergirlanden ... Sie werden mich für einen dichterischen Psychiater halten ... Das wäre nicht so schlimm ... Wir wollen doch nicht viel ... Ein wenig Vernunft in die Welt bringen ... Nicht die Vernunft der französischen Aufklärungszeit, eine andere Art Vernunft, die unserer Zeit ... Die Vernunft, die fähig wäre, wie eine Blendlaterne in das dunkle Innere zu zünden und ein wenig Klarheit zu bringen ... Ein wenig die Lüge zu verscheuchen ... Die großen Worte beiseite zu schieben: Pflicht, Wahrheit, Rechtschaffenheit ... Bescheidener zu machen ... – Wir sind allesamt Mörder und Diebe und Ehebrecher ... Matto lauert im dunkeln ... Der Teufel ist schon lange tot, aber Matto lebt, da hat Schül ganz recht ... Es ist schade, daß Schül mir nie die Bitte erfüllt hat, eine Geschichte Mattos zu schreiben ... Ein kleines Gedicht in Prosa bring ich bei keiner Zeitung an ...»

Er schwieg. Studer gähnte leise. Laduner hörte es nicht.

«Zweihunderttausend Männer und Frauen – das ganze Volk ... Und Kollege Bonhöffer, unser Lehrer, ein Mann, der viel wußte, er ist umgefallen wie ein Kartenhaus ... Erinnern Sie sich an den großen Prozeß? ... Der Mann, der soeben sprach, hat Glück gehabt ... Wäre er zu Beginn seiner Laufbahn einmal psychiatrisch begutachtet worden, die Welt sähe vielleicht ein wenig anders aus ... Ich sagte Ihnen schon, der Verkehr mit Geisteskranken ist ansteckend. Es gibt Menschen, die prädisponiert sind, wenn Sie mich verstehen, aufnahmefähig ... Ganze Völker können prädisponiert sein ... In einem Vortrag habe ich einmal einen Satz gesagt, der mir übelgenommen wurde: Gewisse sogenannte Revolutionen, habe ich gesagt, sind im Grunde nichts anderes als die Revanche der Psychopathen ... Worauf ein paar Kollegen demonstrativ den Saal verlassen haben ... Aber es ist doch so ...»

Laduner sah müde aus. Er legte die Hand über die Augen.

«Wir stehen auf verlorenem Posten. Aber wir müssen weitermachen ... Es hilft uns niemand. Vielleicht ist es nicht ganz nutzlos, vielleicht kommen später andere – in hundert, in zweihundert Jahren? –, die bauen dann dort weiter, wo wir aufgehört haben ...»

Ein Seufzer. In der Wohnung war es still.

«Trinken Sie noch ein Glas Bénédictine?» fragte Laduner plötzlich. Er ging hinaus, blieb merkwürdig lange fort, kam wieder, mit zwei gefüllten Gläsern auf einem Tablett.

«Prost!» sagte er und stieß mit Studer an. «Sie müssen austrinken!» Studer leerte das Glas. Der Schnaps hatte einen sonderbar bitteren Nachgeschmack. Der Wachtmeister blickte Laduner an, doch der wandte sich ab.

«Gute Nacht, Studer. Und schlafen Sie gut!» sagte er mit seinem Maskenlächeln ...

Man liegt im Bett und weiß nicht, schläft man oder ist man wach ... Der Schlaf ist wie ein schwarzes Tuch, unter dem man liegt, und man kommt aus seinen Falten nicht los ... Man träumt, man sei wach, vielleicht ist man wirklich wach?

Das Zimmer ist doch hell. Unverständlich ist nur, warum die Helligkeit grün ist, obwohl die Nachttischlampe einen gelben Schirm trägt. Und in der grünen Helligkeit sieht man jemanden am Tisch sitzen. Er sitzt zurückgelehnt im Stuhl, hält eine Handharpfe auf den Knien und spielt, spielt ...

«Irgendwo auf der Welt fängt der Weg zum Himmel an ...»

Merkwürdig ist nur eines: Daß nämlich der Mann (ist es ein Mann übrigens?), daß der Mann, der am Tisch sitzt, ständig seine Gestalt ändert ... Bald ist er winzig klein, und nur die Nägel seiner Finger sind lang und flaschengrün ... Bald aber ist er groß und dick, sehr dick ... Er sieht aus wie der Bundesratsattentäter Schmocker, und er redet, während er handharpft: «Zweihunderttausend Männer und Frauen ...» Er singt es zur Melodie: «Im Rosengarten von Sanssouci ...» Dann wächst dem dicken kleinen Mann plötzlich ein zweites Paar Arme aus den Schultern, die Arme sind lang und dünn, die Hände spielen mit Bällen und Papiergirlanden. Die Bälle fliegen durch das offene Fenster, die Papiergirlanden zieren die Wände ... Man ist ja im Kasino, mit den Honoratioren sitzt man am gleichen Tisch, Weißwein füllt die Gläser. Aber in einer Ecke der Bühne, baumelnd mit den Beinen, sitzt der Mann mit den vier Armen und spielt Handharpfe und jongliert mit Gummibällen ... Es tanzen Paare im freien Raum, am Fuße der Bühne. Da springt der Vierarmige herab, mischt sich unter die Tanzenden, wie ein Primgeiger aus einer Zigeunerkapelle geht er zwischen den Tanzenden umher und neigt sich jedem Pärchen zu, mit einschmeichelndem Spiel ...

«Vernunft!» sagt Dr. Laduner laut. Da ist das Kasino verschwunden. Baracken stehen in ödem Feld. Ein Stern steht am Himmel, sinkt herab und ist eine glühende Fabrik mit vielen, unzählig vielen Bauten. Es stinkt nach Gas, die Augen tränen. Der Vierarmige spielt: «Fridericus Rex unser König und Herr ...»

Da stehen sie wie ein stummes, starres Regiment: Bombe an Bombe, langgestreckt, elegant ...

«Meine Erfindung», sagt der Vierarmige. Eine Bombe platzt, gelbes Gas strömt heraus, die Luft wird dunkel, die Musik schweigt, laut und deutlich sagt Dr. Laduners Stimme:

«In zweihundert Jahren bauen wir weiter ...»

Dann verfliegt der gelbe Gasvorhang, und auf einer weiten Ebene sind Leichen verstreut, die sonderbar verrenkt daliegen, ähnlich wie der alte Direktor oder wie der kleine Gilgen. Ja, richtig, einer ist der kleine Gilgen. Jetzt richtet er sich auf und sagt: «Irgendwo fängt doch der Weg zum Himmel an ...», und lacht, und ob dem Lachen erwacht man ... Mit schwerem Kopf ... Das Zimmer ist dunkel, durchs Fenster sieht man, daß auch der Hof dunkel ist ...

Herrgottdonner! Warum hat einem der Dr. Laduner ein Schlafmittel in die Bénédictine geschüttet? ...

Ein Geräusch im Gang. Studer fuhr auf. Die Gangtüre schnappte ins Schloß. Mit einem Satz war Studer aus dem Bett ... Wohin schlich Dr. Laduner? ...

War der Vortrag über Mattos Reich nichts anderes gewesen als ein Ablenkungsmanöver, ähnlich dem Vortrag über das Demonstrationsobjekt Pieterlen?

Die Lederpantoffeln. Ein Blick auf die Uhr: zwei Uhr. – Ein Blick in den Hof: Eine Gestalt ging vorsichtig in der Richtung nach der Ecke, in der das K ans R stieß.

Wie hatte Dr. Laduner gesagt? Der Umgang mit Geisteskranken wirke ansteckend? ...

Es sickerte keine Handharpfenmusik mehr durch die Decke. Wo mochte Pieterlen sein? Eigentlich hätte man sich schon lange den Estrich ansehen müssen, mit dem Fenster, aus dem nach Schüls Behauptung Mattos Kopf vorschoß und zurück, vor und zurück ... Vielleicht hatte Schül wirklich etwas beobachtet, vielleicht hatte Schül seine Beobachtung nur in ein Bild gekleidet ... Der kantonale Polizeidirektor, dem man angeläutet hatte, gleich nach dem Gespräch mit Frau Laduner, hatte nämlich mitgeteilt, daß man Pieterlens Spur noch nicht gefunden habe ...

Studer schlich über den stillen Hof, trat ins Sous-sol vom R. Die Tür der Heizung war geöffnet, das Licht brannte.

Am Fuß der Treppe, an der gleichen Stelle, an welcher der Wachtmeister den Direktor gefunden hatte, lag Dr. Laduner, und die Tür des Feuerloches stand weit offen.

Dr. Laduner war nicht tot. Nur betäubt. Studer ließ ihn vorläufig liegen. Mit seiner Taschenlampe leuchtete er in das Ofenloch. Eine lederne Aktenmappe ... Daneben halb verkohlte Papiere. Vorsichtig zog Studer sie heraus.

Auf den unverbrannten Blattresten konnte er Worte entziffern: «Pfleger Knuchel gibt an, er habe von Pfleger Blaser erfahren, daß Gilgen ein Paar Unterhosen im Schaft ...»

Der Rest fehlte.

Auf einem andern Blatt stand:

«Schäfer Arnold † 25. VIII. Embolie. U1.

Vuillemin Maurice † 26. VIII. Typhus exanthematosus. U1.

Mosimann Fritz † 26. VIII. Allgemeiner Schwächezustand, Herzkollaps. U1.»

Die Liste der Toten, die sich der Direktor angelegt hatte. Aber da war ein Blatt, fast unverkohlt …

«Sehr geehrter Herr Oberst,

In Beantwortung Ihres Schreibens vom 26. VIII. a. ct. teile ich Ihnen mit, daß ich die von Ihnen gewünschte Untersuchung vorgenommen habe. Ihr Sohn hat in letzter Zeit wieder dem Alkoholgenuß gefrönt, und gelang es mir persönlich, ihn zweimal in einer Wirtschaft in halbbetrunkenem Zustande zu betreffen. Es scheint mir, daß die von Dr. Laduner eingeleitete Kur wirkungslos bleibt, und erlaube ich mir, Sie zu bitten, die nötigen Schritte zu unternehmen, um besagte Kur zu unterbrechen …»

«Danke», sagte eine Stimme neben Studer. Der Wachtmeister wandte sich um. Dr. Laduner stand lächelnd neben ihm, nahm ihm die Blätter aus der Hand, steckte sie in den Ofen zurück, entzündete ein Streichholz. Dann flackerten die Papiere auf. Dr. Laduner holte Holz, eine Wädele, legte zuerst dünnes Holz auf das brennende Papier, dann dickeres, schließlich die Ledermappe zuoberst …

«Wir wollen die Vergangenheit verbrennen», sagte Dr. Laduner.

Einen Augenblick glaubte Studer, er träume noch immer. Aber dann sah er, wie eine fleckige Blässe Dr. Laduners sonst braunes Gesicht überzog, wie der Arzt wankte. Studer stützte ihn. Der Mann war schwer …

«Wer hat Euch niedergeschlagen, Herr Doktor?»

Laduner schloß die Augen, er wollte nicht antworten.

«Und», fuhr Studer fort, «das war nicht recht, mir ein Schlafmittel in den Schnaps zu schütten … Warum habt Ihr das getan? Ich bin doch da, um Euch zu schützen … Und das kann ich doch nicht, wenn Ihr mich einschläfert …»

Laduner öffnete die Augen.

«Sie werden später schon noch alles verstehen … Vielleicht

hätte ich mehr Vertrauen zu Ihnen haben sollen ... Aber es ging nicht ...»

Dr. Laduner hatte eine Beule am Hinterkopf, sie war sichtbar unter der Haarsträhne, die wie der Kopfputz eines Reihers abstand, und Blut sickerte darunter hervor ...

«Ich will ein wenig abhocken», sagte Dr. Laduner mit müder Stimme. «Ein wenig Wasser, wenn dr weit so gut sy ...» Er parodierte lächelnd den Oberpfleger Weyrauch ...

Studer trat aus der Heizung und ging bis zum B, denn es war die einzige Abteilung, die er kannte. Dort brach er in die Küche im Parterre ein, fand einen Milchhafen, der zwei Liter faßte, füllte ihn mit Wasser und machte sich auf den Rückweg. Unterwegs, im Sous-sol, traf er einen Mann, der in der Dunkelheit herumschlich. Studer sah ihn erst, als er das Licht anknipste. Da blieb der Mann stehen, er war untersetzt, muskulös ... Vielleicht ein Pfleger, der von einem kleinen Liebesausflug zurückkam ...

Der gedrungene Mann fragte, was denn los sei.

– Das gehe ihn nichts an, antwortete Studer mürrisch.

– Ob dem Dr. Laduner etwas passiert sei?

– Nein, er sei ein wenig sturm, sonst nichts.

Der Mann atmete auf, wie erlöst. Aber als Studer ihn fassen wollte, um ihn weiter auszufragen, war der Mann in einem dunklen Seitengang verschwunden, und auch er mußte Finken tragen, denn seine Schritte waren unhörbar ...

Studer wusch Dr. Laduners Wunde aus, verband sie mit seinem sauberen Taschentuch. Dann führte er ihn vorsichtig über den Hof, die Treppen hinauf ...

Es war günstig, daß der Nachtwächter schon seine Runde gemacht hatte.

Im Türmchen der Anstalt schlug der Hammer vier Schläge und dann, kaum süßer, noch drei Schläge. Der letzte hallte scheppernd nach.

«Aber Ernscht!» sagte Frau Laduner vorwurfsvoll. Sie trug ihren roten Schlafrock. Studer half ihr, Dr. Laduner ins Bett zu legen. Dann empfahl er sich und wünschte gute Nacht. Es freute ihn, daß Frau Laduner ihm dankbar nachblickte …

In seinem Zimmer angekommen, mußte er plötzlich an die Szene in der Erziehungsanstalt des Herrn Eichhorn in Oberhollabrunn denken.

Es schien manchmal doch mit Gefahren verbunden zu sein, Proteste ablaufen zu lassen, dachte er. Und ganz verschwommen sah er zum ersten Mal etwas, das, übertragen, einem Fadenende glich; jenes Ende des Fadens, das man braucht, um ein Gewirr aufzudröseln … Aber er konnte es noch nicht fassen … er sah seine Farbe, weiter nichts … Vielleicht war auch sein schlafsturmer Kopf an diesem Versagen schuld …

Sonntägliches Schattenspiel

Es war günstig, daß Dr. Laduner an diesem Sonntag keinen Dienst hatte. So konnte er im Bett bleiben und seinem schmerzenden Kopf Ruhe gönnen. Zwar, auch Studers Kopf brummte, aber die Spannung, das Interesse an der Anstalt Randlingen war stärker als die Migräne, die ihn plagte ... Donnerstag, Freitag, Samstag – drei Tage ... Man mußte zu einem Ende kommen. Sonst – sonst kam man auch unter die Herrschaft Mattos.

Studer dachte an den Traum der letzten Nacht, als er gegen zehn Uhr früh über die Abteilungen spazierte. Die Visite war schon vorüber, wie er erfuhr. Die baltische Dame hatte im Laufschritt die Abteilungen passiert. Studer hatte ihre Rückkehr gesehen, als sie allein, in weißwehendem Mantel, über den Hof in den Mittelbau galoppiert war ...

Nun stand er im K, in der Abteilung, in der jene lagen, die nicht nur am Geiste, sondern auch am Körper krank waren. Und Studer suchte nach dem Pfleger Knuchel, dem Dirigenten der Randlinger Blasmusik, der ja auf dem K Dienst tun mußte. Er wußte nicht, warum er ihn suchte, warum er ihn zu sehen begehrte, aber es war ihm, als müsse er mit dem Manne sprechen, um mit ihm die Schuld zu teilen, die er sich zumaß am Tode des kleinen rothaarigen Gilgen ...

Die Patienten, die in den Betten lagen, waren meist sehr still. Sie blickten mit großen, leeren Augen zur Decke, nur in einer Ecke lag einer, der mit zahnlosem Munde immer die gleichen Worte plapperte: «Zweihunderttausend Rinder, zweihunderttausend Schafe, zweihunderttausend Pferde, zweihunderttausend Franken ...»

Die Zahl zweihunderttausend ...

‹Zweihunderttausend Männer und Frauen ...›, hörte Studer, und es war ihm ungemütlich zumute.

Gerade als der Wachtmeister auf den Pfleger Knuchel zutreten wollte (er erinnerte sich jetzt, daß er ihn schon auf der großen Visite gesehen hatte, es war jener gewesen, den Dr. Laduner abgekanzelt hatte), entstand Geräusch und Füßescharren draußen im Gang. Räuspern. Dann stimmten Frauenstimmen einen Choral an.

Studer trat auf den Gang. Es waren drei alte Fräuleins, die vierte war jünger und trug eine Gitarre, auf der sie eine einfache Begleitung spielte …

Sie sangen mit scheppernden Stimmen vom Himmelreich und seinem Glanz und von der Sünder Seligkeit. Der Pfleger Knuchel mit dem breiten Kinn und den Wulstlippen stand in der Türe zum Krankensaal und hatte ein einfältiges Lächeln um den Mund … Vielleicht war das Lächeln auch fromm.

Das jüngere Fräulein stimmte die Gitarre, präludierte. Eine frischfröhliche Weise, die sich gar sonderbar ausnahm, gesungen von den verwelkten Lippen:

«Die Sach' ist dein, Herr Jesus Christ …»

Und dann wandte sich eines der alten Fräuleins an Studer:

«Die armen Kranken», sagte sie, «man muß den armen Kranken auch eine Freude bereiten. Sie haben sonst gar keine Abwechslung! …»

In seiner Ecke hinten zählte der Kranke immer noch seine Rinder-, Pferde- und Schafherden … Er hatte dem Gesang nicht zugehört … Und die andern starrten zur Decke und sabberten auf ihre Leintücher. Die Fräuleins verfügten sich eine Abteilung weiter, um andere Seelen zu erquicken …

«Das ischt werktätiges Christentum», sagte der Pfleger Knuchel, dessen Hemdkragen von einem kupfernen Klappknopf zusammengehalten wurde … «Die Ärzte mit ihrer Wissenschaft!» sagte er verächtlich. «Nichts für die Seele, nichts für den Geischt … Arbeitstherapie! … Ich habe einmal versucht, am Abend regelmäßige Bibelstunden einzuführen, aber da hat mich Dr. Laduner bös angefahren … Er habe nichts gegen die Religion, hat er gesagt, aber was hier in der Anstalt von Wichtigkeit sei, das sei, daß die Patienten lernten, der Wirklichkeit furchtlos ins Auge zu schauen ...»

Der Pfleger Knuchel sprach wie ein Sektenprediger. Studer hatte einmal solch eine ‹Stunde› besucht, aus beruflichen Gründen, ein kleiner Hochstapler hatte sich bei den Leuten angebiedert, und fünf Kantone suchten ihn wegen Diebstahls und Betrugs ... Studer kannte die Worte des Liedes, er kannte seine Melodie ... Harmlose Leute, die in diesen ‹Stunden› verkehrten, stolz auf das, was sie ihr Christentum nannten – und es erlaubte ihnen, auf andere Leute selbstgerecht herabzublicken ...

«Aber», sagte Studer, «mit dem Gilgen habt Ihr Euch nicht gerade anständig benommen ... Nicht einmal christlich ...»

Ein starrer Zug trat in Knuchels Gesicht. Er erwiderte:

«Das weltliche Tun muß ausgerottet werden ... Ich bin nicht kommen, Frieden zu bringen, sondern das Schwert ...», zitierte er. Und Studer fragte sich, ob man den Klatsch wirklich ein Schwert nennen könne ...

Wieder veränderte sich Knuchels Gesichtsausdruck, er wurde süßlich, ein gütig sein sollendes Lächeln entstand um seinen Mund:

«Wer nicht hören will, muß fühlen ...», sagte er. «Nur an der Religion kann unsere Welt genesen, und ich predige den guten Geist, aber wenn sie meinen Heiland verspotten», sagte er und runzelte die Brauen, «dann muß man sie züchtigen mit eisernen Ruten ...»

Armer kleiner Gilgen mit seiner kranken Frau und seinen Schulden und seinem ganzen traurigen Leben! Ein Mensch immerhin, der an etwas geglaubt hatte, der den Patienten Trost spendete und einem Erregten im Bade Geschichten erzählte, die der Kranke nicht verstand, aber die beruhigend wirkten ... Nicht sentimental werden! Aber es war nicht zu verhindern, daß man von Anfang an den kleinen Gilgen, der mit fünfzig vom Schaufelas schob, gern gemocht hatte, und daß man mitschuldig war an seinem Tod.

Übrigens, warum hatte er sich zum Fenster hinausgestürzt? Wegen des Diebstahls? Chabis! Es war gar nicht erwiesen, daß der kleine Gilgen einen Diebstahl in der Verwaltung begangen hatte ... Es steckte anderes dahinter ... Warum hatte man den undeutlichen Eindruck, Gilgen habe jemanden decken wollen, er habe Angst gehabt, jemanden zu verraten, und sei deshalb zum Fenster hinausgesprungen? ... Dieser Selbstmord wirkte wie eine heroische Geste ... Furcht steckte vielleicht dahinter, man könne sich doch verraten, im Kreuzverhör ... Die Leute hatten ja gewöhnlich eine panische Angst vor dem Untersuchungsrichter ... Mit Recht! Mit Recht! ...

Wen hatte er decken wollen? Pieterlen? Das Naheliegendste. Er war mit Pieterlen jeden Sonntag spazieren gegangen, die beiden hatten miteinander b'richtet: Gilgen hatte von seinen Schulden erzählt und Pieterlen von seiner Untat ... Es war schwer, nach den Ausführungen des Dr. Laduner den Kindsmord als eine Untat zu betrachten ... Immerhin ... Pieterlen war zu einer kritischen Zeit verschwunden, sein Entweichen fiel mit dem Tode des Direktors zusammen, obwohl man den Beweis hatte, daß bei dem Tod des Direktors auf alle Fälle der Sandsack keine Rolle gespielt hatte ... Die Präparate, die man angefertigt hatte mit Hilfe des Assistenten Neuville, bewiesen diese Auffassung. Aber irgend jemand hatte den Direktor die Eisenleiter hinuntergestoßen.

Jutzeler? Es sprach manches gegen ihn. Seine Ruhe, seine Abgeklärtheit; aber seine Stellung stand auf dem Spiel. Mit der Schwarzen Liste war nicht zu spaßen. Auch in Spitälern nicht. Sie konnte dem tüchtigsten Manne den Hals brechen ... Man war noch nicht so weit, daß berufliche Tüchtigkeit wichtiger war als politische Gesinnung. Es würde lange gehen, bis man so weit war ...

Aber Jutzeler hatte nicht telephonieren können. Wer in der Anstalt hatte telephoniert und weswegen? ... Denn daß der Direktor auf das Telephon hin sich in jener Ecke eingefunden hatte, in jener Ecke, in der der Schrei um halb zwei erklungen war, das deckte sich dermaßen mit allen andern Untersuchungsergebnissen, daß es Zeitverschwendung gewesen wäre, nach einer andern Lösung zu suchen ...

Aber wer hatte geschrien? Der Direktor? Oder sein Angreifer? ... Angreifer! ... Billige Benennung. Wer konnte sagen, daß es sich um einen Angreifer gehandelt hatte?

Pieterlen hatte an der Sichlete Handharpfe gespielt. Pieterlen war mit seiner Handharpfe verschwunden. Pieterlen hatte Grund, dem Direktor abzupassen, dachte er doch, seine Entlassung werde durch die Umtriebe des Direktors vereitelt ...

Dagegen sprach wieder, daß Dr. Laduner in der Heizung niedergeschlagen worden war ... Daß Dr. Laduner gewußt hatte, daß der Inhalt der Mappe im Ofen versteckt worden war ...

Und das Portefeuille, das man hinter den Büchern in Dr. Laduners Wohnung gefunden hatte, kurz nach Gilgens Besuch?

Die Handharpfe! ... Studer dachte an die Melodien, die durch die Decke seines Zimmers gesickert waren; dachte an Matto, der aus dem Fenster über seinem Zimmer vorschnellte und zurück ...

Und während der Pfleger Knuchel, Dirigent der Randlinger Blasmusik (wenn sie spielte, durfte nicht getanzt werden, wohlgemerkt!), vom Gottesreich und von der Erlösung sprach, denn er hielt Studers Schweigen für eine Zustimmung und hoffte, es werde ihm eine Bekehrung gelingen, dachte Studer so intensiv nach, daß seine Stirnhaut sich runzelte – auch dies wertete der Pfleger Knuchel als Zeichen einer nachdenklichen Besinnlichkeit ...

Um so erstaunter war er, als Studer plötzlich mit kurzem Gruß sich empfahl und eilig davontrabte. Sein Rücken war rund ...

Der Gang über Dr. Laduners Wohnung roch nur nach Staub. Der Geruch von Apotheke und Bodenwichse fehlte vollständig. Links eine Reihe Zimmer. Dienstbotenzimmer ... Einige Türen waren verschlossen, die letzte nur angelehnt ...

Als Studer sie aufstieß, war das erste, was er sah, eine Handharpfe. Dann: auf alten Koffern und Kisten lagen fettige Papiere, Brotresten ... Jemand mußte ziemlich lange in dem Raum gehaust haben ... Wann hatte er ihn verlassen? Studer betastete die Brotresten ... Sie waren nicht sehr hart ... Gestern?

Und ihm fiel wieder der Einbruchsversuch in der Verwaltung ein, nach dem der Pfleger Gilgen Selbstmord begangen hatte, weil er Angst gehabt hatte, nicht schweigen zu können ...

Aber außer dem Pfleger Gilgen war doch noch jemand anderes zum Portier gekommen, um etwas zu kaufen ... Nicht Stumpen, nicht Rauchzeug ... Schokolade!

Die Irma Wasem ... Auch sie war in den kritischen fünf Minuten im Mittelbau gewesen ... Man mußte die Irma Wasem fragen, ob sie etwas gesehen hatte ...

Aber als der Wachtmeister in Laduners Arbeitszimmer die Nummer des Frauen B eingestellt hatte und sich nach der Pflegerin Irma Wasem erkundigte, hieß es, sie habe heute ihren freien Sonntag und werde vor Abend kaum zurückkommen ... Und als die Stimme sich weiter erkundigte, wer denn am Apparat sei, hängte Studer kurzerhand ein ... Sie hatten ein schönes Leben, die Jungfern, ständig frei ...

Der Nachmittag wurde lang ... Dr. Laduner war aufgestanden; mit verbundenem Kopf saß er auf dem Ruhebett im Arbeitszimmer, trank literweise schwarzen Kaffee und begründete diese Beschäftigung mit seinem Kopfweh. Er trug eine dicke Bandage um die Stirne und den Hinterkopf.

Aber auf alle Fragen Studers, wer ihn niedergeschlagen habe, warum er in die Heizung gegangen sei – schwieg er. Es war kein angenehmes Schweigen, sogar sein Maskenlächeln hatte der Arzt verloren. Er sah müde aus und verzagt.

Wie gesagt, der Nachmittag schlich sich hin, ein richtiger Sonntagnachmittag, mit Handharpfenspiel, das diesmal unzweifelhaft von den Abteilungen herübertönte – mit Gähnen, Unlust ...

Es war Zeit, daß der Fall beendigt wurde ...

Gegen halb sieben Uhr empfahl sich Studer und bat Frau Laduner, sie möge nicht mit dem Nachtessen auf ihn warten. Er könne wirklich nicht genau sagen, wann er zurückkehren werde. Vor der Loge des Portiers hielt Studer an, trat ein und fragte nach Gilgens Haus ... Die Lage wurde ihm beschrieben ... Es lag etwas außerhalb des Dorfes, ganz in der Nähe des Flusses, der etwa anderthalb Kilometer von Randlingen vorbeifloß.

Und wieder die Allee mit den grünsauren Äpfeln. Die Abenddämmerung war grau ... Es war wohl eine Art Instinkt, die den Wachtmeister zu Gilgens verschuldetem Hüüsli führte ...

Es lag am Ende einer Reihe gleichgebauter Einfamilienhäuser mit spitzzulaufenden Dächern. Alle schienen leerzustehen, nur aus dem Schornstein des einen quoll grauer Rauch in die abendliche Dämmerung. Studer sah sich die Namen an den Briefkasten an. Endlich:

«Gilgen-Furrer, Pfleger.»

Er strich ums Häuschen, prüfte die Klinken aller Türen ... Verschlossen ... Im Garten wuchsen Astern, die Sonnenwirbel waren noch klein. Sauber war der Garten, kein Unkraut ...

Studer beschloß zu warten. Er hätte in die Anstalt zurückgehen können, um sich noch einmal nach Irma Wasem zu erkundigen, er unterließ es. Ge-wiß, wie Dr. Laduner sagte, das Hüüsli schien unbewohnt ... Schien! ... An was spürte man, daß doch jemand darinnen hauste? An einem Vorhang, der sich kaum bewegte? ...

Der Wachtmeister verließ den Garten, ging ein Stück die Straße entlang, die an der Siedlung vorbeilief. Da war ein Busch, groß genug, um sich dahinter zu verstecken. Noch ein Blick ringsum, Studer trat hinter den Busch, setzte sich ... Es konnte ein langes Warten werden ...

Die Abenddämmerung verging, die Nacht stieg auf. Am Himmel, der flaschengrün war wie Mattos Fingernägel, trat zuerst ein Stern hervor, dessen Schein blau war wie die Lampe im Wachsaal B. Und dann kam die Dunkelheit. Sie war schwarz. Kein Mond leuchtete.

Schritte ... Harte Schritte, wie von Stöckelschuhen. Studer lugte vorsichtig hinter dem Busch hervor. Eine Frau kam das Sträßlein entlang, sie wandte sich oft um, als ob sie Angst habe, verfolgt zu werden. Und vor Gilgens Haus blieb sie stehen, sah nach rechts, sah nach links ... Dann betrat sie den Garten.

Sie klopfte an der Haustüre, wartete. Langsam öffnete sich die Türe. In der sehr stillen Nacht hörte Studer deutlich die Worte der Frau:

«Ich glaub, du kannst ein wenig mit mir spazierengehen. Es redet sich besser draußen. Und ich hab dir etwas zum Essen mitgebracht.»

Eine männliche Stimme antwortete: «Wie d'meinscht!»

Das Paar trat aus dem Garten, ging die Straße entlang in der Richtung zum Fluß. Studer ließ es vorausgehen, dann folgte er vorsichtig. Die Vorsicht wäre unnötig gewesen, denn die Nacht war dunkel. Er sah das Paar nur, weil die Frau ein weißes Kleid trug ... Der Fluß rauschte. Am Horizont ging der Mond auf; er sah aus wie eine riesige Orangenscheibe. Sein Licht war sanft.

Mattos Puppentheater

«Ist's gut gegangen?» fragte die Frau.

Und der Mann antwortete:

«Der Schroter hat mich nicht erwischt.»

Studer lächelte im Dunkeln. Die Blätter der Erlen und Weiden schimmerten grau im farbigen Licht des Mondes. Träge floß der Fluß und murmelte dunkle Worte, die niemand verstand.

«Was ist gestern gegangen?» fragte die Frau. «Bist du nicht unvorsichtig gewesen, Pierre?»

«Ich hab den Schroter getroffen, wie ich hab den Dr. Laduner suchen wollen. Schad, daß der Gilgen tot ist, er war ein feiner Köbi …»

Schweigen. Die Frau hatte sich an den Mann gelehnt. Vor den beiden lag eine kleine Fläche Sand, und sie glitzerte unter den Mondstrahlen, die durch die Zweige brachen …

«Warst du nie eifersüchtig, Pierre?» fragte die Frau.

Wie eine Stimme sich verändern konnte! Studer hatte sie gehört, als sie von Tränen feucht war … Jetzt klang sie energisch. Gütig und zärtlich zugleich.

«Eifersüchtig?» Es klang erstaunt. «Warum eifersüchtig? Ich hab doch Vertrauen zu dir gehabt. Du hast mir doch gesagt, du gehest mit dem Direktor, nur um ihn umzustimmen wegen mir. Weißt, ich bin noch so dumm, daß ich alles glaube … Und warum hätte ich dir nicht glauben sollen?»

«Hast recht gehabt, Pierre … Weißt, was der Schroter gedacht hat? Er hat gemeint, ich wolle Frau Direktor werden … Ja, die Schroter! Es großes Muul, süscht nüt …»

«Ach», sagte das Demonstrationsobjekt Pieterlen, «er ist eigentlich ein anständiger Kerl. Er hat immer zum Laduner gehalten. Wenn er gewollt hätte, hätt er ihm schon lang Schweinereien machen können …»

«Magst den Laduner lieber als mich?» fragte die Irma Wasem. Das waren so Fragen, wie sie Frauen gerne stellen. Studer lauschte andächtig. Das Ganze gefiel ihm, er hätte nicht sagen können, warum. Er mußte an Dr. Laduners Ausspruch denken: ‹Sollen nicht auch wir einmal ein Idyll in unsern roten Mauern haben?› In solch einem Falle war es angenehm, sich geirrt zu haben ... Und auch der große Psychiater Laduner hatte sich geirrt. Das Meitschi war recht. Es hielt zu seinem Freunde. Zwar, Frauen waren manchmal merkwürdig, man konnte nicht immer alles glauben, was sie erzählten ... Aber in diesem Falle schien die Irma Wasem ehrlich zu sein, und man hatte wüscht daneben gehauen, als man dachte, man habe es mit einem jungen Totsch zu tun, der darauf spekuliere, Frau Direktor zu werden ... Der Angeschmierte war in diesem Falle Herr Direktor Ulrich Borstli, aber da er begraben war, konnte es ihm gleich sein ...

«Weißt», sagte die Irma Wasem, «am besten ist, du bleibst nicht mehr im Hause vom Gilgen. Ich war heut bei meinem Bruder. Er ist in deinem Alter und ein feiner Kerl. Ich hab dir seinen Heimatschein mitgebracht. Mit dem fährst du nach Basel, meldest dich unter seinem Namen an, und in einer Woche läßt du dir einen Paß ausstellen und fährst dann nach Frankreich. Ich hab eine Schwägerin, die ist in der Provence verheiratet. Zu der kannst du gehen. Ich werd dir dann noch schreiben ... Schließlich wirst du nur von der Anstalt gesucht, ich glaub nicht, daß der Laduner dich als gemeingefährlich bezeichnet hat, und so wird dich die Polizei nicht allzu eifrig suchen ...»

«Es wär auch nicht mehr gegangen im Haus vom Gilgen. Der andere macht die ganze Zeit Krach ... Ich glaub nicht, daß ich jemals so verrückt war wie der ... Einen Revolver hat er auch und droht, er will sich erschießen. Ich dank dir auch ... Weißt, ich werd die Nacht durch laufen und dann in Burgdorf den Zug nehmen.»

«Hast Geld?»

«Nein ... Kannst mir etwas geben? Wenn ich etwas verdien, schick ich's dir wieder ...»

Er solle keinen Chabis reden, sagte die Irma Wasem. Studer hörte das Rascheln von Banknoten.

«Wenn's geht, komm ich dich in Basel besuchen ...», sagte die Irma. Dann war es lange Zeit still, nur der Fluß murmelte. Ein kleiner Wind spielte mit den Blättern der Erlen ...

«Leb wohl», sagte das Demonstrationsobjekt Pieterlen.

«Mach's gut», sagte die Irma Wasem ...

Und dann verschwanden die beiden Schatten in der Dunkelheit.

Es war die beste Lösung! Das Demonstrationsobjekt Pieterlen verschwand. Es war ihm zu gönnen ... Neun Jahre! Neun Jahre eingesperrt wegen Kindsmordes! Und was lag alles dazwischen? Särge machen in der Zelle, Knopflöcher nähen, bis man verrückt wurde, weil man es nicht mehr aushielt ... Glasscheiben zertrümmern, Sondenernährung, Schlafkur. Und das Aufwachen, das Zurückfinden aus einem andern Reich, die Flucht aus dem Land, in dem Matto regierte ... Aber regierte Matto nicht auf der ganzen Welt? ...

Es war da immerhin der Traum mit den eleganten Bomben, die in Reih und Glied standen, es war da die Stimme im Radio: «Zweihunderttausend Männer und Frauen ...», und nicht anders hatte die Stimme geklungen wie jene des Kranken in der Ecke, der seine imaginären Herden und sein imaginäres Vermögen zählte ...

Glück sollte man dem Pieterlen wünschen, dem Pierre Pieterlen, der wieder einmal seine Haut zu Markte trug ... Vielleicht gelang es der Irma Wasem, dem Demonstrationsobjekt begreiflich zu machen, daß auch ein Handlanger mit weltanschaulichen Ambitionen das Recht hat, Kinder auf die Welt zu stellen und mit ihnen glücklich zu sein. Glücklich! ... Das war auch so ein Wort. Vielleicht zufrieden ...

Nach Frankreich ... Gut! Studer hatte Frankreich gerne ... Es war viel Unordnung dort, und eine Politik trieben sie dort manchmal, daß Gott erbarm! ... Aber immerhin, man sagte, es sei das Lieblingsland unseres Herrgotts. Nehmen wir es an und wünschen wir dem Pierre Pieterlen Glück. Wenn einmal die Irma Wasem ihre Stelle kündigte, dann wußte man, was los war, dann konnte man eine kleine Glückwunschkarte schicken ...

Und übrigens, es würde nicht schwerfallen, den Dr. Laduner zu überzeugen, daß dies die beste Lösung sei. Der Dr. Laduner hatte einem allerhand zu verdanken – er, der mit dem Brot und mit dem Salz so freigebig umging ...

Was war Pieterlen gewesen? Ein Aktenbündel. Und Dr. Laduners Worte hatten das Aktenbündel zum Leben erweckt.

Und warum Pieterlen in jener Sichletenacht entflohen war? – Auch das würde sich klären ... Es war ja immer so bei diesen Fällen, man tappte im Dunkel, man strengte sich an, man fand schließlich das Fadenende ... Aber damit war die Sache erledigt. Der Fall rollte sich von selber auf ...

Pieterlen verhaften? Wozu? Studer hatte, wie man im Bernbiet sagt, einen Steckgring. Er war gebeten worden, den Dr. Laduner behördlich zu decken ... Hatte er das nicht getan? Das Signalement des Pieterlen war verbreitet worden ... Waren die Kollegen in Basel so dumm, das Demonstrationsobjekt durchschlüpfen zu lassen – mira ... Man konnte nicht überall zu gleicher Zeit sein ...

Pieterlen Pierre, schizoider Psychopath, du hast lange genug die Freiheit entbehrt, versuch, dich durchzuschlagen ... Wenn's dir gelingt, desto besser ... Wir sind allesamt arme Sünder. Wie hat einer einmal gesagt? Derjenige, der ohne Schuld sei, werfe den ersten Stein! ...

Studer schritt nachdenklich auf der Straße zurück. Als er in die Nähe von Gilgens Haus kam, trat er schnell hinter den Busch, der ihm schon einmal als Deckung gedient hatte ... Die Türe stand weit offen, und ein Lichtkegel fiel auf den Gartenweg. Im Parterre waren die Läden eines Fensters geöffnet.

Aber es war nicht die ungewohnte Beleuchtung, die Studer hinter den Busch getrieben hatte. Über den Gartenweg ging ein Mann auf das Haus zu. Der Wachtmeister erkannte den Portier Dreyer ...

Studer schlich sich ans Haus heran. Er blickte durchs erleuchtete Fenster. Drei Personen standen im Zimmer. In einer

Ecke der junge blonde Mann, der auf dem Ruhebett geweint hatte. Er hielt eine Browningpistole in der Hand. Ihm gegenüber, in starrer Haltung, saß der Abteiliger Jutzeler. Dann wurde die Türe leise geöffnet. Der Portier Dreyer betrat das Zimmer, sah sich um, schwang einen Stuhl an der Lehne zu sich heran und setzte sich neben Herbert Caplaun.

Studer betrat das Haus …

Ein chinesisches Sprichwort

Am Montagmorgen, gegen neun Uhr, trat Studer aus dem Gastzimmer. Er trug seine ramponierte Handtasche aus Schweinsleder. Im Gange traf er Frau Laduner.

Ob der Herr Wachtmeister verreisen wolle? fragte die Frau. Studer zog die Uhr aus dem Gilettäschli, nickte, meinte dann, soviel er wisse, fahre um elf Uhr ein Zug nach Bern. Den wolle er nehmen. Ob er vorher noch den Herrn Doktor sprechen könne?

– Ihr Mann sei nicht wohl, sagte Frau Laduner. Er liege noch im Bett. Aber wenn es etwas Wichtiges sei, wolle sie ihn rufen gehen. Ihre Augen blickten ängstlich. Ob der Herr Wachtmeister nicht zuerst frühstücken wolle?

Studer besann sich eine Weile. Dann nickte er schwerfällig. Wenn er um eine Tasse Kaffee bitten dürfe … Und dann möge die Frau Doktor so gut sein und dem Herrn Doktor sagen, er warte im Arbeitszimmer. Er werde etwa eine Stunde zu erzählen haben, und sie möge dem Herrn Doktor sagen, er, Studer, wolle gern die Wahrheit erzählen, falls der Herr Doktor die Wahrheit zu wissen wünsche … Frau Doktor möge so gut sein, diese Worte genau zu wiederholen …

– Ja, ja … Das wolle sie tun. Aber inzwischen möge der Herr Wachtmeister z'Morgen essen … Der Kaffee stehe noch auf dem Tisch.

Studer hielt noch immer seine Handtasche in der Hand, als er ins Eßzimmer trat. Eine bleiche Sonne, die kaum den Nebel zu zerteilen vermochte, schien ins Zimmer. Studer trank, aß. Dann packte er seine Handtasche, die er neben sich gestellt hatte, stand auf, trat ins Arbeitszimmer, setzte sich in einen Lehnstuhl und wartete. Die Handtasche hielt er auf den Knien …

Dr. Laduner trug über einem Pyjama einen grauen Schlafrock. Seine nackten Füße steckten in Lederpantoffeln.

«Sie wollen mit mir sprechen, Studer?» fragte er. Um seinen Kopf lag ein weißer Verband, der seine Gesichtshaut noch brauner erscheinen ließ. Er setzte sich; seine Züge waren schlaff. Er bedeckte die Augen mit der Hand und schwieg.

Studer öffnete die Handtasche und legte nacheinander verschiedene Gegenstände auf den runden Tisch, der einmal, an einem Abend, der fern schien, eine Lampe mit leuchtendem Blumenschirm getragen hatte, und neben der Lampe hatten die Akten gelegen des Demonstrationsobjektes Pieterlen.

Dr. Laduner nahm die Hand von den Augen und blickte auf die Tischplatte. Auf ihr lagen, fein säuberlich, folgende Gegenstände:

Eine alte Brieftasche, ein Sandsack, der aussah wie ein riesiger grauer Schüblig, ein Stück groben grauen Stoffes, zwei Enveloppen, ein beschriebenes Blatt und ein Bündel Hunderternoten.

«Nett», sagte Dr. Laduner. «Wollen Sie die Gegenstände einem Polizeimuseum schenken, Studer?»

Bevor Studer antworten konnte, schrillte die Klingel des Tischtelephons. Dr. Laduner stand auf. Eine aufgeregte Stimme sprach am anderen Ende. Laduner bedeckte die Muschel mit der Hand und fragte Studer:

«Wissen Sie, wo der Portier Dreyer ist?»

«Wenn der Landjäger von Randlingen meinen Befehl ausgeführt hat, so ist der Dreyer wahrscheinlich jetzt schon im Amtshaus in Bern ...»

Laduner hielt noch immer die Hand über der Muschel, sein Maskenlächeln erschien wieder.

«Unter welcher Anklage?» fragte er.

Studer sagte trocken:

«Diebstahl und Mord ...»

«Mord? Mord am Direktor?»

«Nein, an Herbert Caplaun ...» Studers Stimme war so ruhig, daß Laduner den Wachtmeister einen Augenblick erstaunt anstarrte. Dann nahm er die Hand von der Muschel und sagte:

«Ich komme später selbst. Augenblicklich habe ich eine wichtige Besprechung ... Nein», schrie er plötzlich, und seine Stimme überschlug sich. «Ich habe jetzt keine Zeit!», und schmiß das Hörrohr auf die Gabel.

Er setzte sich wieder, lehnte sich zuerst zurück, schloß einen Augenblick die Augen, beugte sich dann vor und nahm, einen nach dem andern, die Gegenstände in die Hand, die auf dem Tisch lagen. Studer gab mit leiser Stimme Erklärungen:

«Das», sagte er, als Laduner den Sandsack aufhob, «habe ich auf der Plattform gefunden, von der die Leiter zum Feuerloch führt ... Das», damit meinte er das Stück Stoff, «lag versteckt unter der Matratze von Pieterlens Bett, und diese Brieftasche lag dort hinter den Büchern, ich hab sie durch Zufall gefunden ... Sie hat mir schwer Kopfzerbrechen gemacht, denn ich fand sie, gleich nachdem Gilgen bei Euch gewesen war, Herr Doktor ...»

«Und die Enveloppen?»

Studer lächelte.

«Man muß doch zeigen», sagte er, «daß man kriminologisch geschult ist ...» Er hob die eine Enveloppe in die Höhe: «Sand!» sagte er. Dann die andere: «Staub aus den Haaren der Leiche ...» Er schwieg. «Übrigens ist der Direktor nicht mit einem Sandsack niedergeschlagen worden. Er ist ganz einfach ... Aber Ihr könnt das ja selbst lesen, Herr Doktor ...» Damit nahm Studer das handgeschriebene Blatt auf, faltete es auseinander, zögerte einen Augenblick ... «Ich will's Euch lieber selbst vorlesen ...», sagte er, räusperte sich, sagte:

«Geständnis»,

machte eine Pause und las dann mit eintöniger Stimme:

«Ich, Endesunterzeichneter, Herbert Caplaun, erkläre hiermit, daß ich am Tode des Direktors der Heil- und Pflegeanstalt Randlingen, Herrn Dr. Ulrich Borstli, schuldig bin. Ich habe am 1. September, 22 Uhr, von der Portierloge aus Herrn Dr. Borstli, der sich auf einem Patientenfest befand, angeläutet und ihn unter dem Vorwand, ich hätte ihm Wichtiges mitzuteilen, auf halb zwei Uhr in eine Ecke des Hofes gelockt. Ich hatte ihn zu gleicher Zeit gebeten, die Dokumente, die sich auf die Sterbefälle im U1 der Anstalt Randlingen bezogen, mitzubringen. Jedoch war dies nur ein Vorwand. Denn ich hatte erfahren, daß Direktor Ulrich Borstli sich mit meinem Vater in Verbindung gesetzt hatte, um meine zeitweilige Internierung in einer Strafanstalt zu erwirken. Ich hatte mir einen Sandsack verschafft und hatte beschlossen, den Direktor niederzuschlagen und seinen Körper in der Heizung zu verstecken. Jedoch kam es anders. Wir gerieten in Streit, und der Direktor wollte mich schlagen. Darauf rief ich um Hilfe. Um einen Skandal zu vermeiden, befahl mir der Direktor, mit ihm in die Heizung zu kommen. Ich folgte ihm. Er zündete das Licht an, öffnete seine Mappe und zeigte mir die Kopie eines Briefes an meinen Vater. Als ich diese gelesen hatte, ergriff mich die Wut, und ich hob den Sandsack. Der Direktor wich zurück, trat ins Leere und fiel rücklings hinab. Ich verschloß die Heizung, vergaß aber das Licht zu löschen. In den folgenden Tagen habe ich mich in der Wohnung des Pflegers Gilgen versteckt gehalten.

Randlingen, den 5. September 19 .. Herbert Caplaun.

Die Echtheit der Unterschrift bestätigen:

Jakob Studer, Wachtmeister an der Kantonspolizei

Max Jutzeler, Pfleger.»

Studer schwieg. Er wartete. Das Schweigen dauerte lange.

«Ihr werdet bemerkt haben, Herr Doktor, daß Euer Name in dem Schriftstück nicht vorkommt ...», sagte Studer endlich. «Ihr habt mich angefordert, um behördlich gedeckt zu sein. Ich habe versucht, meine Mission zu erfüllen ...»

«Und Caplaun ist tot?» fragte Dr. Laduner. Studer blickte nicht auf, er hatte Angst vor dem Lächeln, das sicher um des Arztes Mund lag.

«Es war ein Unglücksfall ...», sagte Studer verlegen.

«Sie sprachen doch von einem Mord?»

«Eigentlich beides ... Aber es ist eine lange Geschichte. Und ich erzähle sie nicht gerne, weil ich eigentlich selber am Tode des Herbert Caplaun schuldig bin ...»

«Wenn ich Sie recht verstehe, Studer, so haben Sie also durch Ihre Ungeschicklichkeit zwei Menschen getötet: den Pfleger Gilgen und den Herbert Caplaun ...»

Studer schwieg. Er preßte die Lippen zusammen, sein Gesicht wurde langsam rot.

Die höhnische Stimme fuhr fort:

«Sie haben sich mit mir identifizieren wollen, Studer ...»

«Identifizieren?»

Was war das wieder für ein Wort?

«Ja, Sie wollten an meine Stelle treten, den Seelenarzt spielen, in meine Haut schlüfen ... Verstehen Sie?»

Dr. Laduner war aufgestanden. Er nahm einen Gegenstand nach dem andern vom Tisch – nur das Banknotenbündel ließ er liegen –, trat zu einem Schrank in der Ecke, legte die Gegenstände hinein, schloß ab, steckte den Schlüssel in die Tasche seines Schlafrockes und blieb dann neben Studer stehen.

«Das erpreßte Geständnis», sagte er, und seine Stimme war scharf, «ist sicher sehr brauchbar. Aber Sie haben gepfuscht, Studer, Sie haben mir ins Handwerk gepfuscht. Verstehen Sie? ... Ich habe Sie bei mir aufgenommen, ich habe gehofft, Sie würden mir helfen, was haben Sie statt dessen getan? Auf eigene Faust gehandelt! Ohne mich um Rat zu fragen. Ich habe Sie noch gar nicht gefragt, wie Caplaun gestorben ist – das ist ja irrelevant ... Das hat weiter keine Bedeutung, wenn Sie Mühe haben, Fremdworte zu verstehen ...»

Studers mageres Gesicht wurde noch röter, er ballte die Fäuste, er wußte, wenn er nun aufblickte und des Arztes lächelndes Gesicht sehen würde – das Lächeln, das einer Maske glich –, dann würde er sich nicht zurückhalten können. Dreinschlagen! ... Was bildete sich der Mann eigentlich ein? Man hatte ihn geschont, man hatte sein möglichstes getan, ihm einen Skandal zu ersparen – und das war der Dank dafür?

«Ich will Sie noch auf einige Dinge aufmerksam machen, Studer: Haben Sie mich wirklich für so dumm gehalten, daß ich nicht von Anfang wußte, was geschehen war? Verstehen Sie eigentlich nur Dinge, die man Ihnen mit klaren Worten auseinandersetzt? Wir haben uns doch in Wien kennengelernt! – Sie waren damals weniger schwerfällig ... Ist das Alter schuld an Ihrem Mangel an Verständnis? Sie haben doch vom Nachtwächter, der die Runden macht, erfahren, daß ich damals Caplaun im Gang vor der Heizung getroffen habe, kurz nach zwei Uhr ... Warum haben Sie mich nie darüber ausgefragt? Warum haben Sie mir verschwiegen, daß Sie den Sandsack gefunden hatten – und die Brieftasche? Warum haben Sie auf eigene Faust Untersuchungen geführt? Ich will es Ihnen sagen: Es war eine Kraftprobe, die Sie ablegen wollten, Sie wollten dem Herrn Psychiater beweisen, daß auch ein einfacher Fahnderwachtmeister psychologisch begabt sein kann ... Aber mit Seelen muß man vorsichtig umgehen – Seelen sind zerbrechlich ... Und von Pieterlen wissen Sie auch nichts? Also sogar kriminologisch haben Sie versagt? Sie sind ein Pfuscher, Wachtmeister Studer, weiter nichts ...»

Studer sprang auf. Das war zu viel!

Er stand Dr. Laduner in Boxerstellung gegenüber und hatte nur den einen Wunsch: mit der Faust das Lächeln zu zerschlagen. Sein rechter Ellbogen fuhr zurück. Dr. Laduner hatte die Hände in den Taschen seines Schlafrockes vergraben, er rührte sich nicht. Ganz leise sagte er, und das Lächeln verschwand nicht von seinen Lippen:

«Wachtmeister Studer, es gibt ein gutes und beherzigenswertes chinesisches Sprichwort: ‹Eine ärgerliche Faust vermag ein lächelndes Gesicht nicht zu treffen.› Denken Sie darüber nach, Wachtmeister ...»

Studer setzte sich. Er war bleich.

Wirklich, dieser ganze Fall war genau wie ein Alpenflug. Nun war er zu Ende, und er war auf eine beschämende Art zu Ende gegangen.

Der Wachtmeister spürte eine so große Müdigkeit, daß er sich am liebsten vier Tage ins Bett gelegt hätte – was, vier Tage! – daß er am liebsten gar nicht mehr aufgestanden wäre ...

Wie hatte Dr. Laduner gesagt? Eine ärgerliche Faust vermag ein lächelndes Gesicht nicht zu treffen ...

Zwei Tote!

Studer preßte die Fäuste auf die Augen, er hätte gern das Bild verjagt, das ihn nicht losließ: Das Ufer des Flusses – ein Mann, der einen andern ins Wasser stößt ... ‹Ich hätte dazwischenspringen können!› dachte Studer. ‹Warum hab ich's nicht getan? Warum ist der Jutzeler nicht dazwischengesprungen? Hat eigentlich dieser Dr. Laduner uns alle verhext? Den kleinen Gilgen, der die Photographie mit der Widmung im Nachttischlischublädli aufbewahrt hat, den Schwertfeger, das Demonstrationsobjekt Pieterlen und den Angstneurotiker Caplaun? Soll ich dem Dr. Laduner sagen, warum der Herbert Caplaun den Direktor über die Eisenleiter hinuntergestoßen hat? Oder weiß er auch das, der Herr Seelenarzt? Ich bin ein Pfuscher! Gut! Es kann nicht jeder mit den Gefühlen der andern umgehen, wie dies ein Chemiker mit seinen Reagenzien tut. Soll ich dem Dr. Laduner das unter die Nase reiben? Nutzlos! Der Mann wird auch auf diese Vorhaltungen eine Antwort wissen, die mir den Mund verschließt ... Es ist hoffnungslos ...›

«Wissen Sie, was Sie jetzt brauchen, Studer?» fragte Dr. Laduner. Der Wachtmeister blickte erstaunt auf. Der Arzt ging zur Türe: «Greti!» rief er, «bring unserem Wachtmeister einen Kirsch. Es ist ihm übel geworden ...»

Er kam zurück, ging ans Fenster und sagte:

«Vielleicht kann man den Alkohol auch zu den psychotherapeutischen Mitteln zählen ... Mein berühmter Kollege hat es wenigstens behauptet. Und ich möchte ihm nicht ganz unrecht geben ... Trinken Sie, Studer, und dann erzählen Sie. Greti, du kannst auch zuhören ...»

Frau Laduner setzte sich auf das Ruhebett. Sie faltete die Hände. Studer schenkte sich ein Glas Schnaps ein, leerte es, füllte es noch einmal, behielt die scharfe Flüssigkeit eine Zeitlang im Munde, schluckte sie, räusperte sich dann und begann.

Sieben Minuten

«Der kleine Gilgen hat Selbstmord begangen ...» sagte Studer, «aus Angst – aber ich konnte keine Erklärung für seine Angst finden. Man will einen Menschen verhaften, weil er Geld gestohlen hat, und er stürzt sich zum Fenster hinaus ... Die Frage war, was in den sieben Minuten geschehen war, in den sieben Minuten, in denen das Geld aus der Verwaltung verschwunden war.

Gilgen hatte keine Ahnung, wie der Kassenschrank in der Verwaltung aussah. Er hatte *zwei* Bündel Hunderternoten in seinem Besitz. Er wußte nichts von dem dritten Bündel. Also hatte ein anderer den Diebstahl begangen. Gilgen schwieg. Doch er fürchtete sich vor einer Verhaftung. Warum hatte er Furcht? Weil der Richter ihn wohl gezwungen hätte, auszupakken. Logische Folgerung: Gilgen wollte jemanden decken ...

Wer war damals im Gang? Der Portier Dreyer war in seiner Loge. Später kam die Irma Wasem, Schokolade kaufen. Um den Portier Dreyer zu decken, hätte Gilgen wohl nicht geschwiegen. Wen – außer diesen beiden – hatte er in der Loge getroffen?

Pieterlen?

Pieterlen scheidet aus. Pieterlen hat im Zimmer, aus dessen Fenster nach Schüls Behauptung Matto immer vorschnellte und zurück – Pieterlen hatte in jenem Zimmer Handharpfe gespielt. Aber Pieterlen war nicht mehr in diesem Zimmer. Ich hatte ihn getroffen im Gang bei der Heizung, als man Euch niedergeschlagen hatte, Herr Doktor. Nicht Pieterlen hatte Euch niedergeschlagen – ein anderer schlich in den Gängen der Anstalt umher. Wer war dieser andere?

Die Lösung wäre einfacher gewesen, wenn ich bei der Erzählung des Obersten Caplaun ein wenig besser aufgepaßt hätte. Aber ich war – mit einem eigenen Gewissenskonflikt beschäftigt.»

Studer lächelte schüchtern, legte die Hand auf Laduners Arm und fragte, ohne aufzublicken:

«Warum habt Ihr mir nicht gesagt, daß der Herbert Caplaun drei Monate auf dem B war?»

Der Arzt schwieg. Frau Laduner räusperte sich. Studer fuhr fort:

«Sie haben wohl alle gewußt auf dem B, daß der Herbert Euer Privatpatient werden sollte. Er hatte es wohl erzählt. Ich kenne ja noch nicht viel von der Anstalt, aber eines kann ich mir gut vorstellen: In den langen leeren Tagen schwatzen die Leute, schwatzen viel, erzählen ihr Leben, sprechen von ihren Hoffnungen ...»

Pause.

«Zwei Wärter auf dem B... Zwei Wärter, die zu Euch gehalten haben, Herr Doktor. Die junge Garde, wenn Ihr wollt. Der Jutzeler Max und der kleine Gilgen. Dem kleinen Gilgen habt Ihr Eure Photi geschenkt. Ich hab sie gefunden in seinem Nachttischli ... Glaubt Ihr denn, daß es schwer war zu erraten, wen der Gilgen beim Portier Dreyer getroffen hat, wen er decken wollte? ... Der Herbert Caplaun hat erzählt, wie er zum Hauptportal hereingekommen ist, die Loge des Portiers betreten hat ... Der Dreyer hielt drei Päckli Hunderternoten in der Hand. Das Folgende habe ich rekonstruieren müssen. Sie wollten beide nicht reden. Ich denke mir, der Portier wird dem Herbert gedroht haben, er werde erzählen, wie der Direktor umgekommen sei, und der Herbert hat Angst bekommen. Dann ist der Gilgen eingetreten. Wahrscheinlich hat Caplaun die drei Päckli Hunderternoten gerade in der Hand gehalten ...»

Auf dem runden Tisch lag das dritte Banknotenpäckli. Studer nahm es auf und klopfte damit gegen die Tischkante.

«Der Herbert wußte, daß der Gilgen Schulden hatte. Er wußte, daß der Portier ein Dieb war. Er hat dem Gilgen viertausend Franken in die Hand gedrückt ... Und Gilgen ist auf die Abteilung zurückgegangen ...»

Frau Laduner seufzte.

«Und dann ist ein gewisser Wachtmeister Studer ans Telephon gerufen worden. Dann ist diesem Wachtmeister vom Portier mitgeteilt worden, in der Verwaltung sei eingebrochen worden, und der Wachtmeister Studer ist dem Portier Dreyer auf den Leim gegangen. Er hat den Schuldigen nicht gesehen, obwohl er mit ihm gesprochen hat. Er hat dem Schuldigen geglaubt, und ist dem Gilgen nachgesprungen ... Wißt Ihr, Frau Doktor, Euer Mann hat mir gesagt, ich sei ein Pfuscher. Er hat wohl recht.»

Studer seufzte.

«Der kleine Gilgen ... Ihr habt den Gilgen auch verhext, Herr Doktor. Ich kann mir gut vorstellen, was sich der Mann gedacht hat. Er hat den Caplaun auf der Abteilung gepflegt und später an den Sonntagen, an denen er den Pieterlen spazieren führte, hat er den Herbert wieder getroffen. Die ganze Sache wäre leichter für mich gewesen, wenn Ihr mir nur ein wenig mehr erzählt hättet, Herr Doktor, denn die beiden haben doch Freundschaft geschlossen – der Angstneurotiker und der schizoide Psychopath ... Ihr seht, daß ich Fortschritte gemacht habe in der Psychiatrie ... Glaubt mir, Herr Doktor, ich verstehe den kleinen Gilgen jetzt gut. Zwei Sorgenkinder von Euch waren dem Gilgen anvertraut. Das eine geht fort, kommt wieder und gibt ihm viertausend Franken, und der kleine Gilgen versteht nicht ... Dann erscheint ein Fahnderwachtmeister, der ein Pfuscher ist ... Was tut der kleine Gilgen? Er will den Doktor Laduner decken. Eigentlich sollte der Doktor Laduner ja von der Behörde gedeckt werden, aber davon weiß der kleine Gilgen nichts. Der kleine Gilgen in seinem einfachen Kopf hatte nur einen Gedanken: Wenn ich dem Wachtmeister erzähle, daß ich den Caplaun mit dem Geld in der Hand angetroffen habe, so geht der Schroter hin und verhaftet den Caplaun. Und dann ist der Doktor Laduner blamiert, denn er hat ja den Herbert Caplaun gesund machen wollen ... Aber eine so komplizierte Angelegenheit ist für einen einfachen Kopf unlösbar. Der kleine Gilgen weiß, daß er schweigen muß, aber er weiß auch, daß er schwach ist, daß er endlich doch wird reden müssen vor dem

Untersuchungsrichter – und da bricht alles zusammen in ihm. Ich kann mir das vorstellen: Das Hüüsli ist verschuldet und die Frau krank, die Kollegen haben ihn verrätscht, die Aufsichtskommission weiß von seinen Diebstählen, von den Diebstählen, die er nicht begangen hat – es ist zuviel für ihn, und da gibt er mir die Photi von seiner Frau und von seinen beiden Kindern, und während ich sie anschaue, springt er zum Fenster hinaus …»

Doktor Laduner murmelte: «Ich hab Ihnen schon immer gesagt, Studer, daß Sie ein poetischer Fahnder seien.»

Studer nickte. Nach einer Pause sagte er:

«Die Brieftasche … Wißt Ihr, Herr Doktor, daß ich die Brieftasche dort hinter den Büchern gefunden habe?»

Frau Laduner fragte erstaunt: «Hinter den Büchern?»

Studer nickte.

«Ja, am Morgen, an dem der kleine Gilgen zu Euch gekommen war, Herr Doktor. Ich wußte, daß der alte Direktor von der Krankenkasse zwölfhundert Franken bekommen hatte, aber wir haben damals beide festgestellt, daß die Taschen der Leiche leer waren. Und dann war die Brieftasche plötzlich hinter Euren Büchern. Wer hatte sie dorthin gelegt? Gilgen? Natürlich habe ich an Gilgen gedacht. Denn an jenem Morgen ist er auch in meinem Zimmer gewesen und hat den Sandsack geholt, den ich in meinem Koffer versteckt hatte. Und wo habe ich den Sandsack wiedergefunden am Samstagnachmittag? Hinter einem Paar alter Schuhe im Schafte des Pflegers Gilgen … Schließlich, Herr Doktor, Ihr denkt psychiatrisch, Ihr kennet die Seelen … Was kenne ich? … Mein Handwerk. Und zu meinem Handwerk gehört doch, daß ich auf Grund von Indizien Verhaftungen vornehme. Saget selbst: Waren nicht alle Indizien gegen Gilgen? Ich bin ein Pfuscher, habt Ihr gesagt, aber jeder andere in meiner Lage hätte genauso gehandelt wie ich. Ihr müßt zugeben, daß eine Atmosphäre, wie die Eurer Anstalt, ungewohnt für mich ist. Ich weiß vielleicht ein wenig mehr als meine Kollegen, aber immerhin: Da wird einem von Matto erzählt, Ihr klärt mich einen ganzen Abend darüber auf, daß Kindsmord ein ganz verständliches Verbrechen sei, daß Kindsmord, mit anderen Worten gesagt, eine menschenfreundliche Handlung sei, Ihr verwirrt mich, Ihr erzählet mir nichts, Ihr wollet gedeckt sein – und doch fühle ich gut, daß Ihr Angst habt.

Lange Zeit habe ich gedacht, Ihr habt vor dem Pieterlen Angst. Und dann, so nach und nach, habe ich gemerkt, daß Pieterlen eigentlich ganz harmlos war, daß er probiert hat, Euch zu decken ... Und jedesmal, wenn Eure beiden Sorgenkinder am Sonntag sich trafen (hat Euch der Herbert das auch in der Analyse erzählt?), haben sie nur über eines gesprochen: Wie man Euch dazu verhelfen könne, Direktor zu werden ... Der Gilgen hat zugehört. Der Gilgen hat wohl auch seine Meinung geäußert, und auch er fand wohl, daß es ungerecht sei: Ihr mußtet die ganze Arbeit leisten, und der alte Direktor konnte den Ruhm einheimsen ...»

Doktor Laduner unterbrach den Redefluß und sagte mit leiser Stimme: «Es gibt noch ein anderes chinesisches Sprichwort: ‹Der Mensch setzt Ruhm an, wie das Schwein das Fett ...›», und schnaubte kurz durch die Nase.

«Ihr habt immer ein gutes Wort parat, Herr Doktor, und ein witziges zugleich. Aber mir kommt die Sache gar nicht lustig vor. Ihr habt mir vorgeworfen, ich hätte durch mein Schweigen den Tod zweier Menschen verschuldet. Ich will Euch erzählen, wie der Herbert Caplaun gestorben ist. Aber vorerst müßt Ihr mir eine Frage beantworten: Wißt Ihr, warum der Herbert den Direktor über die Leiter hinuntergestoßen hat?»

«Hinuntergestoßen?» fragte Doktor Laduner. «Wir wollen sachlich bleiben. In seinem Geständnis hat er angegeben, der Direktor sei ins Leere getreten.»

Studer lächelte schwach:

«Glaubt Ihr das wirklich, Herr Doktor?»

«Es kommt gar nicht darauf an, was ich glaube, Studer. Ich halte mich an Tatsachen. Was der Caplaun in Wirklichkeit getan hat, geht mich nichts an ...»

«Ich dachte, Herr Doktor, Ihr wolltet die Wahrheit wissen ... Ich sollte die Wahrheit entdecken – *für uns* ...»

«Sie haben ein gutes Gedächtnis, Studer. Scheinbar wissen Sie auch in der Psychologie Bescheid. Aber Sie dürfen mir eines glauben, daß bei Ihnen die Gefahr besteht, daß Sie die psychischen Mechanismen allzusehr vereinfachen ... Nach Ihrer Meinung hatte Herbert Caplaun Grund und Ursache, den Direktor umzubringen. Ge-wiß ... Aber welche Rolle spiele ich dabei? Wollen Sie mir Ihre psychologische Erkenntnis nicht anvertrauen?»

Studer blickte auf. Er hatte die Ellbogen auf die Schenkel gestützt und das Kinn in die Hände gepreßt ...

«Er hat aus Dankbarkeit gemordet, der Herbert Caplaun. Er war der merkwürdigen Ansicht, daß er Euch Dank schuldig sei ... Dank für Eure Behandlung, Dank dafür, daß Ihr ihn gegen seinen Vater schütztet ... Dankbarkeit! Ein sonderbares Motiv ...»

Schweigen.

Frau Laduner fragte: «Syt-r sicher, Wachtmeischter?»

«I gloube-n-es, Frou Doktr.»

«Lieber Studer, ich möchte Ihr Lieblingswort gebrauchen: Was Sie sagen, ist Chabis. Ich will ja nicht leugnen, daß es möglich ist, die Dankbarkeit als eine Triebkomponente aufzufassen. Jedoch muß ich nach allem, was ich weiß, feststellen, daß der Haß, den Herbert Caplaun auf den Direktor geworfen hat, doch anders determiniert ist. Die Furcht vor dem Vater spielt hier eine Rolle. Nicht etwa» – Doktor Laduner hob die Hand mit gestrecktem Zeigefinger und sprach in dozierendem Tone –, «daß Herbert Caplaun Angst vor einer Versorgung gehabt hätte. Er wußte, daß ich nötigenfalls alle Schritte unternommen hätte, um eine derartige Maßnahme zu verhindern. Die Sache liegt tiefer. Sie werden wissen, daß die Bilder, die wir in unserer Kindheit aufgenommen haben, in uns ein Leben für sich führen; daß das Bild des Vaters, wie es sich in der Kindheit der Seele eingebrannt hat, im Unterbewußtsein des Erwachsenen weiter wirkt. – Der Direktor war für Herbert Caplaun nichts anderes als ein Bild des Vaters. Ich weiß aus der Analyse, daß der Wunsch zum Vatermord in Herbert Caplaun höchst lebendig war. Aber die

Hemmungen, diesen Mordwunsch am eigenen Vater zu verwirklichen, waren so stark, daß sie sich auf eine Person übertrugen, die als Vater gelten konnte. Auf den Direktor also. Vielleicht hat das, was Sie Dankbarkeit nennen, eine Rolle gespielt» – Doktor Laduner dehnte die Worte –, «ich will dies bis zu einem gewissen Grade gelten lassen. Aber ...» Studer unterbrach:

«Dann will ich Euch lieber vom Tode des Herbert Caplaun erzählen.»

Fünfundvierzig Minuten

«Das Haus des Gilgen ... Es dreht sich alles um das verschuldete Hüüsli. Und da müßt Ihr mir Gerechtigkeit widerfahren lassen: Wär ich dort nicht zur rechten Zeit erschienen, so hätte es noch einen Toten gegeben ...

Ich hab den Abteiliger Jutzeler am Sonntag besucht. Ich hab ihn nicht gefunden. Ich hab das Haus vom Gilgen beobachtet, dann ein Gespräch belauscht ... Aber das Gespräch geht Euch nichts an. – Und nachher bin ich zurückgekommen, ein Fenster war offen. Ich hab durchs Fenster geschaut. Und was ich da gesehen habe ...

Als ich ins Zimmer trat, saß der Herbert Caplaun in einer Ecke und ihm gegenüber, auf einem Stuhl, starr wie Holz, der Abteiliger Jutzeler. Der Herbert hielt eine kleine Browningpistole in der Hand und wollte den Abteiliger Jutzeler erschießen. Es war noch ein anderer Mann im Raum, und dem schien der Gedanke sehr einzuleuchten, daß nun der Jutzeler erschossen werden sollte ...

Ihr seid jeden Morgen und des Tags über, ich weiß nicht, wie oft, am Portier vorbeigelaufen ... Er hat für Euch die Telephonanschlüsse besorgt, er hockte hinter seinem Gitter, verkaufte Zigarren, Zigaretten, am Morgen wischte er den Gang, blochte die Bureauräume ... Ein nützlicher Mensch! ... Er hat gut Bescheid gewußt in der Anstalt ... Wißt Ihr, warum er mir von Anfang an ein wenig unheimlich vorgekommen ist? ... Er hatte ein ähnliches Lächeln wie Ihr, Herr Doktor, und dann, das war das Ausschlaggebende: Er war an der Hand verwundet ...

Ihr erinnert Euch an das Bureau und an das Fenster ... Dreyer trug einen Verband an der linken Hand. Später erfuhr ich, daß er mit dem Abteiliger Jutzeler im Bureau gekämpft hatte. Aber der Grund, den der Portier angab, warum er sich um ein Uhr nachts ins Direktionsbureau geschlichen hatte, dieser

Grund wollte mir nicht einleuchten. Und als ich nachdachte, stieß ich immer wieder auf den einen Gedanken: Wer wußte von dem Geld der Krankenkasse? Der Portier Dreyer.

In jenem Zimmer saß er neben dem Herbert Caplaun, und es sah aus, als wolle er den jungen Mann dazu bringen zu schießen. Warum sollte der Jutzeler erschossen werden? Höchstwahrscheinlich, weil er etwas wußte …

In diesem Augenblick betrete ich, der Wachtmeister Studer, das Zimmer. Ich bin nicht ängstlich, Herr Doktor. Ich fürcht mich nicht einmal vor einer geladenen Pistole … Wenn Ihr die Szene gesehen hättet, Ihr hättet lachen müssen. Ich bin einfach auf den Herbert zugegangen und hab ihm gesagt: Gib mir die Pistole. Der Dreyer hat dazwischenfahren wollen. Und da hab ich ihn ganz leicht unters Kinn gestupft. Dann ist er umgefallen.»

Studer betrachtete nachdenklich seine Faust, blickte auf, und da sah er Frau Laduner lächeln. Das Lächeln tat dem Wachtmeister wohl.

«Auch der Jutzeler hat sich nicht aufgeregt. Er hat nur gesagt: ‹Merci denn, Wachtmeischter.› Und dann haben wir den Caplaun in die Mitte genommen, und er hat erzählen müssen … Hat er Euch nie vom Portier erzählt, Herr Doktor?»

«Die Analyse beschäftigt sich nicht mit derart irrelevanten Dingen», sagte Doktor Laduner gereizt. «Es sind gewöhnlich Ausfluchtsmanöver …»

«Es wäre vielleicht doch gut gewesen, Ihr wäret auf diese Ausfluchtsmanöver näher eingegangen … Irrelevant? Das heißt wohl nebensächlich? …»

«Man kann es so übersetzen», sagte Doktor Laduner versöhnlich.

«Ich finde ja, daß der Portier Dreyer durchaus keine nebensächliche Rolle gespielt hat. Wenn der Herr Oberst über seinen Sohn, über die Verhältnisse der Anstalt, über Euch, Herr Doktor, so gut Bescheid wußte, so hatte er das dem Portier zu verdanken … Wußtet Ihr, daß der Mann früher in Paris und in England als Portier in großen Hotels angestellt war? Wußtet

Ihr, daß er dort viel gewettet – viel Geld verspielt hat? Er hat sich das nicht abgewöhnt. Ich habe nur zu telephonieren brauchen. Dann habe ich über den Portier Dreyer Bescheid gewußt ... Der Mann brauchte Geld. Was er im Bureau gesucht hat, es ist wohl nicht schwer zu erraten: das Geld, das die Krankenkasse ausbezahlt hatte ...

Wir haben den Herbert gefragt, der Abteiliger Jutzeler und ich, von wo aus er dem Direktor angerufen habe an jenem Abend, da im Kasino die Sichlete gefeiert wurde ... Er hatte sich in die Anstalt geschlichen, durch die Türe im Sous-sol des R – ist Euch nie ein Passe abhanden gekommen, Herr Doktor?»

Studer wartete auf eine Antwort, er wartete lange. Dann zuckte er müde mit den Achseln und fuhr fort.

«Ich hab, scheint es, ganz Euer Vertrauen verloren, Herr Doktor ... Kurz, hier ist der Passe; der Herbert Caplaun trug ihn auf sich. Ich habe ihn zu mir gesteckt ... Als Andenken für Euch ...» Und Studer schob den mattglänzenden Schlüssel sachte über den Tisch, aber Dr. Laduner steckte seine Hände nur tiefer in die Taschen seines Schlafrockes. Dann blickte er zum Fenster, als ob von dorther Zugluft drohe.

«Machen Sie kein sentimentales Theater, Studer», sagte er mürrisch ...

«Sentimental?» wiederholte Studer fragend. «Warum sentimental? Es handelt sich schließlich doch um einen Menschen, der nun tot ist und der Euch seine Dankbarkeit hat bezeigen wollen ... Gestern vor acht Tagen haben sich Pieterlen und Herbert Caplaun getroffen. Der Pieterlen hatte den Sandsack mitgebracht. Sie hatten beide beschlossen, den Direktor aus dem Wege zu räumen, beide aus Dankbarkeit. Und Gilgen stand daneben, Gilgen fand den Plan verrückt, er riet ab, aber mit dem Herbert Caplaun war einfach nicht zu verhandeln. Herbert hat mir erzählt, er sei wie verrückt gewesen, damals, an jenem Sonntag; und am Sonntag vorher sei es genauso arg gewesen ... Da sei es ihm, dem Herbert, gelungen, den Pieterlen zu überzeugen. Aber Pieterlen wollte dem Caplaun nicht allein den Ruhm lassen – er wollte auch seinen Teil Dankbarkeit dazu beisteuern. Er beschloß zu fliehen. Auch er hatte Grund genug, den Direktor zu hassen ... Hatte ihm der Bundesratsattentäter nicht eingetrichtert, der Direktor sei daran schuld, daß er, Pieterlen, nicht entlassen werden könne? Daß er frei würde, sobald Ihr, Herr Doktor, Direktor sein würdet? Ich will ja zugeben, daß Ihr recht habt: Nicht nur Dankbarkeit war die Triebfeder des ganzen Mordplans, jeder hatte auch noch seine eigenen privaten Gründe ... Und habt Ihr mir nicht selbst einmal erzählt, Irrsinn sei ansteckend? ... Der kleine Gilgen war ein weicher Mensch, weiche Menschen sind gefährlich, wenn sie einmal wütend werden ... Es war wohl in der ganzen Anstalt bekannt, daß Ihr mit dem Direktor nicht gut standet, daß er Euch gern den Hals brechen wollte ... Oder? ... Mir scheint, Ihr waret in einer ähnlichen Lage wie seinerzeit der Kommissar Studer, als er gegen den Obersten Caplaun zu Felde zog ... Vielleicht ist Euch deshalb der Wachtmeister Studer wieder eingefallen und Ihr habt *ihn* verlangt, um gedeckt zu sein ... Stimmt's? ...»

Schweigen. Dann sagte Dr. Laduner langsam:

«Mir scheint, Studer, Sie leiden an Gedankenflucht ... Ich muß ehrlich sagen, die paar Rapporte, die ich von Ihnen kenne, waren bedeutend klarer als die Erzählung, die Sie mir jetzt auftischen ... Sie hüpfen von einem Thema aufs andere, Sie sind undeutlich ... Dürfte ich Sie vielleicht höflich ersuchen, sich ein wenig klarer auszudrücken? Wenigstens eine Geschichte zu beenden? Wer hat nun die Brieftasche mit dem Paß des Direktors und mit dem Geld hinter meine Bücher versteckt?»

«Ich werde darauf zurückkommen», sagte Studer ruhig, «Ihr müßt mich erzählen lassen, so gut ich kann, Herr Doktor, das ist nicht ein einfacher Fall, wie ein anderer, der draußen unter normalen Menschen spielt ... Dort habe ich sogenannte materielle Indizien, die ich so oder so werten kann ... Hier hatte jedes Indizium einen ganzen Zopf von seelischen Komplikationen – wenn Ihr mir den Ausdruck erlauben wollet ...

Gut. Ihr wollt eine Erzählung. Dann will ich Euch die Geschichte von gestern abend erzählen, die fünfundvierzig Minuten gedauert hat ... Nicht länger ...

Könnt Ihr Euch das Zimmer vorstellen im Hüüsli des kleinen Gilgen? Eine Lampe hängt von der Decke herab, die einen grünen seidenen Schirm trägt mit Fransen aus Glasperlen ... In der Mitte ein Tisch, ein schwerer Tisch. An den Wänden ein paar Bilder – und Postkarten ... Ihr kennt die Postkarten, auf denen ein schöngestrählter Jüngling mit farbigem Poschettli ein Meitschi küßt, das rosarote Backen hat? Und Versli, in Silberschrift, stehen unter dem Paar: ‹Lippen schweigen, / es flüstern Geigen, / hab mich lieb ...› Solche Postkarten waren mit Reißnägeln an den Wänden befestigt. Am Boden lag der Portier Dreyer. Und der Herbert Caplaun saß zwischen mir und dem Jutzeler ... Ich hatte den Jutzeler gefragt, warum er hierher gekommen sei ... Er wollte mir nicht antworten, zuckte mit den Achseln ... Endlich sagte er, er habe den Pieterlen suchen wollen, er sei überzeugt gewesen, Pieterlen habe sich zuerst in der Anstalt versteckt gehalten, aber dann sei es ihm zu unsicher geworden ... Er habe sich gefragt, wohin sich Pieterlen geflüchtet haben könne, und da habe er an das Hüüsli vom Gilgen gedacht. Er sei eingetreten, der Raum hier sei dunkel gewesen, plötzlich aber sei das Licht aufgeflammt, und Herbert Caplaun sei vor ihm gestanden und habe ihn mit dem Revolver bedroht ...

‹Warum hast du den Jutzeler erschießen wollen?› hab ich den Herbert gefragt.

‹Weil er mir nachspioniert hat ... Weil er mich an meinen Vater hat verraten wollen ... Weil er mich beim Doktor Laduner verrätscht hat ...›

‹Aber, Herr Caplaun›, sagte der Jutzeler, ‹das hab ich doch nie getan ... Wer hat Euch das erzählt?›

Da wurde der Herbert wütend. Er schrie den Jutzeler an: ‹Ihr habt dem Doktor doch gesagt, daß ich in der Heizung bin, wär er sonst, gleich nachdem ich den Direktor hinuntergestoßen habe, schon vor der Türe gestanden, um mir aufzulauern? Aber ich war da schneller ... Ich bin ihm durchgebrannt ... Er hat mich nicht erwischen können ... Doch ich bin auch nicht losgekommen, vom Dr. Laduner ... Am nächsten Morgen bin ich zu ihm in die Wohnung, er hat mich schlecht empfangen, er war so kalt ... Immer hat er wiederholt: Ich will nichts wissen, Caplaun ... Alles, was Sie mir zu sagen haben, muß in der Analyse gesagt werden ... Außerhalb der Analyse bin ich für Sie nicht zu sprechen! ... – Das hat er mir an dem Morgen gesagt. Und am Nachmittag bin ich auf dem Ruhebett gelegen, er hat wieder nichts gefragt, ich hab nicht reden können, ich hab nur weinen können ... Ich hab's doch nur getan, um ihm zu danken, dem Dr. Laduner, aber das hab ich ihm doch nicht sagen können, er hätt es mir nicht geglaubt ... Es wird immer alles ganz anders, wenn man so daliegt, und der andere ist unsichtbar und raucht nur und schweigt und schweigt ... Ich hab geweint, aber sprechen hab ich nicht können ... Ich hab immer an die Mappe denken müssen und an die Liste der Toten ... Und an das Protokoll über die Diebstähle des Gilgen ... Die Mappe hab ich gut versteckt gehabt. Im Ofen ... Aber ich hab dem Doktor nicht erzählt, wo ich sie versteckt habe ... Ich habe auch nichts vom Direktor erzählt, und ich hab doch gewußt, daß Sie die Leiche schon gefunden hatten und daß der Dr. Laduner alles wußte ... Aber der Doktor hat geschwiegen, und ich bin auf dem Ruhebett gelegen und hab geweint ... Sie wissen nicht, Wachtmeister, was das ist, eine Analyse! ... Lieber drei Lungenentzündungen ... Es sollte zu meinem Besten sein, ich sollte ein anderer Mensch werden ... Aber alles erzählen müssen! ... Man kann doch nicht alles erzählen ... Und einen Mord schon gar nicht ... Er war doch mein Beichtvater, der Dr. Laduner; wenn ich ihm gesagt hätte: ich hab den Direktor die Eisenleiter hinuntergestoßen, was hätte der Doktor machen können? Mich verhaften lassen? Konnte er doch nicht! ... Genausowenig wie ein katholischer Pfarrer sein Beichtkind verhaften lassen kann, wenn es ihm einen Mord gesteht ...›

Ja, Herr Doktor, so hat der Caplaun geredet, und wir sind neben ihm gesessen, der Abteiliger Jutzeler und ich, und auf dem Boden ist der Portier Dreyer gelegen, immer noch bewußtlos ...»

Studer schwieg erschöpft, er hatte sich in Feuer geredet, aber er wagte nicht aufzublicken ...

«Und Sie haben das alles geglaubt, Wachtmeister Studer?»

Studer hob den Kopf, ungläubig blickte er dem Arzt in die Augen. Dr. Laduner dachte nicht daran, den Blick zu senken. Seine Augen waren traurig.

Ärgerlich sagte Studer endlich:

«Herr Doktor, Ihr werdet doch nicht einen alten Fuhrmann welle lehre chlepfe? ...» Und vorwurfsvoll fügte er hinzu: «Ihr werdet mir doch nicht wollen beibringen, wann ein Geständnis wahr und wann es falsch ist?»

«Ge-wiß nicht ...», sagte Laduner ruhig. «Erzählen Sie ruhig weiter. Ich werde dann die Schlußfolgerungen ziehen ...»

Studer kratzte verlegen seinen Nacken. Wieder fühlte er sich unbehaglich ... Wie ein Aal war dieser Dr. Laduner, nie konnte man ihn fassen ... Was wußte er noch? ... War wirklich etwas dran an dieser Analyse? War man wirklich auf ein falsches Geständnis hereingefallen? Aber die Erzählung des Herbert Caplaun hatte so ehrlich geklungen ...

Weiter, in Gottes Namen, was jetzt kam, war ohnehin schwierig genug zu erzählen ...

«Ihr wolltet doch gedeckt sein, Herr Doktor», sagte Studer vorwurfsvoll, «ich hatte nicht vergessen, daß Ihr mir Brot und Salz angeboten, daß Ihr mir den Leibundgut gezeigt habt, um mir den Fall Caplaun zu erklären, ich hatte nicht vergessen, daß ihr mich aufgenommen hattet wie einen Freund, und auch die Frau Doktor – sie ist lieb mit mir gewesen und hat mir Lieder vorgesungen ... Da hab ich gedacht, das beste wäre jetzt, der Caplaun würde ein Geständnis schreiben, und wir beide, der Jutzeler und ich, wir könnten dann unterzeichnen ... Ich hab wohl achtgegeben, daß Euer Name nicht vorkam. Den Caplaun mußte ich ja verhaften, aber ich wollte ihn zuerst zu Euch führen und mit Euch die Sache besprechen, was zu tun sei ... My tüüri Gott Seel!» seufzte Studer aus tiefstem Herzensgrunde. «Ich wollte Euch doch nicht ins Handwerk pfuschen, das dürft ihr mir glauben, ich bin ein einfacher Mann, Herr Doktor, ich wollte tun, was in meiner Kraft stand, um Euch Sorgen zu ersparen ...»

«Studer! Studer!» unterbrach Dr. Laduner vorwurfsvoll. «Das sind alles Ausflüchte! Sie entschuldigen sich zu hartnäckig ... Sie haben nachher etwas getan, was Sie nur schwer verantworten können. Erzählen Sie mir das lieber, so ruhig und sachlich als möglich ... Dann können wir weitersehen ...»

Studer seufzte wieder ... Noch eine kleine Anstrengung, und dann war alles vorüber ... Dann konnte man Mattos Reich verlassen ...

«Aber Ernst», sagte da plötzlich Frau Laduner, «quäl doch unsern Wachtmeister nicht so ...»

«Merci, Frau Doktor», sagte Studer erleichtert. Und dann fuhr er fort:

«Die ganze Zeit über hatte der Dreyer unbeweglich auf dem Boden gelegen, seine Augen waren immer noch geschlossen. Aber ich merkte gut, daß seine Augendeckel zitterten ... Er war schon lange nicht mehr bewußtlos ... Aber ich ließ ihn noch liegen, denn ich hatte noch ein paar Fragen zu stellen. Ich sollte doch die Wahrheit finden, Herr Doktor, die Wahrheit – *für uns* ... Darum fragte ich den Caplaun: ‹Und die Brieftasche? Warum habt Ihr die Brieftasche hinter den Büchern des Herrn Doktor versteckt?› – Da wurde der Caplaun rot, und schließlich sagte er stotternd, er habe erwartet, daß Ihr, Herr Doktor, ihm danken würdet für den Dienst, den er Euch erwiesen habe ... Denn er habe erfahren von der Untersuchung, die der Direktor begonnen habe über die Todesfälle im U1, und da habe der Herbert gemeint, Ihr seiet in einer gruusigen Gefahr ... Und nur darum habe er den Direktor hinuntergestoßen ... Aber Ihr hättet nicht dergleichen getan ... Und da sei er toub geworden und habe gedacht, er könne Euch einen Streich spielen – wenn es nämlich eine Untersuchung gäbe und die Brieftasche werde bei Euch gefunden, so würdet Ihr in Verdacht geraten, und dann hätte er, der Herbert, hervortreten und gestehen können, und alle Welt hätte dann erkennen müssen, wieviel Edelmut in einem verkommenen Subjekt stecke ... Das waren etwa seine Worte ... Ich gab mich mit der Erklärung zufrieden ... Dann wollte ich aber noch wissen, warum der Gilgen mir den Sandsack aus dem Koffer gestohlen hatte ...

Da erfuhr ich nun, daß ich beobachtet worden war, und, so unwahrscheinlich es klingen mag, ich bin vom Pieterlen beobachtet worden ... Pieterlen hatte sich in dem leeren Dachraum über meinem Zimmer versteckt, weil er gefunden hatte, dort sei er am sichersten aufgehoben ... So sicher fühlte er sich dort oben, daß er es sogar wagte, Handharpfe zu spielen ... Darum ist der Gilgen damals so erschrocken, als ich ihn in meinem Zimmer fragte, wer da spiele ... Es war ein Loch im Fußboden des Estrichs, durch das Loch konnte der Pieterlen alles beobachten, was in meinem Zimmer vorging. Da sah er mich den Sandsack und das Stück grauen Stoffes im Koffer verstecken ... In der Nacht schlich er sich auf die Abteilung und in Gilgens Zimmer und erzählte ihm das. In Eure Wohnung hat sich der Pieterlen nicht getraut ... Darum mußte der Gilgen gehen ... Die Angst vor der Entlassung war nur ein Vorwand, er wußte gut, daß er unter Eurer Leitung nichts mehr zu fürchten hatte ...»

Studer schwieg eine Weile, dann fuhr er fort:

«Caplaun hatte sich beruhigt ... Auch sein Haß auf den Abteiliger Jutzeler schien verraucht zu sein ... Ich trat zu dem Dreyer, gab ihm einen Stupf und sagte ihm, er solle aufhören, sich zu verstellen ... Er müsse mitkommen ... Der Mann schlug die Augen auf ... Er hatte einen giftigen Blick ... Ich hätte wirklich mehr aufpassen sollen ... Aber man denkt schließlich auch nicht immer an alles ...

Wir, der Jutzeler und ich, nahmen die beiden zwischen uns. Neben mir schritt der Caplaun, dann kam der Portier und ganz zu äußerst links ging der Jutzeler ... Wir gingen auf dem Sträßlein, und der Jutzeler meinte, wenn wir den Weg am Fluß entlang nehmen würden, so könnten wir bedeutend abkürzen ...»

«Sind Sie sicher, Wachtmeister, daß der *Jutzeler* den Vorschlag gemacht hat?» fragte Dr. Laduner. Studer blickte erstaunt auf. «Ja, Herr Doktor, ganz bestimmt ...»

«So», meinte Dr. Laduner nur. Dann zog er die Hände aus seinen Schlafrocktaschen und verschränkte die Arme über der Brust. Studer wurde unsicher.

«Ich weiß nicht», sagte er zögernd, «ob Ihr die Stelle kennt, wo das Ufer neben dem Weg ziemlich steil abfällt ... Dort ist der Fluß tief!»

Laduner nickte schweigend.

«Der Weg ist dort so schmal, daß wir hintereinander gehen mußten. Ich ging voraus, hinter mir schritt der Portier, dann kam der Herbert, und Jutzeler marschierte am Ende. Ich blickte mich von Zeit zu Zeit um, aber Dreyer hatte den Kopf gesenkt. Es war dunkel. Links fiel das Ufer zum Fluß ab, rechts stieg ein Abhang in die Höhe, der mit dichtem Gebüsch bewachsen war. Plötzlich hör ich Geräusch hinter mir, schwere Atemzüge, Trappen. Ich wende mich um: Da halten sich Caplaun und der Portier umklammert, und einer versucht den andern in den Fluß zu stoßen. Ich ruf dem Jutzeler zu, er soll eingreifen, denn ich steh selbst nicht sicher, ganz am Rande des Weges, unter meinen Sohlen bröckelt die Erde ab, und Klumpen klatschen ins Wasser. Jutzeler rührt sich nicht. Er hat die Arme verschränkt, wie Ihr jetzt, Herr Doktor, und sieht dem Kampf zu ... Es ging dann alles sehr schnell. Ich hatte gerade wieder festen Fuß gefaßt, da seh ich, wie der Dreyer den rechten Arm freimachen kann, er holt mit der Faust aus und trifft den Caplaun unter das Kinn ... Der Herbert stürzt rücklings ins Wasser – Ihr könnt es mir glauben oder nicht, Herr Doktor, aber in diesem Augenblick hab ich an den alten Direktor denken müssen, der rücklings hinuntergefallen ist ... Es kam mir vor ... wie – ja, wie ... ein Gottesgericht ... Vielleicht hätt ich den Caplaun auffangen können, aber dann wär ich sicher mit ihm in den Fluß gestürzt ... Man denkt unglaublich schnell in solchen Augenblicken, Herr Doktor ... Ich hab mich nicht gerührt ... Ihr müßt wissen, ich kann schlecht schwimmen ... Der Caplaun ist gleich untergesunken ... Er hat nicht geschrien ... Der Schlag hatte ihn betäubt ... Wir beide, der Jutzeler und ich, haben dann den Dreyer gepackt und ihn nach Randlingen geführt ... Ich hab dann Weisung gegeben, daß man ihn heut morgen nach Bern transportiert ...»

Schweigen. Und in das Schweigen hinein schrillte plötzlich

das Tischtelephon. Dr. Laduner stand auf, meldete sich, reichte dann Studer den Hörer.

«Man will Sie sprechen, Studer. Ich glaub, es ist der Postenchef vom Bahnhof Bern ...»

Studer lauschte schweigend, sagte dann «Gut!», legte vorsichtig den Hörer auf die Gabel und wandte sich um. Sein Gesicht war sehr bleich.

«Was ist passiert, Studer?» fragte Dr. Laduner.

«Bei einem Fluchtversuch ist Dreyer in ein Camion gelaufen. Er ist überfahren worden ... Tot ...»

Dr. Laduner schien noch zu lauschen, trotzdem das Wort ‹tot› schon eine ganze Weile verklungen war.

Dann entstand das Maskenlächeln wieder um seinen Mund; er legte den Zeigefinger der Linken auf den abgespreizten Daumen der Rechten:

«Erstens der Direktor», sagte er, dann berührte der Finger die Spitze des rechten Zeigefingers: «Zweitens der Gilgen ...» Nun kam der Mittelfinger an die Reihe: «Drittens Herbert Caplaun ...», und dann der Ringfinger: «Viertens der Portier Dreyer ... Es wird besser sein, Sie geben den Fall auf, sonst langen die Finger der beiden Hände nicht mehr zum Aufzählen ... Aber vielleicht ist es doch besser so ...» Er schwieg, tastete mit den Händen nach dem Verband, der seinen Kopf umgab, rückte ihn zurecht und sagte abschließend: «Fast wäre ich der fünfte gewesen ...»

«Aber Ernscht!» rief Frau Laduner ängstlich und griff nach der Hand ihres Mannes.

Das Lied von der Einsamkeit

«Laß gut sein, Greti», sagte Laduner ruhig, stand auf und begann im Zimmer auf und ab zu gehen. Schließlich blieb er vor Studer stehen, verschränkte wieder die Arme über der Brust: «Sie haben mich noch nicht nach den Toten im U1 gefragt, Wachtmeister ... Was ist nun Ihr Urteil über mich? Bin ich ein Arzt, der an den ihm anvertrauten Kranken gefährliche Experimente wagt? Oder was meinen Sie?»

Studer riß sich zusammen. Er versuchte, den Arzt fest anzublicken, doch mißlang ihm dies. So sprach er gegen den Boden:

«Das ist wohl Sache Eurer ärztlichen Verantwortung und geht mich Laien nichts an ...», meinte er.

«Gut pariert, Studer!» Laduner nickte anerkennend. «Aber ich bin Ihnen nun doch auch eine Aufklärung schuldig. In unserer Anstalt ist der Typhus endemisch – das heißt, er läßt sich nicht ganz ausrotten ... Immer wieder, von Zeit zu Zeit, treten, trotz aller Vorsichtsmaßnahmen, einzelne Fälle auf; dann erlischt die Krankheit wieder, um nach Monaten oder nach Wochen wieder aufzuflackern ... Ich hatte nun beobachtet, daß einige hoffnungslose Fälle, Verblödete, Katatone, nach der Überstehung einer Typhusinfektion sich plötzlich besserten; zwei Fälle, die schon zehn Jahre in der Anstalt waren, Unheilbare, wie es uns schien, konnten sogar, nachdem sie den Typhus überstanden hatten, entlassen werden. Das brachte mich auf die Idee, eine Ansteckung hervorzurufen. Ich habe es nur an Patienten versucht, die mindestens zehn Jahre interniert waren, deren Zustand sich gleichgeblieben war und bei denen auch wirklich kein Funken Hoffnung bestand, daß sie sich jemals bessern würden ...

Ich habe es offen getan, meine Kollegen wußten davon, die Sache wurde vor einem Jahre am Rapport verhandelt ... Der Versuch war nicht gefährlicher als beispielsweise eine Schlafkur ... Bei Schlafkuren rechnen wir mit einer Sterblichkeit von fünf Prozent ... Höher ist sie auch nie bei den Typhusversuchen gewesen ...

Ich habe Ihnen gesagt, daß die Sache am Rapport besprochen worden war: Der verstorbene Direktor hatte sich einverstanden erklärt ... Um Ihnen das Verhalten des Direktors in den letzten Monaten zu erklären, müßte ich Ihnen einen Kurs über Adernverkalkung und eine Geisteskrankheit halten, die wir senile Demenz nennen – mit deutschen Worten: Greisenirrsinn ... In ihrem Anfangsstadium ist diese Krankheit nicht recht zu erkennen ... Sie beginnt schleichend ... Mir war es unmöglich, eine Krankengeschichte des Borstli Ulrich, Dr. med., Direktor der Heil- und Pflegeanstalt Randlingen, anzulegen ... Wir konnten den alten Mann nicht internieren lassen, wir versuchten ihm zuzusprechen, sich doch pensionieren zu lassen ... Er wollte nicht ... Bei der senilen Demenz ist stets Starrköpfigkeit, Uneinsichtigkeit festzustellen – aber auch Verfolgungsideen können auftreten ... Der alte Direktor fühlte sich von mir verfolgt. Früher kamen wir ausgezeichnet miteinander aus. Er war froh, daß ich ihm viel Arbeit abnahm, er war einverstanden, wenn ich Neuerungen vorschlug ... In der letzten Zeit glaubte er, ich wolle ihn blamieren – ihn aus seiner Stelle drängen – ihn internieren lassen ... Daher sein Haß gegen mich ...

Was sollte ich tun? Gerade zu der Zeit, da die Anzeichen der Geisteskrankheit bei unserem alten Direktor immer deutlicher wurden, machte ich die Bekanntschaft des Herbert Caplaun. Der Jutzeler, der Ihnen gestern geholfen hat, war durch seine Frau weitläufig mit ihm verwandt. Der Jutzeler bat mich, mich des Herbert anzunehmen. Ich wollte es mir überlegen, sagte dem Jutzeler aber, er möge mir den jungen Mann einmal bringen. Er war Musiker, der Herbert. Er hat Lieder komponiert. Er brachte damals ein Lied mit; es waren Verse eines deutschen Dichters, die er vertont hatte ... Das Lied gefiel uns, nicht wahr, Greti?»

Frau Laduner nickte müde.

«Er war wie der Leibundgut, den ich Ihnen gezeigt habe, Studer; er trank, der Herbert; ich ließ ihn während drei Monaten auf dem B. Sie haben das ja herausgefunden ... Sie haben seine Freundschaft mit Pieterlen entdeckt, seine Freundschaft mit Gilgen ... Er war ein lieber Mensch, der Herbert Caplaun ... Dann nahm ich ihn in Privatbehandlung. Ich konnte es nicht vermeiden, daß er von der Spannung erfuhr, die zwischen mir und dem Direktor herrschte ... Caplaun hat versucht, so glaubten Sie, seine Dankbarkeitsschuld abzutragen, indem er den Direktor ermordete, und alles spricht gegen ihn: Der Sandsack, den Pieterlen ihm verschafft hat, das Telephongespräch am Abend der Sichlete ... Aber, Studer, ist Ihnen nicht eines aufgefallen? Glauben Sie wirklich, der alte Direktor, mißtrauisch, wie er war (und seine Krankheit hatte ihn noch mißtrauischer gemacht), glauben Sie, der alte Direktor wäre so ohne weiteres an ein Rendezvous gegangen? Mißtrauisch, wie er war? Glauben Sie das wirklich, Studer?»

Schweigen. Frau Laduner hatte die Augen weit geöffnet und starrte ängstlich auf ihren Mann.

«Es hat einer nachgeholfen ... Wer? Drei Männer kommen in Betracht, drei Männer, die den Direktor zwischen dem Telephongespräch und seinem Gang in die Heizung hatten sprechen können ... Drei Männer – und eine Frau. Nun, die Frau scheidet aus. Bleibt: 1. Ich (bitte wehren Sie nicht ab, ich hatte ein Interesse), 2. Jutzeler und 3. der Portier Dreyer ...

Meine Frau wird Ihnen bestätigen können, daß ich in der Nacht vom 1. zum 2. September meine Wohnung ein Viertel vor eins verlassen habe und erst gegen halb drei wieder zurückgekommen bin. Gerade früh genug, um aufs B gerufen zu werden: Der Patient Pieterlen war entwichen. Was habe ich in dieser Zeit gemacht? Ein Nachtwächter hat mich an der Türe der Heizung gesehen, wie ich jemanden verfolgte. Caplaun offenbar ... Eigentlich hätte Ihr Verdacht auf mich fallen sollen, nachdem der Nachtwächter Ihnen dies mitgeteilt hatte ... Sie haben nichts davon wissen wollen ... Gut.

Als zweiter käme Jutzeler in Betracht ... Er hat sich mit dem Direktor gestritten – wegen des kleinen Gilgen. Jutzeler hätte das entscheidende Wort sprechen können, um den Direktor in die Heizung zu locken. Aber er scheidet aus, weil ...»

Dr. Laduner machte eine Kunstpause, zündete langsam eine Zigarette an ...

«Weil ich nach der nutzlos verlaufenen Verfolgung meines Sorgenkindes Caplaun im Gang vom Sous-sol einen Mann getroffen habe, der damit beschäftigt war, die Türe der Heizung zu verschließen ... Wissen Sie wen?»

Studer nickte. Plötzlich war alles klar. Er schämte sich. Er hatte gar nichts verstanden ...

«Den Portier Dreyer», sagte Laduner leise. «Ich bin sicher, daß der Portier den Direktor überredet hat, sich mit Herbert zu treffen – was für Argumente er gebraucht hat, können wir nur erraten. Kurzum, ich wußte nicht, was in der Heizung passiert war, darum ließ ich den Mann gehen. Ich folgte ihm leise. Er hat mich nicht gesehen. Als dann die Kunde ging, der Direktor sei verschwunden, das Bureau sehe aus, als habe ein Kampf in ihm stattgefunden, dachte ich nach, was am besten zu tun sei. Ich wußte, Caplaun war bei der Sache irgendwie beteiligt ... Da fiel mir ein Mann ein, den ich von früher her kannte, von dem ich wußte, daß er psychologischen Rätseln Interesse entgegenbrachte, und ich sagte mir: ‹Ich will mir den Mann holen, dann kann ich beruhigt meinen Patienten weiterbehandeln; er ist ein wertvoller Mensch, der Herbert Caplaun, die Gelegenheit, den Protest bei ihm zum Ablaufen zu bringen, war nie so günstig, wird nie mehr so günstig sein ... Sollte es Komplikationen geben, dann habe ich ja einen gewissen Fahnderwachtmeister bei der Hand, der mir helfen wird ...›

Caplaun hat Sie von Anfang bis zu Ende angelogen, Wachtmeister. Sein Geständnis war falsch, seine Behauptung, er habe in der Analyse nichts gesagt, war Schwindel. Sie wissen nicht, welch furchtbares Druckmittel das Schweigen sein kann – mein Schweigen, zum Beispiel, wenn ich zu Häupten des Patienten sitze und er mich nicht sieht ... Am 2. September schon, als Sie die Sitzung störten und den Caplaun weinen sahen, hatte er schon alles gestanden: Daß er den Direktor die Leiter hinuntergestoßen habe, daß er das getan habe, um mir zu helfen ... Ich schwieg ... Denn ich wußte es besser. Ich wußte, daß Caplaun unfähig war, eine derartige Tat zu begehen, ich wußte, daß seine Hemmungen viel zu stark waren. Es war möglich, daß er sich mit dem Direktor in der Heizung getroffen hatte, aber er hatte ihn weder erschlagen (ich wußte damals nichts vom Sandsack), noch hatte er ihm einen Stoß gegeben.

Ich hatte den Dreyer aus der Heizung kommen sehen. Und ich wußte Bescheid ...

Sie haben immer nur an einen Stoß gedacht, Studer. Ich wußte, als ich die Leiche sah, als ich ihre Stellung näher untersuchte, daß der Direktor *hinuntergerissen* worden war ... Die Brille, die neben ihm lag! ... Denken Sie an die Brille! ... Bei einem Rücklingshinunterstürzen wäre sie nie abgefallen ... Haben Sie nicht die Abschürfungen an der Nase der Leiche bemerkt? ... Sein Gesicht hat sich an der Kante der Plattform gestoßen, die Brille wurde weggerissen, *dann* erst ist der Direktor nach hinten gefallen und hat sich dabei das Genick gebrochen ...

Ein Fuß tritt ins Leere, ein Mann, der unter der Plattform verborgen ist, ergreift den Fuß, ein kleiner Ruck ...

Aber das gehört ins Gebiet der Kriminologie ... Ich bin Arzt, Studer, das habe ich Ihnen schon einmal gesagt ... Seelenarzt ... Können Sie sich vorstellen, welche Macht mir in die Hand gegeben wurde? – Sie verstehen nicht, was ich meine ... Ein Mensch, der seelisch zerbrochen, verkrüppelt zu mir kommt, dessen Seele ich geradebiegen, heilen soll, dieser Mensch meint, er sei ein Mörder, er gesteht es mir, weil er weiß, ich darf ihn nicht verraten, ich bin sein Beichtiger ... *Ich* kann ihn mit einem Worte beruhigen, *ich* kann ihm beweisen, daß er kein Mörder ist ... Warum tue ich es nicht? ... Weil die Idee, Mörder zu sein, den Heilungsprozeß beschleunigen kann, weil ich dadurch einen Hebel besitze: Die Seele hängt wie eine Tür an schiefen Angeln – und ich kann die Angeln geradebiegen ...

Und ich dachte, Sie hätten das verstanden ... Ich dachte, Sie erinnerten sich noch an Eichhorn ... An die Szene mit dem Messer ... –

Der Dreyer lief mir nicht davon, der konnte warten, bis Sie ihn fanden ...

Und sogar das haben Sie Caplaun geglaubt, daß *er* die Brieftasche in meinem Zimmer versteckt hatte ...

Ich selbst habe sie versteckt ... Ich habe sie am Morgen, bevor ich Sie nach Bern holen ging, in einer Schublade des Schreibtisches im Direktionsbureau gefunden ... Der Dreyer hat sie auch gesucht, die Brieftasche, aber er hat sie nicht gefunden ...

Ich wollte die Brieftasche in Reichweite haben, um sie Caplaun einmal zu zeigen ... In der Analyse kommt es darauf an, von Zeit zu Zeit Minen springen zu lassen ...

Sie haben leider nichts begriffen, Studer. Darum war ich so ärgerlich ... Nun, Caplauns Tod war wohl Schicksal ...

Greti, du mußt zum Abschied noch dem Wachtmeister das Lied vorsingen, das Lied ...»

Dr. Laduner lächelte müde, dann fügte er leise hinzu:

«Dem Lied verdankte es der Herbert, daß ich ihn in die Analyse nahm ...

Kommen Sie, Studer!»

Noch nie hatte der Wachtmeister ein so seltsames Konzert gehört. Der Salon war kalt; sein Fenster ging auf den Hof – und ganz hinten ragte der Kamin auf, rot wie ein riesiger Metzgerdaumen deutete er gen Himmel. Graues Licht drang durch die Scheiben.

Auf dem runden Klavierstuhl saß Dr. Laduner. Vor ihm lag ein handbeschriebenes Notenblatt. Neben ihm, gerade aufgereckt, stand seine Frau. Ihr roter Schlafrock hatte steife Falten. Leise spielte der Arzt die Begleitung, Frau Laduner sang:

«Man kann mitunter scheußlich einsam sein ...»

Und Studer sah die Wohnung im ersten Stock, die Zigarrenstummel im Aschenbecher, die Cognacflasche und das aufgeschlagene Buch ... An den Ästen der Birke vor dem Fenster hingen zerknitterte Blätter ...

«Dann nützt es nichts, mit sich nach Haus zu flichn
Und falls man Schnaps zu Haus hat, Schnaps zu nehmen.»

... Das Küchenfenster im B. Und Pieterlen stand am Fenster; er starrte hinüber zur Frauenabteilung, wo die Irma Wasem hinter den Scheiben stand und zu ihm hinüberblickte.

«Dann nützt es nichts, sich vor sich selbst zu schämen ...»

Der kleine Gilgen saß auf dem Bettrand, der kleine Gilgen holte die Photi seiner Frau aus der Nachttischschublade, und dann war er plötzlich verschwunden –

«Dann weiß man, was man möchte, klein zu sein ...»

Caplaun, Herbert Caplaun, hatte sich im Hüüsli des Gilgen versteckt. Versteckt vor seinem Vater, versteckt vor dem Psychiater ... Und nun, und nun – Studer bedeckte die Augen mit der Hand – das Aufspritzen des Wassers im matten Sternenlicht ...

«Dann schließt man seine Augen und ist blind
Und ist allein ...»

Die Frau schwieg. Ein paar leise Akkorde. Dann war es sehr still im Zimmer.

Anhang

Nachwort
Anmerkungen
Editorischer Bericht

Nachwort

«Den *Schlumpf*», bekannte Glauser, «kann mir, mit einiger Technik, immerhin der eine oder der andere nachmachen. Aber den *Matto* nicht. Da steckt zuviel Erlebtes darin, das nur ich *so* hab erleben können.» (*Briefe 2*, 298) In der Tat: Kein Buch hat Glauser so lange mit sich herumgetragen; kein anderer Stoff ging seinen besonderen Lebenserfahrungen so nahe – in keinem anderen Thema erblickte er aber auch so viel überpersönliche Bedeutung: «Warum, ich bitte Sie, warum soll man nicht einmal versuchen, eine Art Spiegelbild der Menschheit zu geben, indem man eine ‹geschlossene Anstalt› zeigt», beschrieb Glauser seine Intentionen in einem Brief an Martha Ringier vom 6. Februar 1936 (*Briefe 2*, 141). Eine ‹Art Spiegelbild der Menschheit› – seit seinen frühesten Internierungen in der Psychiatrie war Glauser davon überzeugt, daß das Irrenhaus kein bloßer Ort der Pathologie war, sondern daß sich hier die Einseitigkeit des neuzeitlich-rationalistischen Menschenbilds offenbarte. Dadurch daß man das Ungeheuerliche im Menschen hinter Mauern sperrte, es als Krankheit denunzierte und mit wissenschaftlichen Vokabeln verschleierte, war ihm seine Wahrheit und Macht noch nicht genommen. Im Gegenteil: Verkannt und unerkannt, regierte Matto, der Geist des Irrsinns, nun erst recht: «Die Welt ist sein Puppentheater», läßt Glauser den Patienten Schül sagen.

Mattos Puppentheater – dies war bereits der Titel einer Szenenfolge gewesen, die Glauser während seines ersten Münsinger Aufenthalts im Jahr 1919 zu schreiben begonnen hatte (siehe *Erzählungen 1*, 124–131). Mehr als 16 Jahre lag dieser Versuch zurück; Glauser hatte damals noch ganz im Banne des Expressionismus gestanden, und Matto, der große Kulissenschieber und Regisseur, war unter giftgrünen und violetten Masken aufgetreten. Der Text jedoch blieb ungedruckt, ebenso wie ein Irrenhausgedicht aus jener Zeit, dessen letzte Verse lauten: «Der Zirkus des Leids ist eröffnet, und mit Triumphgekreisch / Schwingt der Irrsinn die Peitsche / Unter ergrautem Himmel.» Glauser muß schon damals gespürt haben, daß solches Pathos lediglich literarische Rhetorik war und an die Wirklichkeit einer psychiatrischen Klinik nicht heranreichte. Sein Alltag in der Anstalt sah denn auch viel profaner aus: Man beschäftigte ihn als Heizer; er hatte Kohlenkessel zu schleppen, Schlacken vom Rost zu schlagen und Asche zusammenzukehren. Auf diese Weise lernte er den Heizungskeller der Münsinger Klinik à fond kennen. Aber auch die Nervosität, die das Leben in einer geschlossenen Anstalt produzierte, erfuhr er bis in seine unwillkürlichen Reaktionen hinein: «Einmal habe ich hier schon jemanden sehr stark durchgeprügelt, weil er mir heißen Brei ins Gesicht gespritzt hatte», schrieb er im Januar 1919 an seinen Freund Robert Binswanger. Und gegen den Anstaltsdirektor, den ‹Spitzbauch›, wie Glauser ihn nannte, war er voller Protest. «Das nächste Mal, wenn ‹die Wut wieder mich übermannt›», heißt es in dem Schreiben weiter, «begehe ich vielleicht einen Mord.» (*Briefe 1*, 43)

Der Mord geschah denn auch – allerdings erst besagte 16 Jahre später und nur auf dem Papier, immerhin aber in jener Heizung. Opfer war ein Anstaltsdirektor, der mit dem Münsinger Amtsinhaber Ulrich Brauchli unverkennbare Ähnlichkeit besaß. Als Tatverdächtiger figurierte zudem ein Patient, dem Glauser gewisse Züge von sich selbst verliehen hatte. Hätte der Roman nur auf dieser einfachen und biographisch durchsichtigen Personenkonstellation basiert, so wäre das Werk gewiß in banalster Weise mißraten. Auch das scheint Glauser schon früh gespürt zu haben. «Ich hab immer wieder probiert – ernst und in der Ich-Form», schrieb er rückblickend an Josef Halperin, doch ein ums andere Mal mußte er feststellen: «Das geht alles nicht.» (*Briefe 2*, 279) Irgendwie mußte er die autobiographischen Zusammenhänge von sich abrücken, in fremde Geschichten kleiden. Fünf

Jahre lang habe er dies immer wieder versucht, heißt es im gleichen Brief an Halperin.

Es war tatsächlich im Frühjahr 1931, als Glauser den ersten Anlauf unternahm. «Jetzt hoffe ich», schrieb er aus Collioure an seinen Therapeuten Max Müller, «daß ich hier ein paar Sachen beenden kann, eine längere Geschichte, die vielleicht ein Roman werden wird, über diese Wärter-Ärztin-Geschichte. Natürlich wird nach meiner schlechten Gewohnheit das Ganze wohl auf eine Atmosphärenschilderung des Irrenhauses hinauslaufen, aber vielleicht kann ich das Ganze doch so umbiegen, daß eine wirkliche Geschichte daraus entsteht.» (*Briefe 1*, 340) Die angesprochene Wärter-Ärztin-Sache hatte einige Jahre zuvor in Münsingen viel zu reden gegeben; eine junge und – wie allgemein bekannt – vermögende Assistenzärztin hatte mit einem Pfleger ein Verhältnis begonnen, das durch den Anstaltsklatsch nach und nach publik geworden war. Da das Paar jedoch selbst nach einer Aussprache mit dem Direktor die Beziehung nicht hatte aufgeben wollen, war es schließlich zu beider Demission gekommen. Die Geschichte schien direkt aus einem Groschenroman zu stammen, doch Glauser interessierte sich weniger für die sentimentale Seite der Ereignisse. Vielmehr ging es ihm schon damals – zu seinem eigenen Leidwesen – um mehr: um eine Art Spiegelbild, um eine Schilderung der Anstalt als ganzer. Er scheint indes bald eingesehen zu haben, daß die Folie jener Liebesgeschichte für ein solches Vorhaben zu schmal war, und so wurde zuletzt einer von Glausers knappsten Texten daraus: die Skizze *Fräulein Doktor* (*Erzählungen 3*, 124–126). Das Anstaltsleben tritt darin weitgehend zurück, während ein anderes Motiv bestimmend wird: die Einsamkeit und die vergebliche Flucht vor ihr – eines von Glausers zentralen Themen, das auch und gerade im *Matto regiert* wieder auftauchen sollte.

Den zweiten Versuch mit seinem Anstaltsroman unternahm Glauser schon wenig später. Diesmal sind es die behördlicherseits so reichhaltig angelegten Akten, die seine Bemühungen dokumentieren. Allerdings scheint die Münsinger Ärztin Claire Bagg keine Ahnung von den Hintergründen gehabt zu haben, als sie am 17. August 1931 in Glausers Krankengeschichte notierte: «Pat. ist wieder im körperlichen u. psychischen Gleichgewicht. Arbeitet fleißig (Schreibmaschinenarbeiten).» Schon mehrfach hatte man Glauser, der schnell nahezu fehlerfrei tippen konnte, mit der Abschrift von Akten beschäftigt. Dieses Mal war es das umfangreiche Dossier eines Mannes, der als Mörder eines neugeborenen Kindes verurteilt und in der Strafanstalt Regensdorf verrückt geworden war. Da der Betreffende aus dem Berner Oberland stammte, hatte man ihn nach einer Zwischenstation in der Zürcher Klinik Burghölzli im Juli 1931 nach Münsingen verlegt, wo Glauser ihm auf der Abteilung begegnet sein muß. Die Prozeßunterlagen, die psychiatrischen Gutachten und die Zürcher Krankengeschichte wurden auch für die Münsinger Akten benötigt, und so ließ man sie von Glauser abschreiben. Dieser muß sofort gespürt haben, daß hier ein in mehrfacher Hinsicht exemplarischer Fall vorlag, und so zweigte er sich kurzerhand einen Durchschlag des Dossiers ab. Am Lebenslauf dieses Kindsmörders R. P. konnte man im Detail nachverfolgen, wie aus einem introvertierten und etwas spröden Menschen, der seinen geistigen Interessen aus materiellen Gründen nie hatte nachgehen können, zunächst ein Außenseiter, dann ein Täter aus Not und schließlich ein Verrückter aus verlorener Ehre wurde. Es war ein Lebenslauf, der die Fragwürdigkeit strafrechtlicher Normen und Urteile ebenso demonstrierte wie die Unangemessenheit des medizinisch-psychiatrischen Krankheitsmodells. Und es war ein Lebenslauf, der bei aller grundsätzlichen Unterschiedlichkeit einige suggestive Parallelen zu Glausers eigener Biographie aufwies. Da war der frühe Verlust der Mutter, der beiden gemeinsam war; sodann das Interesse für Literatur und Autoren wie Schopenhauer und Nietzsche, zu denen sich beide schon früh hingezogen fühlten; schließlich die eigenartige Koinzidenz der örtlichen Zusammenhänge: Auch Glauser hatte, ein Jahr später als jener Kindsmörder R. P., in Wülflingen bei Winterthur gelebt; auch er hätte damals Vater werden können, doch das Kind war nicht auf die Welt gekommen; als Bevormundeter war er rechtlich nicht ‹heiratsfähig›. Ja, die Schweiz hatte 1928/29 sogar Gesetze beschlossen, welche die ‹Unfruchtbarmachung von Minderwertigen› nicht nur erlaubte, sondern verhohlen empfahl. Und als minderwertig galten damals neben den sogenannten Geisteskranken und Geistesschwachen auch Rauschgiftsüchtige. Tatsächlich wurde Glauser wenig später von den Auswirkungen dieses Gesetzes ganz real bedroht, und so mochte ihm der ganze Komplex, der für ihn mit dem Kindsmord in Wülflingen mittelbar verbunden war, im Jahre 1931 noch viel zu nahe gegangen sein, als daß er ihn so rasch hätte erzählerisch gestalten können. So legte er das Material einstweilen beiseite. Es dauerte fünf Jahre, bis daraus das Kapitel vom Demonstrationsobjekt Pieterlen wurde (vgl. dazu auch die Anmerkungen zu S. 89–112).

Das Anstaltsthema aber ließ Glauser auch in den folgenden Monaten nicht los. Es «spukt mir ein großer Roman über Münsingen im Kopf herum, aber ich hab Angst, dranzugehen», schrieb er am 7. Februar 1932 aus Paris an Gertrud Müller. «Es müßte so eine Art Querschnitt werden, mit den tenants und aboutissants der Insassen eines solchen Baues; die Grenzenlosigkeit des Netzes, das um die Anstalt liegt, mit den verschiedenen Schicksalsfäden, die sich kreuzen und knoten, müßten möglichst deutlich herausgearbeitet werden.» (*Briefe 1*, 376) Wieder war da der große Anspruch, eine Art Abbild zu geben, doch je ernsthafter sich Glauser mit dem Plan beschäftigte, um so deutlicher merkte er, daß er nicht über die schriftstellerische Erfahrung verfügte, die für solch ein Projekt nötig war. «Die Arbeitsmethode fehlt mir vollständig», klagte er im gleichen Brief an Gertrud Müller, «ich habe doch bis jetzt eigentlich immer heruntergesaut, was Konstruktion anbetrifft, u. die Durcharbeitung immer nur auf ein bescheidenes Durchfeilen des Stils beschränkt. (...) Nun, ich will das gerne auf mich nehmen, wenn irgend etwas dabei herauskommt, zu dem ich stehen kann.» (*Briefe 1*, 376)

Was Glauser selber damals kaum ahnte, war, daß er genau in jenen Wochen den Weg gefunden hatte, Konstruktion zu lernen: «Ich arbeite ziemlich viel», schrieb er an seinen Vormund Walter

Schiller, «nebenher auch an einem Kriminalroman, den ich sicher anbringen kann. Wenn mir dies gelingt, werde ich für einige Zeit aus der Klemme sein.» (*Briefe 1*, 383) Es waren zunächst rein finanzielle Motive, die Glauser zum Kriminalroman brachten. Seine Hoffnung, durch den *Tee der drei alten Damen* rasch zu Geld zu kommen, erwies sich zwar bald als Illusion, doch warf die Beschäftigung mit dem Kriminalgenre in anderer Hinsicht doppelten Gewinn ab: Nicht nur daß Glauser auf diesem Weg das Konstruieren tatsächlich lernte; der Kriminalroman entpuppte sich auch als diejenige Form, die Glauser die lang gesuchte Fiktionalisierung eigener Erfahrungen ermöglichte. Wer wäre schließlich besser legitimiert gewesen, einen Blick hinter die Kulissen einer psychiatrischen Anstalt zu werfen, als ein Detektiv, der dort Verbrechen aufzuklären hat. Und mit dem Wachtmeister Studer sollte Glauser bald eine Figur erfinden, in deren Perspektive sich die Dinge in besonderer Weise brachen. Studers Denken und Wahrnehmen war von keinerlei intellektuellen Mustern beeinflußt; dafür aber besaß er einen Riecher. Studer war keiner jener Schlaumeier-Detektive, die durch allwissende Kombinatorik brillieren, ja, manchmal war er das genaue Gegenteil: ein geradezu biederer und begriffsstutziger Fahnder. Aber er verfügte über ein außerordentliches Gespür für die Aussagekraft von Gesten, Tonlagen und atmosphärischen Details. Sein Instinkt trog ihn selten. Sein Blick war naiv und subversiv zugleich. Mit Studer hatte Glauser endlich den Blickwinkel gefunden, unter dem sich der Anstaltsstoff fassen ließ; in weniger als vier Monaten, vom Februar bis Mai 1936, haute er den Roman nun herunter.

Entscheidend dürfte dabei auch gewesen sein, daß die Figur Studers Glauser half, eine andere auf Distanz zu bringen. Über lange Jahre hinweg hatte Glauser unter dem beinahe übermächtigen Einfluß des Münsinger Arztes Max Müller gestanden. Bei ihm war er zweimal in Psychoanalyse gewesen; seiner allzeit verläßlichen Hilfe hatte er es zuzuschreiben, daß die verschiedenen Katastrophen, von denen sein Leben in periodischen

Abständen geprägt war, jeweils ohne allzu gravierende Folgen blieben; in Müller hatte Glauser aber auch einen Gesprächspartner gefunden, der von seiner literarischen Begabung von Anfang an überzeugt war und diese durch Vermittlung von Publikationskontakten nach Kräften förderte. Es war fast zuviel, was Glauser seinem Therapeuten verdankte, und so mußte die Beziehung, unsymmetrisch wie sie war, wohl irgendwann auseinanderbrechen. Erste Anzeichen dafür zeigten sich im Herbst 1931 – zu eben jener Zeit, da Glauser erstmals ein Fadenende seines späteren Romans zu fassen bekam. «Ich komme gegen Sie nicht auf», formulierte er es damals in einem Brief. Für die Ambivalenz, die er gegenüber Müller als Person und gegenüber der Psychoanalyse als Therapieform verspürte, fand Glauser jedoch keinen wirksamen Weg der Artikulation: «Mit ein paar Worten gelingt es Ihnen immer, mich mundtot zu machen», faßte er die Situation im gleichen Schreiben zusammen (*Briefe 1*, 357f). Folgerichtigerweise war es dann auch kein klärender Konflikt, sondern eine ‹Katastrophe›, die zur Trennung führte; im Spätsommer 1933 fälschte Glauser erstmals ein Rezept auf den Namen Müllers und nahm durch diesen Vertrauensbruch alle Schuld am Scheitern der Beziehung auf sich. Was ihm blieb, war das Gefühl, letztlich nie wirklich bis zur Person seines Therapeuten durchgedrungen und von ihm als gleichwertiger Partner ernst genommen worden zu sein. Hier war also noch einiges zu sagen.

Und so wurde aus dem *Matto regiert* nicht nur ein spannender Kriminalroman, nicht nur ein Abbild der vernunftabgewandten Seiten der Menschenseele, sondern auch ein Buch, das eine nie richtig stattgefundene Auseinandersetzung zwischen Glauser und seinem Therapeuten nachholen wollte. Zu diesem Zweck stellte Glauser eine Figur in den Mittelpunkt, in der sich Max Müller zwanglos wiedererkennen konnte, auch wenn sie nicht sein direktes Abbild darstellte: Dr. Ernst Laduner. Glauser hat die partielle Ähnlichkeit zwischen Figur und Vorbild später durchaus eingeräumt (vgl. *Briefe 2*, 565), allerdings darauf beharrt, daß es ihm keineswegs um die Bloßstellung einer realen

Person ging. In diesem Sinn war *Matto regiert* tatsächlich kein Schlüsselroman, sondern ein umfangreicher, auf mehrere Stimmen verteilter Diskussionsbeitrag.

Die Rolle von Laduners Antipoden fällt dabei dem Wachtmeister Studer zu. Anfänglich vertraut er sich noch ganz der Führung des Arztes an; unter einer Irrenanstalt hat er sich bis dahin etwas ans Dämonische Streifende vorgestellt, Vorsicht schien also geboten. Laduner dagegen übernimmt gerne die klassische Rolle des Führers in der Unterwelt und weiht den bedächtigen Fahnder in die besonderen Gesetze der Anstalt ein. Doch schon hier kommt es rasch zu Irritationen. Instinktiv spürt Studer, daß am Verhalten des Arztes etwas nicht stimmt, daß er sich zu souverän gibt, daß er betont witzig und geistvoll zu sein versucht, daß seine herzlich scheinende Mimik aufgesetzt und unecht wirkt.

Nach dem Muster des Kriminalromans hätte es nahe gelegen, aus diesen Beobachtungen einen Tatverdacht abzuleiten. Studer aber tut dies nicht. Daß Laduner der Täter sein könnte, zieht er auch später, als überraschende Funde solche Vermutungen aufdrängen, nie ernsthaft in Betracht. Was ihm statt dessen in Zweifel gerät, ist die menschliche Integrität des Seelenarztes, und dies macht ihm bisweilen mehr zu schaffen, als ein handfester Tatverdacht es vermocht hätte. Denn Studer glaubte sich in einem zentralen Punkt mit Laduner einig: in der entscheidenden Bedeutung, die er der Einfühlung, der Empathie zuschrieb. Genau hier aber liegt nicht nur das Verbindende, sondern auch das Trennende zwischen beiden. Während Studer sich dem Unsystematischen überläßt, sich nach und nach in eine fremde Welt oder Person einlebt und darauf vertraut, daß der Fall seine Lösung letztlich aus sich selbst heraustreibt – während Studer also mehr beobachtet und weiß, daß das Handeln ganz anderen, mitunter unvorhersehbaren Gesetzen gehorcht, glaubt Laduner all dies in den Griff bekommen zu können. Seine Einfühlung, so weitreichend und engagiert sie beispielsweise im Falle Pieterlen ist, hat immer auch strategisch-taktische Komponenten, ja es scheint bisweilen, daß Laduner seine Sensibilität nur dazu einsetzt, um raffinierter und effizienter manipulieren zu können. Über alles muß er ständig auf dem laufenden sein, während er seinerseits bestimmte Informationen für sich behält. Gleichzeitig glaubt er, nach außen hin undurchschaubar zu sein, doch genau darin liegt sein Irrtum. Wenn er über die Abteilung geht, sein Maskenlächeln nach links und rechts wie ein Arzneimittel verteilt (um anderseits den Patienten Schmocker kurzerhand ins Dauerbad zu stecken), wenn er die Assistenzärztin mit ‹liebes Kind› tituliert, dann weiß Studer, daß dieser Mann zwar klug, aber auch selbstherrlich ist, ein sprichwörtlicher Doktor Allwissend, der nur eines nicht kennt: das Unnatürliche, Unechte im eigenem Bild. Und so entwickelt sich zwischen dem Arzt und dem Fahnder trotz wechselseitiger Sympathie eine persönliche und sachliche Rivalität, eine «Kraftprobe», die das zentrale Movens des Buches bildet. Studer unterzieht Laduner, den Psychoanalytiker, seinerseits einer Art Analyse, er möchte wissen, «wie das wahre Gesicht aussieht, das sich hinter der Maske verbirgt» (S. 74), und er will dem Arzt zeigen, daß er nicht auf den Kopf gefallen ist.

Es ist offensichtlich, daß Glauser mit seinem Buch ähnliches in Bezug auf Max Müller beabsichtigt hat. Zwar räumt er durch den Mund Studers ein, daß es womöglich auch um «eine kleine freundschaftliche Rache» ging (S. 71f.), doch ist dies keineswegs Glausers Hauptmotiv. Wenn er Laduner zwiespältig charakterisiert, liegt darin weniger eine Kritik an der Person seines ehemaligen Therapeuten, als vielmehr daran, wie dieser seine Funktion auffaßte: daß er dem Patienten letztlich instrumentell begegnete, statt als Mensch, daß er – z. B. in der psychoanalytischen Übertragung – eine höchst persönliche Beziehung provozierte, um sich ihr dann zu entziehen und aus der Distanz mit ihr zu operieren.

Es ist kein Zufall, daß Glauser den Wachtmeister genau jene Passage in Max Müllers Buch *Prognose und Therapie der Geisteskrankheiten* aufschlagen und lesen läßt, in der von diesem Distanzgebot die Rede ist. Und auch Studer spürt, daß hier ein Kardinalproblem aller Psychotherapie verborgen liegt: «Es kann nicht jeder mit den Gefühlen der anderen umgehen, wie dies ein Chemiker mit seinen Reagenzien tut», denkt er und fragt sich: «Soll ich dem Dr. Laduner das unter die Nase reiben?» Die Antwort gibt er sich gleich selbst: «Nutzlos!» Warum nutzlos? «Der Mann wird auch auf diese Vorhaltungen eine Antwort wissen, die mir den Mund verschließt», weiß Studer resignierend (S. 223). Wie hatte Glauser 1931 geschrieben? «Mit ein paar Worten gelingt es Ihnen immer, mich mundtot zu machen.» Therapeutischer Rhetorik ist in der Tat nur sehr schwer beizukommen, von der hinter ihr stehenden Allmachtsphantasie einmal ganz zu schweigen. Dies muß zuletzt auch Studer erfahren. Auch er kommt gegen den Arzt nicht an. «Erzählen Sie ruhig weiter», fordert Laduner ihn auf. «*Ich* werde dann die Schlußfolgerungen ziehen.» (S. 237)

Es sind denn auch ganz andere Personen, denen Studer sich in der Anstalt verbunden fühlt: allen voran Laduners Frau, die eben jene Eigenschaften besitzt, die Studer an ihrem Mann so vermißt: natürliche Wärme, Nachsicht, Güte und Bescheidenheit. Zu Frau Laduner findet Studer ohne viel Worte eine vertrauensvolle Beziehung – ähnlich wie dies bei Glauser und Gertrud Müller der Fall gewesen war, bei der er jeweils auf Verständnis hatte zählen können, wenn das Verhältnis zu seinem Therapeuten wieder einmal belastet war. Auch Frau Laduner hält in dieser Weise ihrem Mann den Rücken frei; es ist nicht zuletzt ihre Integrität, die Studer von Verdächtigungen gegen den Arzt abhält.

Neben ihr ist noch eine weitere Figur des Romans umfassend positiv gezeichnet: der rothaarige Gilgen. Glauser dürfte in ihm den Münsinger Pfleger Werner Niederhäuser porträtieren, der sein verläßlicher Freund war, als es galt, die Liebe zu Berthe Bendel vor der Anstalt geheimzuhalten (vgl. *Briefe 1*, 463 ff.). Auch Gilgen ist, wie Frau Laduner, ein Mensch mit intuitivem Gespür, einer, der Beziehungen von einer Unmittelbarkeit aufbauen kann, wie Worte das nie vermöchten. Zudem besitzt er eine tiefe Ahnung von Vergeblichkeit, was ihm den Wachtmeister, der selbst mitunter melancholische Anwandlungen hat, aufs stärkste verpflichtet. Gilgen ist es schließlich, der spontan und rückhaltlos wie kein anderer zu seinen persönlichen Loyalitäten steht. Seine Schutzbefohlenen Pieterlen und Caplaun, aber auch Laduner, den Mächtigen, deckt er, der Schwache, bis zur Selbstaufgabe. An ihm wird Studer schuldig, da er ihn – aus dem Zwang der kriminalistischen Abläufe heraus – in eine ausweglose Situation bringt. Gilgens Selbstmord macht Studer erstmals bewußt, daß in Schüls Wort von Mattos Puppentheater etwas wie eine Wahrheit steckt. Gilgen war die einzige Person in der Anstalt, zu der Studer sofort eine vollständige Sympathie gefaßt hatte, und doch mußte er genau ihn ins Verderben stürzen.

Von diesem Punkt an beginnt der Fall für Studer Züge eines Alptraumes anzunehmen. Er versucht zwar weiter, mit kriminalistischen Methoden das Verbrechen aufzuklären, merkt aber, daß ihm die Souveränität gegenüber den Geschehnissen immer mehr abhanden kommt. Hat er die Wiederholungsmechanismen, die zwischen Laduner, Direktor Borstli und dem Oberst Caplaun wirksam waren, noch von außen betrachten können, so gerät er nun selbst in die Macht solcher Abläufe. Studer sieht sich mit Motivationen konfrontiert, deren Realitätsgehalt er nicht mehr einzuschätzen weiß. War das Geständnis des jungen Caplaun nun echt oder nicht? Studer hält es für wahr, obwohl ihm die Gründe für die Tat verworren und seltsam infantil erscheinen. Laduner verhöhnt ihn daraufhin und behauptet, daß Caplauns Tatmotive lediglich Phantasien seien, wie sie im Verlauf einer Psychoanalyse zutage treten. Studer ist außerstande, dies zu beurteilen, weiß aber eines mit Sicherheit: daß Caplauns Geständnis echt geklungen hat. Dies war der Bereich, in dem Studer sich auskannte: Hinsichtlich der Stimmigkeit von Tonfall und Mimik konnte ihm Laduner mit seinem Maskenlächeln nichts vormachen. Und doch setzt sich dessen Version am Ende durch; Studer wird von der gescheiten Rhetorik des Arztes und der fraglos vorausgesetzten Überlegenheit psychologischer Einsicht völlig an die Wand drückt. Eine gleichberechtigte Diskussion kommt nicht zustande.

So bleibt die plausibelste Lösung, die sich aus der Kombination beider Rekonstruktionen ergeben hätte, am Ende außer acht: Daß Caplaun tatsächlich glauben mußte, der Mörder zu sein, weil er den Portier Dreyer unter dem Absatz der Stahltreppe nicht hatte sehen können. Insofern war sein Geständnis wirklich echt und keine Phantasie. Studer spürte, daß an der Version Laduners irgend etwas nicht aufging, daß dieser ihm trotz der Beteuerung, bei seinem Leisten zu bleiben, an einer Stelle hineinpfuschte, die seine ureigenste Domäne war. Ja, Laduner warf ihm gar vor, er, Studer, habe *ihm*, Laduner, hineingepfuscht. (Dabei saß Studer doch nur zufällig und gänzlich arglos auf Laduners Sessel.) An diesem Vorwurf, der die Dinge auf den Kopf stellt, wird Studer beinahe irr, so daß er sich nicht anders zu helfen weiß, als in Boxerstellung auf Laduner loszugehen. Wie eine Marionette in Mattos Puppentheater wiederholt er damit jene Szene in Oberhollabrunn, in der er Laduner kennengelernt hat. Auch der Ausgang ist derselbe wie damals: Die stoische Ruhe und das Lächeln des Arztes behalten die Oberhand.

Zuletzt ist Laduners Sieg also vollkommen. Vier Finger hält er Studer entgegen, als sei dieser an den vier Toten des Falles schuld. Studer ist so vollständig am Boden, daß er gegen die Unverschämtheit nicht einmal mehr protestiert. In dieser Situation rückt Laduner schließlich selbst mit einem Geständnis heraus. Es betrifft den zweiten Kriminalfall des Buches – und den eigentlichen Kriminalfall in der Wirklichkeit: Die Versuche mit Typhus-Infektionen und Dauerschlafkuren an chronischen Schizophrenen. Auf das Konto dieser Experimente gehen die meisten Toten des Buches; auch in der Realität fielen ihnen zahllose Menschen zum Opfer. Diese Toten waren es in Wahrheit, für die Laduner behördlich gedeckt sein wollte. Hier sollte weiterhin ein rechtsfreier Raum bewahrt bleiben, für den ausschließlich das «ärztliche Gewissen» zuständig war. Glauser rührt in diesem Punkt an ein Tabu, das bis heute aller historischen und juristischen Aufklärung widerstanden hat. Schlimmer gar: Es scheint, daß die Tage jener ‹heroischen› Psychiatrie wiederkehren, in denen man glaubte, durch Intoxikationen und Infektionen, durch pharmazeutische und elektrische Schoks ‹heilen› zu können. Eine spezifische psycho-physische Wirkungsweise hat für keines dieser Verfahren je nachgewiesen werden können. Dennoch wird bis heute der Gedanke in den Wind geschlagen, daß solche Eingriffe, die den Patienten an den Rand des Todes führen (und manchmal darüber hinaus), letztlich nichts anderes sind als die Folterungen und Schrecktechniken der vorwissenschaftlichen Psychiatrie. Es wird also weiter experimentiert und geschockt. Und es wird weiterhin behördlich gedeckt. Gewiß, die Techniken haben sich verfeinert. Am elegantesten wirken heute ein paar Miligramm neurologisch wirksamer Substanz, die den Anschein erwecken, als seien Lebenstragödien in ihnen löslich. Studer würde heute weit weniger sehen. Denn man hat Matto das Schreien abgewöhnt. Im übrigen gilt felsenfester denn je der Grundsatz: Nur Wahnsinn ohne Macht und Methode ist pathologisch.

Anmerkungen

Die in der Folge verwendeten abgekürzten Zitatnachweise beziehen sich auf folgende Ausgaben:

Erzählungen 1, 2, 3, 4 = Friedrich Glauser, Das erzählerische Werk (Bd. 1 Mattos Puppentheater; Bd. 2 Der alte Zauberer; Bd. 3 König Zucker; Bd. 4 Gesprungenes Glas). Hg. v. Bernhard Echte u. Manfred Papst. Zürich: Limmat 1992/93

Schlumpf = Friedrich Glauser, Schlumpf Erwin Mord. Hg. v. Walter Obschlager. Zürich: Limmat 1995

Fieberkurve = Friedrich Glauser, Die Fieberkurve. Hg. v. Julian Schütt. Zürich: Limmat 1995

Briefe 1, 2 = Friedrich Glauser, Briefe 1, Briefe 2. Hg. v. Bernhard Echte u. Manfred Papst. Zürich: Arche 1988/1991

Saner 1, 2 = Gerhard Saner, Friedrich Glauser. Eine Biographie. 2 Bde. Zürich/Frankfurt a. M.: Suhrkamp 1981

Müller = Max Müller, Erinnerungen. Erlebte Psychiatriegeschichte 1920–1960. Berlin/Heidelberg, New York: Springer 1982

5 *Arnold Zweig, Erziehung vor Verdun*: In einem Brief vom 8. Januar 1936 fragt Glauser seinen Freund Josef Halperin: «Könnten Sie nicht die *Erziehung von Verdun* irgendwo auftreiben? Ich möchte es gerne lesen.» (*Briefe 2*, 124) Das Buch war 1935 bei Querido in Amsterdam erschienen und scheint auf Glauser großen Eindruck gemacht zu haben. So attestiert er ihm in einem Brief an Martha Ringier vom 9. November 1936 «schöne epische Wellen». (*Briefe 2*, 425)

7 *Notwendige Vorrede …*: Diesen Vorspann, der im Manuskript noch nicht enthalten war, hat Glauser offenbar auf Empfehlung Josef Halperins hin erst nachträglich hinzugefügt; in einem Brief an ihn vom 27. April 1936 fragt Glauser jedenfalls: «Soll man eine kleine Vorrede dazu schreiben? Ich schick Ihnen den Entwurf gerade mit.» (*Briefe 2*, 267) Die Passage war dann dem Text des Erstdrucks und der ersten Buchausgabe vorangestellt. In den späteren Ausgaben wurde die Vorrede jedoch wieder weggelassen.

Der Begriff Heil- und Pflegeanstalt war damals im übrigen noch relativ neu. Ende Februar 1930 wurde in einem Dekret des Großrats des Kantons Bern die bis dahin gültige Bezeichnung ‹Irrenanstalt› offiziell durch ‹Heil- und Pflegeanstalt› ersetzt (Sitzung vom 24./25.2.1930).

7 *daß der Fußballklub Winterthur sich gegen eine meiner Erzählungen verwahrt hat ...*: Glauser bezieht sich auf den Text *Sie geht um* (*Erzählungen 3*, 9–20), der in einem entsprechenden Winterthurer Milieu spielt und im September 1933 im *Schweizer Spiegel* erschienen war. Über die Beschwerde des Vereins und Glausers Reaktion darauf ist nichts bekannt.

9 *Verwahrloste Jugend...*: Die Überschrift ist dem Titel des klassischen Buches von August Aichhorn entlehnt, das 1925 im Internationalen Psychoanalytischen Verlag mit einem Geleitwort von Sigmund Freud erschienen war. Näheres zu Aichhorn siehe Anmerkung zu S. 13.

10 *Ah ja! Borstli! Ulrich Borstli! ...*: Glauser hat in späteren Briefen freimütig eingeräumt, daß die Figur Borstlis nach dem Vorbild des Münsinger Anstaltsdirektors Ulrich Brauchli (1862–1939) gezeichnet ist. So schrieb er beispielsweise am 24. Februar 1937 an Hans Oprecht: «Daß der Direktor Borstli ein wenig dem Direktor Brauchli gleicht – das finde ich wirklich nicht unerlaubt. On prend son bien où on le trouve.» (*Briefe 2*, 542) Die unmittelbare Assonanz des literarischen und realen Namens hat er später jedoch als «Geschmacksverirrung» gewertet (siehe *Briefe 2*, 589). Daß Glausers Brauchli-Porträt im übrigen recht treffend ausgefallen war, bewiesen die Reaktionen, die das Buch bei seinem Erscheinen auslöste. So sah Max Müller, der zweite Arzt der Münsinger Klinik und Glausers früherer Therapeut, «die größten Komplikationen voraus: Der alte Direktor Brauchli war nicht nur in seiner äußeren Erscheinung, sondern mit all seinen Schwächen so genau geschildert, daß es seinen Tod bedeuten konnte, wenn er das Buch je in die Hände bekam.» (Brief von Müller an Saner, zitiert nach *Saner 2*, 145) So beschloß Müller, die Post seines Chefs einer Vorzensur zu unterwerfen und alle Hinweise auf den Roman zu unterschlagen.

Glauser war Brauchli schon 1919 bei seiner ersten Internierung in Münsingen begegnet, wobei das Verhältnis von Beginn an von wechselseitiger Antipathie geprägt war. Obwohl Brauchli in sonstigen Quellen übereinstimmend als warmherziger Mensch geschildert wird, löste er in Glauser heftig ablehnende Reaktionen aus; nicht nur in seinen Briefen bedachte dieser ihn mit zahllosen negativen Vokabeln («alter Kracher» usw.). Daß Glauser den Protest gegen seinen Vater auf Brauchli übertrug, findet sich auch im fiktiven Geschehen des vorliegenden Romans thematisiert.

10 *vom Hinterkopf stand eine Strähne ab wie die Feder bei einem Reiher ...*: wie verschiedene Zeitzeugen berichten, trifft dieses Detail auf Max Müller zu, der von 1925 bis 1932 Glausers wichtigste therapeutische Bezugsperson war. Andere Charakteristika Laduners stehen jedoch in Widerspruch zu Müllers Erscheinung; so war dieser keineswegs von großer athletischer Statur; auch sprach er keinen Ostschweizer Dialekt, sondern Berndeutsch. Daß Müller ein starker Raucher war und Tennis spielte, deckt sich indessen wieder mit der Figur Laduners. Das zutiefst ambivalente Verhältnis, das zwischen Müller und Brauchli bestand, scheint Glauser ebenfalls wirklichkeitsgetreu dargestellt zu haben; so schrieb Müller an den Glauser-Biographen Gerhard Saner: «Im *Matto* sind die Nöte, die ich mit Brauchli hatte, derart konkret und bis in die Einzelheiten wahrheitsgetreu dargestellt, daß man am Vorbild nicht zweifeln konnte. Dies um so weniger, als Glauser meine Schwierigkeiten genau kannte und aus eigener Erfahrung intensiv miterlebt hatte» (zitiert nach *Saner 2*, 149).

11 *befremdend war sein Lächeln, das an eine Maske erinnerte ...*: Über dieses Lächeln seines Arztes schrieb Glauser in einem autobiographischen Fragment ohne Titel: «Ich weiß noch, daß mich damals nur eines stutzig machte: sein Lächeln, es war maskenhaft, kaum merklich zwar, so als könne er es je nach Bedürfnis über den Mund ziehen. Der Ausdruck der Augen ging wohl mit, aber zögernd; dieses Lächeln als falsch zu bezeichnen wäre unrichtig. Die Schattierung zwischen gewollt und falsch: gewollt, um zu helfen, um das Lächeln als ein bewährtes Aufmunterungsmittel zu gebrauchen, nicht um selbst daraus einen Vorteil zu ziehen, etwa gerade so, wie ein Spitalarzt Morphium gegen Schmerzen verordnet, er zieht auch keinen Vorteil daraus, außer dem vielleicht, daß man ihn in Ruhe läßt, aber soll man das Vorteil nennen. Gerade in diesem Sinn war das Lächeln zu verstehen – als Pharmakon, als Arzneimittel.» (*Erzählungen 2*, 367)

12 *er würde niemanden lieber in Thorberg wissen ...*: In Thorberg, das zwischen Bern und Burgdorf liegt, befand (und befindet) sich eine kantonal-bernische Haftanstalt für Männer.

12 *Damals in Wien ...*: Mit diesen Worten (die auf S. 15 nochmals wiederholt werden) betitelte Glauser später die Autobiographie seiner Jugendjahre (vgl. *Erzählungen 4*, 150–204).

12 *der den Professor Groß gekannt hatte ...*: Hans Groß (1847–1915) gilt als einer der Begründer der modernen Kriminologie; er verfeinerte zahlreiche naturwissenschaftliche Nachweismethoden (Identifizierung von Fingerabdrücken etc., vgl. *Handbuch für Untersuchungsrichter*, 1893) und verfaßte eine streng phänomenologische *Kriminal-Psychologie* (1897). Als berühmte Autorität seines Faches findet Groß in allen Studer-Krimis Erwähnung, wobei Studer in den anderen Romanen direkt bei ihm in Wien studiert haben will.

In der Literaturgeschichte hat der Name Hans Groß jedoch einen außerordentlich schlechten Klang, ließ er doch seinen Sohn, den bohemistischen Literaten, Psychoanalytiker, Sexualitätsbefreier und Morphinisten Otto Groß (1877–1920) mehrfach zwangsweise internieren. Auch als Verfechter eines autoritären bis totalitären Staates, der die Ausschaltung von Minderheiten (Homosexuelle, Juden, Zigeuner usw.) propagierte, ist Hans Groß noch heute unrühmlich bekannt.

13 *Eichhorn! Natürlich ...*: Glauser bezieht sich auf den Wiener Lehrer und Jugendfürsorger August Aichhorn (1878–1949), dessen Buch *Verwahrloste Jugend* schon in der Überschrift des Kapitels zitiert wird (siehe Anmerkung zu S. 9). Aichhorn organisierte 1918 eine Ferienerholung für 3000 Schulkinder im ehemaligen Flüchtlingslager Oberhollabrunn und wurde in der Folge beauftragt, am selben Ort eine Fürsorge-Erziehungsanstalt einzurichten. Von 1918 bis zur Schließung 1923 war Aichhorn der Leiter dieser Anstalt, in der er vor allem mit delinquenten Jugendlichen arbeitete. Im Oktober 1922 wurde Aichhorn Mitglied der Wiener Psychoanalytischen Vereinigung und eröffnete später eine Praxis als Therapeut. Von 1923 bis 1930 führte er außerdem die Erziehungsberatung in den vierzehn Bezirksjugendämtern der Stadt Wien. Als Nichtjude blieb Aichhorn auch während der Zeit des Nationalsozialismus in Wien und gehörte der Psychoanalytischen Untergrundbewegung an, die Ärzte,

Psychologen und Lehrer heimlich in der Psychoanalyse und psychoanalytischen Pädagogik ausbildete.

13 *in der Schweiz treffen sie nur Maßnahmen ...*: Glauser spielt hier mit der in der Schweiz bestehenden Doppelbedeutung des Wortes Maßnahme, das außer im konventionellen Wortsinn auch als juristischer Terminus gebraucht wird und die Unterbringung in einer Fürsorgeeinrichtung (Psychiatrische Klinik, Erziehungsanstalt etc.) anstelle einer Haftstrafe bezeichnet.

13 *Das Zimmer war ein Schlachtfeld ...*: Glauser übernimmt in der folgenden Szene zwei Passagen aus Aichhorns Buch *Verwahrloste Jugend*. Dort wird der Vorfall wie folgt beschrieben: «Außer den schon eingangs geschilderten Angriffen, die sehr arg wurden, kam es zur Zertrümmerung von Barackeninventar, eingeschlagenen Fensterscheiben, mit Füßen eingetretenen Türfüllungen usw. Es ereignete sich auch, daß einer durch das doppelt geschlossene Fenster sprang, unbekümmert um etwaige Verletzungen. (...) Ich erinnere aus dieser Zeit einen sehr arg erscheinenden Vorfall. In meiner Gegenwart stürzte sich ein Zögling mit geschwungenem Brotmesser auf einen anderen, setzte ihm das Messer an die Kehle und brüllte dabei: ‹Hund! i erstich di!› Ich stand ruhig daneben, ohne abzuwehren, ja auch nur von der Gefahr, in der der andere scheinbar schwebte, Notiz zu nehmen. Mir war die Scheinaggression und daher die Ungefährlichkeit sehr deutlich. Weil ich so gar nicht aus der Fassung und in Aufregung kam, vielleicht auch, weil ich ihm nicht das Messer aus der Hand riß und eine tüchtige Ohrfeige versetzte, schleuderte der Messerheld dieses mit Wucht von sich, stampfte wütend mit dem Fuß auf den Boden und stieß einen unartikulierten, brüllenden Schrei aus, der sich in heftigstem Weinen fortsetzte. Dieses nahm ihn schließlich derart her, daß er vor Erschöpfung einschlief. Ähnliche Szenen erlebten wir bei jedem der zwölf. Jeder geriet durch Nichtbeachten der Scheinaggression in heftigsten Affekt, der sich zumeist in Wutweinen erledigte. Nach der Zeit des Wutweinens kam die der starken Labilität. (...) Die ehemaligen Aggressiven sind besonders anhängliche Zöglinge geworden. Nicht uninteressant ist es auch, daß mit dem Abflauen der Aggressionen einzelne von ihnen bedeutend höhere intellektuelle Leistungen zeigten und Schulrückstände einholten.» (August Aichhorn, *Verwahrloste Jugend*. Leipzig/Wien/Zürich: Internationaler Psychoanalytischer

Verlag 1925, 221ff.; neu: Bern/Stuttgart/Wien: Hans Huber 1974, 150ff.)

13 *ein unscheinbarer, hagerer Mann mit braunem schlichtem Haar ...*: Glauser hatte offensichtlich keine Ahnung, wie Aichhorn aussah, sondern imaginiert hier eine Physiognomie, die ihm auszudrücken scheint, was er in diesen Bereichen als notwendig erachtete: Sachlichkeit. Der reale Aichhorn dagegen ähnelte in seinem Aussehen eher dem Wachtmeister Studer: Er trug einen Seehundschnauzbart, seine Nase wirkte in dem rundlichen Gesicht auffällig fein und spitz; Haare fanden sich nur noch ganz wenige und spärliche auf seinem Schädel (vgl. Olga Székely-Kovács u. Robert Berény, *Karikaturen vom achten internationalen psychoanalytischen Kongreß Salzburg Ostern 1924*. Leipzig/Wien/Zürich: Internationaler Psychoanalytischer Verlag 1924, 6).

14 *Dr. Laduner, der bei Eichhorn als Volontär arbeitete ...*: Max Müller hatte sich 1933/34 für ein Jahr beurlauben lassen und war nach einem Paris-Aufenthalt einige Monate in Wien als Volontär an der Neurologisch-Psychiatrischen Universitätsklinik tätig gewesen. Erst während dieser Zeit, d.h. mehr als 10 Jahre nach Schließung der Anstalt in Oberhollabrunn, lernte er August Aichhorn persönlich kennen.

15 *Ein roter Ziegelbau, soviel man sehen konnte in U-Form ...*: Auch wenn Glauser es in seiner *Notwendigen Vorrede* leugnet, so entspricht die Beschreibung der Anstalt Randlingen in allen Einzelheiten den baulichen Gegebenheiten der Psychiatrischen Klinik Münsingen. Die Anlage wurde von 1892–1895 nach Plänen des Architekten Tièche erbaut. Einem U-förmigen Hauptbau sind verschiedene Neben- und Wirtschaftsgebäude zugeordnet (siehe Abbildung). Zur Anstalt, die außerhalb des Ortes gelegen ist, führt noch heute eine Baumallee. Auch die dunklen Tannen, die die Gebäude umgaben, stehen teilweise noch. Zur Anstalt gehörte schließlich ein an der Bahnlinie Münsingen-Bern gelegener Tennisplatz, der auf S. 69 erwähnt wird.

16 *Sie kommen zum Unbewußten zu Besuch ...*: Dieser bildhafte Ausdruck, den Laduner noch zweimal gebraucht (siehe S. 98 u. S. 124), geht auf den niederländischen Psychiater August

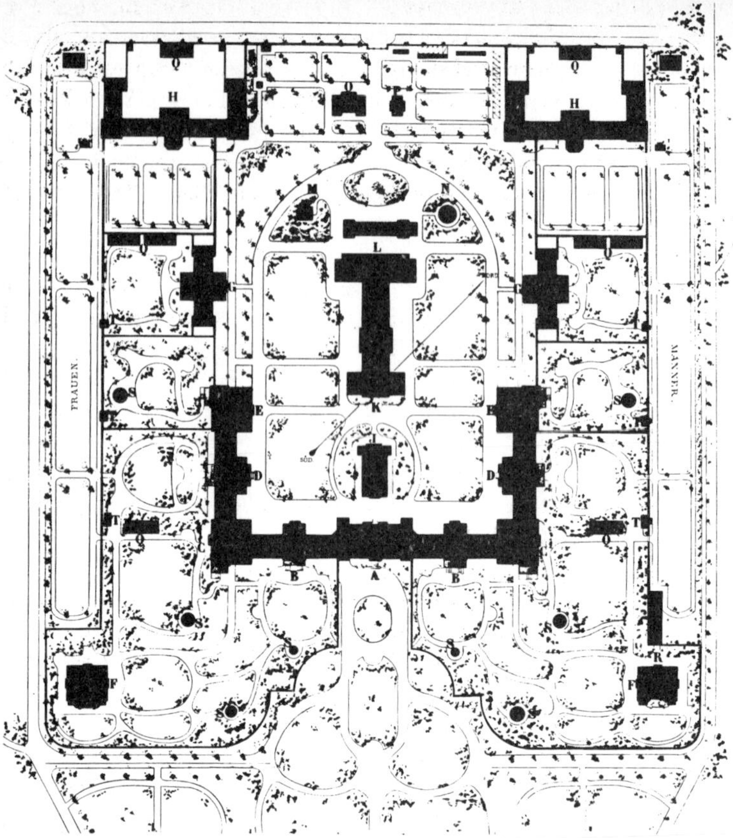

Grundriss der Psychiatrischen Klinik Münsingen. Dieser Lageplan sowie die im weiteren abgebildeten Photos entstammen der Publikation, die zur Fertigstellung der Klinik erschien (Kanton Bern, Irrenanstalt Münsingen, 1891–1895).

Stärke zurück, der 1921 in seinem (noch heute lesenwerten) Buch *Psychoanalyse und Psychiatrie* geschrieben hatte: «In einer unruhigen Irrenabteilung ist man buchstäblich bei dem Unbewußten auf Besuch.» (August Stärke, *Psychoanalyse und Psychiatrie*. Leipzig/Wien/Zürich. Internationaler Psychoanalytischer Verlag 1921, S. 22) Die Passage wurde in zustimmendem Sinn von Max Müller in seinem Buch *Prognose und Therapie der Geisteskrankheiten* (Leipzig: Georg Thieme 1936, S. 11) zitiert.

18 *Laduner stieß eine Glastüre auf und rief: «Greti!» ...*: Die folgende Beschreibung von Laduners Gattin trifft in all ihren Details auf Max Müllers Ehefrau Gertrud (1894–1975) zu. Glauser hatte ein besonderes Vertrauensverhältnis zu ihr und wandte sich häufiger, wenn seine Beziehung zu Max Müller problematisch war, brieflich an sie. Auch verkehrte er während seiner Münsinger Aufenthalte zwanglos in der Müller'schen Wohnung, kannte so das Leben der Familie genau und wußte, wie liebevoll Gertrud Müller mit dem Sohn Christian («Chaschperli») umging.

21 *dem Metzger und Bärenwirt Fehlbaum, einer Stütze der Bauernpartei ...*: Einem Interview zufolge, das Daniel Müller im Zusammenhang seiner Arbeit *Über Fiktion und Realität in Friedrich Glausers «Matto regiert»* (Masch. Ms. Zürich 1994) führte, hieß der Wirt des Münsinger Gasthofs Bären damals Wittwer und war tatsächlich eine «Stützte der Bauernpartei» (a.a.O., 71). Auch ist durch Max Müller bezeugt, daß Brauchli dort regelmäßig zum Jaß erschien: «Er war ein leidenschaftlicher Spieler und versäumte nie seinen täglichen Stammtisch-Jaß im Bären, nachmittags um 5 Uhr.» (*Müller*, 19) Glauser schildert den Bären auch im ersten Studer-Roman *Schlumpf Erwin Mord*: Schlumpf wechselt hier die ihn belastende Hunderternote, und Studer wählt sich den Gasthof als Quartier, da er im Vergleich zum gegenüberliegenden Leuen die volkstümlichere Wirtschaft war (vgl. *Schlumpf*, 12). Beide Häuser existieren noch.

21 *Er begann sie, die Gutachten ...*: In einem Brief an Hans Oprecht vom 24. Februar 1937 faßt Glauser diesen Sachverhalt noch prononcierter; er schreibt: «Ich bin sicher, daß der langjährige zweite Arzt, Dr. Good, meine Darstellungen bestätigen wird. Es ist oft vorgekommen, daß Dr. Good aufgefordert wurde, ein Gutachten Brauchlis nicht zu beenden, sondern ein Gegengutachten zu machen.» (*Briefe 2*, 542)

21 *Bohnenblust heißt der Nachtwärter* ...: «Unschwer waren auch einzelne Pfleger, Schwestern, Portiers, Patienten etc. zu identifizieren», schrieb Max Müller an Gerhard Saner (*Saner 2*, 145). Im Falle des Nachtwärters Bohnenblust bestätigen noch heute verschiedene Zeugen, daß diese Figur ein Porträt des seinerzeitigen Münsinger Nachtwärters Ernst Wüthrich darstellt, der auf der ruhigen Männerstation Dienst tat (vgl. im übrigen auch die Figur des Nachwärters Aerny in *Kollegen*, *Erzählungen 3*, 281 ff.).

22 *Wir haben eine Kapelle* ...: vgl. dazu die Abbildung.

23 *stellvertretender Direktor* ...: Max Müller wurde im Jahr 1936 als Nachfolger von Dr. Good zum stellvertretenden Direktor der Klinik Münsingen ernannt.

24 *Übrigens, der Abteiliger Jutzeler wird ihnen gefallen, einer meiner tüchtigsten Leute* ...: Vorbild dieser Figur ist der Münsinger Pfleger Paul Schranz, über den Glauser in einem Mitte Oktober 1933 geschriebenen Brief an Berthe Bendel berichtet: «Wegen

Schranz kannst du beruhigt sein. Der sagt nichts, das weiß ich, auf ihn kann man sich verlassen. (...) Ich hab so selten einen Freund gehabt, und Schranz ist einer. Erstens verdankt er's mir, daß er Abteiliger geworden ist, ich hab ihn damals unglaublich gelobt bei Müller, u. der hat's mir geglaubt, zweitens hat er immerhin einiges von mir gelernt – und alles was recht ist, er ist kein Trottel, sondern irgendwo sehr klug u. diplomatisch. Und klatschsüchtig ist er nicht, im Gegenteil.» (*Briefe 1*, 441) Daß Schranz diskret war und sich an Klatsch in keiner Weise beteiligte, wird auch an Jutzeler im vorliegenden Roman hervorgehoben (vgl. S. 187). Interessant dürfte außerdem sein, daß Glauser dieser positiv bewerteten Figur den Namen eines Münsinger Pflegers gab, den er zutiefst ablehnte. So schrieb er um den 20. Oktober 1933 an Berthe Bendel: «Man ist so wehr- und machtlos gegen die Gemeinheit. Ich weiß, wenn die Leute noch bewußt gemein wären, so könnt es amüsant sein u. man könnte sich verständigen. Aber so Typen wie Jutzeler – das redet doch eine andere Sprache, da hört doch jedes Verständnis auf, da spricht man gegen eine Wand. (...) Die arbeiten mit Verleumdungen, ja, was soll man da machen.» (*Briefe 1*, 444) In der Erzählung *Kollegen* tritt jener unsympatische Pfleger unter dem Namen Glurner Walen auf, während ein Patient Jutzeler heißt (*Erzählungen 3*, 280 ff.).

24 *es fiel Studer auf, daß Laduner die Mitvergangenheit brauchte ...*: Im Mündlichen wird das Imperfekt in der Schweiz fast nie gebraucht (sie ist schließlich ein perfektes Land) .

28 *in der Ecke unten: 18. April 1927 ...*: Über die Ausbildung des psychiatrischen Klinikpersonals wurde in der Schweiz seit Anfang der 20er Jahre heftig gestritten. Der gewerkschaftliche Verband des Personals öffentlicher Dienste (VPOD) sowie die jüngere Ärzte-Generation, allen voran Walter Morgenthaler und Max Müller, setzten sich vehement dafür ein, daß das Pflegepersonal ausgebildet werden müsse. Die konservativen Anstaltsdirektoren sperrten sich gegen diese Forderung, nicht zuletzt aus finanziellen Gründen, ging doch die Strategie des VPOD darauf aus, die Psychiatriepflege zu einem eigenen Berufsstand umzuformen, um dann mit dem Anspruch des ‹qualifizierten Arbeiters› die Forderungen nach Lohnerhöhung und Arbeitszeitverkürzung (damals galt die 60 Stunden-Woche) nachhaltiger begründen zu können. Nach langen Auseinandersetzungen wurden im Jahr 1926 schließlich Prüfungsreglemente für das schweizerische «Irrenpflegepersonal» festgelegt, so daß im Frühjahr 1927 die ersten Examina in den Kliniken von Herisau und Hohenegg abgehalten werden konnten. In Münsingen fanden 1929 erstmals entsprechende Prüfungen statt.

29 *Und beide Frauen sind tot ...*: Ulrich Brauchlis erste Frau war 1921 überraschend gestorben. Auch die zweite Ehefrau, die zuvor tatsächlich seine Haushälterin gewesen war, starb 1926 nach kurzer Ehezeit an Tuberkulose. Glausers weitere Bemerkungen, wonach der Bruder und eine Schwester der zweiten Frau sowie deren Schwager in der Klinik beschäftigt gewesen seien, entsprechen den Tatsachen (vgl. die Anmerkungen zu S. 35 und S. 170).

31 *Das Kasino! wie in Nizza ...*: Gemeint ist das gleiche Gebäude, das vorne unter dem Namen Kapelle figurierte (siehe Anmerkung zu S. 22).

32 *Das Telephon ... Wo war das Telephon ...*: Die Telephonanlage der Klinik Münsingen wurde 1924 installiert. Der Apparat im Kasino-Bau befand sich tatsächlich wie beschrieben in einem Nebenraum.

32 *Hulligerschrift ...*: Glauser bezieht sich auf die von Paul Hulliger zu Beginn der 20er Jahre entwickelte Laufschrift, die in der Schweiz zeitweise eine gewisse Verbreitung fand. Die Hulligerschrift weist einen mechanisch getakteten Duktus auf, da in ihr die Buchstaben nicht durch geschwungene Linien sondern durch diagonal gesetzte gerade Striche verbunden sind. Auch Sonja Witschi in *Schlumpf Erwin Mord* benutzt diese Schrift.

34 *heim in die Wohnung auf dem Kirchenfeld ...*: Studers Wohnung wurde von Glauser in der Berner Thunstraße angesiedelt. Es handelt sich hierbei um eine Ausfallstraße im sogenannten Kirchenfeld-Quartier, das außerhalb des Aarebogens, südwestlich der Altstadt gelegen ist – damals eine mittelständisch-bürgerliche Gegend.

34 *«Der Randlinger Blitzzug!» lachte der Mann ...*: Es war in den bernischen Anstalten damals durchaus üblich, Patienten zu viert oder zu sechst als Zugtiere in Gefährte einzuspannen. Prof. Jakob Klaesi, der Direktor der Psychiatrischen Universitätsklinik

Waldau (Bern) und Glausers späterer Arzt, rühmte sich dieser Idee im besonderen und ließ deswegen in einem Artikel über seine segensreiche Tätigkeit eine Photographie des ‹Blitzzuges› erscheinen (aus *Der Föhn*, 3. Jg, 1937, Nr. 32, S. 34. Photo Paul Senn Bernische Stiftung für Fotografie, Film und Video, Kunstmuseum Bern).

35 *Blumenstein hieß also der Schwager ...*: Glauser zeichnet in dieser Figur ein karikierendes Porträt von Dr. Rolf Kaiser, der seit September 1930 als Assistenzarzt und ab 1934 als beamteter vierter Arzt in Münsingen arbeitete und mit einer Schwester von Brauchlis zweiter Frau verheiratet war.

36 *i bi dr Oberpfläger Weyrauch ...*: Vorbild dieser Figur dürfte der damalige Münsinger Vizeoberpfleger Wyss sein, den Müller als «dicken gemütlichen Bonvivant» beschreibt (*Müller*, 57). In der Erzählung *Kollegen* ist jener Pfleger, der sich Zeitschriften über Nacktkultur hielt, ebenfalls nur als Vize-Oberwärter eingestuft (vgl. *Erzählungen 3*, 284).

37 *Neuville, Assistent …*: In diesem Falle dürfte sich Glauser auf den Assistenzarzt Neuveville an der Berner Klinik Waldau beziehen, den er während seiner dortigen Internierung zwischen 1934 und 1936 kennengelernt hat. Vgl. dazu das satirische *Klinische Jahresblatt*, welches Glauser zu Faßnacht 1936 mit einem anderen Patienten der Waldau verfaßte; dort heißt es: «Auch der Sport wurde nicht vernachlässigt. Unser schwervermißter Champion André Neuveville stellte an einem Tage den Weltrekord für Blitzvisiten mit 1 Minute 15,7 für die gesamte Klinik auf. Leider hat er sich ins Privatleben zurückgezogen.» (*Erzählungen 3*, 328)

37 *ein Zimmer, in sattem Orange gestrichen …*: vgl. dazu die Erzählung *Kollegen*, in der en passent bemerkt wird: «Der Raum war quadratisch, in einem warmen Orange gestrichen.» (*Erzählungen 3*, 283) Die frische Farbgebung entsprang Max Müllers Bemühungen um ein etwas weniger tristes Anstaltsklima.

38 *alles Ssstündeler …*: Ein erheblicher Teil des damaligen Pflegepersonals an den Berner Anstalten stammte aus christlichen Sekten.

39 *was macht der Schmocker auf dem K? …*: Der Name Schmocker taucht auch, leicht entstellt, in Glausers *Klinischem Jahresblatt* auf (siehe *Erzählungen 3*, 336) und dürfte demnach aus dem Waldauer Personal oder Patientenkreis stammen. Glauser verwendete den Namen im übrigen auch für den Baumschulenbesitzer im entsprechenden autobiographischen Bericht (*Erzählungen 3*, 21ff.).

39 *Der Mann hat zu arbeiten …*: Nachdem Dr. H. Simon, der Leiter der Psychiatrischen Anstalt Gütersloh, Anfang 1929 seine Monographie *Aktivere Krankenbehandlung in der Irrenanstalt* publiziert hatte, begann man in Münsingen auf Drängen Max Müllers das Anstaltsleben nach Simon'schen Prinzipien zu reformieren. Hatten in den Zeiten der reinen Verwahrungspsychiatrie nur diejenigen Patienten gearbeitet, die selbst den Wunsch dazu hatten oder leicht dazu zu bewegen waren, so war nun das Ziel, für möglichst alle Insassen eine Beschäftigung zu finden, um sie dem stumpfen Dahindämmern zu entreißen. Richtschnur war dabei nicht eine eventuelle Rentabilität der Arbeit, sondern, wie Müller in seinen

Erinnerungen schreibt, «der therapeutische Gesichtspunkt, wie weit eine bestimmte Arbeit den Kranken fördere. (...) Es sollte eine ‹Heilatmosphäre› geschaffen werden, in der alles darauf ausgerichtet war, den Kranken aus seiner Versunkenheit und Isolierung herauszubringen. Stufenweise war er von leichteren, mechanischen Betätigungen zu komplizierteren, selbständigeren zu führen, wobei man sich immer an der oberen Grenze des physisch und psychisch noch zu bewältigenden halten sollte. Den motorisch erregten aggressiven Kranken dagegen war Gelegenheit zu geben, unter strenger Bewachung durch angestrengte körperliche Arbeit die aufgestauten Energien abzureagieren. Das Endziel war ein hundertprozentiger Beschäftigungsgrad nach Abzug der aus körperlichen Gründen bettlägerigen Patienten.» (*Müller*, 88f.) Die aktive Therapie schloß auch eine intensive Beschäftigung der Patienten in der Freizeit ein (vgl. S. 185).

40 *mit dem harten Akzent der Balten ...*: Vorbild dieser Figur dürfte die langjährige Münsinger Assistenzärztin Claire Bagg gewesen sein, die in der Erzählung *Kollegen* als Fräulein Dr. Veraguin auftritt (*Erzählungen 3*, 286ff.). In Max Müllers *Erinnerungen* wird sie wie folgt beschrieben: «Unendlich fleißig, sich überall aufopfernd, in späteren Jahren aus pedantischer Übergewissenhaftigkeit nirgends fertig werdend, mit ihrem belehrenden Tone den Kollegen gelegentlich etwas lästig, unermüdlich hingebend, warmherzig und der Anstalt bis zum äußersten verbunden, blieb sie bis zu ihrer Pensionierung.» (*Müller*, 78)

41 *Er war Getreideagent vor dem Monopol ...*: Anfang 1915 erließ der Schweizer Bundesrat eine Verordnung, durch die ein staatliches Monopol der Getreideeinfuhr und des Getreidehandels bewirkt wurde. Auf diesem Weg wurde versucht, Spekulationswellen im Bereich der Grundnahrungsmittel und damit politischen Unruhen vorzubeugen. Obwohl die Verordnung gegen Ende des 1. Weltkrieges wieder außer Kraft gesetzt wurde, gab es bis zu einer Volksabstimmung im Jahr 1926 zahlreiche Versuche, das Monopol wieder zu beleben. Nach dem ablehnenden Votum des Volkes kam es infolge der Weltwirtschaftskrise 1931 zu einer weiteren Verordnung, die zum Schutz der inländischen Bauern eine Abnahme- und Preisgarantie des Bundes einführte.

48 *die Wasem* ...: Glauser hat dieser Figur gewisse Züge seiner Freundin und späteren Braut Berthe Bendel verliehen, die er als Pflegerin in Münsingen kennengelernt hatte und die nach seiner Entlassung im Jahr 1936 mit ihm nach Frankreich zog.

48 *Die Malergruppe hat in letzter Zeit auf dem Frauen B Wände gestrichen* ...: «Wir müssen vorsichtig sein», schrieb Glauser um den 20. Oktober 1933 an Berthe Bendel. «Wirst du sehr böse u. traurig sein, wenn ich seltener zum Malen komme?» (*Briefe 1*, 443) Es war eine jener therapeutischen Maler-Gruppen gewesen, durch die Glauser Zutritt zur Frauen-Station fand, wo er dann Berthe Bendel kennenlernte. Die Liebe, die sich zwischen beiden entwickelte, rührte an ein striktes, noch heute bestehendes Tabu; intime Beziehungen zwischen Pflegepersonal und Patienten gelten nach wie vor als Kündigungsgrund. In der klatschsüchtigen Atmosphäre der Klinik konnten Glauser und Berthe Bendel ihre Zuneigung nicht lange geheim halten, so daß Berthe Bendel Mitte November 1933 ihre Stelle in Münsingen verließ.

53 *Sein Gesicht war eine einzige Narbe* ...: Das Vorbild Schüls war ein Patient namens Tschäppät, der als schwer Kriegsversehrter in der Münsinger Klinik lebte. Glauser fühlte sich ihm verbunden, denn er fragte Max Müller am 24.1.1932 brieflich aus Paris: «Haben Sie übrigens etwas dagegen, wenn ich an Tschäpät schreibe? Er tut mir leid, viel könnt ich ihm auch nicht schreiben. Aber ich fühle mich irgendwie verpflichtet dazu. So das alte Kameradschaftsmotiv.» (*Briefe 1*, 374) Im Unterschied zum Roman bestand zwischen Tschäpät und dem Vorbild der Figur des Pieterlen keine Freundschaft. Tschäpät wurde vielmehr von jenem Mitpatienten einmal zusammengeschlagen, was zu dessen Versetzung in die unruhige Männerabteilung führte (vgl. Daniel Müller, a.a.O., S. 65).

54 *dieser verfluchte Suppenhändler* ...: Eine Erläuterung dieses aus dem Französischen übertragenen Ausdrucks findet sich in Glausers autobiographischem Bericht *Zwischen den Klassen*: «In den französisch sprechenden Ländern ist die Bezeichnung ‹marchand de soupe› eine Beleidigung. Der Suppenverkäufer, der Inhaber von Arbeiterpensionen, erweckt in seinen Gästen einen ärgeren Haß als der vielgeschmähte Kapitalist. (...) Der Suppenverkäufer ist immer da, auch wenn man die Stelle wechselt und manchmal kann man nicht wechseln, weil er einen nicht fortläßt. Er steckt das schwerverdiente Geld ein und leistet sich dafür das, was er unter Luxus versteht, läßt seine Kinder Bildung erwerben, auch wenn diese noch so dumm sind, und kann sie schließlich in gut bezahlten Staatsstellen unterbringen.» (*Erzählungen 2*, 108)

55 *Es war kein Gedicht im gebräuchlichen Sinne des Wortes ...*: «Matto ist exakt – warten Sie einmal – 16 Jahre alt», schrieb Glauser am 2. Mai 1936 an Josef Halperin. «Das Gedicht, das Schül schreibt, hat votre serviteur damals verbrochen, und er ist geehrt, daß Sie es schön und verrückt finden.» (*Briefe 2*, 279) Im Konvolut von Glausers Gedichten, die um 1919/20 entstanden, findet sich indes kein Manuskript in der Art von Schüls Text. Allerdings existiert eine Szenenfolge mit dem Titel *Mattos Puppentheater*, die von 1919/20 stammt. (vgl. *Erzählungen 1*, 124–131).

56 *die Bänke mit den hohen Lehnen, auf denen Gitterkasten saßen, geschmückt mit Topfpflanzen...*: Glauser beschreibt hier die sogenannten Simon'schen Bänke, die nach dem Vorbild der Gütersloher Anstalt (vgl. Anmerkung zu S. 39) zu Beginn der dreißiger Jahre auch in Münsingen eingesetzt wurden.

56 *mein Blut floß auf die Schlachtfelder der Argonne ...*: Schül bezieht sich auf eine Hochebene östlich der Aisne, die von den französischen Truppen im Anschluß an die Marne-Schlacht im Herst 1914 teilweise zurückerobert wurde.

57 *Gilgen hatte eine große Glatze ...*: Gilgens Aussehen entspricht demjenigen des Pflegers Voumard in der Erzählung *Kollegen*: «Voumard hatte ganz helle Augen, die einen hilflosen Blick hatten. Hinten im Nacken als Abschluß seiner großen Glatze, lag ein Kranz rötlicher Haare. Er war klein, schon fünfzehn Jahre Wärter, die Kranken liebten ihn. Aber mit dem neuen Betrieb kam er nicht zurecht. Die Arbeitstherapie!» (*Erzählungen 3*, 284) Gilgens prekäre Lebensumstände (verschuldetes Haus, kranke Frau) sowie die Geschichte mit der Patientenwäsche decken sich im übrigen mit den Verstrickungen des Pflegers Schluep in der gleichen Erzählung.

58 *«Den, wenn ich erwisch, der die Welt erschaffen hat! ...»*: Dieser Ausspruch stammt von Hans Fahrni (1874–1939), einem ehemaligen internationalen Schachmeister, den Glauser als Patienten der Klinik Waldau kennenlernte. In einem Brief an Martha Ringier von 2. März 1936 schreibt Glauser: «Ich könnte Ihnen eigentlich stundenlang von den Leuten hier erzählen, es hat manchmal viel ulkigere Kerle darunter als draußen unter den sogenannten Normalen, und man lernt viel bei ihnen, wenn man nicht mit einer vorgefaßten Meinung an sie herantritt. (...) Selbst im verborgensten Gedankengang ist manchmal ein winziger Abschnitt, der leuchtet von einem Glanz, als werde er bestrahlt von jener Göttin, die wir, faute de mieux, die Wahrheit nennen. Wir haben da zum Beispiel einen Schachmeister, ein kleines Männchen mit einem ganz, ganz glatten Haupt und eckigen Bewegungen – kennen Sie des E. T. A. Hoffmann Nußknacker und Mausekönig? – nun, er sieht wie der Nußknacker im Märchen aus, hat ganz steife Bewegungen und einen steifen Gang und versteht sehr viel von Schach. Er war einmal internationaler Meister und hat an Turnieren mit allen großen Kanonen gespielt, Euwe und Aljechin, und er erzählt sehr fidel von Nimzowitsch, mit dem er einmal in Nürnberg, glaube ich, die Stube geteilt hat. (...) Ja, also dieser Schachmeister hat manchmal wunderbare Ausdrücke: ‹Den, wenn ich erwisch, der die Welt erschaffen hat ... › sagt er z.B., und der alte Schopenhauer könnte sich begraben lassen, wenn er es nicht schon wäre.» (*Briefe 2*, 178f.) Vgl. im übrigen auch *Erzählungen 3*, 333.

59 *Eine Schützovrenie ...*: Die Verballhornung des Wortes Schizophrenie taucht auch in der Faßnachtszeitung *Klinisches Jahresblatt* wieder auf, die Glauser 1936 mit einem Mitpatienten verfaßte: «Auf der diesjährigen Schönheitskonkurrenz im Hôtel Majestic wurde die bekannte Schweizerin Veronika Schütz (in Familienkreisen bekannt unter dem Namen ‹Schützvrenie›) zur Miss Universum gekürt.» (*Erzählungen 3*, 330)

61 *vor ihm hockte ein flaches Gebäude (...) ganz hinten ein Kamin...*: Zum heute abgerissenen Küchengebäude der Münsinger Anstalt siehe die nebenstehenden Photographien.

62 *Sie sei die Jungfer Koella …*: Vorbild dieser ebenso liebenswerten wie eindrücklichen Figur war Fräulein Balsiger, die in den dreißiger Jahren die Münsinger Anstaltsküche leitete. Die Bezeichnung ‹Jungfer› war, auch wenn Glauser sie hier ironisch verwendet, damals durchaus noch üblich, wie auch Müller festhält (*Müller*, 110).

67 *drückte auch die Schwester Oberin (…) beide Augen zu …*: Im Manuskript folgt noch ein im Druck nicht berücksichtigter Satz: «Die Schwester Marie vom Frauen B hatte doch auch beim Patienten Pieterlen die Augen zugedrückt.»

85 *Eine traurige Geschichte erzählte der Gilgen …*: Der gleiche Zusammenhang wird auch in der Erzählung *Kollegen* geschildert (siehe *Erzählungen 3*, 280ff.). Weitere Informationen liefert Glauser in einem Brief an Martha Ringier vom 8. Mai 1936: «Was mich an meinem Roman am meisten gefreut hat, sind die paar Seiten über den Tod vom Pfleger Gilgen. Ich glaub, ich lern mit der Zeit eine gewisse Sparsamkeit in den Mitteln. (…) Überhaupt, man kann nur Sachen gut schreiben, die man erlebt hat. Und diese Gilgen-Geschichte, mit der grotesken Beschuldigung des Schuhestehlens und so weiter, die ist wirklich passiert, ich habe da gar nichts erfunden. Nur, daß er sich nicht umgebracht hat, der Pfleger, sondern auf eine andere Abteilung versetzt worden ist und dann prompt eine schwere Form von Lungentuberkulose produziert hat. Man kann da wirklich von psychogen reden, wenn man will.» (*Briefe 2*, 286f.)

85 *in Heiligenschwendi oben …*: 1895 gegründete kantonale Lungenheilstätte oberhalb von Thun.

89 *Das Demonstrationsobjekt Pieterlen …*: Am 17. März 1936 schreibt Glauser an Martha Ringier: «So! Nun sollte ich wieder zu der großen Rede des Dr. Kurt Purkholter zurückkehren. Er hat sich vorläufig ganz schweigsam verhalten. Nun muß er ein Kapitel lang reden, vielleicht braucht er auch zwei.» (*Briefe 2*, 196f.) Auch wenn aus Purkholter im Laufe der Arbeit Laduner wurde, die Rede hat er gehalten. Zehn Tage später berichtet Glauser der gleichen Adressatin: «Die Geschichte vom Demonstrationsobjekt Pieterlen habe ich fertig, wenn man noch ein bißchen feilt, wird sie ziemlich sitzen, und eigentlich in kaum 15 Seiten ist es mir so halbwegs gelungen (Sie sehen, ich bin nicht bescheiden) eine Darstellung eines Kindsmordfalles zu geben, die nicht peinlich wirkt (hauen wird sie die Leute schon, aber das ist ganz richtig), eine Erklärung der Schizophrenie, aber ganz ins Gleichnishafte transponiert, so daß jeder Mensch, der ein wenig Gefühl hat, es verstehen muß, eine Ehrenrettung der Psychiatrie (es ist kein Wort Protest drin, und der Gerechtigkeitsfanatiker Mulet kommt zu Wort, merkwürdig eigentlich, daß man den Fimmel an sich entdeckt), kurz ich habe ein wenig den Größenwahn.» (*Briefe 2*, 219f.) Wenig später befallen Glauser jedoch wieder Zweifel und er fragt Josef Halperin nach seinem Urteil über das Kapitel. Als dieser voll des Lobes antwortet, bekennt Glauser: «Am meisten freut mich, daß Sie mir einen Heidenkrach machen wollen, wenn ich den Pieterlen streiche. Ich find nämlich auch, es ist die ‹pièce de résistance› vom Ganzen.» (*Briefe 2*, 277)

Das Kapitel bildet im übrigen eine eigene Einheit innerhalb des Manuskripts; Glauser hat die Seiten als einzige nicht paginiert, als sei er sich bei der Niederschrift nicht sicher gewesen, ob dieser umfangreiche Exkurs zu einer Figur, die mit dem Tod des Direktors letztlich gar nichts zu tun hat, im Gesamtzusammenhang tragbar war.

89 *«Ld. Unterbricht die Ausfrage des Polizisten mit keinem Blick ...»*: Glauser zitiert hier fast unverändert die Akten eines Patienten R. P., der 1931 aus dem Gefängnis Regensdorf nach Münsingen kam und dort 1935 verstarb. Da Glauser sehr schnell und versiert Schreibmaschine schrieb, setzte man ihn in der Klinik bisweilen dazu ein, Akten von Patienten zu kopieren, die aus anderen Anstalten nach Münsingen überwiesen wurden. Im Falle des Patienten R. P. zweigte sich Glauser einen kompletten Durchschlag des 34 Seiten umfassenden Dossiers ab.

Der Bericht über die erste psychiatrische Aufnahmeuntersuchung von R. P., die aus dem Zürcher Burghölzli – und nicht von Max Müller – stammt, beginnt in den Akten wie folgt: «Unterbricht die Ausfrage des Polizisten mit keinem Blick, wie man ihn dann anschaut, zieht ihm ein sonderbares, unmotiviertes Lächeln über das Gesicht, indem er zugleich über die ihm gestellte Frage nachdenkt, was heute für ein Tag: «Donnerstag» – – sagt er nach langem. Er habe sich zuerst besinnen müssen. In Haft sei er seit Febr. Habe viel Fieber gehabt. Auf die Frage seit wann, sagt er wieder in einem sonderbaren Vorbei: Seit 1925, will sagen, daß er seit 1925 im Frühjahr oder bei Temperaturwechsel Temperaturen gehabt hat. Gekommen sei er wegen Mord – hat auch dazu ein lächlendes Gesicht, wenigstens quasi lächelnd, sicherlich völlig unberührt davon, ohne sonst entsprechenden Affekt. Pupillen o. B., Zunge belegt, Hände kein Tremor, Pat. Refl. lebhaft. Kommt nach B 2.»

89 *schauen Sie noch das Datum an ...*: Das von Glauser paraphrasierte Protokoll trägt kein Datum, muß aber von Mitte Mai 1928 stammen.

89 *Ernst Laduner der damals 30 Jahre alt war, jung, sehr jung ...*: Max Müller war, als er Glauser im Mai 1925 kennenlernte, ebenfalls 30 Jahre alt, während Glauser 28 Lenze zählte.

90 *Pieterlen Pierre, damals 26 Jahre alt ...*: Gleiches traf auf R. P. zu.

90 *Die Fragen der Bezirksanwaltschaft lauteten ...*: Glauser übernahm die beiden Fragen ohne jegliche Änderung aus den Akten von R. P.

90 *daß ich nach diesem Fall die Psychiatrie an den Nagel hängen wollte ...*: Im Manuskript «gehängt habe».

91 *«Schauen Sie zuerst das Datum an ...»*: Der zweite psychiatrische Aufnahmestatus von R. P. stammte vom 3. März 1931 und wurde von einem Arzt der Zürcher Klinik Burghölzli mit den Initialen TW verfaßt. Er schrieb: «Steht mit Vollbart und in Sträflingskleidung, die Mütze auf dem Rücken in der Hand haltend, steif im AZ, kümmert sich aber um seine Effekten, interessiert sich speziell für seine Uhr, die wolle er nicht verlieren. Das Geld könne Dr. B. behalten, sagt er mit steifem Lächeln. Auf Befragen: er habe sich in Regensdorf über nichts beschwert, er habe allerdings einen Brief an seinen Vormund, Prof. Maier, geschrieben. Darüber möchte er sich nicht weiter auslassen. Gehemmt, steif, verweigert dem sich verabschiedenden Arzt die Hand. Nach den Gründen gefragt: nach seiner Auffassung sei das kein Arzt. (?) Das können auch Gefühlssachen sein. Kommt nach B 2.» Daß Glauser die Initialen des Zürcher Arztes unverändert übernahm, hat nach Erscheinen des Buches zu einem speziellen Protest des Burghölzli-Direktors bei Müller geführt.

91 *am 2. September wegen Mordes zu zehn Jahren Zuchthaus verurteilt ...*: R. P. wurde am 8. November 1928 verurteilt; Strafmaß und Deliktbefund stimmen jedoch mit Glausers Angaben zu Pieterlen überein. Das Gericht war damit über das Gutachten der Psychiatrischen Klinik Burghölzli hinweggegangen, in welchem dem Angeklagten eine um die Hälfte verminderte Zurechnungsfähigkeit attestiert wurde. Die Härte der Strafe erklärte sich der Referent des Burghölzli wie folgt: «P. hat sich dabei recht schizoid ungeschickt benommen, was das Gericht als Frechheit auslegte. Das Gutachten ging auf mildernde Umstände und Totschlag; die Geschworenen jedoch erkannten auf Mord, ließen aber mildernde Umstände gelten, deshalb 10 Jahre Zuchthaus.»

92 *Der Bezirksanwalt in jener Industriestadt gehörte zu dieser Sorte ...*: Da die genannte Stadt unschwer als Winterthur zu identifizieren ist, wußte Glauser, von welchem Bezirksanwalt er sprach: Ende April 1929 war er in Winterthur wegen einer Rezeptfälschung verhaftet worden. Der zuständige Bezirksanwalt bestand zunächst auf einer Bestrafung Glausers und ließ sich erst durch ein ausführliches psychiatrisches Gutachten Max Müllers von diesem Vorhaben abbringen. Beatrix Gutekunst, Glausers damalige Freundin, schrieb über den betreffenden Beamten: «Im übrigen ist er ein sehr unsympathischer Herr.» (*Briefe 1*, 267)

92 *Denn der Pieterlen hatte auf alle Alkovenfragen keine Antwort gegeben ...*: Auch die Ärzte der Klinik Burghölzli explorierten, wie aus den Akten hervorgeht, R. P.'s Sexualleben nach Kräften, ohne allerdings nähere Intimitäten in Erfahrung bringen zu können.

93 *Wollen Sie mich dafür verantwortlich machen ...*: «Dr. Briner schaut mich immer mit einem Laduner-Lächeln an», schrieb Glauser am 12. Mai 1936 an Martha Ringier, «so als wollte er sagen: Aber mein lieber Glauser, wollen Sie mir die Schuld geben, daß es auf der Welt unlogisch zugeht? Ich glaub, er hat's mir schon einmal gesagt, und ich habe es dann prompt für meinen Roman verwertet.» (*Briefe 2*, 295f.) Otto Briner war zwischen 1934 und 1936 Glausers Arzt in der Waldau.

93 *ich bin der Vormund geworden des Pierre Pieterlen ...*: Im realen Fall R. P. war der Zürcher Klinikdirektor H. W. Maier der Vormund.

93 *Neun Jahre war er eingesperrt ...*: Auch Glauser hatte, wenn er alles zusammenrechnete, zum Zeitpunkt der Niederschrift des Romans insgesamt neun Jahre in psychiatrischen Kliniken und Gefängnissen verbracht (vgl. im übrigen S. 214).

94 *Glauben Sie nicht, daß ich erfinde ...*: Glauser erfand hier tatsächlich nichts. In einer Zwischenanamnese vom 12. März 1931 hielt besagter TW fest: «Von hier aus [i.e. Burghölzli] sei er nach W'thur ins Gefängnis und dann am 9. November 28 nach R'dorf gekommen. Er habe dort in der Zelle Schreinerarbeiten gemacht, eine Zeitlang Särge.»

94 *Bericht der Strafanstalt, Nr. 76 Pieterlen ...*: Glauser zitiert fast wörtlich aus den Akten von R. P.: «Bericht der Anstalt Regensdorf. No. 76 P.: Auffallende Veränderungen in seinem Verhalten: Arbeiten die er früher ganz schön gemacht hatte, machte er auf einmal nachlässig und unbrauchbar, z.B. Knopflöcher an Mänteln statt am linken Teil, rechts. Bestandteile an Kleidungsstücken mit der deutlich abstechenden Querseite nach außen. Er erklärte auf Reklamationen hin, die Sachen ändern zu wollen, machte aber wieder die gleichen Fehler. Im Fachzeichnen machte [er] plötzlich entgegen seiner Gewohnheit ganz vom Thema und den Vorlagen abweichende Zeichnungen oder starrte einfach auf das Blatt hin. Auf Fragen konnte er keine Antwort geben. Am Abend bettete er unter dem Arbeitstisch und schlief auf diesem Lager ein oder zwei Nächte.»

95 *«Hierdurch hat sich der Angeklagte ...»*: Die entsprechende Stelle der Akten von R. P. lautet: «Am 14. April 1928 erhob die Staatsanwaltschaft des Kts. Zürich gegen R. P. folgende Anklage: Der Angeklagte hat vorsätzlich und mit Vorbedacht sein am Vormittag des 2. Febr. 1928 in seiner Wohnung in Wülflingen von seiner Ehefrau Klara P. lebend zur Welt gebrachtes Kind rechtswidrig getötet, indem er ihm unmittelbar nach der Geburt ein Handtuch auf das Gesicht legte, mit der Hand darauf drückte und es mit den Händen würgte, so daß es erstickte. Hierdurch hat sich der Angeklagte

des Mordes im Sinne von § 130 des Zürch. Strafgesetzbuches schuldig gemacht und ist hierfür in Anwendung dieser Gesetzesstelle zu bestrafen.»

Zur Formulierung «rechtswidrig getötet» dürfte sich wohl schon Glauser seine Gedanken gemacht haben.

96 *Pieterlen war damals Kondukteur an der Lötschbergbahn ...*: Auch hier hält sich Glauser eng an seine Aktenvorlage: «Zuletzt war er bei der Bahn (Lötschbergbahn) als Hilfskondukteur beschäftigt. Sein Dienst sagte ihm nicht recht zu, er mußte Billetkontrolle machen, er hält das für einen wenig repräsentierenden Beruf. Anfangs ging es bei der Bahn gut, später aber hatte er verschiedene Schwierigkeiten mit Kollegen und Vorgesetzten. (...) Wenn er Anweisungen bekam, verhielt er sich oft herablassend, höhnisch und dieses Verhalten wurde ihm sehr übel genommen. (...) Zu dieser Zeit lernte er auch seine spätere Frau kennen. Gleichzeitig machte ein Vorgesetzter von ihm seiner späteren Frau den Hof. Mit diesem Rivalen stand er sehr schlecht, und der hat ihn bei der Bahn angeschwärzt. Die Ursache seiner Entlassung bei der Bahn schilderte er folgendermaßen: Er bekam Grippe und meldete sich krank. Als die Grippe schon im Abflauen war, stand er auf und besuchte seine Braut. Dummerweise zeigte er sich in der Ortschaft, trotzdem er krank gemeldet war, auf der Straße und ging sogar zum Tanz. Er wurde dann da von andern bemerkt und angezeigt. Wegen dieser Regelwidrigkeit wurde er entlassen. (...) Seinen Urlaub benutzte er um Sprachstunden zu nehmen. (...) Nachdem er entlassen wurde von der Bahn, war er kurze Zeit arbeitslos, dann wurde er Fabrikarbeiter und kam schließlich in die Masch. Fabrik nach Winterthur.»

96 *Pieterlen aber las Schopenhauer und Nietzsche ...*: Auch hierfür findet sich in den Akten eine Parallelstelle: «Daneben würde er sich sehr für Philosophie interessieren», gab P. an, «aber hier gibt es halt nur religiöse Bücher (lächelt zustimmend auf den Zwischenruf ‹naive›); was ihn interessieren würde, wie z.B. Kant, Nietzsche, Tolstoi, Zola, Schopenhauer, das bekomme man ja natürlich nicht. (...) Ja, er beschäftige sich natürlich schon mit gewissen Einzelheiten der Weltanschauung. ‹Sie werden ja wissen, Herr Dr., daß wir in der heutigen Literatur einen Idealwert besitzen und daß die Wirklichkeit so ziemlich das Gegenteil davon ist.›»

96 *Sein Vater stammte aus Biel ...*: Diese Angaben stimmen nicht mit der Herkunft von R. P. überein.

96 *seine Mutter (...) war an seiner Geburt gestorben ...*: Die Mutter von R. P. war gestorben, als das Kind fünf Jahre alt war. Offenbar ging Glauser dieses Faktum zu nahe, war doch seine Mutter gestorben als er vier Jahre zählte. Vgl. im übrigen die Anmerkung zu S. 156.

96 *weil er als Handlanger zu wenig verdiente ...*: Dazu der Text in Glausers Aktenvorlage: «Er sah sich aber der Frage gegenübergestellt, eine Frau zu heiraten und ein gebärendes [sic] Kind zu übernehmen, ohne Aussicht, seine Familie durchbringen zu können, weil er sich keinen genügenden Verdienst verschaffen könnte. Das war auch der Grund, warum er seiner Frau die Abtreibung offerierte und sie auch damals ersuchte, von einer Heirat abzusehen. Die Frau wäre einverstanden gewesen, nach der Heirat das Kind abtreiben zu lassen. Er glaubte auch, daß die Schwangerschaft, um die Heirat mit ihm zu erzwingen. [sic]»

97 *Er hatte eine Einzimmerwohnung (...) im Dorfe Wülflingen gemietet ...*: Glauser wohnte die zweite Hälfte des Jahres 1929 ebenfalls in Wülflingen.

97 *Pieterlen verdiente 80 Rappen Stundenlohn ...*: Glauser kannte das Leben zu solch niedrigem Tarif, hatte er doch in seiner Liestaler Gärtnerzeit als Handlanger 70 Rappen pro Stunde verdient (vgl. *Briefe 1*, 113), was er dann in *Baumschulen* auf 60 Rappen hinunterdichtete (vgl. *Erzählungen 3*, 22).

97 *Laduner griff wieder nach einem Blatt und las ...*: Die folgende Passage findet sich wiederum nahezu identisch in den Akten des Falles R. P., und zwar im psychiatrischen Gutachten zur Gerichtsverhandlung. Es heißt hier: «Seine Tat entspricht Motiven einer abnormen Charakteranlage. Er hat vielleicht die Tat nicht in einer akuten Gemütsaufwallung begangen, aber stand schon seit Monaten unter einer heftigen Gemütsaufregung, die dann schließlich im gegebenen Moment den letzten Ansporn zum Verbrechen gab. (...) Die oben erwähnte Psychologie des Expl. erklärt es uns auch, wie er zu der

Straftat kam, trotzdem er eigentlich kein moralisch defekter Mensch war, wie auch sein Vorleben zeigt; er kann keineswegs als eine Verbrechernatur bezeichnet werden und dürfte auch, wenn eine prinzipielle Veränderung in ihm vorgeht, nach Verbüßung der Strafe nicht eigentlich weiterhin als gefährlich betrachtet werden. Dagegen wäre es durchaus nicht verwunderlich, wenn später noch eine eigentliche Geisteskrankheit, nämlich eine Schizophrenie bei ihm ausbräche.»

98 *eine derartige Katastrophe in der Seele ...*: Im Manuskript und im Erstdruck folgt dann ein in der Buchausgabe nicht mehr berücksichtigter Satz: «... obwohl wir ja schon lange nicht mehr Seele sagen, Seele, das war eine einfache Sache, wenigstens glaubten wir es. Wir aber sind nicht dazu da, das Einfache aufzuzeigen, sondern dem Komplizierten auf die Spur zu kommen.» (Vgl. auch S. 101, 136 u. S. 227: «Ihr kennet die Seelen ...»)

100 *Er hatte seine Frau dermaßen in der Gewalt ...*: Die entsprechende Stelle in den Akten zum Fall R. P. lautet: «Er hatte seine Frau dermaßen in der Gewalt, und er konnte so stark auf sie einwirken, daß sie nicht versuchte, sich seinem Willen zu widersetzen, und sie war deshalb auch damit einvestanden, daß er allein die Entbindung vornehmen sollte. Die Geburt als solche ging sehr leicht von sich, er stand mit einem Handtuch bereit, mit welchem er dem Kinde sofort auf den Kopf drückte, um es zu ersticken, es gab nur einen kleinen Laut von sich, und er glaubte nicht, daß dieser von seiner Frau gehört werden konnte, weil er durch das Handtuch gedämpft war. Nachher wickelte er das Kind in das Handtuch ein und hielt ihm auch eine Zeitlang mit der Hand den Hals zu, um sicher zu sein, daß es erstickte. Er versorgte es dann unter dem Bett seiner Frau. Seine Frau kam dann [nach] einer Weile zu sich, d.h. sie hatte sich von der momentanen Schwäche einigermaßen erholt, drehte sich im Bett um und frug nach dem Kinde. Er zeigte ihr das Kind, ohne daß sie sehen konnte, ob es ein Mädchen oder ein Knabe war. In Wirklichkeit handelte es sich um ein lebend geborenes Mädchen, das vollständig ausgetragen war.»

101 *wußte ich, daß die Frau einverstanden war – mit der Tat ...*: Diesen Eindruck kann man auch bei der Lektüre der Akten zum realen Fall gewinnen, wenn R. P. nach seiner Verurteilung bekennt: «Seine Zwecke seien gewesen, die Strafe auf sich zu nehmen und der Frau eine *nur bedingte* Verurteilung zu erkämpfen. Wie er dann aber habe erleben müssen, daß die Frau nicht einmal die kleinere Last auf sich genommen habe, sondern sich zu falschen Aussagen verleiten ließ und es habe geschehen lassen, daß er statt wie gemeint mit drei Jahren, mit 10 Jahren bestraft worden sei – da allerdings sei er zusammengebrochen, da habe er sich zu unüberlegten Handlungen hinreißen lassen.»

101 *mein großer Kollege zum Beispiel ...*: Glauser spielt hier offensichtlich auf Prof. Jakob Klaesi an, dessen Wirken er zwischen 1934 und 1936 in der Waldau erleben durfte. Klaesi, den Glauser für einen «argen Schaumschläger» hielt (*Briefe 2*, 521), war im übrigen bekennender Anhänger des Nationalsozialismus (vgl. *Müller*, 407) und Befürworter der deutschen «Gesetze zur Verhütung erbkranken Nachwuchses» vom 14. Juli 1933 (vgl. Jakob Klaesi, *Vom seelischen Kranksein. Vorbeugen und Heilen.* Bern/Leipzig: P. Haupt 1937, S. 70).

101 *Alraune ...*: Film nach dem gleichnamigen Roman von Hans Heinz Ewers.

105 *er wurde unglaublich massiv ...*: Ab 1931 sind auch in den Akten von R. P. gewalttätige Ausfälle gegen das Pflegepersonal und Mitpatienten notiert. Zu einer Therapie, wie sie Pieterlen im Roman erfährt, kam es bei R. P. jedoch nicht.

108 *Eine sogenannte Schlafkur schien mir indiziert ...*: Max Müller gehörte zu den Pionieren der Dauerschlaftherapie in der Schweiz. Da die von Klaesi entwickelte Methode mit dem Schlafmittel Somnifen erhebliche Risiken in sich barg (vgl. Anmerkung zu S. 242f.), versuchte es Müller mit flüssigem Dial. Beide Therapieformen wurden bald durch die Insulin- und später durch die Elektroschockbehandlung in den Hintergrund gedrängt, denen sich Max Müller im übrigen ebenfalls leidenschaftlich experimentierend verschrieb.

113 *Locard (...) die Fragwürdigkeit aller Zeugenverhöre scharfsinnig bewiesen hatte ...*: Auf Deutsch nachzulesen in Edmond Locard, *Die Kriminaluntersuchung und ihre wissenschaftlichen Methoden*. Berlin: Kameradschaftsverlag 1930, 28–82.

117 *in Witzwil ...*: Haft- und Arbeitserziehungsanstalt, zwischen Bern und Biel im sogenannten Großen Moos gelegen. Glauser saß hier 1925/26 eine einjährige administrativ (d.h. ohne Gerichtsverhandlung) verfügte Strafe ab.

122 *einem Verurteilten (...) im Bahnhofbüfett noch ein Bier zu bezahlen ...*: Saner berichtet in seiner Glauser-Biographie dazu folgende Parallele aus dem Jahr 1925: «In Basel an der Grenze sei Glauser von einem Fahnderwachtmeister der bernischen Kantonspolizei in Empfang genommen worden, jedoch unter Lösung der Fesseln, erzählte mir Berthe. Und in Bern habe der Fahnder seinen Schutzbefohlenen ins Bahnhofbuffet mitgenommen und sich während des Nachtessens entfernt, um zu telephonieren. Glauser habe dieser Vertrauensbeweis wohlgetan.» (*Saner 1*, 179) Vgl. im übrigen auch *Fieberkurve*, 110.

123 *wie eine riesige Spinne, die ihre Fäden über das ganze umliegende Land gespannt hat ...*: Dieses Bild prägte schon Glausers früheste Vorstellungen von seinem ‹Irrenhausroman›. So schrieb er am 7. Februar 1932 an Gertrud Müller: «Daneben spukt mir ein großer Roman über Münsingen im Kopf herum, aber ich hab Angst dranzugehen. Wissen Sie, es müßte so eine Art Querschnitt werden, mit den tenants und aboutissants der Insassen eines solchen Baues; die Grenzenlosigkeit des Netzes, das um die Anstalt liegt, mit den verschiedenen Schicksalsfäden, die sich kreuzen und knoten, müßte möglichst deutlich herausgearbeitet werden ...» (*Briefe 1*, 376) Nach Beendigung des Romans glaubte Glauser jedoch, an dieser Aufgabe gescheitert zu sein; so schrieb er am 12. Mai 1936 an Martha Ringier: «Män hätte das ‹Spinnennetz› gestalten müssen, und nicht nur so erwähnen, man hätte weniger Spannung geben dürfen und mehr in die Breite gehen müssen, so ist es eben das geworden, was es ist, was alle meine Sachen werden: eine hybride Angelegenheit mit verknorxten Ambitionen.» (*Briefe 2*, 298) Diese negative Einschätzung des *Matto* hat Glauser indes später revidiert.

124 *«Wieviel Patienten sind in der Anstalt?» ...*: Als die Klinik Münsingen gebaut wurde, war sie für die Aufnahme von 500 Patienten vorgesehen. Im Jahr 1919, als Glauser zum ersten Mal dort interniert war, lebten rund 800 Patienten in der Anstalt. Zur Zeit der Niederschrift des Romans waren es dann knapp über 1000.

126 *aufgereiset ...*: Schweizerdeutsch für ‹aufwiegeln›, ‹anstacheln› (vgl. auch S. 149).

128 *«Das chönnet dr sawt tue ...»*: «Können Sie mir aus irgendeiner Bibliothek den Band von Friedli: *Bärndütsch* beschaffen, und zwar den Emmentaler Band», erkundigt sich Glauser am 17. März brieflich bei Martha Ringier. «Ich brauche vorläufig nur ein paar Ausdrücke. Oder wissen Sie zufällig, wie man das Berndeutsche ‹salft› oder ‹souft› oder ‹sauft› orthographiert? Ich spreche nicht von der Beschäftigung, der sich mit Vorliebe chronische Alkoholiker hingeben (...), sondern von dem Wort, das im Hochdeutschen etwa mit ‹füglich›, ‹ohne weiteres› übersetzt werden könnte.» (*Briefe 2*, 193) Martha Ringier befragte ihren Kollegen vom *Verein zu Verbreitung Guter Schriften*, Herrn Fritz Mühlheim, und teilte Glauser die gängige Schreibweise mit. Dieser schwankte indes, ob er es nicht doch vorziehen solle, das Wort «nach Berner Manier mit einem ‹o› zu schreiben.» (*Briefe 2*, 207) Glauser hat mehrfach, insbesondere bei dialektalen Wendungen, auf diese skrupulöse Weise recherchiert.

129 *man spräche von einer neuen Kur, die Dr. Laduner ausprobiere ...*: siehe Anmerkung zu S. 242f.

135 *Laduner. Er las den* Bund ...: Max Müller hatte diese konservativ-freisinnige Zeitung nicht nur abonniert, sondern schrieb darin auch mehrfach über psychologisch-psychiatrische Themen. *Der Bund* und ihr Feuilleton-Redakteur Hugo Marti gehörte im übrigen auch zu Glausers wichtigsten Abnehmern.

136 *Sie sollten einmal das Aufatmen eines unserer Assistenten sehen ...*: Glauser kannte dieses Aufatmen aus eigener Erfahrung; als er im November 1932 wegen des Verdachts auf Magengeschwür ins Berner Inselspital verlegt wurde, schrieb er an Gertrud Müller: «Es ist so sympathisch, es einmal mit Leuten zu tun zu bekommen, die sich den Teufel um die Psyche kümmern und nur Fleisch, Eingeweide u. Knochen sehen (...). Manchmal ist es direkt erlösend zu konstatieren, daß man immerhin auch einen Magen hat u. daß es dem schlecht gehen kann, ohne für die Schädigung dieses Organs gleich alle Sturmtruppen der Neurosenlehre aufbieten zu müssen.» (*Briefe 1*, 416)

142 *«die psychogenreaktiven Symptome ...»*: Glauser läßt Studer hier in Max Müllers Buch *Prognose und Therapie der Geisteskrankheiten* (Leipzig: Georg Thieme 1936) blättern, wo sich das Zitat auf Seite 70 findet.

142 *«Der Psychotherapeut ist gefühlsmäßig am Schicksal seines Patienten beteiligt ...»*: Auch diese Passage übernahm Glauser ohne Änderungen aus Müllers Buch *Prognose und Therapie der Geisteskrankheiten*, und zwar aus dem Kapitel «Individuelle Psychotherapie», Seite 40.

145 *auf ein Gebäude zu, das am es lag ... Ende des Hof ...*: Zum Totenhaus der Klinik vgl. die folgende Abbildung

147 *des Wasserfalls von Pisse-vache ...*: Die Lage des Wasserfalls dürfte im gegebenen Zusammenhang weniger interessieren als die Übersetzung seines Namens ...

147 *oui ... il a ... eh bien, il a ...*: «Kann man die Sache mit dem französischen Ausspruch des Assistenten Neuville auf S. 104 stehen lassen», fragte Glauser seinen Freund Josef Halperin in einem Brief vom 27. April 1936. «Oder raten Sie zur Streichung? Dann strei-

chen Sie ruhig. Ich fand es ganz lustig. Aber wir leben ja nicht mehr im 16. Jahrhundert, wo man solches noch amüsant fand, sondern im ernsten zwanzigsten, und da werden doch vielleicht einige zarte Gemüter reklamieren.» (*Briefe 2*, 269) Josef Halperin war bekanntlich kein Kind von Traurigkeiten und verfügte, die Passage müsse stehen bleiben.

153 *Ein weißer Patriarchenbart* ...: Es dürfte kein Zufall sein, daß die Physiognomie des Oberst Caplaun mit derjenigen von Glausers Vater eine unverkennbare Ähnlichkeit hat.

156 *Herberts Mutter ist gestorben, als der Bub sechsjährig war* ...: vgl. dazu die Anmerkung zu S. 96.

157 *während der Dauer der Analyse* ...: Die Parallelen zu Glausers Leben sind auch hier offensichtlich; seine Psychoanalyse bei Max Müller dauerte vom April 1927 an ein ganzes Jahr. Während dieser Zeit arbeitete Glauser überwiegend bei der Gärtnerei Jacky in Münsingen.

167 *und sie ähnelten einem jener französischen Filme* ...: Glauser hat wohl Cocteaus *Le sang du poète* im Sinn, den er einmal in Paris sah und über den er am 17. Januar 1932 an Max Müller schrieb: «Ich murkse jetzt an einem Artikel über Cocteau, der einen sehr sonderbaren Film gemacht hat. Zu seinem Verständnis hat mir sowohl der Dadaismus wie die Analyse, auch mein Opiumnehmen geholfen.» Glausers Bemerkungen über Cocteau erschienen dann in seinem Essay *Der französische Film* am 12. Juni 1932 im *Bund* (siehe *Erzählungen 2*, 160ff.).

169 *Die Aufsichtskommission* ...: In den Jahren, in welchen der Roman angesiedelt ist, wurde die Aufsichtskommission der bernischen kantonalen Heil- und Pflegeanstalten durch folgende Personen gebildet: Präsident: Dr. W. Ernst, Oberrichter, Bern; Vizepräsident: Pfarrer O. Lörtscher, Kantonaler Armeninspektor; Mitglieder: Ch. Beuret, alt Großrat, Bémont; Dr. H. Frey, Direktor des Inselspitals Bern; Frau I. Grimm, Bern; E. Hänni, Großrat, Großaffoltern; P. Lardon, Großrat, Court; R. Meer, Großrat, Bern; R. von Steiger, alt Kantonsbaumeister, Bern; Sekretär i. V.: R. Steffen, Kammerschreiber am Obergericht.

Pfarrer Lörtscher und Frau Grimm, die Gattin des prominenten sozialdemokratischen Nationalrates Robert Grimm, sind in Glausers Schilderung unverkennbar zu identifizieren.

170 *Ein ältliches Fräulein mit zerrauften Haaren ...*: Glauser zeichnet hier ein karikierendes Porträt der damaligen Münsiger Sekretärin Rosa Maurer, einer Schwester von Direktor Brauchlis zweiter Ehefrau.

175 *wann der nächste Lohnabbau fällig sei ...*: Infolge der Wirtschaftskrise kam es seit 1931 zu mehreren Lohnkürzungen im Pflegebereich, insbesondere nach der 30prozentigen Frankenabwertung im September 1936.

178 *stieg schweren Schrittes die Stiegen zum ersten Stock wieder hinauf ...*: Im Manuskript folgt noch der Satz: «Es war der schwerste Gang seines Lebens.»

178 *den großen Empfangsapparat eingeschaltet ...*: «Es konnte ein zentraler, vom Portier zu bedienender Radioapparat gekauft werden mit Lautsprechern auf allen Abteilungen», schreibt Müller in seinen *Erinnerungen* (S. 96). Diese technische Errungenschaft stand im Zusammenhang mit der Einführung der ‹aktiveren Therapie› zu Beginn der dreißiger Jahre, die auch ein lebendigeres Freizeitangebot für die Patienten vorsah.

180 *stand Jutzeler schweigend vor dem Toten ...*: Im Manuskript und Erstdruck folgt der Satz: «... er hatte die Hände übereinandergelegt.»

182 *Kein religiöses Theater, sondern Kameradschaft ...*: Die Vermittlung des Kameradschaftsgedankens gehörte zu Glausers wesentlichen Anliegen, nicht zuletzt weil er sich selbst immer nach Kameradschaft gesehnt hatte. So begründete er schon die Tatsache, daß er aus Paris dem ehemaligen Mitpatienten Tschäpät schrieb, mit den Worten: «So das alte Kameradschaftsmotiv.» (*Briefe 1*, 374) An den Psychiater Otto Briner schrieb er außerdem nach Erscheinen des Romans: «Was ich den Leuten begreiflich machen wollte, und der Akzent liegt doch wirklich *da*rauf, war, daß das ewige sich Z'leidwärche ein Blödsinn ist, daß Kameradschaftlichkeit besser ist als Angeberei.» (*Briefe 2*, 560) Vgl. im übrigen auch S. 195.

182 *das Beresinalied*: Vertonung der letzten vier Strophen des Gedichtes Nachtreise von L. Giseke (1765–1832). Das Lied war von den Schweizer Regimentern, die 1812 den Rückzug des Napoleonischen Armee über den Dnjepr aufopferungsvoll deckten, vor der Schlacht angestimmt worden. In der Melodie von S. I. Müller (1774–1839) erlebte das Lied im 1. Weltkrieg eine Wiederentdeckung. Es wurde nicht nur zu zahlreichen Gedenkanlässen angestimmt, sondern fand auch Eingang in verschiedene damals entstandene Theaterstücke aus der deutschen und französischen Schweiz.

184 *darin sagt der Autor: Dein ärgster Feind, Prolet, das ist dein Mitprolet* ...: Glauser zitiert diesen Satz auch in seinem autobiographischen Bericht *Zwischen den Klassen*; er schreibt dort: «Man verwechselt ganz allgemein ein gewisses Klassengefühl, das sich nur allzu leicht auf eine nicht immer ganz saubere Parteipolitik zu beschränken trachtet (mit der ganzen Intoleranz, die einer jeden derartigen Politik anhaftet), und die tatsächliche Misere, dic cinem kleinen Teil der Arbeiterschaft anhaftet, den Unorganisierten und Ungelernten. Für diese Leute, die nicht zur ‹guten proletarischen Gesellschaft› (falls dieser Ausdruck erlaubt ist), gilt der Satz, den ein Mann geprägt hat, Traven mit Namen, der auch etwas von dieser Sache verstanden hat: ‹Dein ärgster Feind, Prolet, ist dein Mitprolet!›» (*Erzählungen 2*, 110) Der Satz findet sich sinngemäß in Travens Roman *Das Totenschiff*.

190 *Wir wissen das Menu auf Wochen voraus* ...: Die Phantasielosigkeit des Speiseplans hatte 1932 sogar zu einem gewerkschaftlichen Protest geführt, den die VPOD-Sektion der Waldau im Namen der anderen Klinik-Verbände vorbrachte. Sogar in den *Jahresberichten der bernischen kantonalen Heil- und Pflege-Anstalten Waldau, Münsingen und Bellelay für das Jahr 1932* fand die Affäre Niederschlag (S. 11); der Sekretär notierte: Die Verbände «hatten sich nicht nur darüber beklagt, daß die Speisefolge der einzelnen Tage zu wenig wechsle, so daß man immer im voraus wisse, was man an einem bestimmten Tag zu essen bekomme, sondern auch allerlei Veränderungen vorgeschlagen.»

193 *die Stellung der Landeskirche zur Oxfordbewegung ...*: Diese sektenartige christliche Erneuerungsbewegung fand Mitte der dreißiger Jahre große Resonanz in der Schweiz. Wichtigstes Element ihrer Veranstaltungen war die öffentliche Selbstbezichtigung und Bußbeteuerung, welche die Neumitglieder ablegten. Glauser schrieb anläßlich einer Großveranstaltung der Sekte im Berner Münster eine kritische Betrachtung unter dem Titel *Oxford?*, die am 12. Oktober 1935 in der sozialdemokratischen *Berner Tagwacht* erschien (vgl. *Erzählungen 3*, 299–313 u. 401f.)

193 *nach dem Schicksal eines gewissen Schreier ...*: Glauser spielt hier auf Adolf Schreier an, einen Kameraden aus der Zeit in Witzwil und Liestal, an den Glauser ein besonders herzliches Andenken bewahrt hat. So schrieb er am 10. März 1937 aus La Bernerie an den Witzwiler Direktor Otto Kellerhals: «Darf ich Sie bitten, dem Schreier auch meine Bücher zu geben? Er war ein so guter Kamerad und hat mir damals in Liestal so viel geholfen, daß ich ihm auch meinerseits ein wenig helfen möchte. Wäre es unmöglich ihn nach Frankreich zu lassen?» Die Freundschaft mit Schreier ist auch in den Text *Baumschulen* (*Erzählungen 3*, 21–32) sowie in ein autobiographisches Fragment ohne Titel (*Erzählungen 2*, 356–374) eingegangen. Im erstgenannten Text heißt Schreier ‹Schreiber›, im zweiten trägt er den Namen ‹Karl›. In beiden Fällen kommt ein kleiner Einbruch vor, allerdings mit dem Unterschied, daß es in *Baumschulen* Glauser ist, der seinen Kameraden durch ein falsches Alibi deckt, während im autobiographischen Fragment die Rollen umgekehrt verteilt sind. Schreier tritt schließlich auch unter seinem richtigen Namen in *Schlumpf Erwin Mord* als Arbeiter in Ellenbergers Gärtnereibetrieb auf.

194 *mit dem Auto ...*: Max Müller gehörte zu den ersten Autobesitzern in Münsingen. Er hatte sich den Wagen, einen Renault, 1931 leisten können, da er auch bei der Behandlung von Privatpatienten, für die er in Bern eine eigene Praxis aufgemacht hatte, ein gefragter Therapeut geworden war.

196 *daß Leid eben auch Lustgewinn bringt ...*: vgl. dazu Glausers Brief an Martha Ringier vom 24. Februar 1936, in dem sich Glauser dem profitlichen Wort ‹Lustgewinn› eingehender widmet: «Aber, maman Marthe, warum über den guten Hesse weinen und seinen *Steppenwolf*, es ist wirklich nicht halb so schlimm, ganz sicher nicht, und ich bin sicher, Hesse hat eine ganz hübsche Doses Lustgewinn beim Schreiben des *Steppenwolfes* gehabt, und Lustgewinn ist überhaupt ein schönes Wort.» (*Briefe 2*, 171)

197 *«Zweihunderttausend Männer und Frauen sind versammelt ...»*: vgl. dazu Glausers Brief an Martha Ringier vom 23. März 1936: «Letzthin hat das Radio eine Rede von Hitler verbreitet, wir sind zu viert um den Apparat herumgesessen. Die andern haben gelacht, es war kein ehrliches Lachen. Ich habe mich bald gedrückt. Ich konnte nicht mehr. Das ist, dachte ich zuerst, das ist das Ende ... Das Ende von allem, was wir gern hatten, von Bildern, Musik, Versen.» (*Briefe 2*, 209f.)

Als historischer Kontext der Rede ist die Besetzung des entmilitarisierten Rheinlandes durch deutsche Truppen am 7. März 1936 zu erkennen. Deutschland wurde daraufhin am 19. März vom Rat des Völkerbunds des Bruchs internationaler Verträge beschuldigt. Zur gleichen Zeit hielt Hitler eine Reihe von Reden, und zwar am 13. März in Karlsruhe, am 14. März in München, am 16. März in Frankfurt/Main, am 18. März in Königsberg und am 20. März in Hamburg. Glauser dürfte sich wahrscheinlich auf die letztgenannte beziehen, da Hitler in ihr auf die Resolution des Völkerbundes reagierte.

In der zweiten Buchausgabe des Romans, die 1943 im Schweizer Druck- und Verlagshaus, Zürich, erschien, wurde diese kritische Passage eliminiert. Gleiches gilt auch für die weiteren diesbezüglichen Stellen (siehe S. 197, 204 u. 214).

196 *hinter mir steht ...*: Im Manuskript folgt noch der Satz: «Leicht wird es mir, die Verantwortung zu tragen, wenn ich weiß, und das weiß ich sicher, daß das ganze Volk geschlossen hinter mir steht.»

197 *Und Kollege Bonhöffer (...) ist umgefallen wie ein Kartenhaus ...*: Glauser bezieht sich auf K. Bonhoeffer, den Leiter der psychiatrischen Klinik Charité in Berlin, der, obwohl Gegner psychotherapeutischer Verfahren, zu Max Müllers früheren psychiatrischen ‹Göttern› gezählt hatte (vgl. *Müller*, 375). Bonhoeffer bewies seine Sympathie für die Nazis unter anderem dadurch, daß er – ohne in dieser Richtung unter Druck gesetzt worden zu sein – ein Gutachten über den mutmaßlichen Reichstagsbrandstifter van der Lubbe abgab, das die Schuldfähigkeit des Angeklagten bestätigte.

197 *Laduner hörte es nicht …*: Der folgende Abschnitt ist in der zweiten Buchausgabe von 1943 ebenfalls gestrichen.

212 *Mattos Puppentheater …*: In dieser Kapitelüberschrift erweist Glauser seiner frühesten Auseinandersetzung mit dem Anstaltsthema per Selbstzitat eine versteckte Referenz; seine Szenenfolge gleichen Titels war 1919/20 in Münsingen und im Zürcher Burghölzli entstanden (vgl. *Erzählungen 1*, 124–131). Vgl. im übrigen auch S. 84.

214 *Glück sollte man dem Pieterlen wünschen (…), der wieder einmal seine Haut zu Markte trug …*: Ein solcher Ton der Selbstbeschwörung findet sich auch in Glausers Brief an Josef Halperin vom 20. April 1936: «Im übrigen (…) denke ich, daß ich meine Haut jetzt zu Markte tragen muß und daß, falls ich in Frankreich rückfällig werde, wie das schöne Wort heißt, es mir eben für Witzwil langen wird.» (*Briefe 2*, 262)

217 *Die Handtasche hielt er auf den Knien …*: Im Manuskript schließen sich noch folgende Sätze an: «Er blickte über das Zimmer. Dort stand das Büchergestell, hinter dem er die Brieftasche gefunden hatte, zu seiner Linken das Ruhebett, auf dem der Herbert Caplaun geweint hatte, und er saß in dem Stuhl, in welchem rauchend der Arzt gesessen hatte, zu Häupten des blonden Mannes …»

222 *vermag ein lächelndes Gesicht nicht zu treffen …*: Im Manuskript und Erstdruck folgt noch der Satz: «Anders ausgedrückt: Der Doktor hat mich in einer sorgfältig angelegten Schachpartie durch einen Trick mattgesetzt.»

236 *Man kann doch nicht alles erzählen …*: vgl. dazu Glausers autobiographischen Bericht *Morphium*, in dem er über die Psychoanalyse schreibt: «Erste und einzige Vereinbarung, die Ihnen zu Beginn der Kur verkündet wird: Alles zu sagen, was Ihnen einfällt. Sie denken natürlich, das ist leicht. Es ist schwieriger, als siebzig Kilometer ohne Wasser in der Sonnenhitze zu marschieren. (…) Sie *können* nicht alles sagen. (…) Man kann eine Analyse nicht erzählen.» (*Erzählungen 2*, 183)

238 *da sei er toub geworden …*: ‹toub›: berndeutsches Wort für ‹wütend›, ‹zornig›.

240 *ich kann schlecht schwimmen …*: Der Tod Caplauns enthält eine doppelte Anspielung. So schreibt Glauser am 28. April 1936 an Martha Ringier über seine Lektüre von Erich Kästners Roman *Fabian*: «Wenn mir jemals ein Schluß gelingt wie der des *Fabian* (Fabian sieht einen Knaben vom Brückengeländer in den Fluß fallen, springt hinein, um ihn zu retten, der Junge schwimmt an Land, Fabian ertrinkt – und nun der Schluß): Er konnte nämlich nicht schwimmen … Ich weiß nicht, j'ai peut-être le goût mal fait, aber ein solcher Schluß in seiner Einfachheit und Symbolik … Ich gäbe viel drum, wenn ich einmal so etwas zuwege brächte.» (*Briefe 2*, 273f.)

Zum Ende Caplauns gab es aber auch eine unliterarische Parallele: Die *Jahresberichte der bernischen kantonalen Heil- und Pflege-Anstalten Waldau, Münsingen und Bellelay für das Jahr 1934* vermelden auf Seite 44 einen Unglücksfall, der sich in Münsingen ereignet hatte: «Ein Kranker fiel bei einem Spaziergang der Aare entlang, als er sich an dem schwülen Nachmittag die Stirne durch einen Umschlag kühlen wollte, ins Wasser, er konnte vom begleitenden Pfleger, da dieser des Schwimmens nicht kundig war, nicht gerettet werden.»

242 *In unserer Anstalt ist der Typhus endemisch …*: Auffälligerweise führt Max Müller in seinen *Erinnerungen* dieses Thema mit den gleichen Worten ein: «Seit vielen Jahren war der Typhus auf den hintern Abteilungen endemisch geworden und forderte alljährlich mehrere Todesopfer, gelegentlich sogar unter dem Pflegepersonal.» (S. 18) Die Jahresberichte der Klinik bestätigen diese Angabe mit zahlreichen entsprechenden Schilderungen und führen das Problem auf schlechte sanitäre Einrichtungen, verschmutzte Wasser-Quellen und andere Faktoren zurück. Müller schreibt in seinen *Erinnerungen* darüber hinaus von der Einrichtung eines Labors: «So züchtete ich Typhuskulturen und machte die Vidal-Reaktion selbst.» (S. 18) Von Infektionsexperimenten mit ‹schizophrenen Endzuständen› berichtet er jedoch nicht. Aus seinem Buch *Prognose und Therapie der Geisteskrankheiten* geht indes hervor, daß er mit der sogenannten Reizkörper-

behandlung, d.h. der absichtlichen Infektion mit Krankheitserregern, Erfahrung hatte; Müller schreibt dort: «Am ehesten scheint noch die Reizkörperbehandlung auch strenger Kritik standzuhalten. Sie wird zudem durch die sehr alte Erfahrung gestützt, daß interkurrente Infektionskrankheiten (besonders Typhus, Erysipel, tuberkulöse Schübe) recht häufig kürzer oder länger dauernde Besserungen der Schizophrenie im Gefolge haben.» (Max Müller, a.a.O., 76)

243 *Bei Schlafkuren rechnen wir mit einer Sterblichkeit von fünf Prozent ...*: Schlafkuren mit Somnifen wurden erstmals 1922 von Jakob Klaesi in der wissenschaftlichen Literatur vorgestellt. Max Müller übernahm in der Folge die Aufgabe, die Wirksamkeit von Klaesis Therapie zu überprüfen. Müller schreibt dazu in seinen *Erinnerungen*: «Trotzdem wir uns streng an die Vorschriften Klaesis hielten, kam es zu mehreren Todesfällen an Pneumonie, möglicherweise auch an zentraler Intoxikation, die uns jeweils schwer trafen. Auch hier muß ich Brauchli dankbar sein für die Großzügigkeit, mit der er uns deckte. (...) Das Risiko erschien allerdings erheblich. Unsere eigenen Erfahrungen zusammen mit einer genauen Durchsicht der bis dahin vorhandenen Literatur führten (...) zu meiner ersten psychiatrischen Arbeit, in der ich die therapeutische Wirksamkeit der Methode bejahte, jedoch bei der Verwendung von Somnifen auf eine Mortalität von durchschnittlich 5 % hinweisen mußte.» (S. 17)

243 *Verse eines deutschen Dichters ...*: Gemeint ist Erich Kästner; vgl. Anmerkung zu S. 247.

247 *«Man kann mitunter scheußlich einsam sein ...»*: Glauser läßt Frau Laduner das Gedicht Apropos Einsamkeit von Erich Kästner singen, das in dessen erstem Gedichtband *Herz auf Taille* 1928 erschienen war (Leipzig: Curt Weller, 84). Seine Vorliebe für dieses Gedicht bekundet Glauser auch in einem Brief an Martha Ringier vom 28. April 1936 (*Briefe 2*, 272).

Editorischer Bericht

Matto regiert ist in drei Textfassungen überliefert, die zu Lebzeiten des Autors entstanden. Es handelt sich um ein Manuskript, einen Zeitungsabdruck und eine Buchausgabe. Die Vorlagen sind in unterschiedlichem Maße autorisiert.

Das Manuskript liegt in Form eines Schreibmaschinendurchschlags vor und hat sich in Glausers Nachlaß erhalten (Schweizerisches Literaturarchiv, Bern). Der Text wurde von Glauser selbst getippt und weist auf wenigen Blättern handschriftliche Korrekturen auf.

Der Erstdruck erschien in der Zeitung *Der öffentliche Dienst*, dem wöchentlich erscheinenden Organ des gewerkschaftlichen «Verbandes Personal Oeffentlicher Dienste»; er weicht in einigen Passagen vom Wortlaut des Typoskripts ab. Da der Text vor der Drucklegung nicht lektoriert worden ist, muß der Publikation eine durchgängig korrigierte Manuskriptfassung zugrunde gelegen haben – wahrscheinlich das Originaltyposkript; es ist heute verschollen.

Der Abdruck im *Öffentlichen Dienst* stellte schließlich die Vorlage der ersten Buchausgabe dar; der Text wurde von Glauser zu diesem Zweck erneut überarbeitet, ohne daß sich die entsprechenden Korrekturbögen jedoch erhalten hätten. Die erste Buchausgabe erschien im Dezember 1936 im Jean Christophe Verlag, Zürich. Sie stellt die letzte von Glauser autorisierte Fassung dar und bildet deswegen die Basis der vorliegenden Edition.

Zur Entstehungsgeschichte

Im einzelnen läßt sich die Entwicklung des Werks wie folgt nachzeichnen. Anfang Februar 1936 scheint Glauser mit der Niederschrift des Romans begonnen zu haben. Jedenfalls teilt er Martha Ringier am 6.2.1936 mit: «Außerdem will Oprecht den Irrenhausroman, von dem augenblicklich eine Seite existiert, aber er wird wachsen.» (*Briefe 2*, 141) Elf Tage später heißt es in einem Brief an die gleiche Adressatin: «Meinen Irrenhausroman hab ich bis jetzt sechs Mal angefangen. Ich hab den Ton noch nicht erwischt. Das ist immer das schwerste. Aber ich glaub, ich bin auf der Spur.» (*Briefe 2*, 153) Nach diesen Anfangsschwierigkeiten hat Glauser den richtigen ‹Ton› jedoch offenbar rasch gefunden, denn Ende Februar berichtet er seiner Freundin Berthe Bendel: «Und dann bin ich tief im Irrenhausroman. Da wird dir eine schöne Arbeit blühen. Du mußt ihn mir dann abschreiben. Also bis Mitte April mußt du schreibmaschineln können.» (*Briefe 2*, 174) Glausers Hoffnung, Berthe mit der Reinschrift betrauen zu können, zerschlug sich jedoch bald. Martha Ringier erklärt er am 23. März: «Ich werde es niemandem zum Abschreiben geben können, sondern werd es selber machen müssen. Denn es stimmt noch nichts drin.» (*Briefe 2*, 212) Auch von einem Brouillon ist verschiedentlich die Rede (vgl. *Briefe 2*, 245). Beides – Urfassung und Brouillon – haben sich jedoch nicht erhalten; sie schimmern allerdings an einer Stelle des Typoskripts noch durch: So hatte der Psychiater Ernst Laduner ursprünglich Dr. Kurt Purkholter geheißen, ein Name, der Glauser auch in der Reinschrift bisweilen noch unterlief. Ende April 1936 lagen dann zwei Drittel des Romans fertig abgeschrieben vor; ein Exemplar sandte Glauser über seinen Freund Josef Halperin an Hans Oprecht, den Verleger des Jean Christophe Verlages (vgl. *Briefe 2*, 266 ff.); ein zweiter Durchschlag ging an Martha Ringier (vgl. *Briefe 2*, 282). Danach geriet die Niederschrift jedoch ins Stocken: «Mit meinem Romanschluß geht es nicht vorwärts», klagte Glauser in einem Brief vom 8. Mai. «Ich knorze daran herum, einen hatte ich schon, aber er war zu kolportagemäßig, und jetzt probiere ich einen anderen.» (*Briefe 2*, 285) Zunächst hoffte Glauser, den Schluß nach seiner Entlassung aus der Waldau bei Halperin in Zürich schreiben zu können (vgl. *Briefe 2*, 301); doch schließlich kam er erst Ende Mai in Basel – unmittelbar vor seiner Abreise nach Frankreich – dazu, den Roman zu vollenden. Aus der Distanz eines Jahres zurückblickend, bewertete er den Schluß des Buches dann außerordentlich negativ. «Sie haben ganz recht», schrieb er am 5.4.1937 an Hugo Marti, «der Schluß mit seinem Massacre ist übel, mehr als übel – er ist gepfuscht.» Als Verteidung führt Glauser an, er habe «das Schluß-Massacre in Basel in einer Nacht geschrieben». (*Briefe 2*, 589)

Schon vor der endgültigen Fertigstellung des Romans war die erste Folge beim *Öffentlichen Dienst* in Druck gegangen; sie erschien in Nr. 21 vom 22. Mai 1936; die letzte Folge datiert vom 13. November 1936. Ob Glauser den gesetzten Text Korrektur lesen konnte, ist ungeklärt und auf Grund der kurzen Zeitspanne, die ihm dafür allenfalls zur Verfügung stand, fraglich. Die Unterschiede, die zwischen dem im Nachlaß erhaltenen Typoskript und der gedruckten Fassung bestehen, dürften eher darauf zurückzuführen sein, daß Glauser die Korrekturen, die er im Exemplar für Oprecht anbrachte, aus Zeitnot oder Unlust nicht in seinen eigenen Durchschlag übertrug. Sie betreffen indes auch nur stilistische Details und wenige kleine Streichungen; soweit letztere von inhaltlichem Interesse sind, wurden sie in die Anmerkungen der vorliegenden Ausgabe aufgenommen. Einen speziellen Fall bildet dabei eine Streichung zu Beginn des Kapitels *Sieben Minuten* (S. 224). Glauser nahm ausgerechnet den letzten Satz des ersten Abschnittes heraus, wodurch die Kapitelüberschrift unverständlich wurde. Es schien deswegen angezeigt, die Streichung rückgängig zu machen.

Bedeutsamer sind die Veränderungen, die Glauser im Übergang vom Erstdruck zur ersten Buchausgabe vornahm. Anfang September 1937 erhielt er von Hans Oprecht Korrekturfahnen zugesandt mit der ausdrücklichen Bitte, den Text in die endgültige Form zu bringen. Glauser unterzog den Roman daraufhin einer durchgehenden sprachlichen Überarbeitung, die streckenweise jeden zweiten bis dritten Satz betraf. Es handelt sich dabei zum Teil um rein redaktionelle Korrekturen, wie die Eliminierung von Wortwiederholungen etc. Daneben löste Glauser komplizierte Nebensatzkonstruktionen parataktisch auf und nahm verschiedene Streichungen vor, die, sofern von inhaltlichem Interesse, ebenfalls in den Anmerkungen der vorliegenden Edition berücksichtigt sind. Interessant schließlich eine weitere Korrektur: Im Manuskript und im Erstdruck hatte Dr. Laduner den Wachtmeister Studer bisweilen noch mit dem vertraulichen ‹Ihr› angesprochen. In der Buchausgabe wurde daraus das distanziertere ‹Sie›. Am 15. November 1936 sandte Glauser seine Korrekturen an den Jean Christophe Verlag und bat wegen der großen Anzahl von Eingriffen um eine Revision (vgl. *Briefe 2*, 428). Oprecht antwortete allerdings am 19. November, daß ein zweiter Korrekturlauf aus Zeitgründen nicht mehr in Frage komme – das Buch könne sonst nicht mehr vor Weihnachten erscheinen. Da Glauser sein Hauptaugenmerk auf die stilistische Umarbeitung gelegt hatte, blieben eine Reihe sinnentstellender Druckfehler stehen. Glauser regte sich darüber später weidlich auf – sogar die gedruckte Widmung, die Otto Kleiber hatte gelten sollen, war vergessen worden. Die vorliegende Edition war bemüht, die inkriminierten Druckfehler zu beseitigen, was im Falle von Dialektpassagen jedoch mitunter zu schwer entscheidbaren Zweifelsfällen führte; maßgebend war in solchen Zweifelsfällen das ursprüngliche Typoskript.

Neben dem Problem der Druckfehler weist die erste Buchausgabe noch eine Reihe weiterer Schwierigkeiten auf. So war der Erstdruck im *Öffentlichen Dienst* ohne Absatzeinzüge gesetzt worden; an zahlreichen Stellen schloß der letzte Satz eines Abschnittes jedoch mit dem Zeilenende ab, so daß nicht mehr zu erkennen war, ob Glauser hier einen Absatz vorgesehen hatte oder nicht. Als Glauser dann die Korrekturen für die Buchausgabe las, war ihm offenbar kein Manuskript mehr zu Hand (es lag wahrscheinlich bei Martha Ringier). Jedenfalls blieben die Absätze unmarkiert und gingen in der Buchausgabe, die ebenfalls ohne Einzüge gesetzt wurde, verloren. Glauser behalf sich in seiner Not dadurch, daß er eine Reihe von Leerzeilen einschaltete. Auch der Setzer tat schließlich noch das seinige dazu; am Ende des Kapitels *Der Tatort und der Festsaal* schob er an völlig unmotivierter Stelle (nach «... ganz heiser war ...») seinerseits eine Leerzeile ein, um ein Hurenkind zu vermeiden. Dieser Eingriff wurde in der vorliegenden Ausgabe rückgängig gemacht. Außerdem wurde die Absatzgliederung in ihrer ursprünglichen Form, das heißt gemäß Typoskript, wieder hergestellt. Die von Glauser eingeschobenen Leerzeilen blieben unangetastet, da sie, obwohl aus einer Verlegenheit geboren, autorisiert sind.

In einer Reihe von sprachlich-grammatikalischen Eigenheiten wurde ebenfalls auf das Typoskript zurückgegriffen. Glauser pflegte – entsprechend der österreichisch-deutschen Sprachgewohnheit – das Wort ‹jemand› zu deklinieren, was in der Schweiz unüblich ist. So ließen die Schweizer Setzer die Endungen jeweils weg, was gemäß Typoskript korrigiert wurde. Auf der andern Seite war Glauser nicht gewohnt, bei Konstruktionen wie ‹Herr Doktor› und ‹Herr Oberst› das zweite Nomen mitzudeklinieren, wie dies in der Schweiz die Regel ist. Glauser verfuhr in diesen Fällen uneinheitlich; da dies ein Moment seiner sprachlichen Fremdheit in der Heimat darstellt, wurde die Uneinheitlichkeit gemäß Typoskript belassen. Gleiches gilt für Konstruktionen mit ‹trotz› und ‹wegen›, an die Glauser häufig (jedoch nicht immer) den in der Schweiz unüblichen Genitiv anschließt. Auch die von Glauser bevorzugten französischen Schreibweisen wie Bureau, Cognac etc. wurden beibehalten. Ganz schweizerisch dagegen gibt sich Glauser bei den Wörtern ‹schlüfen› und ‹Handharpfe›, aus denen in der Buchausgabe bisweilen ‹schlüpfen› und ‹Handharfe› wurde; hier war es natürlich angezeigt, zur schweizerischen Form, wie sie im Typoskript notiert ist, zurückzukehren. Ebenfalls nach dem Typoskript wurde schließlich ein weiteres, den Sprachrhythmus betreffendes Detail korrigiert; in der Buchausgabe stehen Wörter wie ‹andern›, ‹besondern›, ‹höhern›, ‹nähern› etc. durchgängig ohne ‹e› in der Endung, während Glauser diesbezüglich je nach Satzrhythmus differenziert. Aus diesem Grund wurde auf die jeweilige Form im Typoskript zurückgegriffen.

Im weiteren galt es einige Unstimmigkeiten zu beheben. So hatte Laduner an einer Stelle sein Sorgenkind Caplaun für zwei Monate, an einer anderen für drei Monate aufs Männer B gelegt. Hier blieb die letztere Angabe maßgebend. In Caplauns Geständnis (S. 219) heißt es in der Buchausgabe, er habe um 20 Uhr den Direktor Borstli antelephoniert, obwohl zuvor mehrfach von 22 Uhr die Rede war. Da dies auch vom Gang der Handlung plausibler ist, wurde die Uhrzeit dementsprechend korrigiert – auch auf die Gefahr hin, daß Glauser mit der abweichenden Zeitangabe die Unglaubwürdigkeit von Caplaus Geständnis signalisieren wollte.

Eingegriffen wurde schließlich noch an zwei weiteren Stellen: Auf Seite 27 hatte Glauser offenbar unvollständig korrigiert, so daß sich der beschriebene Schreibtisch in der zehnten Zeile von unten «groß und breit (...) breitmachte.» Diese sprachliche Ungeschicklichkeit dürfte kaum intendiert gewesen sein. Der zweite Fall stellt dagegen eine Eigenmächtigkeit des Herausgebers dar, der eine humorvolle Wendung des Typoskripts nicht missen mochte. So war im Kapitel *Zwei kleine Belastungsproben* der Sandsack ursprünglich nicht nur «verschwunden», sondern auch «ausgeflogen». Diese lustige Bemerkung wollten wir nicht ihrerseits ausfliegen lassen.

Weitere Bücher aus dem Unionsverlag und dem Limmat Verlag …

Friedrich Glauser im Limmat Verlag

Friedrich Glauser
Erinnerungen
von Emmy Ball-Hennings, J. R. von Salis, Berthe Bendel, Hulda Messmer, Ernst Messmer, Martha Meyer-Messmer, Emil Gerber, Max Müller, Martha Ringier, Josef Halperin, Friedrich Witz und Wolfgang Hartmann.
Herausgegeben von Heiner Spiess udn Peter Edwin Erismann
160 Seiten, gebunden, mit zahlreichen Fotos

Friedrich Glausers literarisches Werk entstand auf dem Hintergrund seiner außerordentlichen Biographie; er hat über sein Leben zudem mehrere autobiographische Texte verfaßt. Nur wenige Menschen aber, die ihm in seinem Leben begegnet sind, haben über ihn geschrieben und ihre Erinnerungen zu Papier gebracht.

Diese Texte wurden im Erinnerungsband erstmals zusammen veröffentlicht und mit Fotografien ergänzt:
Emmy Ball-Hennings begegnete Friedrich Glauser, als sie die Kasse zur Dada-Galerie hütete. *J. R. von Salis* lernte ihn in den dreißiger Jahren in Paris kennen. Der Psychiater *Max Müller* war Glausers Arzt und Psychoanalytiker in der Klinik Münsingen. *Ernst und Martha Messmer* besuchten ihre Schwester Berthe in Frankreich, wo diese zusammen mit ihrem Verlobten Friedrich Glauser lebte. *Berthe Bendel* erzählt, wie sie, da sie sich mit »Glauser eingelassen« hatte, Schwierigkeiten hatte, eine Stelle als Psychiatrieschwester zu finden. *Emil Gerber* war als Zuhörer dabei, als Glauser zum ersten Mal aus seinem Roman »Schlumpf Erwin Mord« vorlas. *Martha Ringier* und *Friedrich Witz* verlegten Bücher von ihm, und *Josef Halperin* veröffentlichte in der Zeitschrift ABC den Roman »Gourrama«.

Tschingis Aitmatow im Unionsverlag

Abschied von Gülsary
Der Hirte Tanabai und sein Prachtpferd Gülsary haben ein Leben lang alles geteilt: Arbeit und Feste, Siege und Niederlagen, Sehnsucht und Enttäuschung. 216 Seiten, UT 16

Aug in Auge
Aitmatows Erstling, ein Jahr vor »Dshamilja« erschienen. Auf solche Weise war von Armut und Kriegsnot im Hinterland noch nicht geschrieben worden. 112 Seiten, UT 30

Dshamilja
Im Vorwort zu dieser Neuausgabe hält Aitmatow Rückschau auf die Geschichte von Dshamilja und Danijar, die »zur schönsten Liebesgeschichte der Welt« wurde. 94 Seiten, gebunden oder als UT 1

Du meine Pappel im roten Kopftuch
Iljas, der Lastwagenfahrer, will den verschneiten Tianshan bezwingen. Dabei verspielt er die Liebe seines Lebens und verstrickt sich in den Fängen seines Stolzes. 168 Seiten, UT 6

Das Kassandramal
Die bedrängende Frage nach der Gefährdung aller Gattungen und Lebensgrundlagen wird hier in uns selbst, in der Tiefe der ureigensten Verantwortung ausgelotet. 412 Seiten, gebunden oder als UT 102

Der Richtplatz
Awdji Kallistratow, der ausgestoßene Priesterzögling, geht auf die Suche nach den Wurzeln der Kriminalität – eine Reise, die für ihn zum Kreuzweg wird. 464 Seiten, UT 13

Der weiße Dampfer
»Er hatte zwei Märchen. Ein eigenes, von dem niemand wußte. Und ein zweites, das der Großvater erzählte. Am Ende blieb keines übrig. Davon handelt diese Erzählung.«
160 Seiten, gebunden oder als UT 25

Yaşar Kemal im Unionsverlag

Memed, mein Falke
Memed, der schmächtige Bauernjunge, wird zum Räuber, Rebell und Rächer seines Volkes. Ein Roman, der selbst wieder zur Legende wurde.
344 Seiten, UT 2

Die Disteln brennen – Memed II
Eines Nachts klopft ein abgerissener, ausgehungerter Fremdling an die Tür: Memed hat sich am Ende des Kampfes verändert. Er mußte lernen, daß auch der größte Held nichts ausrichtet, wenn er einsam bleibt.
400 Seiten, UT 12

Das Reich der Vierzig Augen – Memed III
Kann sich Memed von den Märchen und Mythen, die sich um ihn ranken, befreien und wieder Mensch werden?
720 Seiten, UT 100 oder gebunden

Der Wind aus der Ebene – Anatolische Trilogie I
Wenn der Wind die Disteln aufwirbelt, ist für das ganze Dorf im Taurusgebirge die Zeit gekommen, in die Ebene auf die Baumwollfelder zu ziehen. 376 Seiten, UT 7

Eisenerde, Kupferhimmel – Anatolische Trilogie II
In einem anatolischen Dorf wird ein uraltes Stück Menschheitsgeschichte Realität: Ein Unbeugsamer wird zum Heiligen.
472 Seiten, UT 17.

Das Unsterblichkeitskraut – Anatolische Trilogie III
»Ich will zeigen, daß der Mensch nicht nur in der realen Welt lebt, sondern ebenso in seinen Träumen. Denn wenn das Leben ihn so hart an den Abgrund führt, dann muß er sich, um zu überleben, eine Welt der Mythen und Träume schaffen.« 446 Seiten, UT 35

Zorn des Meeres
Ein alter Mann und das Meer: Der Fischer Selim jagt auf dem Marmarameer seinem Traum nach. Gleichzeitig wird ein jugendlicher Mörder durch ganz Istanbul gehetzt. 490 Seiten, geb. od. UT 112

Juri Rytchëu im Unionsverlag

Die Suche nach der letzten Zahl
Vor der tschuktschischen Küste bleibt Roald Amundsens Schiff im Eis stekken. Der gemeinsame Winter verändert die Forscher ebenso wie die Einheimischen. 400 Seiten, gebunden oder als UT 95

Teryky
In eindringlicher und bildreicher Sprache wird die tragische Liebesgeschichte zwischen Goigoi und Tin-Tin erzählt, deren Seelen sich im Polargestirn wiederfinden. 160 Seiten, gebunden oder als UT 71

Traum im Polarnebel
Durch einen Unfall muß der Kanadier John MacLennan in einer Siedlung der Tschuktschen an der eisigen Nordostküste Sibiriens überwintern. Aus einem Winter wird ein ganzes Leben. 376 Seiten, UT 34

Unna
Zum ersten Mal erzählt Rytchëu von einer Tschuktschin, die sich fern von ihrer Heimat mit der Zivilisation arrangieren muß. In welchen Zwiespalt dieses Leben zwischen Anpassung und Ablehnung führen kann, erfährt Unna am eigenen Leib. 240 Seiten, gebunden

Unter dem Sternbild der Trauer
1934 schlug eine sowjetische Forschergruppe auf der Wrangel-Insel ihr Lager auf. Im Verlauf dieser Expedition kam der jüdische Arzt Wulfson auf mysteriöse Weise ums Leben. Die Insel am Polarkreis wird zum Schauplatz des unheilvollen Zusammenpralls zweier Kulturen. Machtkämpfe, Intrigen und Demütigungen vergiften den Alltag.
256 Seiten, gebunden oder als UT 85

Wenn die Wale fortziehen
Diese poetische Schöpfungslegende der Tschuktschen von der ursprünglichen Gemeinschaft von Mensch und Wal, von der Einheit von Mensch und Natur, ist eine Vorahnung der heutigen Zeit. 144 Seiten, UT 49

Literatur aus aller Welt im Unionsverlag

Giuseppe Fava
Ehrenwerte Leute
Ein Kriminalroman ohne Täter, ohne beruhigende Aufklärung der Morde, ohne sichtbare Motive. Ein Schlüssel zum absurden Gesetz des Schweigens. 260 Seiten, UT 28

Patricia Grace
Potiki
Patricia Graces Roman zieht den Leser in den Bann der Kreisläufe von Natur, Magie und Riten der traditionellen Maori-Kultur, die sich in die Kraft zum Widerstand verwandelt. 240 Seiten, UT 52

Alice Grünfelder (Hrsg.)
An den Lederriemen geknotete Seele
Provozierend und mit unkonventionellen Mitteln werfen Tashi Dawa, Alai und Sebo, drei zeitgenössische tibetische Erzähler, einen unverstellten Blick auf ihr unbekanntes Tibet und entfalten ein überraschendes, rätselvolles Panorama von Menschen, Glaubenswelten und Naturgewalten. 200 Seiten, gebunden

Romesh Gunesekera
Riff
Im Jahr des gescheiterten Staatsstreichs auf Sri Lanka kommt der elfjährige Triton als Boy in das Haus des Meeresbiologen Mister Salgado: Die eindrückliche Stimme eines Jungen, der in einer zerbrechenden Welt erwachsen wird. 200 Seiten, gebunden

Pham Thi Hoai
Sonntagsmenü
Mit Ironie, Schalk und zarter Erotik zeichnet die LiBeraturpreisträgerin Pham Thi Hoai Facetten des Alltagslebens in Hanoi. Es entstehen poetische Momentaufnahmen einer Welt, die sich ständig ändert. Beziehungen sind zerbrechlich, Liebe ist nicht einfach – aber immerhin möglich. 208 Seiten, UT 62
